Wege in die Hölle

Untergang

Endzeitthriller

JD Alexander

ISBN: 9781094857329

JD Alexander
c/o AutorenServices.de
Birkenallee 24
36037 Fulda

www.jdalexander@web.de

Mein besonderer Dank gilt Daniel und Petra, ohne deren Unterstützung dieses Projekt nicht realisiert worden wäre.

INHALT

Vorwort

Vorweggenommen sei, dass es sich bei »Wege in die Hölle« um eine Buchreihe handelt. Allerdings ist eine Lektüre des Vorgängers (»Wege in die Hölle. Kollaps«) nicht nötig. Also wundern Sie sich nicht, dass das Buch mit Kapitel 4 beginnt. Aber jene, die den ersten Teil gelesen haben, seien beruhigt: Ja, auch die Geschichte von Charakteren des Vorgängers wird weitererzählt.

Vor der Veröffentlichung des ersten Bandes dieser Geschichte habe ich nicht mit so vielen positiven Reaktionen gerechnet. Dafür möchte ich mich von ganzem Herzen bedanken. Das Echo nach der Veröffentlichung des ersten Buchs war groß. Ich habe versprochen, den Fortgang der Geschichte zu veröffentlichen, wenn das Interesse gegeben ist. Diesem Versprechen komme ich hiermit nach. Ich möchte mich aber auch entschuldigen. Dreimal musste ich die Veröffentlichung verschieben. Das hatte zahlreiche Gründe. Aber da ich (bei diesem Projekt) weder Verlage noch Agenturen im Nacken habe, die mir Abgabetermine aufzwingen, habe ich mir die Zeit im Sinne der Geschichte genommen. Ich bitte um Verständnis und wünsche eine spannende Lektüre.

JD Alexander im Juli 2019

Kapitel 4

Die Stockwerke vier bis sieben standen in Vollbrand. Aus unzähligen Fenstern des Hochhauses schossen orange Feuerzungen. Die qualmende Rauchwand, die sich die Fassade hochschob, verdeckte die meisten von ihnen. Trotzdem erleuchtete das Inferno die Nacht rings um das Gebäude hell. Dichte Schneeflocken stoben durch die Luft und verdampften in der Gluthitze. Die Flammen hatten eben ein weiteres Stockwerk genommen, als ein brennender Mann durch die Fensterscheibe einer Wohnung und die Rauchschwaden davor krachte und wild fuchtelnd hinunterstürzte, bevor er auf dem Parkplatz aufschlug. Auf der Straße – vierzig, fünfzig Meter entfernt – stand ein weißer Lieferwagen. Schweigend beobachteten die Insassen den Brand, welcher sich schimmernd in ihrer Windschutzscheibe spiegelte.

Tag 1

36

Der Schlüssel klackte, die Tür ging auf und das gelbe Licht des Gangs fiel in die Zelle.

»Morgen«, hörte er eine trockene Stimme. Es war Hansens. Mittlerweile kannte Martin die Stimmen aller Wärter, die in seinem Block arbeiteten. Es musste Freitag sein, da hatte Hansen Aufweckdienst. Martin rührte sich. Zeigte, dass er sich nicht in der Nacht aufgehängt oder eine eingeschmuggelte Überdosis geschmissen hatte. Hansen war zufrieden und die schwere Holztür wurde zugeworfen. Das Schloss klackte erneut und Martin hörte ihn zwei Sekunden später die Nachbarzelle aufsperren. Das dumpfe, routinierte »Morgen« und das Wiederversperren der Zelle. Zwei oder drei Einheiten später war es zu weit weg, um es noch zu erkennen. Martin musste nicht auf die Digitaluhr seines verplombten Weckers sehen, um zu wissen, dass es 06:03 Uhr war. Um Punkt sechs begann Hansen seine Weckrunde. Bis er bei Martins Zelle war, dauerte es genau drei Minuten und ein paar Sekunden.

Er linste müde an die Decke. Der raue Innenputz war in ein dunkelrotes, weiches Licht getaucht. Die filigranen Risse darin sahen aus wie kranke, graue Adern, die sich durch entzündete Haut zogen. Martin stand auf und öffnete das Fenster, vor das er ein rotes Handtuch gespannt hatte. Müde ließ er die Hände durch die Gitterstäbe hängen. Sofort drang der scharfe Tabakrauch selbstgedrehter Zigaretten in seine Nase. Steiner aus der Zelle unter ihm hielt es keine zwei Minuten aus ohne zu rauchen, sobald er munter war. Er sah in die aufkeimende Morgendämmerung. Sah die orangen Scheinwerfer, die die Wege, Sportplätze und Innenhöfe ausleuchteten und die ganze Zelle fluteten, wenn man nichts vor die Fenster hing. Draußen war alles ruhig. Wie immer. Die rote Backsteinwand des A-Flügels von Teilanstalt III, in deren B-Flügel Martin saß, sah aus wie die Fassade eines NS-Vernichtungslagers, fand Martin jeden Morgen, wenn er sie ansehen musste. Der weiße, spitze Kirchturm des Dorfes, das außerhalb der Gefängnismauern lag, stand in groteskem Widerspruch dazu.

Am Weg zur Arbeit erzählte Steiner – sie arbeiteten beide in der Schlosserei der Anstalt – von den Träumen, die er vergangene Nacht gehabt hatte. Das tat er jeden Morgen. »Nicht genug damit, dass ich meine Volksschullehrerin bumse, die mindestens hundert Jahre alt ist. Nein. Denn als wir gerade mittendrin sind, willst du's glauben oder nicht, hat sie mir den Schwanz abgebissen! Einfach so«, erklärte er erschüttert. Er machte eine Bewegung mit der Handkante, als würde er in der Luft etwas durchschlagen. »Zack! Und dann bin ich aufgewacht.« Steiner besaß die nervtötende Eigenschaft, zu viel Energie für seinen kleinen Körper zu besitzen. Er konnte stundenlang quatschen, ohne sein Gegenüber zu Wort kommen zu lassen. Manchmal nickte Martin ein, wenn Steiner ihm in der Freizeit etwas erzählte und sie am Hof saßen. Er war eine lästige Arschfliege, aber Martin mochte diesen Kerl, der ihm gerade bis zur Brust reichte. Vielleicht war er nicht der Schlaueste, aber er war direkt und loyal wie ein Hundewelpe. Und er war Martins einziger richtiger Freund in der Anstalt.

»Sag mal, wann wirst du dir endlich mal Tabak zulegen, der nicht nach Pferdescheiße stinkt. Ich meine, ich kann nach dem Aufstehen nicht mal kurz Luft bei mir rein lassen, ohne davon was abzukriegen«, versuchte Martin das Thema zu wechseln. Er hatte genug von Steiners Traumland.

»Wenn du dir deinen Finger aus dem Arsch ziehst und endlich die Eier hast, deine Familie anzurufen.«

Martin antwortete nicht.

»Ach, komm schon.« Steiner boxte ihm in die Seite. »Ich will schließlich wissen, wie es meinen Patenkindern geht.«

»Du bist aber nicht ihr Patenonkel!«, ließ sich Martin jetzt doch auf eine Antwort ein.

»Ach, was weißt du schon?«

»Was weiß ich schon? Ich bin ihr Vater.«

»Sag ich ja.«

Sie waren gerade dabei, ein Zaunelement für die Gärtnerei herzustellen, als Steiner wieder wie aus dem Nichts anfing zu reden. So begann er seine Konversationen üblicherweise immer. »Hast du alles zusammen?«

Immerhin, dachte Martin. Er hatte immerhin eine glatte Viertelstunde geschwiegen. Das war ungewöhnlich lange.

»Was meinst du?«

»Naja, die Packs für die Herren.«

Mit Packs meinte Steiner kleine Tabakpäckchen und mit den Herren meinte er die Leute, die in der Justizvollzugsanstalt neben den Wärtern das Sagen hatten. Montag war Zahltag. Nach den Wochenendbesuchen gab es eine Menge Zeug, das in Umlauf gekommen war. Da hatte man seinen Teil abzuliefern oder es ging einem schlecht. Noch schlimmer wurde nur abkassiert, nachdem die Lieferung des Regeleinkaufes, den jeder Gefangene einmal im Monat machen durfte, eintraf. Aber bis dahin waren es noch gut zwei Wochen. Martin antwortete nicht.

»Also, ich hab's«, sagte Steiner, als hätte Martin ihn danach gefragt. Als dieser auch darauf nicht einging, fragte der kleine Mann nach, während er mit einem breiten Pinsel Lasur auf das abgekühlte, gedrehte Eisen auftrug: »Du etwa nicht?«

Martin zeigte keine Regung, sondern kümmerte sich um diesen verfluchten Metallstift, den er gerade bearbeitete und der einfach nicht in seine Fassung passen wollte, egal wie viel er abfeilte.

»Du nicht?«, fragte er wieder, und als Martin erneut nicht antwortete, ließ Steiner von seiner Arbeit ab, richtete sich auf und schnalzte den Pinsel entrüstet in die Lasurdose, dass es dumpf klatschte. »Scheiße Mann, die werden dich windelweich prügeln«, sagte er aufgeregt. »Du hast geradeso die blauen Flecken vom Vormonat wegbekommen.«

Martin atmete aus und feilte stur weiter.

»Mann, du Arschloch!«, schrie Steiner, dass ihm der Aufseher an der Tür einen bösen Blick zuwarf und der »fette Kurt« – so nannten sie den dritten Genossen in ihrem Teil der Werkstatt – irritiert herüber blinzelte. Der fette Kurt schüttelte den Kopf, dass seine Wangen schlackerten. Er konnte es nicht ausstehen, wenn geflucht wurde. Steiner zwang sich, ruhiger weiterzusprechen und gab vor, wieder an die Arbeit zu gehen. Er zischte aufgebracht: »Du Trottel, verdammt. Ich hab keinen Bock wieder drei Wochen in deine zerplatzte Fresse zu schauen.«

Schweigen. Steiner schien zu überlegen. Dann: »Ok, du kannst von mir was haben.«

»Das schmink dir gleich mal ab, Steiner. Du kriegst erst übernächste Woche wieder Besuch und wenn du bis dahin ohne Zigaretten aufstehen musst, explodierst du.«

»Ja, das hättest du dir überlegen sollen, bevor du dein ganzes Zeug aufgeraucht hast«, warf Steiner zornig zurück und hing das schwere Eisenelement auf die Gabeln über der Abtropfwanne.

»Ich werde dein nervöses Gelaber kaum aushalten«, sagte Martin und sah seinem Freund in die Augen. Das war seine Art Danke zu sagen. Steiner rümpfte das Kinn und nickte bloß. Dann schüttelte er den Kopf in einer Mischung aus gutmütigem und ernstem Ärger.

Um 11:30 Uhr saßen sie in der Werkstatt beim Essen. Als Arbeitende hatten sie das Privileg, ihr Mittagessen nicht allein in ihren Zellen einnehmen zu müssen.

»Wenn ich so was nochmal von dir höre, Steiner, hau ich dir eine runter«, sagte der »fette Kurt«. Er wurde seit seiner Jugend so genannt, weil einer seiner damaligen Freunde denselben Vornamen hatte. Da er die äußerlichen Voraussetzungen erfüllte, hatte er irgendwann den passenden Beinamen erhalten und diesen schließlich angenommen. An dem Tag, als Martin zum ersten Mal die Schlosserei betreten hatte und Steiner ihn als »fetter Kurt« vorstellte, dachte er, dieser gewaltige Fleischberg würde den fast kleinwüchsigen Steiner gleich in zwei Hälften reißen. Aber stattdessen hatte er nur genickt und ihm, Martin, mit seiner, im Verhältnis zum restlichen Körper, kleinen Rechten die Hand durchgeschüttelt. Beim Essen passierte es ihm immer noch, dass er einfach nur auf Kurts Unterarme starrte, wenn er gerade am Kauen war.

Er war fasziniert davon, dass es einen erwachsenen Mann geben konnte, bei dem die Handgelenke nicht mehr waren als ein schwarzer Strich zwischen dem Unterarmfett und dem Handrücken. Es sah aus wie bei einem Säugling. Ganz zu schweigen von Kurts Nackenfalte. Oder besser gesagt: Falten. Sie wölbten sich unter dem kahlgeschorenen Schädel wie übereinander gestapelte Weißwürste.

»Sorry, Mann. Aber das musst du nicht mir sagen, sondern dem Arschloch da!«, antwortete Steiner.

Kurts rechte Augenbraue wanderte in die Höhe. Er schnaufte. Der Mann konnte es aus irgend einem Grund körperlich nicht ertragen, wenn jemand Schimpfworte benutzte. Dann wurde er derart zornig, dass er die Kontrolle über sich selbst verlor. Woran das lag, blieb ein Rätsel. Steiner hatte einmal erklärt, dass er meine, es würde sich um eine Art Ödipus-Komplex handeln, ohne genau zu wissen, wovon er da eigentlich sprach. Martin hatte anfangs oft darüber nachgedacht, wie es jemandem im Knast gelingen konnte, dass in seiner Gegenwart kaum oder gar nicht geflucht und geschimpft wurde. Bis zu dem Tag, an dem Martin aus seiner Zelle heraus beobachten konnte, wie ein Neuzugang Kurt im Hof zwischen den Zellenblöcken beschimpft hatte. Im Nachhinein hatte er erfahren, dass der Neue im Vorbeigehen von Kurts massigem Leib bei Seite gestoßen worden war. Das war nicht absichtlich passiert, der Mann war die Friedfertigkeit in Person, wenn niemand fluchte. Der Neue aber hatte sich herausgefordert gefühlt und angefangen ihn aufs Geratewohl zu beschimpfen. Wollte wohl sein Revier markieren. Die Antwort seines Arbeitskollegen bestand bloß aus einer einzigen, gewaltigen Ohrfeige. Er wuchtete dem Kerl eine ins Gesicht, dass sein Kopf wie eine Zementkugel gegen den Boden schlug. Die Quittung des Neuen bestand aus einem Kiefer- und Schädelbasisbruch sowie einer Nackenläsion und einem mehrwöchigen Aufenthalt in der Intensivstation. Die Quittung für Kurt war ein Verfahren wegen vorsätzlicher schwerer Körperverletzung und Haftverlängerung von bis zu fünf Jahren. Kurt nahm es mit einem stillen Schulterzucken hin, als ihn das Schreiben erreichte. Er würde ohnehin sein Leben hier verbringen.

Kurt war also eine Atombombe im Fleischmantel. Aber auch er würde Martin nicht helfen können, wenn er seinen Tabak nicht ablieferte.

»Sorry Mann. Sorry«, versuchte Steiner seine Worte abzumildern und schob seinen Reispudding als Entschuldigung über den kleinen, an den Boden festgeschweißten Tisch. Kurt nahm ihn an und gab sich wieder seiner Mahlzeit hin. Alles andere interessierte ihn jetzt nicht mehr.

»Aber jetzt mal ernsthaft, Martin. Das ist dein drittes Mal in was, in vier Monaten?« Steiners Stimme hatte sich deutlich gesenkt, als ein Aufseher hinter ihnen vorbeistrich. Martin nickte.

»Mann, damit scherzt man nicht. Die killen dich, wenn du nicht lieferst. Ich habe nachgerechnet und ich glaub nicht, dass ich genug habe, dass es für dich ganz mit reicht.«

Martin versuchte, es sich nicht anmerken zu lassen, aber ihm wurde heiß und kalt zugleich. Er hatte ursprünglich vorgehabt, den nötigen Tabak durch ein Geschäft mit einem Italiener aus dem A-Block zu beschaffen. Allerdings war es im Laufe des Vormittags geplatzt. Steiner war seine einzige Hoffnung gewesen. Als dieser ihm jetzt in Aussicht stellte, dass er womöglich nicht halten würde können, was er gesagt hatte, führte das zu einem plötzlichen Schweißausbruch. Er wusste, dass sie ihn diesmal nicht einfach bloß zusammenschlagen würden. Beim dritten Mal drohte Schlimmeres. Diese Typen hatten vor acht Monaten einen Pädophilen in seiner Zelle so lange mit Faustschlägen auf den Hinterkopf malträtiert, bis Hirnmasse ausgetreten war. Und das, obwohl der Kerl bloß ein einziges Mal nicht gezahlt hatte. Natürlich blühten Kinderschändern Strafen, die wesentlich gravierender waren als für andere Kriminelle. Aber trotzdem hätte Martin nur zu gerne darauf verzichtet, herauszufinden, was sie mit einem Wirtschaftskriminellen und Affektmörder, wie er einer war, nach der dritten Zahlungsverweigerung innerhalb weniger Wochen anstellten. Er musste sich in den nächsten zwei Tagen dringend etwas einfallen lassen.

Tag 3

37

Martin atmete mit aufgeblasenen Backen langsam durch den Mund aus. Er wurde von einem der jüngeren Wärter, er hieß Grendel und zählte zu den wenigen sympathischen Aufsehern, durch den Gang geführt. Gleich würde er in den Besuchsraum treten und zwischen Tischen mit anderen Gefangenen und ihren Angehörigen oder Freunden seine Frau treffen. Schließlich war ihm nichts anderes übrig geblieben, als sie anzurufen. Es war keiner der üblichen Besuche. Es war schwieriger. Er bog um die Ecke und da stand sie. Die Frau, die er geheiratet hatte. Die Mutter seiner zwei Kinder, die er mit seiner Verhaftung vor fast drei Jahren verlassen hatte müssen. Jedes Mal, wenn er sie sah, erschrak er. Sie alterte unnatürlich schnell und er wusste, dass das seine Schuld war. Sie umarmten sich zur Begrüßung. Aber wie in den letzten Wochen bildete er sich ein, dass die Umarmung ein klein wenig kälter und kürzer geworden war. Steiner hatte ihm erklärt, dass das die übliche Verlassensangst war, die jeden früher oder später erwischte. Aber Martin glaubte zu spüren, dass da mehr dahinter steckte. Sie setzten sich und sahen sich bloß an. Ihr Blick war eine Mischung aus Trauer, Aufregung und Beklemmung. Er hasste es, ihr diese Besuche antun zu müssen.

»Wie geht es den Kleinen?«, sagte er schließlich und sie seufzte. Die Kleinen, das waren ihre gemeinsamen Kinder. Jakob, ihr Sohn, war gerade neun geworden. Und Anna war mittlerweile fast fünfzehn und besuchte bereits das Oberstufengymnasium. Sie hatten sich geeinigt, dass die Kinder nur mitkamen, wenn Martin einen Langzeitbesuch gewährt bekam. Diese fanden über mehrere Stunden in einem privaten, nicht überwachten Apartment innerhalb der Anstalt statt. Mit seiner Verurteilung würde das bei guter Führung in frühestens drei Jahren der Fall sein.

»Ja ganz gut. Anna geht jetzt wieder zum Judo und Jakob ist bei den Pfadfindern«, sagte Tanja. Immer wenn sie ihn besuchte, hatte ihr Ton etwas Jammerndes. Sie bemühte sich, es zu unterdrücken, aber sie schaffte es nie. Jedes Wort machte Martin Schmerzen. Er zwang sich, nicht zu sagen, dass er diesmal nicht bloß gefragt hatte, was sie in ihrer Freizeit machten, sondern wie es ihnen ging.

»I... Ich habe das Gefühl sein Asthma ist besser, wenn er im Wald war. Der Doktor meint das auch... «

Martin nickte.

»Wie geht's dir?«, fragte sie, nachdem sie eine Zeit geschwiegen hatten.

»Gut. Gut, gut. Keine Sorge.«

»Das glaube ich dir nicht. Sonst wäre ich jetzt nicht hier.«

Er senkte den Blick. Er hörte den Zorn, der in ihrer Stimme mitschwang. Sie begann zu flüstern, es fühlte sich aber an, als würde sie ihn anschreien: »Ich kann nicht glauben, dass du mir das antust. Schon wieder! Ich meine, wie kann es sein, dass du dich hier drin nicht organisieren kannst?«

Er spürte ein Stechen in seiner Brust. Die Vorwürfe taten ihm weh und er schämte sich dafür. Aber immerhin, sie hatte den Tabak dabei. Er verachtete sich selbst dafür, dass er seine Frau zwang, für ihn Dinge in das Gefängnis zu schmuggeln. Aber es ging diesmal nicht anders. Schon wieder. Beide waren sie mit dem Gesetz nie in Konflikt geraten. Beide hatten sie Betriebswirtschaft studiert und seit sie ihr Büro als Buchhalter eröffnet hatten, immer ordentlich ihre Steuern gezahlt. Zumindest Tanja.

Aber nicht das, was Martin getan hatte, zerstörte sie. Damit hatte sie sich abgefunden, hatte es verstanden, ja sie hatte einen Teil davon im innersten Kern ihrer Seele sogar für richtig befunden. Aber die Konsequenzen zermürbten sie. Es waren weniger die Schulden, die entstanden waren. Sogar, dass ihre Kinder ohne Vater und sie selbst ohne Ehemann durchs Leben gehen musste, würde sie irgendwie verdauen. Vielmehr als all das war es das Prozedere der Besuchszeiten. Die Atmosphäre krimineller Energie. Die Blicke und Worte der Wärter, wenn sie hierherkam. Die Schande, die ihr Mann ihr beschert hatte in ihrem gesamten Freundes- und Bekanntenkreis. In einem Freundeskreis, der in den letzten zweieinhalb Jahren extrem geschrumpft war. Man hatte sich abgewendet. Nicht direkt, sondern einfach, indem man immer weniger Zeit fand.

Es waren die Demütigungen, die diese stolze Frau zerstörten. Die Demütigungen, die sie hinnehmen musste, aber nur so schwer ertragen konnte. Und Martin wusste das. Und trotzdem machte es ihn nicht nur zornig auf sich selbst, sondern auch auf sie. Sie, die sich nicht weiter um ihn zu kümmern schien. Es als Bürde empfand, wenn sie hier war. Wie konnte sie ihn je geliebt haben, wenn es sie jetzt so unendlich viel Mühe kostete, hierherzukommen und ein bisschen Tabak in ihrem Höschen hereinzuschmuggeln, damit er ohne größere Blessuren durch das Monat kam. Es schüttelte ihn. Martin erwischte sich dabei, wie sein Verstand immer stärker in die Welt dieser Mauern und seiner Insassen eintauchte. Wie sehr sich seine Gedanken jenen der Mithäftlinge annäherten. Wie weit weg er war aus dem normalen Leben. Er hatte Angst und wollte es Tanja sagen. Jedoch wusste er nicht wie. Minutenlang hatten sie geschwiegen. Und minutenlang würden sie noch schweigen, ehe sie aufstehen und vorgeben würde, ihn zu umarmen. Dabei würde sie das langgezogene, in Frischhaltefolie gewickelte Tabakpäckchen, das weniger Platz einnahm als eine breite Damenbinde, herausziehen und hinter seinen Gürtel stopfen. Sie würde beben vor Aufregung und Zorn und Ekel, ihn zum Abschied in einer Mischung aus Pflichtgefühl und Bedauern küssen, nach Hause fahren und lange duschen. Und Martin würde in seine Zelle zurückkehren und an die Risse an der Decke starren. Und dann würde er weinen.

Aber zuerst kam noch etwas anderes. Etwas Neues. Als Martin später darüber nachdachte, begann er zu zittern.

»Jakobs Pfadfindertreffen heute Vormittag wurde abgeblasen. Bei dem Treffen gestern war ein Bursche, der scheinbar eine Magen-Darm-Krankheit oder so was hatte, und jetzt haben sie Angst, dass sich andere angesteckt haben könnten. Möglicherweise ein Noro-Virus. Na jedenfalls hat er beschlossen, dir etwas zu schreiben.«

Martins Augen öffneten sich weiter als normal. Ein Grinsen huschte über sein Gesicht, welches im nächsten Atemzug bereits verzerrte. Wie bitter und falsch war es doch, dass sein Sohn nur via Telefon oder durch Briefe mit ihm in Kontakt treten konnte.

»Er hat mich nicht gehen lassen ohne den Zettel... « Sie zog ein Kuvert aus ihrer kleinen Tasche, welches sorgfältig mit Klebestreifen und kleinen, liebevoll positionierten Autostickern seines Sohnes verschlossen worden war. Mitten durch die Rückseite ging ein Schlitz, der von der Kontrolle stammen musste, ehe Tanja den Besuchsraum betreten hatte dürfen.

»Ich habe es nicht gelesen, er hat es mir verboten. Aber es scheint ihn ziemlich aufgewühlt zu haben.«

38

Zurück in seiner Zelle legte er den Tabak auf den kleinen Tisch. Er musste es nicht verstecken, denn Tabak war erlaubt und niemand konnte jetzt mehr beweisen, dass es sich um geschmuggeltes Gut handelt. Es war nichts einfacher, als etwas in den Knast zu schmuggeln, dachte Martin. Das war den Behörden bekannt. Aber für richtige Leibesvisitationen der Besucher, wie man sie aus amerikanischen Filmen kannte, fehlte in Deutschland die rechtliche Handhabe. Natürlich wurde der Besuchsraum dafür umso sorgfältiger beobachtet. Allerdings, zwei kurze Handbewegungen, ein rascher Austausch, das war schnell erledigt. Mit Drogen war es schwieriger, die musste man als Insasse erst durch die dem Besuch angeschlossene Kontrolle bringen. Tabak hingegen konnte ihm keiner mehr verübeln, sobald er ihn eingesteckt hatte.

Er betrachtete das Päckchen und wusste, dass es nicht genug sein würde. Er konnte nur hoffen, dass er mit einer einfachen Abreibung, ein paar blauen Flecken, davonkommen würde. Oder er würde doch auf Steiners Angebot zurückkommen. Erschöpft von dem Besuch faltete er sein Kissen doppelt und lehnte sich am Bett dagegen, sodass er mit den Hinterkopf die kalte Wand spüren konnte. Seine Zellentür stand offen und vom Gang hallten dumpfe Unterhaltungen herein. Es war bis 16 Uhr Freistunde, die Gefangenen durften sich auf seiner und der darunter liegenden Etage frei bewegen und die Zellentüren wurden nur auf ausdrücklichen Wunsch verschlossen. Er hielt das Kuvert zwischen den Fingern und zögerte, den Brief herauszuziehen. Er sehnte sich danach, die Zeilen seines Sohnes zu lesen, hatte aber auch Angst davor. Martin starrte an die Wand oberhalb der weiß lackierten Holztür. Der Türsturz war halb rund und man erkannte die Konturen der Backsteinziegel, die sich unter der dicken, weißen Farbe abzeichneten. Er dachte an seinen Keller zu Hause. Seine Weinregale waren in Wandnischen untergebracht, die genauso gemauert waren, wie dieser Bogen am oberen Ende der Tür. Nur ohne die ganze Farbe.

»Rustikaler Gründerzeitstil mit indirekter Beleuchtung«, hatte das Tanja genannt, als sie es geplant und eingerichtet hatten. 180 Quadratmeter mit Garten und Keller in der Vorstadt. Und nun saß er hier. Der Block des Gefängnisses, in dem er seine Strafe bestritt, war am Ende des 19. Jahrhunderts erbaut worden, hatte also weit über 120 Jahre am Buckel. Wenn er aufstand, konnte er gerade so die Arme ausbreiten, ohne an die Wände zu stoßen. Vom Bett aus waren es drei Schritte zur Zellentür. Ein Bett, ein Kasten, ein kleiner Tisch und dazu ein schmaler Sessel neben der Kloschüssel. Das war die Grundausstattung seiner Zelle. Zudem hatte er einige Bücher, einen kleinen Fernsehbildschirm, den er so selten wie möglich anmachte und den fast vorsintflutlichen Digitalwecker auf dem Sessel neben seinem Bett. Bilder und Fotos durfte man keine aufhängen. Die Möglichkeit Drogen dahinter zu verstecken war zu einfach. Er hielt Jakobs Brief geöffnet in den Händen, als Steiner hereingeschneit kam. Er hatte bereits eine ganze Menge auf der Zunge, wusste aber von Martins Besuch. Das sorgte für Zurückhaltung. Als er die Stimmung seines Freundes erkannte, entschloss er sich, entgegen seinem Naturell, nichts zu sagen, nickte bloß mitfühlend und verschwand wieder.

Tag 4

39

»Morgen!« Es war die helle Stimme Grendels. Sie war immer gleich freundlich. Man erkannte sie sofort. Martin hob den Arm und blinzelte sich munter. Er öffnete das Fenster, hing die Arme durch die Gitter und sog Steiners scharfen Tabakrauch durch die Nase. Es war ein Phänomen. Egal wie schnell er aufstand und das Fenster öffnete. Steiner war schneller. Und hatte sich in der Zeit sogar noch eine Zigarette angezündet. Er musste die Dinger für das Aufstehen bereits fertig gedreht neben dem Bett liegen haben. Umso größer war der Freundschaftsbeweis, seinen letzten Vorrat für Martin opfern zu wollen.

Er legte sein Gewand an – das klassisch deprimierende Anstaltsgrau – und wartete auf das Frühstück. Ein Blick auf den Wecker verriet ihm, dass es bereits zweiundzwanzig Minuten nach sechs war. Die kleine Durchreiche in der Tür hätte schon vor vier Minuten aufgehen müssen. Eine Verspätung kam so gut wie nie vor. Um halb sieben öffnete sich die Klappe endlich und der Teller wurde durchgereicht.

»Mann, ich muss in einer Viertelstunde bei der Arbeit sein, wie habt ihr euch das vorgestellt?«, hörte er Steiners aufgeregte Stimme heraufbellen. Die Gänge des Blocks waren in allen Stockwerken in der Mitte offen und nur durch ein weitmaschiges Stahlnetz von dem Geschoss darunter getrennt. Auch sein Freund schien sein Frühstück später als sonst zu empfangen.

»Was ist denn los?«, fragte Martin ruhig. Der Mithäftling,

der das Essen austeilte, antwortete: »Heute keine Arbeit.«

»Keine Arbeit? Warum? Gab's Revolte?«

»Ne.«

»Warum dann?«

»Bin ich die Auskunft?«, schnauzte ihn der Typ an und schlug die Durchreiche scharf zu. Er hörte es klacken, als der nachkommende Beamte sie verschloss. Martin schüttelte den Kopf. Am liebsten hätte er dem Kerl die Zähne eingeschlagen. Er ging in der Zelle auf und ab. Jedes Mal wenn er an dem kleinen Tisch vorbeikam, wurde sein Blick von dem Brief seines Sohnes angezogen. Er hatte ihn neun Mal gelesen. Dabei war er nicht lang, im Gegenteil, es waren nur ein paar Worte, die ihm sein Junge geschrieben hatte. Martin ging schneller und schneller. Irgendwann rannte er die wenigen Schritte von Wand zu Wand, dass er sich jedes Mal davon abstoßen musste, um umzudrehen. Trotzdem ging sein Blick zu dem Brief. Wieder und wieder. Er spürte Tränen in seinen Augen. Merkte, wie sich sein Gesicht verzerrte, wie eine Art krampfhaftes Lachen sich um seinen Mund krallte, wie seine Augen zu Schlitzen wurden und das Kinn zu zittern begann. Martin hatte es nicht glauben wollen. Er hatte die Worte seines Sohnes immer wieder gelesen und dabei geheult wie ein Kleinkind.

Hallo Papa. Ich vermisse dich! Mama hat einen neuen Freund. Er schläft oft da. Sie glaubt ich merke es nicht. Aber ich mag ihn nicht so gern. Pass auf dich auf.

Martin stieß sich jetzt von einer Wand zur anderen, berührte dabei zwei, drei Mal den Boden und war auf der anderen Seite. Er sah nur noch verschwommene Schemen und schrie, als er seine Faust gegen die Wand schlug. Sofort zuckte ein

Schmerz durch den Arm, aber er schlug weiter. Diesmal mit der flachen Hand, dass es unbefriedigend klatschte. Er rutschte zu Boden und klatschte unablässig gegen den harten Innenputz, bis seine Handflächen brannten wie Feuer.

40

»Martin«, hörte er dumpf durch das gekippte Fenster. Es war Steiner. Er versuchte es zu ignorieren und weiter in dem Buch zu lesen, das auf seinen aufgestellten Oberschenkeln lag. Ernest Hemingways »Der alte Mann und das Meer«. Er hatte vier Seiten in drei Stunden geschafft. Seine Gedanken drehten sich nur um seine Frau und darum, was sie mit diesem fremden Mann anstellte, wenn die Kinder schliefen.

»Martin!«

Er hörte nicht hin. Dachte an seine Tochter. Sie war älter. Warum hatte sie ihn nicht informiert? War es in Ordnung für sie? Billigte sie die Affäre ihrer Mutter? War es eine Affäre? Vor dem Gesetz, ja. Noch waren sie verheiratet. Konnte er es ihr vorwerfen? Er hasste sie dafür, aber er wusste, dass er das nicht sollte. Oder doch? Doch.

»He verdammt, ich weiß, dass du mich hören kannst, du Sack.«

Die Nacht hielt bereits ihren Einzug und Martin hatte nicht vor, sich seine Ruhe noch einmal stören zu lassen, ehe er einschlief.

»Martin!«

Er stand auf und schloss das Fenster. Aber Steiner wurde lauter: »Martin! Mar-Tin! Maaartin!... Martin!« Irgendjemand brüllte aus seiner Zelle, er solle sein verfluchtes Maul halten oder es würde ihm mit einem Schwanz gestopft werden. Aber Steiner ließ sich nicht beeindrucken. »Martin, altes Arschloch. Antworte.«

Ein Teil von ihm wünschte sich Kurt in Steiners Zelle. Schließlich stand er aber doch auf, öffnete und antwortete. »Was?«

Steiner schien gerade so in Fahrt gewesen zu sein, dass ihm Martins Antwort den Wind aus den Segeln nahm. Aber nur ein paar Sekunden. Dann sagte er: »He, hast du Nachrichten gesehen? Hast du Nachrichten gesehen, Mann?«

»Nein.«

»Dann schalt sie verdammt noch mal ein!«

Kurz überlegte er, sich wieder seinem Buch zu widmen. Aber schließlich machte er das Gerät doch an. Ehe er den Knopf dafür fand, fuhr er am Rahmen entlang und über die aufgeklebte Plombe, die über den Rand des Gehäuses ragte und verhindern sollte, dass man es aufschraubte und darin verbotene Gegenstände versteckte. Er drehte umständlich mithilfe der zwei kleinen Knöpfe am Rahmen den Ton auf und dachte an die Sprachsteuersoftware, die er ein paar Monate vor seiner Verhaftung bei ihnen zu Hause installiert hatte. Er hatte sich darüber gefreut wie ein kleines Kind. Was war das doch für eine beknackte Welt.

»Hat der Bundestag entschieden, dass das Gesetz zur organisierten Schlepperei verschärft werden soll. Heftige Kritik an der Vorlage gab es, wie bereits 2018, im Vorfeld, weil damit eine Reihe bekannter Hilfsorganisationen sanktioniert werden könnten. Die Caritas bezeichnet den Beschluss der Novellierung in einer ersten Aussendung als einen der dunkelsten und größten Fehler des 21. Jahrhunderts. Zu den in

Bedrängung geratenen Organisationen zählen...«, Martin wandte sich zum Fenster.

»Seit wann interessierst du dich so brennend für die Flüchtlingssache?«, rief er hinunter. Es mochte eine Schweinerei sein, die da im Anrollen war, und Steiner hatte zwar zu jedem Thema eine Meinung, wenngleich meist eine relativ zweifelhafte. Aber selbst er würde für so eine Meldung nicht so ein Theater machen. Zumindest nicht um diese Uhrzeit.

»Nicht das, du Affe! Schau weiter. Oder lies den Liveticker«, kam die Antwort.

Er sah auf das rote Band am Bildschirmrand, in dem die Kurzmeldungen vorbeizogen.

Krankenhäuser im ganzen Bundesgebiet melden stark erhöhten Ansturm auf Notaufnahmen+++Gesundheitsministerin spricht von einer Herausforderung für das System+++Aktuelle Schätzungen von über 20.000 Erkrankten nicht offiziell+++Hoher Anstieg von...

Auf Martins Stirn bildeten sich Falten, während er auf die Worte des Moderators aufmerksam wurde.

»Kehren wir zu unserem heutigen Hauptthema zurück. Das Noro-Virus, welches seit Freitag in Deutschland um sich greift, betrifft unterschiedlichen Quellen zufolge mehr Menschen als zuerst angenommen. Die Krankenhäuser melden einen großen Andrang und mittlerweile hat auch die Regierung dazu Stellung genommen. Mehr dazu nach einer kurzen Werbepause.«

Er setzte sich auf sein Bett und versuchte seine Gedanken zu ordnen. Sein Blick wanderte zu dem Brief seines Sohnes, der am Tisch neben dem Fernsehgerät lag. »Pfadfinderlager«, hatte seine Frau gesagt. »Noro-Virus«, hatte sie gesagt. Martin biss die Zähne zusammen. Er wollte die Welt zerreißen für eine Auskunft über die Gesundheit seiner Kinder. Er stand auf und ging wieder seine Zelle ab. Immer drei große Schritte in die eine Richtung und dann vier kleine Schritte in die andere. Er griff sich an den Kopf und spürte, wie sich seine Arme versteiften. Er fluchte innerlich, brauchte ein Telefon. Musste wissen, wie es seinen Kindern ging. Die womöglich bald die Kinder eines anderen sein würden, während er hier drin verrotten würde.

»Und? Haste gehört?«, rief Steiner.

»Ja!«, schrie er zurück und schlug das Fenster zu, dass das Glas im Rahmen vibrierte.

Ja verdammt, dachte er, setzte sich auf die Bettkante und krallte seine schmerzenden Finger in die dünne Matratze.

Tag 5

41

Die Nachrichten waren haarsträubend. Martin hatte sie die halbe Nacht verfolgt und war fast die ganze andere Hälfte wach gelegen, fieberhaft in grauenvollen Gedanken versunken. Die Sorge um seine Kinder, vor allem seinen Sohn, fraß ihn auf. Die Nachrichten waren katastrophal. Er konnte nicht glauben, dass das, was er da gesehen hatte, in der Außenwelt tatsächlich vor sich ging.

Als er um zehn nach sechs geweckt wurde, fühlte er sich, als wäre er eben erst eingeschlafen. Sein Kopf schmerzte und seine Glieder waren steif. Ihm fiel auf, dass es kein »Morgen«

als Begrüßung gab. Auch wurde nicht die ganze Tür geöffnet, sondern wieder nur die Klappe in deren Mitte. Und das so schnell, dass er es kaum mitbekam. Er hörte, dass es bei den anderen Zellen ähnlich hastig ging. Müde wollte er die Augen schließen und einfach schlafen. Aber es funktionierte nicht. Die beklemmenden Befürchtungen zogen schon wieder Kreise um seinen Verstand wie ein Haifisch, der um seine Beute schwimmt. Also stand er auf und erkundigte sich nach Steiner. Der grausame Gestank seiner billigen Zigaretten stieg sofort in seine Nase. »Morgen, Steiner.«

»Morgen.«

»Was machen wir jetzt?«

»Na auf jeden Fall mal vorerst kein Schutzgeld zahlen und uns die Zigaretten schmecken lassen«, lachte er herauf. Martin schüttelte bloß den Kopf. Vollidiot, dachte er.

Um halb elf vormittags ging die Tür auf. Martin legte das Buch beiseite und staunte. In ihr erschien ein Mann in einem Ganzkörperanzug aus grauem Plastik. Sogar über den Kopf war es gezogen und schnürte sich um eine schwarze Gasmaske, die das Gesicht bedeckte. Dahinter stand noch so eine Gestalt.

»Wir müssen Ihren Fernseher und Ihren Wecker mitnehmen!«, sagte der Vordere. War das Grendels Stimme? Er war sich nicht sicher. Alles klang verzerrt durch den Atemschutz.

»Warum?«

»Anweisung von oben.«

»Und wie soll ich dann wissen, was da draußen vor sich geht?«

»Schnauze!«, blaffte der Hintere, der nicht in die Zelle trat, aber dafür einen Schlagstock in den Händen hielt. Er erkannte ihn allein an seiner Körperhaltung. Es musste Hansen sein, der Drecksack.

Martin stand auf und der Vordere hielt inne. Er war sich jetzt sicher, dass es Grendel war. Hansen hinter ihm ging in Kampfposition. Umklammerte seine Waffe. Martin schüttelte bloß den Kopf und hob die Hände.

»Da werden Sie sich aber was Besseres einfallen lassen müssen bei den meisten Kollegen«, sagte er, während Grendel Fernseher und Wecker absteckte. Er glaubte hinter Hansens Maske ein Grinsen zu erkennen, als dieser an den Gürtel griff, den er über seinen Anzug geschnallt hatte. Er tippte auf eine Art Pistole und sagte: »Du kannst gern eine Kostprobe von 10.000 Volt haben, mein Junge. Ist kein Problem.«

Martin antwortete nicht. Stattdessen richtete er sich an Grendel. »Woher soll ich jetzt wissen, was passiert? Ich muss wissen, wie es meiner Familie geht, verdammt. Wenn Sie das mitnehmen, haben wir hier drin keine Ahnung, was draußen los ist!«

»Ich glaube genau darum geht es dabei ja«, murmelte Grendel zurück, ohne dass es Hansen hören konnte. Er trug die Elektrogeräte hinaus und stellte sie auf einem Schubwagen ab, den ein weiterer Beamter bediente. Dann schwang die Tür zu und Martin war wieder allein.

»Scheißdreck elender!«, schrie er und trat gegen den Bettpfosten.

Am Nachmittag hob auf der anderen Seite der Anstalt, in Block A, ein außergewöhnliches Geschrei an. Er hörte das Quietschen von Stiefelsohlen und Knallen von Metallschlössern bis hierher. Die Insassen des Blocks begannen mit allem, was sie hatten, an ihre Gitterstäbe zu schlagen. Feuerten die

Vorgänge im Inneren an. Es musste eine Revolte sein. Nach ein paar Minuten hatte sich die Situation wieder beruhigt und außer den Gitterstabkonzerten einiger Schaumschläger wurde es relativ leise. Martin hatte seine Zelle inzwischen schon knapp eintausend Mal durchquert und das Buch fertig gelesen. Er hatte Liegestütze gemacht und schließlich seine Matratze zusammengerollt und auf sie eingeboxt. Aber es half alles nichts. Er glaubte jeden Moment durchzudrehen.

»Martin, Mann!«, rief Steiner.

»Ja?«

»Schick mal den Kasten runter.«

Martin zog seine Turnschuhe aus, fädelte die Schnürsenkel aus beiden, knüpfte sie zusammen und band das eine Ende an einen der Schuhe. Er schob ihn zwischen den Gittern hindurch und ließ diesen kleinen »Postkasten«, wie sie ihn nannten, ein Stockwerk tiefer.

»Fertig«, gab Steiner das Signal und Martin holte den Schuh wieder ein. Darin war ein Zettel verborgen. Er faltete ihn auf und las. Da stand:

»alter was machen wir jetzt? ich kriegs mit der panik.«

Nichts, was man im Knast von einem Fenster zum anderen rufen konnte.

»Ich weiß nicht«, rief er hinunter. Er hatte keine Ahnung. »Was bleibt uns übrig außer abwarten.«

Tag 7

42

Martin saß auf seinem Bett und las einen Roman, der vor Jahren verfilmt worden war und Leonardo DiCaprio seinen ersten Oscar eingebracht hatte. Neben Hemingways Klassiker war »Der Rückkehrer« von Michael Punke die einzige Lektüre, die er in seiner Zelle hatte und noch nicht kannte. Und es war nicht gerade ein aufheiterndes Buch. Dann waren da noch die anderen Bücher, die er schon gelesen hatte. Und der Brief, den er nicht nur unzählige Male gelesen, sondern abgetastet, gestreichelt, an dem er geschnuppert, den er geküsst und schließlich zerknüllt und in eine Ecke geworfen hatte. Dann hatte er ihn wieder glatt gestrichen, so gut es ging, ihn an seine Wand gelehnt, stundenlang angestarrt, dann von der Wand gerissen und schließlich in der Mitte zerrissen, wieder zusammengefügt, betastet, Tränen darauf vergossen und letztendlich zusammengefaltet und in einem Buch verstaut.

Mit seiner jetzigen Lektüre kam er kaum voran. Ständig gingen ihm die Nachrichten durch den Kopf, die er gesehen hatte, ehe sie ihm die Geräte zwei Tage zuvor weggenommen hatten. Oder waren es drei Tage gewesen? Er schlug sich mit der flachen Hand gegen die Stirn. Aber immer wieder zog dieser eine Satz der Moderatorin durch seinen Kopf. Es war ein Beitrag über die Zustände in den Krankenhäusern, den er irgendwann in den frühen Morgenstunden gesehen hatte. Oder vielmehr war es der Beginn einer Anmoderation dieses Beitrags. Die Nachrichtensprecherin wirkte gefasst und frisch geschminkt. Kleidung und Frisur saßen gut und sie stand aufrecht vor einer großen Graphik. »Meine Damen und Herren«, hatte sie gesagt, »die Situation ist sehr ernst. Der Bundespräsident spricht von der möglicherweise größten Herausforderung seit dem Ende des zweiten Weltkriegs.« Der Bundespräsident... größte Herausforderung... Wie konnte so etwas denn sein? Der Beitrag und die Grafik, die dann folgten, erklärten es. Die Zahl der Erkrankten in Deutschland ging zu dem Zeitpunkt, als Martin die Nachrichten sah, bereits in den höheren sechsstelligen Bereich. Der Realschaden für Europa wurde mit einer höheren dreistelligen Millionenhöhe beziffert. Der Schaden im Finanzsektor war so lächerlich groß, dass er gar nicht berechnet wurde. Martin versuchte die Konsequenzen zu überschlagen. Und obgleich er sich in seinem Studium ausgiebig mit Finanzen beschäftigt hatte, konnte er es nicht. Niemand konnte es. Er wusste nur, dass Europa nachhaltigen Schaden erlitten hatte. Und das stand bereits vor Tagen fest. Was in der Zwischenzeit geschehen war, wusste er nicht. Das war es, was Martin am meisten zusetzte. Die Ungewissheit.

Er musste sich irgendwie beschäftigen und versuchen auf andere Gedanken zu kommen. Sonst würde er durchdrehen, wenn das nicht schon passiert war. Er hatte so lange Kniebeugen und Liegestütze und Sit-ups gemacht, bis seine Muskeln unter der Haut zu platzen drohten. Er hatte die Matratze geboxt, hatte ein klein wenig von seinem Tabakvorrat geraucht (nur eine Zigarette) und schließlich stundenlang an die Decke gestarrt, wenn er nicht zum Fenster hinausgesehen und mit Steiner geredet hatte. Am Vortag wurde ihre Zelle nur aufgemacht, wenn die Durchreiche für die Mahlzeiten geöffnet wurden. Drei Mahlzeiten machten sechs Öffnungen. In diesen sechs Öffnungen hatte er herausfinden können, dass die Lage ernst sei und die Situation beschissen. Mehr nicht. Steiner behauptete allerdings, bereits Konkreteres zu wissen. Er hatte Martin erzählt, dass er gehört habe, dass sich draußen eine regelrechte Seuche ausbreite und eine ganze Menge Leute verreckt seien. Weiters, so berichtete er, heiße es, dass der Notstand ausgerufen worden sei und die Schulen geschlossen wurden.

»Ja und der Russe ist in Polen einmarschiert!«, schloss ein Zellennachbar an, der das Gespräch mitgehört hatte. »Is' doch alles Bullshit, der hier verzapft wird. Die scheißen einfach auf unsere Rechte hier«, fügte der Kerl noch an.

»Welche Rechte?«, rief Steiner belustigt zurück. Der andere wollte es aber damit nicht bewenden lassen und fühlte sich bemüßigt, Steiner aufzuklären. »Naja, Menschenrechte und so.«

Martin hörte nur die Dichtungen von Steiners Fenster knirschen, als er es zumachte, anstatt sich auf eine Antwort einzulassen. Er tat es ihm gleich. Jetzt saß er vor seinem Buch und bemerkte, wie er langsam den Kopf schüttelte. Er wollte und konnte die Situation nicht wahrhaben. Es war unmöglich herauszufinden, was wirklich geschehen war. Es kursierten die übelsten Gerüchte. Von einem Atomkrieg über eine Naturkatastrophe bis hin zu einer Alien-Invasion waren alle Perlen der Weisheit vertreten. Es war auch egal. Martin wusste nur, dass er sich in einer beschissenen Situation befand. Er spürte den kalten Schweiß in seinem Nacken und merkte, dass sich eine Panikattacke ankündigte. Das kam vor allem in der Anfangszeit der Haft vor, wenn man von der Erkenntnis überrollt wurde, dass man hier eingesperrt war und nicht einfach so vor die Tür gehen konnte. Wenn man verstand, dass man von wildfremden Menschen vollkommen abhängig war. Dass im Grunde das eigene Leben an den Typen hing, die die Schlüssel hatten. Dann wurde die kleine Zelle noch beengender und die Wände wollten einen erdrücken. Er versuchte, dagegen anzukämpfen, aber spürte, wie die Angst stieg und allmählich in nackte Raserei überging. Schnell atmend schloss er die Augen und hielt sich die Ohren zu. Er krümmte sich zusammen und versuchte die Atmung zu kontrollieren. Es wollte nicht funktionieren. Er befand sich bereits in der Abwärtsspirale. In einem verfluchten Strudel der Angst. Und ehe er am Grund des Sees angelangen würde, würden quälende Minuten vergehen.

Nachdem er sich einigermaßen beruhigt hatte und sich wieder aufrecht hinsetzen konnte, versuchte er klare Gedanken zu fassen. Aber er fühlte sich, als wäre sowohl sein Körper als auch sein Geist von einem Riesenmonster durchgekaut und auf den Asphalt gespuckt worden. Elend. Und es gab nichts, was ihm jetzt helfen konnte. Wasser. Wasser würde zumindest Milderung bringen. Erschöpft holte er sich einen Becher. Als er es jedoch unter dem kleinen Hahn neben der Toilette volllaufen lassen wollte, kam nur ein fast gespuckter Fingerbreit davon heraus. Dann röchelte sich der Wasserhahn zu Tode. Martin schluckte. Er konnte es nicht glauben. Er wollte es nicht glauben. Nervös betätige er den Lichtschalter. Nichts. Kein Strom. Da war nichts.

»Steiner!«, schrie er hinaus, nachdem er das Fenster aufgerissen hatte.

»Kein Strom!«, kam zurück. Andere stimmten mit ein:

Flüche und Verwünschungen durchzogen die Berichte. Daniels Nervosität nahm zu. Er sah in seinen Schrank, der nicht viel breiter als zwei Handflächen war. Da standen zwei Flaschen Eistee und eine Flasche Tonic. Das war alles, was er an Flüssigkeit in der Zelle hatte. Nicht ein einziger Tropfen reines Wasser. Er konnte nicht anders, als mit der Faust gegen das Holz zu schlagen.

Durch das Fenster drang jetzt verzerrt die Stimme eines Häftlings. Wie ein Irrer schrie er den Refrain eines Songtextes mehr, als ihn zu singen. Wieder und wieder den gleichen Satz. Unweigerlich krabbelte Martin eine Gänsehaut über die Unterarme, als andere Häftlinge in das Geschrei miteinstimmten und sich nach und nach eine wahnerfüllte Lärmkaskade in seine Zelle drückte. Die Zeile lautete: »Hurra, die Welt geht unter!«

43

»Alter, ich hab grob das Kotzen. Schickt mir einen, Leute. Schickt mir einen«, hörte er durch seine Tür. Er hatte das Ohr daran gelegt, als er bemerkt hatte, dass es draußen Bewegung gab. Das leise Quietschen des Speisewagens hatte ihn aufmerksam gemacht. Die Stimme musste von einer seiner Nachbarzellen stammen. Irgendetwas, das er nicht hören konnte, wurde geantwortet. Die Schreie des Häftlings waren aber wieder deutlich zu verstehen.

»Alter, ich scheiß hier alles voll! Ich scheiß hier alles voll, verflucht. Ihr könnt mich so nicht liegen lassen, verdammt! Ihr könnt...« Der Knall der Durchreiche schnitt alles Weitere ab. Dann wurde seine geöffnet. Hände in weißen Einweghandschuhen reichten den Alutopf herein, in dem sein Abendessen schwamm. Martin hatte eines seiner Handtücher bereitgelegt und nahm das Geschirr entgegen. Vielleicht würde er so eine potenzielle Ansteckung verhindern können. Da erkannte er die Tätowierungen, die hinter den Handschuhen erschienen. Er kannte den Häftling. Es war Kane (gesprochen: Käin). Er hatte ihn ein paar Wochen nach seiner Einweisung in der Freistunde am Basketballplatz kennengelernt. Der Basketballplatz war Kanes Revier. Er liebte den Sport. Er war zwar kein Riese, schien dafür aber nur aus Gelenken und Knochen zu bestehen. Seine Arme waren so lang und dünn, dass man meinte, die Hände würden den Boden berühren, wenn er ein klein wenig in die Hocke ging. Das eine Ohr war zerschlitzt, ein Tunnelring musste einmal darin gesteckt und gewaltsam herausgerissen worden sein. Das Ohrläppchen des anderen war sauber unter dem Gehörgang abgetrennt.

Kane saß für Drogenhandel und schweren bewaffneten Raubüberfall sowie fahrlässige Tötung. Er war einer von den mittelschweren Jungs hier drin. Aber kein völliger Idiot, bildete sich Martin damals ein.

»Sag mal«, hatte Martin in einer Spielpause gefragt und ihm ein Handtuch gereicht. Er war noch neu und musste dringend daran arbeiten, Freunde zu finden. »Wo haste eigentlich den Namen her?« Er versuchte möglichst schlampig zu sprechen. Wollte so tun, als würde er den Knast-Slang ganz natürlich sprechen. Es klang lächerlich. »Haben mich meine Eltern so getauft«, gab Kane zurück und trank Wasser aus einer zerkratzten Pepsiflasche.

»Geil«, antwortete Martin und glaubte es sich selbst nicht.

Kane sah ihn in einer undeutlichen Mischung aus Argwohn und Abschätzung von der Seite an. Martin schluckte. »Ich meine... klingt nicht schlecht. Hat auf jeden Fall nicht jeder.«

Die Miene seines Gegenüber hellte sich wieder ein wenig auf. Sein Gesicht war so dürr, dass seine Augen größer als normal aussahen. »Stimmt, nicht? Sie haben mich nach dem Wrestler benannt.«

»Dem Wrestler?«

»Ja, du weißt schon, dem Show-Wrestler. WWE. Undertakers Bruder und so.«

Er wusste nicht. Aber er nickte, bejahte mit einem abgeklärten »Klar, Mann« und wollte sich im nächsten Moment auf die Stirn schlagen. Er konnte einfach nicht mit diesen Leuten kommunizieren.

»Ja den ham'se halt gern gehabt damals und mich nach ihm benannt. Aber du kannst mich auch Käi nennen. Wie der Buchstabe K auf Englisch.«

»Was ist da draußen los?«, wollte er jetzt von diesen dürren, weißen Fingern wissen, die am liebsten Basketbälle in Körbe beförderten. Aber die Klappe wurde sofort wieder zugestoßen. Vorsichtig stellte er das Geschirr mit dem in eine Serviette eingerollten Besteck am Boden vor der Zellentür ab. Das Handtuch faltete er so zusammen, dass er sich merken konnte, welche Seite er angefasst hatte, und legte es in die Ecke daneben. Dann sah er das Geschirr an. Es war außen vor Hitze beschlagen. Er dachte nach. Viel Zeit würde ihm nicht bleiben. Und essen musste er. Er sah sich um. Nachdem der Strom zurückgekehrt war, hatte er so viel Wasser getrunken, wie er konnte, ohne sich übergeben zu müssen. Dann war er daran gegangen, alle Behälter, die er finden konnte, aufzufüllen. Zuerst hatte er die drei Flaschen mit den Softdrinks, zwei Eineinhalbliter- und eine Einliterflasche, ausgeleert und vollgefüllt. Dann die drei Kaffeebecher, die er besaß. Den kleinen Wasserkocher. Schließlich seinen Zahnbürstenbecher, und dann hatte er die Toilette ausgewischt und mit einem zerrissenen Hemd verstopft, ehe er auch diese mit Wasser aufgefüllt hatte. Ob das was nützen würde, wusste er nicht. Er würde so lange alle Vorräte auffüllen, wie es Wasser gab. Wenn sich die Situation verschlimmern würde, und das befürchtete er, würde es ihm drei, vielleicht vier Tage Zeit verschaffen. Aber was würde er dann tun? Er betrachtete noch immer den Alutopf vor sich und hatte Angst ihn zu berühren. War er am Ende durchgedreht? Bildete er sich das alles ein? Oder übertrieb er einfach nur? Musste man sich keine Gedanken machen? Wahrscheinlich handelte es sich nur um Sicherheitsmaßnahmen. Immerhin bekamen sie regelmäßig Essen. Die Grundversorgung stand. Warum sollte sich das ändern. Vermutlich litt er an einem heftigen Schub von Zellenparanoia. Solche Sachen hörte man von den Typen, die in verschärfte Einzelhaft gesteckt wurden. Die keinen Freigang bekamen und die nach zwei, drei Tagen, spätestens einer Woche völlig am Rad drehten. Man verlor schlichtweg den Bezug zur Realität. Und womöglich passierte ihm jetzt genau das. Er versuchte die Gedanken aus seinem Kopf zu schütteln und holte eine Socke aus dem Schrank. Eilig stülpte er sie über seine Hand und nahm das Besteck und den Deckel ab. Darunter schwamm ein Würstchen in einer Nudelsuppe, flankiert von träge schwimmenden Karottenscheiben. Er leckte sich über die Lippen und streifte die Socke ab, legte sie sorgfältig neben das Handtuch von vorhin und trank eine Tasse Wasser aus. Mit dieser begann er das Essen aus dem Topf zu schöpfen, möglichst ohne diesen zu berühren. Dabei gelangte er zu der zunehmenden Überzeugung, dass er tatsächlich übergeschnappt war. Trotzdem machte er weiter. Als das Geschirr abgeholt wurde, war er bereit. Er hatte das Besteck in den Topf gelegt. Darunter, zwischen Handtuch und Topf, hielt er das Tabakpäckchen, auf dem ein kleiner Zettel mit einer Botschaft stand. Nur ein Wort.

»Besteck?«, sagte der Häftling als er das Geschirr entgegennahm.

»Ist im Topf.« Mehr Zeit brauchte er nicht, um den Topf mit seiner Sockenhand ein wenig zur Seite zu schieben und dem Kerl eine Ecke des Tabaks darunter zu zeigen. Die zwei Hände nahmen den Topf mitsamt dem Päckchen darunter kommentarlos entgegen und die Klappe wurde zugeschlagen. Martin atmete aus. Wäre er gläubig gewesen, hätte er jetzt ein Dankesgebet gesprochen.

Tag 8

44

Nachdem er den Frühstücksteller entgegengenommen hatte, musste Martin kein zweites Mal hinsehen, um zu erkennen, dass er keine Antwort erhalten hatte. Er fluchte. In der Zelle nebenan ging inzwischen etwas vor sich. Schritte, die nur leise zu ihm drangen. Unentzifferbare Worte. Dann die Zellentür. Stille. Als er mittags das Fenster öffnete, drang aufgeregtes Gerede zu ihm herein. Schreie. Flüche. Irgendjemand schrie: »Ich kotz und kack hier alles an. Lasst mich raus!«

Er hörte Steiner, der zurückrief: »Damit geht's dir nicht allein.«

»Steiner?«, rief Martin. Die Angst um seinen Freund war in ihm hochgeschossen wie kaltes Bier durch einen Zapfschlauch.

»Ja?«

»Bist... Bist du in Ordnung?«

Quälende Sekunden der Stille. Dann endlich:

»Ja. Alles klar. Aber Bertl von der Drei ist krepiert.«

Erleichterung.

»... Hat sich totgeschissen. Dem ist der Darm geplatzt oder so was. Verdammtes Arschloch.«

»Himmel.«

»Ja wenn ich's dir sag. Und der ist nicht der Einzige. Mann, sei bloß vorsichtig, sag ich dir. Uns geht's bald allen an den Kragen« Steiners Stimme war kratzig und heiser. Er verbrachte wohl den ganzen Tag damit, zweifelhafte Informationen auszutauschen.

»Das scheint den Wärtern nicht anders zu gehen«, antwortete Martin.

»Warum?«

»Ist dir nicht aufgefallen, dass wir kein Mittagessen bekommen haben?«

»Woher willst du wissen, wie spät es ist?«

»Schau auf die Sonne. Die steht mittags sonst immer über dem Turm vom A-Block.« Kurzes Schweigen. Dann:

»Stimmt.«

»Steiner, ich mach jetzt wieder zu«, rief Martin durch ein aufkeimendes Fluchen und Brüllen aus den umliegenden Zellen. Einige Laute davon klangen nicht nach Worten. Sie waren befremdlich. Klangen krank. Bevor er das Fenster schloss, sagte er noch: »Sieh zu, dass du Wasser bunkerst.«

»Wasser bunkern?«

»Tu's einfach.«

Sie bekamen auch kein Abendessen. Es kam einfach niemand. Nachdem es dunkel geworden war, schlief Martin bald ein. Es war noch dunkel, als er wieder aufwachte. Er konnte nicht lang geschlafen haben. Seine Augen schmerzten die ersten Sekunden leicht. So wie immer, wenn man sich nur kurz ausgeruht hatte. Er blinzelte und atmete aus. Gerade wollte er sich umdrehen und das Kissen unter sich schieben, um eine neue Schlafposition einzunehmen, als er es hörte. Es drang aus einer seiner Nachbarzellen. Benommen versuchte er, die Geräusche zu deuten. Aber es wollte ihm nicht gelingen. Sie hörten sich nicht an wie Sprechstimmen. Vielmehr nach unartikulierten Schreien. Nach einem wiederholten, gurgelnden Kreischen. Schreie in der Dunkelheit, die in seinen schlaftrunkenen Geist fuhren wie Krallen. Als er endlich ganz bei Bewusstsein war, waren sie verschwunden. Es musste ein Alptraum gewesen sein. Nichts weiter. Er strich sich über seinen Unterarm, der von einer Gänsehaut überzogen war, und schob das kurze Gefühl der nächtlichen Beklemmung aus seinem Kopf.

Tag 10

45

Martin saß vor den drei Packungen Prinzenrolle, die er vorigen Monat erstanden hatte, auf die er aber nach dem Kauf seltsamerweise keine Lust mehr gehabt hatte. Daneben lag eine Schachtel Instantnudeln und zwei Tüten Chips. Das war alles, was er noch an Vorräten hatte. Wenn kein Essen mehr kommen würde, würde er die Chips verspeisen. Zumindest solange es noch Wasser gab. Seit zwei Tagen hatte kein Mensch mehr seine Zellentür oder die Durchreiche geöffnet. Steiner berichtete das Gleiche. Umso überraschter war er, als das Mittagessen gebracht wurde. Er nahm mit dem Handtuch bewaffnet das Geschirr entgegen und stellte es auf den Boden. Fragen war zwecklos, das wusste er jetzt. Mit wenig Hoffnung rollte er das Besteck aus der Serviette und ihm fielen ein Messer und gleich zwei Gabeln in die sockenbedeckte Hand. Seine Augen wurden groß. Die Bestellung war doch angekommen. Er hatte eine extra Gabel, nach der niemand fragen würde. Und schon gar nicht der Beamte, der draußen hinter dem Mithäftling, der das Essen austeilte, lauerte und den zurückgegebenen Bestand kontrollierte. Er konnte sie also behalten. Und das für eine läppische Packung Tabak. Martin hatte nicht daran geglaubt, aber es versuchen müssen. Und es war aufgegangen. Es hatte funktioniert. Sein Magen brüllte Zeter und Mordio, weil er es wagte, nicht sofort das Essen in sich hineinzuschlingen, sondern stattdessen fasziniert dieses Stück Metall anstarrte.

Er wusste nicht genau, wofür er diesen gefährlichen

Tausch gemacht hatte. Aber er hatte das Gefühl, dass das Ding nicht schaden konnte. In den Stunden, in denen er seit Sonntag in seiner Zelle gehockt hatte, hatte er sich unzählige Verwendungszwecke ausgedacht. Man konnte sie für alles Mögliche gebrauchen. Theoretisch sogar als – wenngleich nur sehr unwahrscheinlich hilfreiches – Werkzeug für eine Flucht. Oder als Instrument für den Selbstmord, den er einem Tod durch Verdursten vorziehen würde. Vielleicht würde er gar nicht so lange warten. Daran gedacht hatte er. Sein Blick ging zu dem Buch, in dem Jakobs Brief steckte. Vielleicht würde die Gabel auch als Verteidigungsmittel im Fall einer drohenden Revolte dienen können. Er wusste es nicht. Er hatte einmal gesehen, dass ein Gefangener einen anderen fast getötet hatte, indem er sich aus einer einfachen Gabel einen Schlagring gebastelt hatte, indem er die Gabel schlicht in der Mitte umgebogen hatte. Dadurch lag der hintere Teil des Griffes in seiner Hand und der vordere Teil vor den Knöcheln. Die zwei mittleren Zinken hatte er nach vorne gebogen, dass sie von seiner Hand wegstanden wie zwei Zacken. Das war auch einer der Gründe, warum in der Anstalt nicht in größeren Gruppen gegessen werden durfte. Damit einzelne Attentate und Handgreiflichkeiten nicht zu Massenschlägereien ausarten konnten. Er hatte kein Messer bestellt, weil diese standardmäßig abgestumpft und so dünn waren, dass sie sich sofort verbogen, wenn man sie irgendwo hineinstoßen wollte. Für Gabeln galt das nicht. Wohl nicht zuletzt, weil sie eine gewisse Härte brauchten, um Fleisch aufspießen zu können. Warum die Gefängnisleitung nicht einfach auf Plastikgabeln umgestiegen war, war ihm ein Rätsel.

46

Er hatte ein radiergummigroßes Loch in seine Matratze gerissen und die Gabel in das Futter geschoben. Ein Versteck, das bei jeder Stubenvisite sofort entdeckt worden wäre. Aber eine solche erschien ihm in nächster Zeit unwahrscheinlich und sobald sich die Zustände besserten, würde er seine neue Waffe aus dem Fester werfen. »Wahrscheinlich«, dachte er, »könnte ich sie mitten am Tisch liegen lassen und es würde niemanden interessieren.«

Tatsächlich hatte er seit Tagen keinen Wärter gesehen. Am Nachmittag hob ein bekannter Lärm am Gang an. Die trockene Stimme Hansens bellte durch die Luft. Er hörte Bewegungen und Rufe. Sie nahmen mit der Zeit nicht ab, sondern wurden lauter. Es herrschte Aufregung im Block.

»Steiner?«, rief er aus dem Fenster, nachdem er es geöffnet hatte.

»Ich weiß auch nicht, Mann«, antwortete dieser, ohne Zeit mit üblichen Einstiegsfloskeln zu verschwenden.

»Weiß irgendwer etwas?«

»Rodrigo vom Eck meint, sie wollen uns verlegen. Aber dann hat er auf einmal nichts mehr gesagt.«

Beide überlegten. Martin dachte an die Gabel in seiner Matratze. Er musste sich entschließen, was er damit machen würde. Wenn es für sie hier wegging, konnte sie ihm woanders nutzen. Die Gefahr, bei einer Verlegung damit erwischt zu werden, war allerdings groß und Martin war nicht bereit dazu, diese zu mindern, indem er sich die Gabel rektal einführte. Ehe er das Fenster schloss, rief er hinaus: »Mach keinen Scheiß, hörst du?« Dann wollte er sich um die Matratze kümmern. In diesem Moment wurde seine Durchreiche mit einem metallenen Quietschen geöffnet. Er fuhr herum und stand automatisch stramm wie in seiner Zeit bei der Bundeswehr. Ein Plastikpäckchen von der Größe einer Brieftasche wurde hereingeworfen. Noch ehe er erkennen konnte, worum es sich handelte, hörte er Hansens Stimme: »Anlegen und umdrehen. Auf die Knie und Hände hinter den Kopf, aber dalli!«

Die Klappe schloss sich nicht. Martin überlegte angestrengt. Aus irgendeinem Grund glaubte er, jetzt unbedingt die Gabel mitnehmen zu müssen. Er glaubte, dass sein Leben davon abhing. Aber er wurde beobachtet. Hansen sah hinter seiner Gasmaske in den Raum und musterte ihn: »Na wird's bald, Arschloch. Wir haben nicht ewig Zeit.«

Eine ungewöhnliche Aufregung schwang in der verzerrten Stimme mit. Schließlich hob er das Päckchen auf und riss die Einschweißfolie auseinander. Es war ein Mundschutz, wie man ihn aus Krankenhäusern kannte, Einweghandschuhe und so etwas wie zwei hellblaue Badehauben. Er legte die ersten Dinge an und stand dann rätselnd vor dem Rest.

»Die Schuhe, du Volltrottel! Auf die Schuhe!«

Er stülpte sie über und fragte sich, was hier eigentlich vor sich ging. Dabei kniete er sich wie geheißen mit dem Gesicht Richtung Fenster hin.

»Was ist denn los?«, sagte er, als die Klappe zugeworfen und die Zellentür geöffnet wurde.

»Schnauze. Hände hinter den Kopf«, fauchte Hansen und legte ihm Handschellen an, sodass seine Hände hinter dem Rücken gefesselt waren. Dann griff er ihm unter die Achsel und zog ihn hoch. Es war ein grässliches Gefühl, so gehen zu müssen. Man hatte keine Chance sich abzufangen, wenn man stolperte.

»He, lass mich wenigstens die Jacke anziehen. Draußen ist es schweinekalt.« Er spürte einen Schlag in die Kniekehle und knickte ein, wurde aber zurückgehalten, ehe er auf den Boden prallte. Sein Herzschlag raste jetzt. So etwas hatte er noch nicht erlebt. Das kannte er bloß aus Filmen. Hansen musste zum Zerreißen angespannt sein. Er spürte es an dem Griff an seinem Oberarm. Diese Hände zitterten.

»Wenn hier jeder solche Mätzchen macht, werden wir nie fertig«, sagte der Wärter und schob Martin hinaus, wo er von einem anderen übernommen wurde. Er erkannte ihn dank der Maske nicht. Sie mussten sich in einer Reihe vor den Zellen aufstellen und abwarten, während die restlichen Zellen des Gangs geleert wurden. Der Lärm hier war ohrenbetäubend. Wilde Schreie, Flüche und Gitterklappern, aufschwingende Türen und dumpfe Schritte hallten durch die Korridore. Martin fiel auf, dass nicht nur die Tür seines direkten Zellennachbarn, sondern auch einige andere verschlossen geblieben waren und niemand davor stand. Bevor er aber darüber nachdenken konnte, wurde seine Aufmerksamkeit von einer Szene auf der anderen Seite des Ganges, schräg gegenüber seiner Zelle, gefangen. Dort war soeben die Klappe geöffnet worden. Im selben Moment schoss eine Hand heraus, packte einen Wärter an dem Plastikanzug vor der Brust und riss ihn mit solcher Gewalt gegen die schwere Holztür, dass es krachte. Seine Gasmaske verrutschte und er fiel bewusstlos zu Boden. Ein anderer Wärter schoss mit einem Taser hinein und man hörte das typische Klicken und Knacken des Stroms, der durch die Adern des Häftlings gejagt wurde. Einige in seiner Reihe hatten begonnen zu jubeln. Allerdings waren sie verstummt, als die zwei Wärter, die für die Bewachung der Gänsereihe, in der Martin stand, zuständig waren, ihre Waffen zogen. Er hatte in den vergangenen zweieinhalb Jahren nur selten gesehen, dass ein Beamter einen Schlagstock, geschweige denn eine Waffe getragen hatte. Die Gefahr, dass Häftlinge sie an sich reißen konnten, war im Alltag zu groß. Das gab es nur bei ernsten Zwischenfällen. Und das hier schien einer der gravierenderen Sorte zu sein.

Es ging für sie den Flur entlang durch Korridore und über Treppen. Die meisten Zellen waren noch verschlossen. Sie räumten den Block von oben nach unten. Hinter den Türen hörte man hier und dort Gefangene maulen. Aus zahlreichen war aber kein Mucks zu hören. Fast gespenstisch.

»Sind Sie wahnsinnig?«, fuhr ein breitschultriger Wärter, ebenso wie die anderen in einen außerirdischen Plastikanzug gehüllt, Hansen an, der sich an den Kopf der Schlange gesetzt hatte. Sie hatten den Ausgang des Blocks erreicht.

»Sind Sie wahnsinnig, die Leute hinter dem Rücken zu fesseln? Das ist nicht angeordnet gewesen.«

»Ich hatte Grund zu der Annahme, dass«, entgegnete Hansen entrüstet, wurde aber sofort wieder abgewürgt.

»Ist mir scheißegal, was Sie annehmen. Sie …«, mehr hörte Martin nicht, denn die zwei waren auf die Seite getreten, während die Gefangenen weiter gehen mussten. Sie steuerten auf einen Bus vor Tor 1 zu, das mit seinen roten Ziegeln wie der Ausgang eines überdimensionalen Backofens aussah.

Martin sah sich nach Steiner um, aber er war nirgends zu sehen. Seinen Vordermann fragte er: »Was ist mit dem ersten Stock?« Der zuckte nur mit der Schulter und meinte: »Die holen einen nach dem anderen raus. Das ist Standard bei Verlegungen. Nur sind es verdammt wenig Wärter für so eine Sache.« Er war ein alteingesessener Häftling mit Halbglatze und in Fetzen über die Schulter hängenden, grauen Haaren. Längst im Pensionsalter. Martin glaubte, dass man ihn Blüten-Toni nannte, weil er ursprünglich für Geldfälscherei eingesessen war und dann wegen verschiedener Gewaltdelikte hinter Gittern ständig neue Haftstrafen dazu bekommen hatte.

Vor dem Bus wurden sie aufgestellt. Erst wurden ihnen umständlich die Handschellen abgenommen und vor dem Körper angelegt. Mit den Händen am Rücken hätten sie sich nicht setzen können. Dann mussten sie einzeln zusteigen, während ein Beamter Personendaten – Name und Gefangenennummer – auf einem altmodischen Klemmbrett abhakte. Immer wurden nur einem, maximal zweien die Fesseln gewechselt. Die Wärter wirkten nervös und konnten diese unvorhergesehene Verzögerung offensichtlich nicht gebrauchen. Vielleicht würde Hansen, das Arschloch, für seine Dummheit entlassen werden. Martin glaubte Grendel zu erkennen, der gerade einem schwer übergewichtigen Häftling, der es alleine kaum in den Bus schaffte, behilflich war. Drei oder vier waren schon drin, als die in den Ohren schmerzende Anstaltssirene ertönte. Kurz darauf gab es einen gewaltigen Knall, wie man es von Böllern vor großen Fußballspielen kannte. Gefangene und Wärter gleichermaßen zuckten zusammen. Ein zweiter Knall folgte. Alle Blicke gingen Richtung A-Block, hinter dessen Fassade jetzt langsam dunkelgrauer Rauch aufstieg. Das musste von Tor 2 kommen.

»Gas!«, schrie jemand. »Das ist Tränengas!«

Die Aufregung nahm zu. Man hörte weit entfernte, wilde Schreie durch das Sirenenheulen. Immer wenn die Sirene nach fünfzehn Sekunden kurz abklang, ehe sie wieder anhob, wurden die Schreie lauter. Viel lauter. Schüsse waren zu hören. Ein Brüllen unzähliger Menschen hallte herüber, vermischt zu einem Ton wie aus einer einzigen Kehle. Der Mann, der Hansen zusammengeputzt hatte, drückte ein Funkgerät an sein Ohr. Nickte. Schien etwas zu sagen. Dann brüllte er seinen Leuten etwas zu. Die Wärter verstanden nicht recht. Es war Chaos. Da lösten sich die zwei vorderen Häftlinge aus Martins Kette. Der Wärter mit dem Klemmbrett wurde von einem schweren Fausthieb überrascht, sodass er zu Boden ging wie ein Sack Kartoffel. Die zwei Flüchtenden, einer von ihnen hatte die Hände noch hinter dem Rücken gefesselt, rannten auf das Torsystem zu. Das innere, hohe Tor war geöffnet und sie würden nur das weniger gesicherte und nicht stacheldrahtbehauene Außentor überwinden müssen. Als die Wärter endlich reagierten, hatten die zwei Ausreißer bereits einen Vorsprung von zehn oder fünfzehn Metern. Hansen und drei seiner Kollegen hatten ihre Taser auf die verbliebene Gruppe gerichtet, während ein weiterer seine Elektropistole in Richtung der Rennenden entlud. Aber die Kabelpfeile verfehlten und fielen wirkungslos auf die Erde. Da brachen Schüsse, und einer der Fliehenden – der Gefesselte – klappte in einer Blutwolke zusammen, rollte noch zwei Schritte und blieb mit dem Gesicht im Staub liegen. Der andere rannte weiter und hatte das Tor beinahe erreicht, als es erneut lautstark knallte und rote Spritzer aus seinem Oberschenkel gefetzt wurden. Er kippte vor Schmerz schreiend zur Seite. Ehe die Gruppe mit Stockhieben zurück in den Block getrieben wurde, sah Martin, wie der Schütze im Wachturm vor dem Sportplatz sein Gewehr von der Schulter nahm. Dann waren sie wieder im Inneren und wurden unter Schlägen und Schreitiraden zurück in ihre Zellen gejagt. Als Martin seine erreichte, als die Tür hinter ihm zugeschlagen wurde, stützte er sich zuerst auf die Lehne seines Sessels. Dann knickten seine Beine ein und er sackte auf die Knie. Er bebte am ganzen Leib. Legte sich auf den Boden und starrte zur Decke. Während draußen der Lärm nicht abriss, sondern noch viel lauter wurde, nachdem die Sirene endgültig verstummt war, konnte er nur noch an die Gabel in seiner Matratze denken. Er musste sie herausholen. Hastig riss er grob den Stoff auf und drückte sie mit beiden Händen an seine Brust. Seine zitternde Faust so fest darum geschlossen, dass die Knöchel weiß wurden.

Tag 11

47

Der Lärm, der von Block A die ganze Nacht über zu ihnen gedrungen war, hatte mittlerweile derart grauenvolle Züge angenommen, dass die Männer in Martins Block verstummt waren. Selbst Steiner wusste nicht, was er sagen sollte. Jeder, der stehen konnte, hing an seinem Fenster und starrte hinüber. Es war nicht viel zu erkennen. Das Schlimmste musste sich in den Gängen abspielen, nicht in den Zellen, deren Fenster von hier aus zu sehen waren. Es war unregelmäßiges Schreien, Gitterklirren, weit hin hallende Schüsse. Ab und zu sah man Mündungsfeuer aus einem der Fenster blitzen. Rauchwolken von Tränengasgranaten stiegen aus dem Hof hinter dem Block auf. Bestialisches Brüllen ertönte hier und dort. Das ging über drei Stunden so. In Block B war es dafür umso stiller. Sämtliche Wärter mussten abgerückt sein. Irgendwann wurde es auch drüben leiser, und als ein leichter, kalter Regenschauer über die Anlage zog, hörte man nichts mehr, außer das gluckernde Wasser in den Dachrinnen und die Tropfen, die an die Fenster trommelten.

Martin wurde von der Anstaltssirene geweckt. Eine Sirene wie jene, die man aus Weltkriegsfilmen kannte. Fliegeralarm, dachte er dann immer. Aufgeregt schob er Jakobs Brief weg, den er unter sein Gesicht gelegt hatte, um daran zu riechen, um den Hauch ihres Parfums, wie er sich einbildete, zu schmecken, und richtete sich auf. Er öffnete das Fenster, noch ehe er ganz aus dem Bett gestiegen war. Angestrengt musterte er die Umgebung, während sich Steiners grauenhafter Tabak in seine Nase bohrte. Der Freistundenplatz zwischen den Blöcken stand leer und unberührt. Wie eh und je. Dann verklang die Sirene. Steiner rief einen Gruß herauf und die obligatorische Frage, was denn da abgehen würde. Martin antwortete nur auf Ersteres.

Es gab ein ekliges Rückkoppelungsgeräusch und ein metallisches Kreischen. Dann hallten drei Sätze durch die Lautsprecher am Hof und in den Gängen. Nur drei Sätze. Die Stimme war tief und ruhig und Martin meinte, ihr ein schmutziges Grinsen anhören zu können. Die Worte wurden langsam und betont gesprochen. »Guten Abend, meine Damen und Herren! Ich bin der neue Direktor dieser heiligen Hallen. Und in nächster Zeit wird sich so einiges ändern.« Ein Mikrofonknistern und ein Klicken und die Stimme war wieder weg.

Dann folgte ein anderer Sprecher. Eine helle, gestauchte

Männerstimme. Sie sagte lediglich: »Es folgt ein Stück aus der Privatsammlung des Direktors.«

Dann ertönten die durch die Lautsprecher kratzenden Klänge eines Wiener Walzers, der immer lauter wurde.

»Was, zum verfickten Teufel?«, fragte Steiner. Er richtete sich an niemand Speziellen, sondern rief es einfach so in den Hof hinaus. Stimmen schlossen sich an, nachdem die erste Überraschung überwunden war. Wildes Gerede. Geschrei. Allmählicher Applaus ertönte aus einigen Zellen. Johlen mischte sich dazu und die Musik wurde übertönt. Pfiffe. Freudenschreie. Wilder, irrer Jubel mischte sich mit der klassischen Musik zu einem Sturm des Wahnsinns.

48

Sofort nachdem Martin das Fenster geschlossen hatte, um diese Irrenanstalt aus seiner Zelle zu verbannen, war er zur Tür gegangen und hatte kräftig dagegengetreten. Sie rührte sich kein Stück. Er trat wieder zu. Nutzlos. Dann wuchtete er seine Schulter an das Holz. Nichts. Sie musste mindestens fünfzig Kilo Eigengewicht haben und war so breit wie ein 400-Gramm-Filetsteak. Er dachte nach. Seine Gelenke schmerzten bereits. Er würde sich eher alle Knochen brechen, bevor er sich durch die Tür schlagen konnte. Also sah er sich um, griff nach der Gabel, die auf seinem Bett lag, und kniete nieder. Unter großen Schmerzen in den Fingern verbog er die Gabelzinken, so wie er glaubte, dass sie am ehesten einem Schlüssel entsprachen, und versuchte, sie in das Schlüsselloch zu stecken. Aber es war sinnlos. Selbst wenn sie hineingepasst hätten, was sie nicht taten, würde er damit niemals den komplizierten Aufbau eines Zellenschlüssels imitieren können. Er überlegte. Sah die Tür von oben bis unten an. Unter dem weißen Lack sah man die Fugen, welche zwischen den dicken Brettern entstanden waren, als man die Tür vor Jahrzehnten gestrichen hatte. Wenn er da beginnen würde das Holz abzuschaben... Vielleicht würde es etwas nützen. Vielleicht würde er über Stunden und Tage hinweg so viel abtragen können, dass er das Brett irgendwann eintreten könnte. Dann sah er sich das Schloss an. Möglicherweise könnte er das Holz drum herum abschaben, bis es frei lag und es dann mit einem Stuhlbein herausbrechen. Aber es würde wahrscheinlich zu gut verankert sein. Er ließ das Besteck sinken und lehnte sich gegen die Tür. Stützte die Stirn gegen seinen Handballen und kämpfte gegen einen aufkeimenden Zorn an. Aber es half nicht. Er explodierte von einer Sekunde auf die andere. Er wollte die Einrichtung zertrümmern und zerschlagen. Wollte sich durch die Wände beißen. Wollte die Gitter aus den Fenstern reißen. Er schrie. Er schrie vor Verzweiflung während die Zelle immer kleiner wurde. Ihm war, als ob er keine Luft zum Atmen hätte. Dass er ersticken würde. Dass die Stahlbetondecke herunterkommen und ihn unter sich begraben würde. Er fluchte und weinte und atmete japsend und nach Luft ringend. Er griff nach dem Brief seines Sohnes, nach den Fotos seiner Familie. Zog sie an sich und warf sich auf den Boden. Durch den verschwommenen Blick waren nur bunte Flecken zu erkennen, aber er wusste jede Linie, jede Kontur der Bilder auswendig. Er weinte und schnappte gleichzeitig nach Luft wie ein Ertrinkender. Wie ein um sein Leben Fürchtender. Wie ein Mann, der befürchtet, seinen Verstand zu verlieren vor Angst und Trauer und Beklemmung und Einsamkeit.

Tag 12

49

Er hatte sich für die Ritze zwischen den unteren Brettern entschieden. Den ganzen Tag hatte er von dort ausgehend versucht, mit einer Gabelspitze über eine Fläche von fünfzehn Zentimetern Höhe und dreißig Zentimetern Breite Holz frei zu legen. Seine Finger hatten bald angefangen zu bluten, da half auch nicht, dass er nach den ersten Minuten ein Hemd herumgewickelt hatte. In einer Pause versuchte er, sich am Fenster zu erholen, als er auf etwas aufmerksam wurde. Da rannte der dürre Kane über den Rasen. Der Bursche, der in seinem Block das Essen ausgeteilt und ihm seine Gabel beschafft hatte. Ohne Wärter im Schlepptau lief er über den Freistundenplatz ihres Blocks. Aber dafür erregte er eine Menge Aufsehen unter den Häftlingen in ihren Zellen. In den langen Händen hielt er etwas.
»Kane, he Kane. Ka…! Was hast du da?«, hörte er Steiner schreien.

Martin rief: »Weißt du, was es mit alldem auf sich hat?« Aber er wurde ignoriert.

»Scheiße«, maulte Steiner hinauf: »Der Typ weiß nicht mal, was es mit seinem Schwanz beim Pissen auf sich hat... KANE!« Sein Freund brüllte aus vollem Hals: »Was hast du da verflucht?«

»Werkzeug!«, rief Kane jetzt außer Atem zurück, ohne anzuhalten.

»Wofür?«

»Für ihn!«, dabei drehte er sich in ihre Richtung und Martin konnte sehen, dass es ein schwerer Vorschlaghammer war, wie sie ihn in der Gärtnerei benutzten, um Pflöcke einzuschlagen. Martin blieb ratlos zurück. Auch Steiner wusste nicht, was er darauf antworten sollte.

Am Morgen danach – heute – waren sie wieder durch die Sirene und den vierminütigen Wiener Walzer geweckt worden. Dann ertönte die helle, gestauchte Stimme des Moderators: »Der Direktor lässt ein paar Informationen verlautbaren. Erstens: Heute Mittag gibt es eine vorzügliche Mahlzeit, mit bestem Gruß aus der Küche. Zweitens: Jede Form des Fensterfunks ist zu unterlassen. Schuhpost ist zu unterlassen. Und drittens, und das gilt vor allem für die Genossen, die noch in ihren Zellen sitzen: Wer versucht, unerlaubt aus seiner Zelle zu gelangen, der trifft den Hammer.«

Danach folgte das typische Rumoren, das Fluchen und Schreien aus unzähligen Zellen seines Blocks. Martin schluckte. Er sah zur Tür zurück. Am Boden rings herum lagen Splitter neben Lackfetzen und Blutstropfen.

Jetzt, am Nachmittag, lag er auf seiner Pritsche und hatte die Augen geschlossen. Tatsächlich war Essen gebracht worden. Es handelte sich um das übliche Aluminiumgeschirr und der Reisauflauf darin unterschied sich nicht von der früheren Anstaltskost. Seine Fragen waren bei der Abholung des Geschirrs unbeantwortet geblieben. Ihm war nur aufgefallen, dass es nicht mehr Kane war, der das Essen austeilte. Nachdem er noch einige Zeit weiter an der Tür gearbeitet hatte – als er sich fast sicher war, dass im Gang draußen niemand mehr war, der sein Schaben hören konnte – wollte er sich ausruhen. Allerdings war das kaum möglich. Denn eine Zelle weiter schrie ein Häftling seit mindestens vier Stunden wie am Spieß. Er verfluchte die Welt und den neuen Direktor und alles, was ihm einfallen wollte. Er verlangte, hinausgelassen zu werden, und trat immer wieder wie ein Besessener gegen die Tür. Er warf kleingeschlagene Einrichtungsgegenstände aus dem Fenster und pisste hinterher. Schließlich setzte Martin sich wieder zur Tür und wollte weiter machen, als er das ferne Klacken der Abteilungstür am Gang hörte. Man hörte es in den Zellen nur, wenn man sich anstrengte. Oder wenn es leise war. Und das war es momentan. Zwar nur in den kurzen Pausen, die der Schreihals einlegte. Aber genau in einer solchen wurde jetzt am Ende seines Stockwerks die Tür aufgemacht und wieder geschlossen. Martin räumte sein Besteck weg und kehrte die Holzbrösel unter ein Handtuch. Dann legte er das Ohr an die Tür.

Er hörte ein metallisches Schleifen in seinem Gang, ab und an unterbrochen von einer Art... Aufpäppeln. Er musste an den Hammer denken, den Kane getragen hatte. Er musste daran denken, dass es so klingen musste, wenn der wuchtige, abgewetzte Stahlkopf über eine Unebenheit gezogen wurde. Es kratzt den Gang hinunter, bis kurz vor seine Zelle. Martin hielt den Atem an. War das vor seiner Tür? Würde gleich jemand mit einem Vorschlaghammer in den Händen hereintreten? Kalter Schweiß bildete sich auf seiner Stirn und in seinen Händen. Dann das Knacken des Schlosses in der Nebentür. Jetzt brüllte der Schreihals wieder. Es musste seine Zelle sein. Es waren dumpfe, zornige Worte. Flüche und Verwünschungen. Plötzlich ein Aufschreien. Mehr noch. Ein Kreischen. Dann folgte ein dumpfer, fleischiger Knall. Dann Stille. Noch einmal ertönte dieser gedämpfte Knall. Und noch einmal. Irgendetwas brach durch. Martin sah zu den Brettern seines Betts, die als Lattenrost dienten. Noch ein Schlag. Und noch einer. Immer mit einer Ausholpause dazwischen. Wieder Stille. Die Tür wurde geschlossen und das metallische Kratzen entfernte sich wieder.

50

»Steiner?«, raunte Martin. Er hatte sich so vor das Fenster gesetzt, dass von draußen nur sein Kopf in der unteren Ecke zu sehen sein würde. Und auch nur dann, wenn man genau schauen würde, hoffte er. Erst kam keine Antwort. Nach ein paar Sekunden roch er den aggressiven Tabak seines Freundes. Dann ein gezischtes: »Ja?«

Sie versuchten so leise wie möglich zu sprechen. Nach dem Vorfall war es noch leiser im Block geworden. Man nahm so gut wie gar keine Gespräche mehr wahr. Die Zellen rings herum konnten genauso gut leer sein. Der Block war wie ausgestorben.

»Was machen wir jetzt?«, fragte Martin.

»Ich weiß nicht... wir sind angeschissen. Es ist…«, er verstummte. Draußen bogen zwei Gestalten um eine Gebäudeecke. Sie hatten die Häftlingshosen an und ihre Hemden mit den Ärmeln um die Hüften gewickelt. Einer trug ein Unterhemd, der andere war oberhalb des Gürtels nackt. Tagsüber mochte es in der Sonne halbwegs erträglich sein mit einem Sweater. Die Luft in seiner Zelle war schon kalt, wie mochte es da erst im Freien sein? Aber die zwei spazierten unbeeindruckt davon durch die Sonne und unterhielten sich. Dabei sahen sie immer wieder in die Richtung des A-Blocks. Einer rauchte, der andere hatte so etwas wie eine Latte oder eine Stange über den Nacken gelegt und ruhte die Hände darauf aus. Den Kerl mit der Latte, er sah aus wie ein Bodybuilder, hatte Martin schon einmal gesehen. Man nannte ihn Dozer. Das war die Kurzform für Bulldozer. Seine bunten Tätowierungen rankten sich bis über den Hals zum Unterkiefer und auf der einen Wange prangte 88. Martin hatte in den vergangenen zweieinhalb Jahren so gut wie nie ein Wort mit ihm gewechselt. Nur einmal hatte der Typ ihn in der Freistunde gefragt, ob er die Milchtüte haben könnte, die Martin vom Mittagessen mit auf den Hof genommen hatte. Er hatte ihn aus Augen angesehen, deren weißen Teile schwarz tätowiert waren, sodass man nur die stechend blaue Iris erkennen konnte in diesem massigen Schädel. Wortlos hatte er dem Mann seine Milch gereicht. Dieser hatte freundlich genickt und war weitergezogen. Jetzt schritt er mit seinem Kompagnon über den Rasen wie ein Löwe, der nach dem Fressen einen Schattenplatz zum Verdauen suchte. Als sie um die Hausecke des A-Blocks verschwunden waren, rief Steiner stimmlos herauf: »Sie sagen, der Typ erschlägt andere mit einem Vorschlaghammer.«

»Wer? Dozer?«

»Nein. Der Direktor.«

»Wer ist der Kerl?«

»Keine Ahnung. Es heißt, früher haben ihn alle nur als den ›Gärtner‹ gekannt. Er sitzt, seit er vor drei Jahren hier angekommen ist, in verschärfter Einzelhaft. Mehr weiß ich auch nicht, Mann.«

»Warum sind nicht schon längst die Bullen aufgetaucht?«, fragte Martin nach einer längeren Pause.

»Keine Ahnung. Wir sind hier am Arsch der Welt!«

»Bullshit. Bis zur Stadt sind es vielleicht fünfundvierzig Minuten. Und gleich da vorne ist das Dorf. Die Kirche lässt sich von hier aus sehen!«

»Sag ich ja.«

»Die müssten doch schon längst da sein.«

»Weiß der Teufel, was da draußen abgeht. Irgendeinen Grund wird's schon haben. Aber es ist kein guter, Mann.«

Eine geschlagene Minute herrschte Schweigen. Beide kauten an ihren Sorgen. Dann räusperte sich Steiner und sagte: »Sie sagen, die Leute, die sich angesteckt haben, gehen innerhalb von Tagen drauf. Und die, die es nicht tun… drehen komplett durch. Haben Fieberschübe und so nen Scheiß.«

»Wer sagt das?«

»Gonzo von der Drei solls Motte gesagt haben. Und der hat's gestern Morgen mir gesteckt.«

»Woher soll Gonzo das wissen?«

»Keine Ahnung Mann. Ist doch aber auch egal. Sie sagen, die drehen voll ab, wenn sie so nen Schub… Mann, in Dresden soll ein Kerl seine halbe Familie regelrecht aufgefressen haben. Und als er aus seinem Fieberwahn aufwacht, ruft er noch selbst die Bullen. Die kommen an und er erklärt denen, dass er keinen Tau hat, was passiert sein soll. Das hab ich schon vor Tagen gehört.«

Martin wollte das Fenster schließen. Gerüchte solcher Art konnte er nicht gebrauchen. Das war ihm zu dumm.

»Hör mal, sowas denkt sich doch kein Mensch aus«, schien Steiner zu ahnen, was er dachte.

Martin ignorierte ihn. Er schüttelte den Kopf und sagte: »Ich muss hier raus!«

»Haha. Gute Nummer. Wem geht's nicht so?«

»Nein, ich muss wissen wie es meiner Familie geht, verdammt.«

»Noch mal: Wem geht's nicht so?«, sagte Steiner und schloss sein Fenster. Martin tat es ihm gleich, drehte sich um und rutschte mit dem Rücken die Wand hinunter auf sein Bett.

Er starrte an die Zellentür und grübelte. Steiners Satz hallte in seinem Kopf wie in einer Endlosschleife nach. Wieder und wieder. Er ließ sich nicht ausblenden. Langsam zog er die Knie an die Brust und umschloss sie. Er gab nichts auf Gerüchte. Zumindest versuchte er es. Aber es wollte ihm nicht gelingen. Er verfluchte Steiner für den Satz:

»Sowas denkt sich doch kein Mensch aus«

Tag 19

51

Die ersten vier Tage hatten sie jeweils ein Mittagessen bekommen. Es war nicht weniger, als in der Anstalt früher üblich gewesen war. Und auch nicht schlechter. Aufläufe, Suppen, Eintöpfe. Allerdings war es die einzige Mahlzeit des Tages, die gebracht wurde. Normalerweise hatten sie zusätzlich Frühstück und Abendessen bekommen. Es war unangenehm. Martin litt ständig Hunger, selbst wenn er gerade gegessen hatte. Seit drei Tagen war schließlich gar kein Essen mehr gekommen. Er musste an Steiner denken, der ohnehin ein schmaler Bursche war, und wie schwach er mittlerweile sein würde. Dann fiel ihm der fette Kurt ein. Der konnte noch lange von seinen Reserven zehren. Wenn das Wasser weiterhin kommen würde, würde er sie alle überleben. Aber bevor er an Hunger stirbt, ist er wahrscheinlich längst durchgedreht, dachte Martin. Wie ich. Er litt an zerrüttenden Panikschüben.

Mehrmals täglich war er plötzlich nicht mehr im Stande sich zu bewegen, zitterte am ganzen Körper und begann Schemen an der Decke zu sehen. Nackte Panik überfiel ihn dann und lähmte seinen Leib fast. Viel schlimmer aber war, was diese Attacken mit seinem Verstand anrichteten. Dessen wurde er sich in guten Momenten bewusst. Er hatte begonnen, Dinge in den Wänden zu hören, von denen er nur hoffen konnte, dass sie nicht da waren. Seine Gedankengänge waren verwirrt geworden, unzusammenhängend und irrational. Vor zwei Tagen hatte er gemeint, aus irgendeinem Grund seine Zelle dringend reinigen zu müssen, um eine Ansteckung mit dieser Krankheit, die scheinbar in der Außenwelt und auch bei ihnen hier drinnen kursierte, zu verhindern. Dabei war außer ihm seit fast eineinhalb Wochen niemand in seiner Zelle gewesen. Er hatte drei Flaschen Wasser verbraucht, und als er wieder zu Sinnen kam, musste er vor Erleichterung weinen, als er feststellte, dass er die Flaschen wieder auffüllen konnte. Lauthals hatte er gelacht und plötzlich abrupt innegehalten, verängstigt von den Stimmen, die mit lachten. Später, als er am Bett saß, erkannte er, dass es seine eigene gewesen sein musste, die von den Wänden seiner engen Zelle zurückgeworfen worden war.

Jetzt, irgendwann nach Mitternacht, kauerte er auf seinem

Bett und starrte an die Tür. Drei ganze Tage hatte er nach dem Tod seines Zellennachbarn keine Hand daran gelegt. Zu sehr war ihm die Angst vor der Strafe in die Knochen gefahren. Am vierten Tag hatte er wieder begonnen mit der Gabel an dem Holz zu schaben, nach einer halben Stunde aber wieder aufgehört. Nachdem er vorgestern in den Wahnsinn abgedriftet war seine Zelle putzen zu müssen und nachdem er wieder zu Verstand gekommen war, hatte er beschlossen weiterzumachen. Er konnte hier entweder verrückt werden oder er konnte versuchen hinauszukommen, seine Familie zu suchen und dem Kerl, der seine Frau fickte, den Arsch aufzureißen. Nein, nein. So wollte er nicht denken. Das durfte er nicht. Er wollte nur, dass es ihnen gut geht. Wollte nur für sie da sein und sie beschützen. Das war sein Job, redete er sich beständig ein. Und dafür musste er hier raus. Auch wenn er damit sein Leben riskierte. Aber alles war besser, als auch nur eine Minute länger als unbedingt notwendig in dieser verfluchten Zelle zu bleiben. Noch so einen Anfall akuten Zellenkollers würde er nicht mehr aushalten, ohne vollends verrückt zu werden, befürchtete er. Die Angst davor war fast noch gemeiner als die spontanen Panikanfälle selbst. Sie ging nämlich nicht wieder weg. Sie setzte sich in seinem Kopf fest und malträtierte jede Minute seines Daseins. Die Angst, den Verstand zu verlieren. Er versuchte an seine Familie zu denken, an seinen Sohn. Versuchte sich vorzustellen, wie sie aussahen, und betrachtete die Bilder. Aber es waren nur tote Aufnahmen. Er wusste nicht, wie sie sich bewegten, wie sie sprachen und kannte den Klang ihrer Stimmen nicht mehr. Weder über ihre Träume noch über ihre Ängste wusste er Bescheid. Martin war klar, dass sie nicht mehr die von vor drei Jahren waren. Sie hatten sich weiterentwickelt. Auch körperlich. Jakob musste um mindestens eine Handbreit gewachsen sein. Und Anna hatte mittlerweile fast den Köper einer jungen Frau, wie auf den Bildern zu sehen war. Er umklammerte dieses eine Foto, das sie vor einem Kaffeehaus zeigte. Die markantesten Gesichtszüge waren noch da, aber ansonsten war alles anders. Sogar die Haarfarbe. Ihr strohblondes Haar war dunkler geworden, strähniger. Sie stand aufrecht, fast wie eine Ballerina. Unter ihrem ärmellosen, engen Shirt zeichneten sich Brüste ab. Sie trug keine Schul-, sondern eine Umhängetasche. Mittlerweile war sie größer als seine Frau. Dabei hatte er sie vor seiner Verhaftung noch in den Armen gehalten, hatte sie auf seinen Schoß gezogen und über ihren Kopf gestreichelt. Hatte ihr einen Kuss auf die Stirn gegeben. Auf eine Stirn, die jetzt von einem anderen Mann geküsst wurde? Einen Ersatz für ihn? Einen neuen Beschützer? Er spürte, wie sein Gesicht sich längst zu einer Fratze verzogen hatte. Tränen tropften auf dieses Bild seiner Tochter, die er nicht mehr kannte. Für die er nicht wirklich existierte. Nicht richtig. Er war nicht präsent. Er schwirrte nur irgendwo in ihren Hinterköpfen herum und war eine Belastung. Etwas, von dem man nur ungern erzählte. Er war jemand, der es schaffte, jedes Familientreffen zu zerstören, obwohl er nicht einmal da war. Allein durch die Tatsache, dass das Gesprächsthema irgendwann auf ihn kam.

»Au!«, schluchzte er und griff sich an die Brust. »Ahauu...« Er zog mit den Unterarmen alle Fotos zu sich und drückte sie an seinen Leib, an sein nasses Gesicht und jammerte. Weinte. Schrie.

52

Martin saß vor den restlichen Prinzenrollen und ließ abwechselnd das linke, dann das rechte Unterkiefer knacken. Er hatte beide Chipstüten und eineinhalbt der drei Kekspackungen gegessen, nachdem keine Mahlzeiten mehr gekommen waren. Es hatte nicht viel geholfen. Sein Magen schmerzte und hatte vor ein paar Stunden aufgehört zu knurren. Er wollte nur einen kleinen Brösel kosten. Aber das würde es nur schlimmer machen. Seit drei Tagen keine Mahlzeit. Es war nicht auszuhalten. Die Magenkrämpfe wurden schlimmer, als er aufstand und Wasser in die eben ausgetrunkene Kaffeetasse laufen ließ. Er trank viel. Aber auch das war nur ein schlechter Ersatz für feste Nahrung. Als er den Becher erneut füllte und ihn abstellte, wurde ihm klar, dass er bald wieder beginnen müsste, seine Vorräte nach und nach auszuleeren und neu aufzufüllen. Sollte der Strom wegbleiben, würde er für jeden Tag dankbar sein, an dem das aufgefangene Wasser trinkbar blieb. Es war kurz vor Tagesanbruch. Er war vor dem morgendlichen Appell erwacht, hatte nicht mehr schlafen können. Es war nicht kalt in der Zelle, aber auch nicht warm. Trotzdem hatte er gemeint, vor Hitze umkommen zu müssen, als er erwacht war. Ein Schweißausbruch hatte ihn alle Kleider durchnässen lassen. Jetzt öffnete er das Fenster und in diesem Moment ertönte die Sirene, gefolgt vom morgendlichen Wiener Walzer. Steiners Tabakgestank drang in seine Nase, und nachdem die Musik vorbei war, fragte Martin: »Sag mal, geht dir der Scheiß nicht langsam aus?« Steiner antwortete müde: »Wenn ich's gut einteile, hab ich noch für sechs oder sieben Tage. Jeden Tag nur drei dünne Zigaretten. Haut hin. Aber dann...« Er verstummte.

Sie redeten nie mehr als ein paar Sätze miteinander. Und selbst die so leise, dass der jeweils andere es kaum verstehen konnte. Unter keinen Umständen wollten sie erwischt werden. Daher waren sie dazu übergegangen, nur noch morgens nach dem Aufwecken und gegen Mitternacht – Uhrzeit wussten sie schon längst keine mehr – ein paar Worte miteinander zu wechseln. Nach ein paar Minuten hauchte er herauf: »Aber das ist das geringere Problem. Wenn wir bald nichts mehr zu essen bekommen, fang ich an, meine Schuhe zu futtern, verdammt.« Martin wusste, dass Steiner es als Scherz gemeint hatte. Allerdings glaubte er, dass sie tatsächlich nur noch einige Tage davon entfernt waren, wenn sie keine feste Nahrung mehr bekommen würden.

»Schick ihn mal. Den Schuh«, sagte Steiner schließlich.

»Ich weiß nicht.« Martin wollte es nicht. Es war zu riskant.

»Es muss sein, glaub mir. Vertrau mir, Mann.«

Einige Zeit haderte er mit sich. Steiner klang fordernd und hatte die letzten sieben Tage nichts dergleichen vorgeschlagen. Es musste tatsächlich ernst sein. Trotzdem sagte Martin, heiser vom stimmlosen Sprechen: »Nein.«

Zu Mittag ließ er seine zerschundenen Hände zwischen die Gitter hinaushängen und starrte müde auf die Fassade des A-Blocks. Dort hatte man zwei Tage nach der Revolte drei Wärter aufgehängt. Sie baumelten ein paar Meter unter der Dachrinne und bewegten sich träge im Wind. Die Seile, an denen sie aufgeknüpft worden waren, führten über das Spitzdach und waren um ein paar der alten Schornsteine des Anstaltsflügels gewickelt, die in regelmäßigen Abständen – auf dem A-Block waren es insgesamt sechs – durch die Tonziegel ragten. Martin überlegte, wie viele Schornsteine die ganze Anstalt hatte und ob an anderen, die er nicht sehen konnte, ein Wärter hing. Er ging davon aus. Die Leichen waren um ihre Gasmasken und Schutzanzüge beraubt worden und baumelten kaum merklich vor sich hin. Wie ungenützte Marionetten mit schlaffen Gliedern. Aber trotzdem irgendwie steif. Die Gesichter konnte er von hier nicht erkennen. Nur, dass ein paar Raben von den nahen Feldern, die immer wieder mal hinüberflogen und sich einen Bissen holten, die Haut bereits aufgerissen und Augen und Zungen herausgepickt hatten.

Hastig ließ er den Turnschuh hinuntergleiten, wartete auf das Zeichen und zog ihn schnell wieder nach oben. Steiner war im Laufe des Tages lästiger geworden. Er hatte angefangen immer lauter, fast schon mit Stimme, herauf zu keifen. Schließlich ging Martin davon aus, dass die Gefahr größer war, dass Steiners Hartnäckigkeit sie in Bedrängnis brachte, als die Gefahr, die von einem schnellen Schuhwurf ausging. Er beeilte sich so, dass er das Band beinahe ausriss, als der Schuh bereits von außen gegen das Fenstergitter drückte. Er verdrehte ihn und zog ihn herein. Nervös fummelte er den Zettel heraus, den Steiner hineingegeben hatte, und las. Die Buchstaben waren mit einem der stumpfen, vier Zentimeter Länge nicht überschreitenden Bleistifte, die sie in der Anstalt zur Verfügung hatten, geschrieben. Mit diesen Dingern, die durch ihre Kürze und Stumpfheit als Waffen unbrauchbar waren, konnte man nicht vernünftig schreiben. Aber trotzdem erkannte er die Worte sofort.

»Habe eine feile! Bin in drei od. vier tagen durch. Ich komme dann dich holen wenn ichs irgendwie schaffe.«

Zorn flammte in Martin auf.

»Du Volltrottel!«, fauchte er aus dem Fenster. Zu sich selbst murmelte er Schlimmeres. Steiner musste sich die Feile vor der Revolte zugelegt haben. Er hatte noch neun oder zehn Monate zu verbüßen, ehe er freigelassen worden wäre. Wie konnte er da nur so dumm sein und eine Haftverlängerung riskieren?

»Warum hast du dir das Ding zugelegt?«

»Als Waffe... Außerdem weiß man ja nicht, wofür man das sonst noch gebrauchen kann. Solltest mir dankbar sein.«

»Wie?«

»In der Werkstatt selbst gemacht.«

Martin schüttelte den Kopf. Natürlich musste er sie selbst gefertigt haben. Das Werkzeug, besonders die spitzen Gegenstände, wurden akribisch gezählt nach jeder Schicht und vor jeder Pause. Und wenn eines fehlte, wurde so lange gesucht, bis es auftauchte. Und wenn es die ganze Nacht dauerte.

»Hör mal«, sagte Steiner jetzt und es erklang für einen Augenblick, nicht mehr als ein Herzschlag, der typische, hohle metallische Ton, der gemacht wurde, wenn man Eisen feilte. Sofort schlug Martin das Fenster zu und kontrollierte, ob das Handtuch, das er darüber angebracht hatte, gut saß. »Du Idiot!«, schimpfte er vor Sorge und Wut. Gleichzeitig keimte so etwas wie Hoffnung auf. Aber Steiner würde es nie hier rauf schaffen. Selbst wenn er es irgendwie vollbringen würde, bis vor seine Fenstergitter zu gelangen, er würde unmöglich unbemerkt einen Schlüssel beschaffen und zu Martins Zelle vordringen können. Aber wahrscheinlich würde der Idiot es versuchen. Martin sah zu seiner Tür. Er stürzte hinüber und begann wie besessen mit seiner Gabel an dem Holz zu ritzen. Es war bald so weit. Während er schabte, fragte er sich, ob er das Gleiche für Steiner tun würde, was dieser für ihn machen wollte.

Tag 20

53

Es war ein grauer Nachmittag, als plötzlich das Licht wegblieb. Martin lag auf seinem Bett und döste, als es schlagartig dunkel wurde. Als hätte ihn ein Schwarm Bienen angefallen, sprang er auf und stürzte zum Wasserhahn. Er drehte ihn auf und fing jeden Tropfen mit dem Kaffeebecher auf, den er zuvor eilig ausgesoffen hatte. Gerade als das Wasser erstarb, kehrte der Strom zurück, und mit einem Blubbern und Spucken wurde auch der Strahl wieder kräftiger.

»Huaa!«, schrie Martin, von dem Auf und Ab der Emotionen, die sein Hirn durchfluteten, überwältigt. Er blinzelte, drehte das Wasser ab und ließ den Kopf hängen, als er vor dem kleinen Waschbecken kniete. So hockte er da und bemitleidete sich selbst. Er hatte nicht die Kraft aufzustehen. Hatte nicht den Antrieb. Er wollte einfach nur sitzen bleiben und einschlafen. Wollte nichts mehr wissen von der Welt. Vielleicht würde er sich in den nächsten Stunden aufhängen. Daran gedacht hatte er mindestens schon ein Dutzend Mal. Schließlich, es konnten Minuten oder Stunden vergangen sein, hörte er etwas. Neugierig öffnete er das Fenster und lauschte. Es war ein fernes, dunkles Brummen. Wie ein alter Rasenmäher, nur breiter, größer brummte es. Das mussten die Notgeneratoren sein, die angesprungen waren. Rätselnd fragte er sich, warum er sie nicht gehört hatte, als der Strom das erste Mal weggeblieben war. Vielleicht war er jetzt einfach hellhöriger geworden. Das war ihm bereits vorher aufgefallen. Er hörte jetzt, wenn jemand im Gang ein Stockwerk tiefer die Tür zu einer Zelle öffnete. Oder wenn draußen, auf der anderen Seite des Freistundenplatzes, jemand etwas rief. Durch die Stille und die Anspannung war seine Aufmerksamkeit für solche Dinge gewachsen.

Die Notgeneratoren würden nicht lange vorhalten. Er trank so viel Wasser, wie in seinen Körper passte. Er ignorierte, dass es schal und ein wenig faul schmeckte. Das tat es schon seit vier oder fünf Tagen. Es schmerzte unerträglich, als die Flüssigkeit in seinen leeren, so nach Nahrung dürstenden Magen platschte. Er erleichterte sich, wiederholte den üblichen Putz-, Verstopfungs- und Vollfüllvorgang an der Toilette, ehe er sie volllaufen ließ, und machte sich dann daran, an der Tür weiter zu arbeiten. Und tatsächlich, nach einer Viertelstunde war der Strom wieder weg. Und er kam an diesem Tag nicht zurück.

Nachdem er ein paar Stunden gearbeitet hatte, rumpelte es in der Zelle neben ihm. Er war jetzt fast bei der Hälfte der Türstärke, hatte allerdings nur noch einen Stumpen eines Gabelzinkens übrig, die anderen waren bis zur Unkenntlichkeit abgewetzt und schließlich zerbrochen. Das Geräusch kam aus der Zelle, in der sein Nachbar vor Wochen über Brechdurchfall geklagt hatte. Nicht jener, in der der Schreihals gesessen hatte. Martin war längst davon ausgegangen, dass der

Kerl verlegt worden war. Oder verreckt. So wie die Luft manchmal stank, die von draußen hereinzog, wenn er das Fenster geöffnet hatte, hätte es ihn nicht weiter gewundert. Aber jetzt waren deutlich Geräusche zu hören. Er zuckt zusammen, als er das deutliche Bersten von Holz hörte. Es knackte und brach. Gedämpft, aber laut krachte etwas zu Boden. Dann folgte eine Vielzahl von Schlägen und Tritten. Ein Brüllen aus einer schleimigen Kehle drang zu ihm, als er das Fenster aufriss, um besser hören zu können. Jetzt war es noch deutlicher. Auch der Zellennachbar musste sein Fenster geöffnet haben. Das Lärmen wurde so laut und unausstehlich, dass man meinen hätte können, ein wilder Stier wäre in dem Raum nebenan gefangen. Wieder zuckte er zusammen, als ein besonders lauter Knall – das war eindeutig Holz – gegen die Wand schlug. Er spürte es in seiner Zelle zittern. Da schrie ein Mensch so entsetzlich, als würde ihm lebendig die Haut vom Leib gezogen werden. Abwechselnd klang ein Schnattern, ein Klappern hinein. Ein Kreischen. Martin hatte sich inzwischen auf sein Bett gesetzt und die Knie an die Brust gezogen. Die Gewaltorgie dort drüben wollte aber nicht aufhören. Nein, im Gegenteil. Es wurde noch schlimmer, obwohl er das nicht für möglich gehalten hatte. Die grauenhaften Schreie hallten weit über den Hof und er konnte sich nicht vorstellen, welche Bestie da hausen musste, die die Möbel so durcheinander drosch. Was immer dort war, nur maximal zwanzig Zentimeter gemauerte Backsteinziegel trennten ihn von dem Wahnsinn. Und die vielleicht auch nicht mehr lange. Denn jetzt wurde gegen die Wand gearbeitet. Er wusste nicht womit, es hörte sich an wie eine Spitzhacke, aber die konnte nicht vorhanden sein. Etwas knackte, brach wieder. Stille. Dann hob dieses Getöse von Neuem an.

Es wurde zu einem Wirbeln. Einem Stakkato der Erschütterungen. Nacktes Grauen hatte Martin am Hals gepackt und würgte ihn. Stoßweise atmend drückte er die Augen zu und presste die Handflächen gegen seine Ohren. Er wollte, dass es aufhörte. Er wollte, dass es wegging. Aber das tat es nicht. Stundenlang. Und das Schlimmste daran war, dass er befürchtete, ein Mensch könnte dahinterstecken.

54

Mittlerweile war es späte Nacht und Steiner war mit klammen Fingern damit beschäftigt, am Gitter ein paar Züge mit seiner kleine Feile zu machen. Es war nicht viel zu sehen ohne Licht. Aber er wusste, was er tat. Er hielt den Gitterstab so fest, dass das Geräusch, wenn er in das Metall hineinschnitt, nur ganz leise zu hören war. Pro Stunde machte er nicht mehr als sechs oder sieben Züge. Da er mit dem unteren Teil des Gitters beschäftigt war, kniete er so unter dem Fenster, dass man von draußen auch bei genauester Beobachtung nur seine Hand an dem Eisenstab sehen konnte.

Dadurch, dass die regelmäßigen Zellenkontrollen nach der Revolte weggeblieben waren, war sein Ausbruch nur eine Frage der Zeit. In der letzten Woche hatte er den oberen Teil durchbekommen. Das war anstrengender gewesen. Damit er das möglichst unauffällig zuwege bringen konnte, hatte er sich auf das Bett neben dem Fenster gestellt und sich seitlich so darüber gebeugt, dass er arbeiten konnte. Sein Rücken schmerzte noch immer von den Verrenkungen, die er machen hatte müssen.

Sachte stieß er erneut die kleine Feile vor und zog sie einige Zeit später langsam wieder zurück. Vielleicht sollte ich es bleiben lassen, dachte er. Der Mond leuchtete heute kräftig und erhellte den Freistundenplatz mindestens so hell, wie es die Lichter getan hatten, ehe der Strom weggeblieben war. Er entschloss sich, geflissentlich darauf zu scheißen und machte weiter. Die Feile wie immer mit größtem Druck gegen den Gitterstab gepresst. Wenn er die Hälfte durch haben würde, konnte er versuchen das Eisen, das oben schon durch war, nach innen zu biegen. Er wusste nicht, ob er es schaffen würde, aber den ganzen Stab würde er mit dem notdürftigen Werkzeug nicht mehr durch bekommen. Ohnehin war es mittlerweile nicht vielmehr als ein stumpfes Messer. Aber er musste es versuchen. Das war alles, was ihm übrigblieb. Er wartete kurz ab, kratzte sich an dem unregelmäßig aus den eingefallenen Wangen gesprossenen Bart und setzte für eine zweite Stoß- und Ziehbewegung an. Es saß ihm noch immer in den Knochen, was er heute stundenlang mit anhören hatte müssen. Seine Finger waren klamm und zitterten von dem Lärm, der vor Kurzem in einer Zelle irgendwo über ihm losgebrochen und ewig nicht verebbt war. Es war derart grauenhaft gewesen, dass Steiner fast schon überlegt hatte, sich die Feile in den Hals zu rammen und diesem Irrsinn ein Ende zu setzen. Aber schließlich hatte er sich selbst zwei Ohrfeigen verpasst und gezwungen weiterzumachen. Vor ein paar Minuten erst hatte es dann neuerdings Gepolter gegeben. Diesmal war es anders. Schreie im Gang draußen waren gefolgt, das Quietschen von Gummisohlen. Und dann war es still geworden. Was auch immer mit dem armen Schwein irgendwo dort oben angestellt worden war, er wünschte sich, dass es jetzt vorbei war. Und er betete, dass es nicht Martin war.

Eben, als er mit dem Feilen erneut loslegen wollte, tönte ein neuer, diesmal viel klarerer, ungefilterter Schrei über den Hof vor seinem Fenster. Es erinnerte ihn an das Kreischen einer Wildkatze, der man den Schwanz abgeschnitten hatte. Sofort prickelte Gänsehaut über seinen Nacken. Dann war es wieder leise. Aufgeregt sah er über die Fensterkante. In diesem Moment sprintete ein Mann wie von Sinnen quer über den Rasen. Panisch warf er immer wieder den Blick über die Schultern. Und einen Augenblick später wusste Steiner, warum. Er wurde verfolgt von einer zuckenden, blutüberströmten Gestalt. Dieser zweite Kerl war splitternackt und über und über bedeckt mit Blut. Seine Hände waren zerborstene Fleischstumpen, die durch die Luft wirbelten. War das Ronny aus dem zweiten Stock? Aus der Zelle schräg über ihm? Er brüllte und kreischte ohne Unterbrechung. Steiner hatte fassungslos die Augen aufgerissen. Der Laut bohrte sich in sein Gehirn wie ein Schraubenzieher. Der Verfolgte riss noch einmal panisch den Kopf zurück. Er verlor deutlich Vorsprung. Das schien er zu erkennen und blickte immer länger nach hinten als nach vorne. Es knallte dumpf, als er mit dem Knie einen am Boden verschweißten Mülleimer rammte. Steiner meinte es bis hierher bersten zu hören. Der Kerl flog durch die Luft und prallte hart auf den Boden. Er schrie noch. Schrie: »Hilfe!« und ein langgezogenes, entsetztes »Nein!«, als sich der Irre auf ihn stürzte und ihn unter sich begrub. Und dann sah Steiner etwas, das er für den Rest seines Lebens nicht vergessen würde. Der irre Ronny schlug auf den sich verzweifelt wehrenden Mann mit den Stumpen seiner Fäuste ein, bis dieser nur noch schwach zuckte. Er hob noch jäh eine Hand, aber da biss der Mörder zu. Er biss direkt in das Gesicht seines Opfers. Riss ein Stück Fleisch heraus und biss wieder zu. Jetzt zuckte Ronny nicht mehr. Steiner ließ die Feile fallen und trat vom Fenster. Rückwärts machte er einen langsamen Schritt nach dem anderen. Das Bild hinter seinem Fenster wurde immer kleiner und als er die Zellentür in seinem Rücken spürte, war die schreckliche Szene endlich unter den Fenstersims verschwunden. Aber er hörte das Schmatzen und Kauen. Das Röcheln und das Gurgeln. Ein paar Sekunden danach hallten Stimmen über den Platz. Ein Kreischen. Schüsse. Schüsse aus mehreren Waffen. Dann wurde es leise.

Tag 21

55

Irgendwann war Martin in einen ohnmächtigen, traumlosen Schlaf gefallen. Er wusste nicht, ob die Geräusche verstummt waren, ehe er erschöpft eingeschlafen – oder vielmehr in Ohnmacht gefallen – war, oder ob er eingeschlafen war, bevor die Geräusche aufhörten. Er hatte von einem Schusswechsel geträumt. Von einem Banküberfall oder einer Geiselnahme oder so etwas. Am Ende hatte jemand seine Familie erschossen und er war vor einen Lastwagen gerannt. Dann war er aufgewacht und der grässliche Traum verflüchtigte sich aus seinem Kopf wie sich auflösender Benzingeruch. Es war noch dunkel, als er sich aus dem mittlerweile speckigen, weil unzählige Male vollgeschwitzten und ungewaschenen Laken schälte. Er nahm einen kleinen Schluck Wasser, versuchte seinen laut zeternden Magen zu ignorieren und machte sich daran, weiter Holz aus der Tür zu schaben. Allmählich wurde es heller in der Zelle und die Morgensirene – Bombenalarm – ertönte. Einen unartikulierten Schrei ausstoßend warf er die jämmerlichen Reste seines Werkzeuges weg und drehte das Wasser auf. Strom! Und tatsächlich, es kam. Nach einigen gerotzten Versuchen spuckte der Hahn Wasser aus. Eilig trank er in großen Zügen, ignorierte den schlechten Geschmack und füllte danach sämtliche Tassen und Becher, die er fand, voll. Die Flaschen hatte er erst tags zuvor erneuert und wenn morgen der Strom wieder angeschaltet würde, könnte er auch sie neu betanken. Nach den Klängen des morgendlichen Wiener Walzers kratzte etwas durch die Lautsprecher. Martin öffnete das Fenster und lauschte. Auf dem Rasen des Freistundenhofes erkannte er etwas. Da war ein breiter, mindestens einen Quadratmeter messender Fleck am Boden. Der war gestern noch nicht da gewesen. Die Farbe reichte von Braun bis Dunkelrot. Eine schmale Schleifspur führte noch zwei, drei Schritte davon weg. Bevor er sich Gedanken dazu machen konnte, ertönte die tiefe, ruhige Stimme, die er schon kannte und die ihn frösteln ließ. Es war die des Direktors.

»Ich bin mir bewusst, dass die Herren in den noch verschlossenen Zimmern über großen Hunger klagen. Das wird heute Abend, spätestens morgen geregelt sein. Zu den Vorgängen von gestern Nacht auf dem Platz zwischen Block A und Block B möchte ich sagen... Nun: Willkommen in der neuen Welt. Wenn die Herren ihre Blicke auf das Dach des A-Blocks wenden mögen, so kann ich in wenigen Minuten eine kleine Vorführung zur Unterhaltung unserer netten Gesellschaft in Aussicht stellen. Viel Vergnügen.«

Das meiste von dem, was da geredet wurde, verstand er nicht. Aber es verursachte ihm ein undefinierbares Grauen. Er bildete sich ein, ein eigentümliches Grinsen mitzuhören. Eine Zufriedenheit. Eine Zuversicht, die der Situation nicht angemessen war. Ganz und gar nicht. Ja, mehr noch als das, hörte sich dieser Mann auf eine kranke Art und Weise fröhlich an. Erfüllt. Er versuchte es beiseite zu wischen. Denn etwas hatte er in dem ganzen Gerede verstanden. Es würde Essen geben. Endlich.

Plötzlich erschrak er. Etwas fehlte. Etwas ganz Entscheidendes fehlte. Und er hatte es nicht bemerkt. Er schnupperte. Nichts. Da war nichts.

»Sch... Steiner!«, rief Martin gedrückt nach unten. Nichts. Keine Antwort. Hatte er Angst zu antworten? Hatte sein Freund am Ende seinen Tabakvorrat bereits aufgebraucht? Nein, er hatte sich das Zeug eingeteilt. Bis zum letzten Krümel. Hatte er ihn nicht gehört? Er streckte die Nase zwischen den Gitterstäben hindurch. Sog die Luft ein. Nichts. Da war nichts. Es fröstelte ihn.

»Steiner!«, wiederholte er. Diesmal kräftiger. Lauter. Fast zu laut. Aber es kam keine Antwort. Martin schluckte. Er biss sich auf die Oberlippe. »Steiner, verdammt, antworte!« Aber es blieb unbeantwortet. Es folgte auch kein Tabakrauch. Steiner war weg. Es schüttelte ihn, er musste plötzlich würgen und im nächsten Moment stürzte er zur Toilette. Er übergab sich in die mit Wasser vollgefüllte Schüssel, dass es auf alle Seiten hinaus platschte. Das viele Wasser, das er eben getrunken hatte, fast noch genauso kühl, flutete durch seinen Rachen und schoss aus seinem Mund. Als er fertig war, griff er erschöpft nach dem Stoff, mit dem er die Chromtoilette verstopft hatte, und ließ das Wasser abrinnen. Er nahm ein altes Handtuch und wischte die Sauerei rings herum auf, lehnte sich an die Tür und atmete aufgelöst ein.

»Steiner, du Vollidiot! Verdammt!« Es blieb ihm nicht viel Zeit zu trauern. Denn durch das geöffnete Fenster sah er auf das Dach des A-Blocks. Dort bewegten sich Gestalten. Schleim durch die Nase hochziehend wischte er sich mit dem Ärmel über den Mund, raffte sich auf und trat hinüber, um genauer beobachten zu können, was da vor sich ging. An seinen Oberschenkeln spürte er den Heizkörper. Er war kalt geworden. Natürlich, ohne Strom. Ab jetzt würde er das Fenster öfter geschlossen halten müssen. Es gab ohnehin niemanden mehr, mit dem er reden konnte. Verfluchter Steiner. Die Sonne war gerade im Begriff aufzugehen und schickte ein dunkelrosa Licht über die Dächer. Allmählich rollte es sich fast bronzen an den Fassaden des Kirchenturms hinunter, der schräg links zu seiner Zelle außerhalb der Gefängnismauern stand, während die Wolkenfetzen am Himmel wie aus einem blutigen Gemälde wirkten.

Vier oder fünf Gestalten tauchten auf dem Dach auf. Hinter ihnen ging die Sonne auf, sodass sie nicht näher zu erkennen waren. Sie erschienen als Schattenrisse. Lediglich klar zu sehen war, dass sie keine Anstaltskleidung trugen. Sie mussten die Kammer ausgeräumt haben, in der die Gefangenen bei Haftantritt ihre persönliche Habe abzugeben hatten. Außerdem saßen auf ihren Gesichtern die Gasmasken der ehemaligen Wärter. Geschäftsmäßig gingen sie über den First. In der Mitte wurde der Einzige ohne Maske an einer Halskette geführt. Dafür hatte er einen Sack oder eine Kapuze oder etwas dergleichen übergestülpt. Er hatte die

Hände hinter dem Rücken verbunden und stolperte beinahe, als er von hinten in den Rücken getreten wurde. Zuletzt trat noch ein Mann auf das Dach, der weder Gasmaske noch Kapuze trug, der aber die anderen in seiner Gestalt überragte. Martin wusste, dass das der Direktor sein musste. Er war nicht der Größte dort oben. Auch nicht der Breiteste. Aber seine Schritte, sein Auftreten, seine Bewegungen waren anders. Sie waren einnehmend. Dunkel. Er trug so etwas wie einen Mantel, dessen unteres Ende in der morgendlichen Brise flatterte. Langsam bewegte sich der Zug zu den Schornsteinen, an denen noch immer die Stricke der toten Aufseher hingen. Die Kette wurde um einen freien Schornstein gelegt. Martin erkannte an den Gliedern, die wuchtig in Richtung Boden hingen, wenn sie nicht gestreckt wurden, dass es eine schwere Eisenkette sein musste. Etwas wurde gesagt. Kurz stand die Szene still. Der Direktor hatte hinter der Gruppe angehalten und schien sie zu beobachten. Dem Gefangenen wurde der Sichtschutz vom Kopf gezogen. Martin blinzelte. Er strengte sich an, konnte das Gesicht aber nicht genau erkennen. Die Distanz war zu groß, das Licht zu ungünstig. Die Fesseln des Mannes wurden gelöst, er machte eine Handbewegung. Fuhr mit den Armen durch die Luft. War das... War das Grendel? Aufseher Grendel aus seinem Block. Der junge Bursche? Er war sich nicht sicher. Wieder fielen irgendwelche Worte, die man nicht verstehen konnte. Dann wurde Grendel grob an den Schultern gepackt und herumgedreht. Martin wurde sich anhand seiner Bewegungen immer sicherer, dass er es sein musste. In Haft hatte man eine halbe Ewigkeit Zeit alles und jeden, jede Kleinigkeit, jedes Detail zu beobachten und zu studieren. Da waren die Wärter keine Ausnahme. Gerade als er sich sicher war, wurde Grendel in den Rücken getreten. Während er mit den Beinen voran über die Dachziegel schlitterte, hob der Direktor gravitätisch die Arme. Seine Handflächen zeigten zum Himmel, während die Arme immer höher stiegen. Grendel flog über das Dach, knallte mit den Fersen gegen die Dachrinne und wurde so in die Luft katapultiert. Die Kette hinter ihm rasselte, als er hinunter segelte und schneller wurde. Er fiel am vierten Stock und seinen gehängten Kollegen vorbei. Die Arme des Direktors hoben sich weiter. Er zischte am dritten vorbei. Die Arme hoben sich weiter. Er raste am zweiten vorbei. Die Arme hielten wie zu einem breiten Kelch ausgestreckt inne. Ein schreckliches Knacken ertönte, das Peitschen der gespannten Kette brach Grendel das Genick, riss seinen Hals durch und in einem Blutregen klatschten Körper und Kopf getrennt voneinander zur Erde. Der Direktor hielt die Arme noch immer ausgebreitet über seinem Kopf, hatte das Gesicht zum Himmel gestreckt. Irgendwo hörte man einen leisen Wind in irgendwelchen Baumkronen rascheln.

56

Martin schabte und kratzte und rubbelte wie besessen an dem Holz. Er war jetzt fast zwei Zentimeter auf ganzer Fläche durchgedrungen. Noch ein paar Millimeter und er würde das Brett durchtreten können. Immer wieder hatte er es versucht. Aber vergebens. Nur noch ein paar Millimeter und er würde aus dieser Hölle fliehen. Und wenn sie ihn erschießen würden, wäre ihm das lieber gewesen, als in seiner Zelle zu verhungern, von einem Vorschlaghammer erschlagen, oder einer Eisenkette enthauptet zu werden.

Der Hinrichtung der Wache war direkt eine zweite gefolgt. Der Direktor war vom Dach verschwunden, aber man hörte kurz die Stimme seines Sprechers durch die Lautsprecher, bevor drei Männer an Stricken über Block A aufgehängt wurden. Es handelte sich um drei der ehemaligen Herren. Jener Leute, die das Sagen unter den Insassen gehabt hatten, bevor die Revolte losgegangen war. Sie hatten gelebt wie Mafiabosse im Knast. Jetzt mussten sich zwei von ihnen aus Platzmangel sogar einen Schornstein teilen. Knapp hatte der Sprecher erklärt, dass sie eine vernünftige Zusammenarbeit verweigert hätten. Und ehe sie gehenkt worden waren, hatte die Stimme des Direktors selbst fast sanftmütig verkündet: »Um eine neue Ordnung zu ermöglichen, muss die alte erst beseitigt werden. In diesem Sinne, auf unsere schöne, neue Welt. Adieu, meine *Herren.*«

Feine Blutstropfen aus Martins Fingern bildeten am Boden unterhalb seiner Arbeitsstelle allmählich eine kleine Lache. Die kleineren und größeren Risse, Krätzen und Schürfwunden waren aufgeplatzt und schmerzten höllisch. Es war ihm egal. Er bearbeitete das Holz so wild, dass es schon ganz heiß war. Er schwitzte, obwohl es in seiner Zelle mittlerweile unerträglich kalt geworden war. Das kam noch hinzu. Bei fünf Minuten Strom am Tag würde er erfrieren, ehe ihn der Hunger umbringen würde. Mittlerweile war von der Gabel nur noch der Griff übrig. Aber der leistete hervorragende Arbeit. Er kam gut voran und ärgerte sich, warum er nicht schon längst auf die Idee gekommen war, diese breitere Seite des Metalls zu verwenden. Aber nein. Er hatte mit den Zinken beginnen wollen, um möglichst viel Material zu verwerten. Neben dem unablässigen Rubbeln starrte er auf das Bild seiner Familie, das er neben sich an den Fuß der Toilette geklebt hatte. Er kannte jeden Zug, jede Falte, jedes Haar. Er kannte dieses Bild auswendig. Wenn er hier herauskommen würde, und das stand in schwerem Zweifel, denn gerade außerhalb der Zelle begann die wirkliche Gefahr, würde er auf schnellstem Weg in die Stadt fahren. Er würde in ihr Haus rennen und er würde sie im Keller finden: Sie würden sich eingerichtet haben. Sie mussten sich eingerichtet haben. Was auch immer dort draußen genau vor sich ging, sie würden es überstehen. Sie waren gut. Sie waren tapfer. Sie mussten es sein. Denn sie mussten leben.

Es gab einen Ruck und die Gabel wurde zurückgerissen. Seine Augenbrauen zogen sich zusammen, er setzte das Metall an das Holz und fuhr mit Druck darüber. Langsam, aber fest. An einer Stelle gab es kein Weiterkommen. Er wünschte sich mehr Licht, aber da war keines. Also fummelte er mit bloßen Fingern an der Stelle herum. Brach einen kleinen Splitter heraus. Hebelte mit der Gabel einen etwas gröberen aus dem Holz. Und darunter sah er etwas. Er schrie entsetzt, stieß die Gabel dagegen und hörte ein metallisches »Klack«. Noch einmal: »Klack«. Er befühlte es. Es war Eisen. Es war steinhartes Eisen. Er begann zu hyperventilieren. Die Tür war mit Eisenstäben durchzogen. Natürlich. Er war in einem Gefängnis. In welchem Wahn hatte er sich befunden zu glauben, dass es sich hier um eine schwere, aber einfache Holztür handeln konnte. Verstört kippte er zurück, rutschte von der Tür weg. Er trat dagegen. Er trat so fest dagegen, dass sein Fuß fast brach. Noch einmal. Und noch einmal. Sie rührte sich nicht. Sie war durchzogen mit Eisenstäben. Ein Gitter aus Eisen. Natürlich. Gefängnis. Gitter. Eisen. Er sackte zurück und starrte an die Decke und ins Leere. Martin lachte irre. Machte Laute wie ein Kleinkind. Brabbelte irgendwelche Worte. Keine Worte einer Sprache. Worte einer Unsprache. Er spuckte Speichel aus und begann sich zu schütteln. Wollte dieses Taubheitsgefühl, das in all seine Glieder stieg, aus seinem Körper schütteln. Für einen Moment schüttelte und zuckte und trat und schlug er in die Luft. Dann hielt er inne. Und dann schrie er. Sollten sie kommen. Sollten sie ihn holen. Er schrie aus voller Lunge. Er brüllte alles hinaus, was er hatte.

Kapitel 5

Evrim Gül hatte sich sechs Stunden lang von innen gegen die Kunststofftür der Toilettenkabine gestemmt, in die sie geflüchtet war. Als Mitarbeiterin im hessischen Koordinierungszentrum des deutschen Krisenstabes hatte sie gemeint, in der Landkreiszentrale sicher zu sein. Verzweifelt hatten sie bis zuletzt versucht, den Betrieb und den Kontakt zur Leitstelle aufrecht zu halten. Aber nach der ersten 22-stündigen Doppelschicht kam nur mehr etwas die Hälfte ihrer Kollegen zur Arbeit. Zuerst wurden die Sachgebiete zusammengelegt. Dann wurden die Ausgänge ausnahmslos gesperrt und sie mussten in den Büroräumen schlafen. Evrim befand sich an einem der vielleicht bestbewachten Orte im Land. So leicht würde nichts und niemand zu ihnen vordringen. Als sechs Tage später das Chaos in der Zentrale ausbrach, hatten sie zusätzliche militärische Hilfe angefordert. Dafür war die Armee schließlich da. Aber zu spät. Ihre Kollegin, mit der sie gerne heimlich im Wartungsraum eine rauchte, war ihrem ersten Schub erlegen und hatte gebrüllt und gekreischt und ihr Blut spritzte an die Decke, als sie wieder und wieder mit bloßen Fäusten gegen die Kunststofftür schlug, hinter die sich Evrim geflüchtet hatte. Und Evrim dachte an das Militär. Betete und flehte und schrie nach Hilfe. Irgendwann hatte die Kollegin endlich aufgehört. Als es endlich leiser wurde, als auch das grausame Kreischen, die vereinzelten Schüsse, das Knallen und Krachen von Möbeln und Fenstern allmählich ausblieb, wagte sie sich hinaus. Ihre Kollegin lag in einer dunklen Lache ihres eigenen Blutes, blinzelte benommen und bat sie brabbelnd um Hilfe. Da war nichts mehr von der bestialischen Tollwütigkeit, die sie noch Stunden zuvor dazu getrieben hatte, beide Arme an der Toilettentür zu zertrümmern. Sie war wieder ganz Mensch. Verblutete langsam, ohne ganz zu verstehen, was geschehen war. Hätte Evrim nicht unter Schock gestanden, hätte sie ihr geholfen. Hätte es zumindest versucht, auch wenn die Frau noch vor dem nächsten Schub verbluten würde. Stattdessen stakste sie mit bebenden, tauben Beinen aus der Toilette. Sie musste weg. Nur weg von hier. Evrim stieß die Tür zum Flur auf, es knallte und ihre Schädeldecke platzte auf, als das Projektil sie traf. Mit großen Augen starrte der Soldat sie an, der auf sie geschossen hatte. Das Militär war da.

Vor vier Jahren hatte Thomas Koch das Ferienhaus seiner Eltern geerbt. Seitdem war kaum ein Tag vergangen, an dem er sich nicht bemüht hatte, daraus eine Festung zu machen. Er war zu der Überzeugung gelangt, dass eines Tages die Welt, wie er sie kannte, untergehen würde. Sonneneruptionen würden die Weltgemeinschaft in unsagbares Chaos stürzen. Dass es die banale Mutation eines Tollwutvirus, eine schlichte Laune der Evolution, sein würde, änderte nichts an der Tatsache, dass Thomas Koch vorbereitet war. Bis zu fünf

Jahre würde er problemlos in dem Ferienhaus nahe des Bodensees leben können. Er hatte Survival-Trainings mitgemacht, auf dem Weg aus der Stadt zwei geheime Depots mit den wichtigsten Überlebensmaterialen versteckt und immer darauf geachtet, dass sein Wagen vollgetankt in der Tiefgarage stand. Aber weil der Strom weg war, wodurch das Garagentor streikte, musste er sich vorerst zu Fuß auf den Weg machen. In dem allgemeinen Chaos auf den Straßen, als der Ausnahmezustand nicht mehr griff und auch jene Menschen durchdrehten, die nicht erkrankt waren, zog ihm ein verzweifelter Schulabbrecher von hinten einen Ziegelstein über den Kopf und nahm ihm seinen großen Trekkingrucksack ab. Er lag ohnmächtig auf der Straße und atmete flach, bis er vom panischen Fahrer eines alten Opels übersehen wurde, der einem entgegenkommenden Militärfahrzeug auswich.

Peter Troif blickte an einem Samstagabend über die Schulter. Seine Frau schlurfte hinter ihm durch den Schnee. Dahinter seine zwei Töchter. Sie waren tapfer. Er liebte sie. Irgendwie hatten sie es erst aus Frankfurt heraus und in eine Sammelzone geschafft. Als in dieser das Virus ausgebrochen war, war es ihm gelungen, seine Familie heil herauszubringen, wenngleich sie ihren Wagen dort lassen hatten müssen und nichts mehr besaßen außer ihre Kleider und zwei Rucksäcke mit ein wenig Wasser und Konserven. Sie waren nass, ihnen war kalt und die Glieder schmerzten. Aber sie hatten sich. Sie hatten sich und das war das Wichtigste. Sie würden leben. Auch ohne Heizung und Medikamente. In der Nacht darauf meldeten sich der erste Husten und brennende Schmerzen in seiner Brust. Er ignorierte die Erkältung, musste es tun. Eine Woche später starb Peter Troif an einer Raststation zwischen

Frankfurt und Bonn an einer Angina Pectoris. Er hinterließ eine Frau und zwei Töchter.

Irgendwie hatte Karin Fuchs es geschafft, ihren Mann zu überwältigen und in den Keller zu sperren. Danach hatte sie die Rollläden in allen Zimmern heruntergelassen, sodass ihr Haus in der Grazer Vorstadt einem Bunker glich. Sie war vor ihm sicher, wenngleich sein entsetzliches Schreien und die Zerstörung des gesamten Kellerinventars sie beinahe um den Verstand brachte, wenn er einen Schub erlitt. Also schluckte sie Schlaftabletten, bevor sie zu Bett ging. Mehrfach hatte sie sich bereits überlegt, einfach eine Überdosis zu nehmen. Besonders dann, wenn ihr Mann zur Besinnung kam und wegen der grässlichen Wunden, die er sich in seinen Tollwutschüben zugefügt hatte, Höllenqualen durchmachte. Dann redete er schwach mit ihr durch die versperrte Tür hindurch, ehe er vom nächsten Schub erfasst und für Stunden zu einer rasenden Bestie wurde. Nur die Hoffnung, dass sie eines Tages ihre erwachsenen Kinder wiedersehen würde, ließ sie weitermachen. Aber je mehr Tage vergingen und je unmenschlicher und länger die Schreitiraden ihres kranken Mannes wurden, desto verlockender wurden die Tabletten. Die Entscheidung wurde ihr abgenommen, als sich ein Infizierter eines Nachts, vom Lärm ihres Mannes angelockt, durch die Eingangstüre schlug. Sie konnte ihm noch ein Küchenmesser in die Brust jagen, bevor ihr Gesicht gefressen wurde.

Tag 48

57

Bianca sah ihre zitternden Finger an. Kalter Ruß hatte sich in die spröde, von der Kälte aufgebrochene Haut gefressen. Braun getrocknetes Blut überzog sie. Es war nicht ihr eigenes. Sie drehte die Hände um, musterte die vom Seil fleischig aufgerissenen Handflächen. Sie waren grau und braun und rot und geschwollen. Sahen nicht aus, wie Hände aussehen sollten. Mit leeren Augen starrte sie darauf und konnte beim besten Willen nicht ihre eigenen erkennen. Sie hatte keine Höhenangst, aber die Panik, die sie gespürt hatte, als sie aus dem Fenster dieser Hölle gestiegen und sich der Höhe von sieben Stockwerken bewusst geworden war, hatte sie noch immer nicht verlassen, obwohl eine ganze Nacht dazwischen lag. Sie schluckte, während der Blick über die Fingerkuppen und das im Winter abgestorbene Gras glitt. Der Bach, an dem sie saß, gluckerte friedlich. Müde senkten sich einzelne, kleine Schneeflocken in das Wasser und schmolzen dort im nächsten Augenblick. Einen Moment schloss sie die Augen, ehe sie über die Schulter zu dem Wagen blickte, der ihnen das Leben gerettet hatte. Sie hatte ihn hier abgestellt, nicht weil das Benzin aus war, sondern weil sie nicht mehr konnte. Weil sie die Schmerzensschreie nicht mehr ausgehalten hatte. Den Gestank nach Verbranntem. Das Blut. Sie schluckte, während der Morgen grau und unbeschwert dämmerte. Es war ein saures, ein brennendes Schlucken, wie man es sonst nur spürte, wenn man gerade erbrochen hatte. Die kalte Luft schnitt ihr ins heiße Gesicht. Sie spürte es nicht. Betäubt lehnte sie sich nach vorne und suchte ihr Spiegelbild im Wasser. Aber es war nicht ihr Gesicht. Es war ein fahler Fleck, in dem zerzauste, dreckige Haarsträhnen klebten. Verschmiert von Schmutz und Ruß und Tränen und Schweiß. Vor allem Schweiß. Sie wollte es nicht mehr sehen und zog sich die Brille herunter, sodass ihr Blick verschwamm. Die Erlebnisse der letzten Wochen zogen lose durch ihr Gedächtnis. Die letzten Uni-Tage im vergangenen Semester wirkten jetzt wie aus einem anderen Leben. Der Abend, als sie Daniel kennengelernt hatte, schwirrte durch ihren Kopf. Das Trinken, die Drogen. Sie hatten den Weltuntergang verschlafen. Die Blaulichter, die Notaufnahme. Sie dachte daran, wie sie sich in seiner Wohnung verbarrikadiert hatten. Wie sie auf ihre Eltern gewartet hatten. Wie diese einfach nicht aufgetaucht waren. Sie dachte an die schrecklichen Bilder sich gegenseitig zerfleischender, wahnsinnig gewordener Infizierter, die sie gesehen hatten, bevor der Strom weggeblieben war. Dachte daran, wie die Telefone ausfielen, das Internet zusammenbrach. Wie sie rationierten, wie sie hungerten. Wie sie sich fürchteten, sich aneinander klammerten. Wie sie zum ersten Mal miteinander geschlafen hatten. Wie Daniel loszog, um Lebensmittel zu besorgen. Wie er von irgendwelchen Leuten auf der Straße halb totgeprügelt wurde. Wie sie die Zeit tot schlugen. Wie sie einen Tresor zu einem notdürftigen Ofen umbauten, um nicht zu erfrieren. Sie dachte an das Gefühl, als ihr gemeinsamer Freund Peter eines Tages auf dem Parkplatz vor dem Hochhaus, in dem sie ausgeharrt hatten, aufgetaucht war. Als sie gemeinsam gegessen hatten. Gemeinsam geschwiegen hatten, einfach glücklich darüber, einen anderen Menschen zu sehen. Und schließlich dachte sie daran, wie alles zusammengebrochen war. Wie sie die Flammen aus ihrem Unterschlupf gejagt hatten.

Notdürftig wusch sie sich, wischte die Nässe mit dem Ärmel ihrer Jacke weg, setzte die Brille wieder auf und sah mit kältescharfem Blick über den Bach zum westlichen Teil der Stadt. Irgendwo dort drüben warf das brennende Hochhaus einen fahlen, rosa Schein in den grauen Himmel. Es würde bis auf die Grundmauern niederbrennen. Keine Feuerwehr die es löschte. Ein Wunder, dass sie ihre Augengläser, abgesehen von einer Menge Schmutz und Ascheschlieren, unbeschadet gerettet hatte. Ein Wunder, dass sie es überlebt hatte.

Bianca atmete aus, schloss noch einmal für einen kurzen Moment die Augen. Aber es spendete keine Erholung. Im Gegenteil. Müde schüttelte sie den Kopf. Sie stand auf, ihre Knie fühlten sich hölzern an, die Oberschenkel brannten. Sie ging zu dem Auto, das sie vor dem sicheren Tod bewahrt hatte. Im Grunde genommen nicht mehr als ein paar Millimeter Metall auf Reifen. Es war ein grauer SUV. Als sie die verschmierten Blutflecken, die roten Handabdrücke, die frischen Dellen und Kratzer in der Karosserie sah, schossen ihr wieder diese grässlichen Schreie durch den Kopf. Ein Schauer goss sich in ihren Kragen, als sie um die Motorhaube herumging, welche auf breiter Fläche grob eingedrückt und dunkelrot verfärbt war. Ihr wurde schwindelig. Sie spürte, wie sie noch vor kurzem ihre aufgerissenen Hände um das Lenkrad geklammert und das Gaspedal durchgedrückt hatte, nachdem ihr die Fremde, die Frau, der sie jetzt ihr Leben verdankte, die Frau mit dem Seil; wie diese grimmige Retterin ihr den Schlüssel an die Brust gedrückt hatte. Sie hörte die Schüsse, die diese Frau kurz davor noch aus ihrem Sturmgewehr abgegeben hatte. Erneut stieg Übelkeit ihren Hals hoch, als sie an das ohrenbetäubende Krachen dachte. Dieses blecherne, dröhnende Krachen von einem Körper, der gegen Kühlerhaube und Windschutzscheibe knallt. Den gewaltigen Stoß, der sie einen halben Meter weit aus dem Sitz gehoben und ihren Kopf gegen den Wagenhimmel geknallt hatte, als sie den kranken, tollwütigen Mann überfahren hatte.

58

Sie stieg ein und zog die Tür hinter sich zu. Der Beifahrersitz war leer. Die beiden waren auf der umgelegten Rückbank beschäftigt.

»Wie sieht es aus?«, fragte sie, ohne sich umzudrehen. Sie hatte sich vorgebeugt und linste knapp über das Lenkrad hinweg, den Radweg hinunter. Weil er nicht so verstopft war wie die meisten anderen Straßen, hatte sie ihn gewählt. Nur hier und da waren Fahrräder oder das ein oder andere liegengebliebene Auto von Menschen, die dieselbe Idee gehabt hatten, zu sehen. Ansonsten lag der Weg ruhig und unberührt. Von hier drinnen sah es draußen fast so aus wie an einem kühlen Frühlingsmorgen, als die Sonne langsam aufging. Das harte Plastik zwischen ihren Fingern war klebrig. Es war ihr egal. Jeder Griff brannte wie Feuer. Die fleischigen Schürfwunden in ihren Handflächen pulsierten. Die meiste Zeit versuchte sie, mit den Handgelenken und Fingerspitzen zu lenken. Es funktionierte kaum. Wenn sie voll ins Lenkrad greifen musste, dachte sie, ohnmächtig zu werden.

Eine Stimme hinter ihr sagte: »Hat wieder das Bewusstsein verloren.«

Bianca atmete erschöpft aus.

»Was machen wir jetzt?«

»Ich weiß es nicht.«

»Wohin soll ich fahren?«, sie schloss ihre brennenden Augen.

»Ich weiß es nicht.«

»Ich auch nicht«, sagte sie, verharrte kurz, sah schließlich auf und startete den Wagen.

Nach etwa zwanzig Minuten waren sie aus der Vorstadt hinaus. Sie waren jetzt auf der Schnellstraße unterwegs, wo es weit nicht so viele Hindernisse gab wie in der Innenstadt. Zum Glück, denn sie wusste nicht, wie sie damit hätte umgehen sollen. Sie war keine sonderlich gute Autofahrerin. Aber immerhin konnte sie ganz gut mit Gangschaltung umgehen, das konnten die meisten Führerscheinneulinge nur mehr selten. Die Frau, die sie aus dem Inferno gerettet hatte, musste den Wagen – Benziner wurden kaum mehr zugelassen – bereits lange im Vorhinein ausgesucht haben. Sie hatte die Schlüssel bei sich gehabt, er war an der Straße geparkt und im Kofferraum fanden sich Wasser, Decken und anderes Zeug. Aber wer war sie? Bianca blickte in den Rückspiegel, konnte jedoch nur ihre gebückte Gestalt erkennen, die über ihrem Freund hockte.

Sie kamen schnell voran. Zweimal musste sie über die Fahrbahn geworfene Baumstämme umfahren. Ein anderes Mal quetschte sie den Wagen zwischen der Schutzplanke des Mittelstreifens und einem grausam in die Leitschiene verkeilten Sattelschlepper hindurch. Erst als sie vorbei waren, erkannte sie im Rückspiegel, dass unter dem Sattelschlepper das zusammengedrückte, zur Unkenntlichkeit zermalmte

Heck eines PKWs hervorstand. Ein paar Meter weiter lag ein einzelner, blauer Schuh.

Als die Fahrbahn ein freies Feld durchschnitt, machte sie Halt. In ein paar dutzend Meter Entfernung war ihr etwas ins Auge gestochen, das sie erst für einen Tagtraum gehalten hatte. Sie vergewisserte sich, schob die Brille mit dem Zeigefinger höher und starrte hinüber. Es war Licht. Elektrisches Licht. Dort lag ein Einfamilienhaus, nur umgeben von einer niedrigen Hecke. Die Haustür stand offen und dahinter war ein Flur, beleuchtet vom matten Licht einer Glühbirne. Das Dach des Hauses war vollständig bedeckt von dunkelblauen Photovoltaik-Paneelen. Vor einem Fenster im Vorgarten lag ein Haufen aufgeschichteter Kleiderfetzen. Sie mussten nass sein, denn sie dampften heiß in die kalte Luft. Rings herum kaum Schnee. Jemand musste ihn weggeräumt haben. Auch in der kurzen Einfahrt war nur wenig Schnee zu sehen. Sie wusste nicht, wofür das alles gut sein sollte. Ein undefinierbares Kribbeln breitete sich in Biancas Magengegend aus. Aber es war keine Übelkeit. Es war eine Mischung aus Begeisterung und Unglaube.

»Was zur...?«, hörte sie hinter sich, achtete aber nicht weiter darauf. Sie ließ das Beifahrerfenster hinunter, um einen besseren Blick zu haben und stellte den Motor ab. Und erst dann wurde es ihr bewusst. Der Schnee war nicht geräumt worden. Fußtritte hatten ihn zermatscht. Er lag braun und grau und dreckig zertreten um das Haus herum, besonders vor der Eingangstür. Es waren unzählige Fußabdrücke. Aber auch bräunlich eingefärbter Schnee war da. Nein, vielmehr rötlich. Als hätte man literweiße Rotwein vor das Haus gekippt. Während ihr Verstand allmählich begann, die Bilder zu einer

Geschichte zusammenzusetzen, erschienen zwei Gestalten in der Haustür. Sie trugen etwas. Nein, sie trugen jemanden. Eine Person. Der eine hatte sie unter den Achseln, der andere an den Knien gefasst. Schwerfällig stiegen sie die vier, fünf Stufen hinunter und warfen ihre leblose Fracht auf den Haufen im Vorgarten. Das war kein Kleiderhaufen. Das war ein Menschenhaufen. Es mussten sechs oder sieben Personen sein, die da aufeinander lagen. Ihre Körper gaben Dampf ab, der sich in weißen Wölkchen in die eisige Morgenluft verzog. Aber niemand rührte sich. Und dann sahen die zwei Männer plötzlich zu ihnen herüber. Sie trugen Handschuhe und Mützen und dicke Jacken. Regungslos standen sie und starrten bloß. Sekundenlang schauten diese Männer nur herüber, und umgekehrt sie zu den Männern. Und von Sekunde zu Sekunde wuchs in Bianca, wie in allen im Wagen, aber auch wie in diesen fremden Männern, das Bewusstsein, dass gleich etwas Schreckliches geschehen würde. Als wären sich Katze und Maus unverhofft an einer Straßenecke begegnet. Jeder hatte sein Tagwerk völlig vergessen. Alle fühlten, was kommen würde. Alle waren starr. Nur das leise Ticken des abgedrehten Motors war zu hören. Dazu die sanfte Stille des späten Wintereinbruchs, der still, aber kalt hereindrang. Ein Knall, wie wenn ein Stein bei voller Fahrt gegen die Frontscheibe schlägt, lässt sie alle schwer zusammenfahren, ehe der Schuss noch in derselben Sekunde kracht. Und noch bevor Bianca versteht, dass sie soeben das Ziel eines Schützen geworden ist, schlägt ein zweites Geschoss ein, zerreißt das hintere Beifahrerfenster, ohne es aus dem Rahmen springen zu lassen, und sie hört den Schuss erneut brechen.

Im selben Moment, in dem ihr Hirn den Körper anbrüllte, etwas zu unternehmen; im selben Moment, in dem sie erkannte, dass aus dem Inneren des Hauses auf sie geschossen wurde, schrie jemand hinter ihr.

Eine zweite Stimme kam dazu. Hände schlugen ihr aufgeregt auf die Schultern. Sie drehte den Zündschlüssel herum, jedoch gab es nur das grausame Krächzen der Zündung. Sie hatte vergessen die Kupplung zu treten. Also versuchte sie es noch einmal, hörte aber nicht damit auf, als der Motor gestartet hatte. Mit vor Panik angehaltenem Atem sprang sie zu früh von der Kupplung, sodass das Auto einen groben Satz nach vorne machte. Es warf sie grob in den Gurt. Auch die anderen stürzten nieder. Sie waren nicht angeschnallt. Wieder Schüsse. Diesmal zwei Einschläge in die Karosserie. Gleich hintereinander, wie zwei gewaltige, tödliche Hagelkörner. Eine der Kugeln war auf Höhe ihres Kopfes in den Rahmen der Beifahrerseite eingeschlagen. Ungeachtet aller Schmerzen umklammerte sie das Lenkrad. Noch einmal startete sie, spürte, wie sie mit plötzlich nassen Fingern beinahe am Schlüssel abrutschte. Ein Blick nach rechts und sie erkannte die zwei Männer, die über das Feld herüber auf sie zuzurennen schienen. Und noch andere waren aus dem Haus getreten. Dort herrschte Hektik. Ihr Hals wurde zu einem Knoten. Der Herzschlag dröhnte in ihren Ohren. Diesmal achtete sie auf die Kupplung, rutschte aber am Lenkrad aus, sodass sie sich schreckte und zu schnell anfuhr. Es gab nur ein Röcheln und einen erneuten Satz nach vorne. Sie hörte das Zischen, als eine Kugel knapp über das Autodach fegte. Das frische Blut aus ihren Händen, die sie jetzt, alle Schmerzen ignorierend, um das Steuer krallte, ließ sie noch einmal abrutschen. Auch von draußen hörte sie jetzt Schreie. Sie wollte nicht hinübersehen. Nur im Augenwinkel nahm sie Bewegungen wahr. Mit einem Kreischen umklammerte sie das Lenkrad noch einmal. Tränen drückten in ihre Augen, ohne dass sie es bemerkte. Sie trat das Gas durch, so fest sie konnte, und ließ die Kupplung unbeachtet springen. Die Reifen quietschten verrückt und ohrenbetäubend. Viel zu spät wechselte sie in den nächsten Gang. Aber sie hatten Meter gutgemacht. Sie waren in Fahrt. Nach ein paar Sekunden schüttelte sie eine grausame Gänsehaut durch. Sie atmete stoßweise. Die Augen waren weit aufgerissen und es war nicht sie, die das Beifahrerfenster schloss. Das musste einer von hinten tun. Sie war mit Fahren beschäftigt. Damit und mit dem Versuch zu atmen.

»Ist irgendjemand verletzt?«

Keine Antwort.

Tag 49

59

Bianca hielt die Teetasse nur mit ihren Fingerspitzen. Die Hände steckten jetzt in frischen Verbänden und reagierten auf Wärme empfindlich. Die Tasse war einmal weiß gewesen und ihre Außenseite geriffelt. Der Henkel gebrochen und wieder angeklebt. Die Goldfarbe am Rand war kaum mehr erkennbar und in der Mitte der Tasse stand in geschwungenen Lettern »Oma«. Das brennende Holz knisterte durch die offene Tür des ebenfalls einst weißen Küchenherdes. Die

Stube war karg und die Sitzfläche der Eckbank, auf der sie saß, durchgewetzt und plattgedrückt. Aber es war warm und sie konnte sich jetzt keinen besseren Ort vorstellen als diesen. Der schwarze Tee war zu heiß, um ihn zu trinken, aber er roch wohlig nach Rum. Ihr gegenüber saß ein Mann, der sich als Walter vorgestellt hatte.

»Ihr habt's mächtig Schwein gehabt, dass ihr hergefunden habt«, sagte er mit seiner tiefen Stimme und in bayrischem Dialekt. Er hatte sich zurückgelehnt und die dicken Unterarme über der breiten Brust verschränkt. Er trug einen grauen Arbeitsoverall mit Brusttasche und Schulterriemen, wie ihn Mechaniker benutzen, und einen grünen, dicken Strickpullover, der zwei, drei kleine Mottenlöcher hatte und am Kragen spärlich aufgewetzt war. Die wenigen Haare, die er noch hatte, lagen wirr über der glatten Kopfhaut.

»Das hatte mit Glück nichts zu tun. Dein Hof war der einzige, bei dem Rauch aus dem Kamin kam.«

Er grunzte. »Ja, ich weiß, is unvorsichtig. Aber wie soll ich anders einheizen. Is eine Scheiße, dass man das von der Straßen aus sehen kann. Ihr seid's auch nicht die Einzigen, die in den letzten Wochen vorbeikommen sind... Ich hab mir überlegt in die Hütte von meinen Eltern nauf zu gehen, da findet mich kein Schwein. Aber andererseits wird's jetzt eh wärmer. Oft werd ich nicht mehr einzuheizen brauchen.«

Bianca antwortete nicht. Sie nippte an dem Tee. Walter kratzte sich am Kopf. »Wie seid ihr eigentlich auf die Straße kommen? Wolltet ihr speziell irgendwo hin?«

»Nein. Die Schnellstraße war auf beiden Streifen blockiert. Da hat es eine Massenkarambolage gegeben... Wir haben die Abfahrt der anderen Seite gesucht, sind aber dann auf der Landstraße gelandet... Zehn Minuten später... Naja, haben wir deinen Hof gesehen.«

Walter nickte. Er nahm die Katze auf, die zwischen seinen Beinen vorbeistreifte. Sanft hob er sie auf seinen Bauch und kraulte sie zärtlich hinter dem Ohr, entlockte ihr ein sonores Schnurren. Er trank Tee und räusperte sich.

»Du, versteh mich net falsch, aber du solltest dich auch waschen. Ich stell dir gleich noch einen Topf Wasser auf. Ich bin ja nicht empfindlich, aber ihr stinkt's wie aus der Selchkuchl.«

»Der was?«

»Der Kuchl, in der man selchen tut. Fleisch räuchern. Selchkammer.«

Sie nickte und hoffte, etwas Brauchbares unter den Kleidungsstücken zu finden, die sie in den Rucksack gestopft hatte, als das Feuer ausgebrochen war.

»Was is euch überhaupt g'schehn, da draußen?«, fragte er fast wie beiläufig. Er hatte aufgehört die Katze zu streicheln, was sie mit einem fordernden Blick in seine Richtung quittierte. Während er sprach, stupste dieser große Mann mit dem schütteren Haar seine dicke Nase liebevoll gegen ihre und neckte sie grinsend, indem er nicht machte, was sie von ihm wollte.

Bianca schüttelte langsam den Kopf und trank einen größeren Schluck Tee. Der Rum stieg ihr in den Kopf. Dann entstand ein Schweigen, das Walter nicht zu ertragen schien.

»Sag einmal, wie alt bist du eigentlich?«

Der Katze wurde es zu dumm und sie entschied auszusteigen. Elegant sprang sie hinunter und stolzierte mit hoch erhobenem Schweif davon.

»Einundzwanzig...«, sagte sie.

»Jessas, so jung schaust gar net…«, er unterbrach sich.

Schluckte. Ein müdes Lächeln huschte über ihre Lippen. Sie wusste, wie sie aussah. Aber wen wunderte es, nachdem, was sie durchgemacht hatte.

»Und was hast du g'macht vor dem allem?«, setzte der Mann schnell hinterher.

»Ich bin… war Studentin. Ich habe Kunst studiert…«, antwortete sie und merkte, wie er eine Augenbraue hochzog. Sie hatte keine Lust, darüber zu sprechen. »Und wie alt bist du?«, fragte sie.

Er schien auf diese Frage gewartet zu haben.

»Rat einmal.«

Ihr war nicht nach Raten zumute. Sie sah aus dem kleinen Fenster in den Hof, der von einem abendlichen Zwielicht erfüllt wurde, während es hier drin immer dunkler wurde. Nur die warmen Flammen des kleinen Feuers gaben Licht ab.

Als sie nicht antwortete, tat er es selbst: »Neununddreißig«

Sie sah ihn fragend an.

»Jojo, ich weiß, sieht man mir nicht an, gell? Ich schau aber schon immer so aus. Hab meine ersten Haar verloren, da war ich noch in der Berufsschul. Stört mich aber nicht. Mein Alter hat mit vierzig kein einzig's Haar mehr auf'm Kopf g'habt. Meine Mama allerdings bis zum Schluss. Mehr als ihr lieb war. Die hat sogar Haar auf'm Kinn g'habt.«

Sie nickte und versuchte interessiert zu wirken. Er rümpfte die Backen.

»Da schau. Iss noch ein Stückerl Speck. Schad't net.« Er schob ihr das Brett, auf dem zwei angeschnittene Essiggurken und ein Streifen Bauchspeck lagen, über den Tisch.

»Magst noch einen Tee?«, fragte er und stand auf, um nach dem Ofen zu sehen. Sie sah auf die fast leere Tasse. Sie hatte sich den letzten Schluck aufbewahrt. Neue Angewohnheit. Er verstand.

»Wir brauchen net Wasser sparen. Wir haben nen eignen Brunnen.«

Sie schüttelte den Kopf und schloss dabei die Augen.

»Scho recht. Wird schon wieder.«

Da platzte es aus ihr heraus. Plötzlich und ohne Vorwarnung musste sie schluchzen. Sie weinte. Walter stand unbeholfen vor ihr und drehte sich erst um, dann wieder zurück und verharrte kurz. Er wollte nach ihr greifen, wusste aber nicht wohin und nahm stattdessen die Teekanne vom Herd. Vorsichtig löste er die Tasse aus ihren Händen, schenkte Tee nach und gab ein wenig Rum aus der dunklen Flasche, die am Tisch stand, dazu. Sie weinte noch immer.

»Tut mir leid, das mit deinem Freund. Aber wird schon wieder, wirst sehen.«

Sie zog Schleim hoch, wischte sich mit den Ärmeln über die Augen und nahm die Tasse entgegen. »Danke.«

»Nana, ich hab zu danken. Is selten, dass mir einmal einer zuhört. Ihr seid's schon in Ordnung. Ich spür so was. Das is wie mit den Viechern. Ich merk das einfach, wenn eines nen Wurm drin hat. Manchmal da gibt's Kälber, da weißt: des wird ein echtes Rindsviech. Mit den Menschen isses ähnlich. Einmal ang'schaut und ich kann dir sagen, was du für ein Mensch bist. Bis jetzt sind nur Leut kommen, die an meinen Speck wollten. Und damit mein ich nicht meine Wampe«, er streckte sein Kreuz durch und streichelte seinen stattlichen Bauch. Sie musste bitter lachen. Er lächelte unbeholfen, widmete sich dann aber dem Herd und legte zwei kleine Holzscheite nach.

»Und was bin ich für ein Mensch?«, sagte sie verschleimt.

Er antwortete nicht, stocherte mit einem Eisen in dem Feuer und lehnte die Ofentür an. Sie glaubte schon, er hätte sie nicht gehört. Dann drehte er sich in der Hocke herum, stützte sich mit der einen Hand an der Kante des Herds ab und musterte sie.

»Einer von den guten.«

Wenig später trat die Frau durch die Tür, die sich als Sara vorgestellt hatte, die Frau in der gelben Öljacke. Ihr hatte Bianca ihr Leben zu verdanken. Sie hatte sich noch nicht bedankt.

»Das Bad ist jetzt frei«, sagte sie. Bianca holte Luft. Sie wollte etwas entgegnen. Sie tat es nicht. Stattdessen erklärte Sara: »Ich werde jetzt noch einmal nach ihm schauen. Soll ich deinen Freund ins Bad schicken oder willst du zuerst gehen?« Bianca wusste nicht zu antworten. Sie meinte so etwas wie Verachtung zu spüren, als Sara wieder hinausging. Das Holz knackte im Ofen. Bianca sank zurück.

»Welcher von den beiden ist jetzt eigentlich dein Freund?«, fragte Walter unwirsch.

»Beide...«, sagte sie, überlegte es sich anders und fügte hinzu: »Daniel, nicht der Verletzte.«

60

»Aber das Auto ist noch da, nicht?«, murmelte Peter und versuchte etwas zu erkennen. Sie hockten über ihm. Sein Rücken kribbelte. Er konnte sie nicht sehen, nur verschwommene Gesichter. Eines kannte er, das andere nicht. Sie waren hell und dunkel zugleich. Er griff nach dem einen. Da waren Haare.

»Jaja«, sagte eine Stimme, die er kannte. Dann wurden seine Finger gefasst. Wurden von zwei warmen Händen umschlossen.

»Ja?«, vergewisserte er sich.

»Jaja.«

Er legte den Kopf zur Seite. Ein blauer Himmel stach in seinen Augen. Dann Dunkelheit. Er erwachte von dem Geräusch wirrer Schreie. Entsetzlicher Schreie. Da bemerkte er, dass es seine eigenen waren. Sein Hals brannte. Ein Hämmern bohrte sich in seinen Geist und ging nicht mehr weg. Rhythmisch und schnell. Tock, tock, tock.

Plötzlich saß er vor seinem Computer. Zuhause. Alles war gut. Das Hämmern. Tock, tock, tock. Er spielte sein Lieblingsspiel, als auf dem zweiten Bildschirm die ersten Horrornachrichten aufpoppten. Immer mehr. Mehr und mehr. Er stand vor dem Fernseher, die Fernbedienung fiel ihm aus der Hand, als er die Aufnahmen der Infizierten sah. Menschen die sich in Krankenbetten aufbäumten. Brüllten. Blutüberströmt durch eine Straße rannten. Die Panik. Das Chaos. Sein Großvater schlug von innen Bretter vor die Fenster. Das war es, das Hämmern. Tock, tock, tock. Der Geruch von Desinfektionsmittel. Eine Gasmaske. Das CB-Funkgerät am Dachboden. Jemand schlichtete Konserven neben der Spüle auf. Kerzenlicht. Signalsuche am Smartphone. Vergeblich. Der Minivan in der Nacht. Quietschende Reifen, als er darauf zu rennt, im Rücken dieses grässliche Brüllen. Es ist Tag, als er auf dem Parkplatz vorfährt. Er umarmt seine Freunde. Wochen der Einsamkeit: Endlich vorbei.

»Wo sind wir?« Keine Antwort. Tock, tock, tock. Er

rannte. Es war nichts zu sehen. Alles verschwommen, feucht und heiß.

Plötzlich lag er unter einem Baum. Er blühte. Weiße Kirschblüten sprossen an den dünnen Ästen. Weiß und schön und saftig. Er konnte ihn scharf sehen. Konnte alle Einzelheiten sehen. Jeden Zweig. Jede Unebenheit des Stamms. Es beruhigte ihn. Etwas donnerte. Erleichtert atmete er aus. Aber dann wieder dieses Geräusch. Tock, tock, tock. Dunkelheit. Knistern. Feuerqualm. Er rannte einen Flur entlang. Der Rauch fraß sich in seine Lungen. Trieb die Tränen aus den Augen. Zusammen schlugen sie die Wohnungstür ein. Warfen sich ungeachtet aller Schmerzen mit den Schultern dagegen. Tock, tock, tock. In einem Zimmer zerrte er die Gardinen samt Stange vom Fenster. Riss es auf. Auf einmal stand er im Wohnzimmer. Klatschte ein nasses Handtuch gegen den Türschlitz. Im nächsten Moment kauerten sie zu dritt in dieser fremden Wohnung. Sie konnten kaum mehr atmen. Die Hitze schälte sich herein. Da war ein Messer. Gleich würde es vorbei sein. Angst. Diese unaussprechliche, markerschütternde Angst. Verzweiflung. Die Tür flog auf. Eine Gestalt – eine Frau? – in einer nassen, gelben Öljacke.

Sie knotete das Seil um einen Heizkörper. Warf es hinaus. Die Flammen brüllten in dem Stockwerk jetzt schon so bestialisch, dass nichts anderes mehr zu hören war. Als Erstes stieg die Öljacke hinaus. Alle streckten sie die Köpfe aus der kleinen Öffnung, um nicht im Rauch zu ersticken. Sie husteten. Hielten die Luft an. Husteten wieder. Das Seil wurde gespannt. Dann stieg Bianca ins Freie. Der Rauch strömte jetzt so dicht durch die Wohnung und über ihre Köpfe in die Nacht, dass sie nach einem Meter nichts mehr erkennen konnten. Sie warteten ab. Unendliche Sekunden warteten sie. Dann schob er seinen Freund über die Kante. Er glaubte, seine Kleidung würde in seine Haut schmelzen, so heiß war es. Das vordringende Feuer brannte unerträglich in den Rücken. Er glaubte einen Saunaofen umgeschnallt zu haben. Er musste warten. Nur kurz warten, aber er konnte nicht mehr. Das Zimmer stand in Flammen. Er versuchte den Atem anzuhalten. Aber jedes Mal, wenn er das tat, quetschte eine eiserne Faust seine Lunge, sodass er drohte zu ersticken. Alles drehte sich. Er musste husten, röchelte, spie Galle aus und griff in Krämpfen nach dem Seil. Ein Kasten hinter ihm brach brennend in sich zusammen. Wild stieß er sich ab und umklammerte das Seil. Er spürte, wie seine Beine gegen etwas Hartes krachten. Es war die Fassade. Er rutschte. Nur einige Zentimeter. Drückte die Fäuste so fest um das Seil, wie er nur konnte. Höllische Schmerzen fraßen sich über seine Handgelenke bis in die Schultern. Verzweifelt suchte er mit den Füßen nach Halt, wie sie es in der Grundschule gemacht hatten. Luft. Da war Luft. Er versuchte zu atmen, als er mit bebenden Gliedern die ersten Meter abstieg. Es klirrte in der Wohnung über ihm. Das Feuer brüllte wie eine Herde wilder Stiere. Seine Ellbogen drohten zu bersten, die Schultern wollten abreißen. Aber er stieg weiter. Noch einen halben Meter. Und noch einen. Alles krampfte. Er konnte wieder sehen. Nur Schemen. Aber da war weniger Rauch. Er atmete und rutschte weiter. Beinahe hätte er losgelassen, weil ihn der plötzliche Husten so schüttelte. Noch einen halben Meter weiter. Seine Hände griffen kein Seil, es musste vielmehr Stacheldraht sein. Mit aller Kraft klemmte er es zwischen die Knie. Das fühlte sich an, als würden sie gleich brechen. Und noch einen halben Meter. Wieder krachte es. Es wurde hell.

Er drehte sich. Er griff ins Leere. Das Seil schlug ihm ins Gesicht. Seine Organe schwappten nach oben. Kalte Luft schnitt durch seine Haare. Da war der Boden. Ein Bersten und eine Sekunde alles vernichtenden Schmerzes. Schwarz.

Dann lag er im Auto. Er hörte ohrenbetäubende Gewehrsalven. Schreie und Bremsen. Sein Name. Er hörte seinen Namen. Immer wieder wurde sein Name geschrien. Grelles Licht blendete ihn. Erst das eine Auge, dann das andere. Der Boden unter ihm rumpelte. Ein Motor heulte auf. Und immer und immer wieder war es sein Name, der da geschrien wurde.

61

»Braucht's es Hilfe?«, fragte Walter. Sie winkten ab. Jeder der drei hatte eine Kiste aus dem Kofferraum unter dem Arm. Es waren die Vorräte, die Sara vor Tagen dort verstaut hatte. Für den Fall, dass sie ihre Wohnung und die Stadt schnell verlassen musste, wie sie erklärt hatte.

»Na gut, aber dann schaut's, dass nei bringt's. Ich mach jetzt dicht«, rief der Bauer und zog die letzten Fensterläden, die nicht in das Hofinnere zeigten, zu. Er hatte sie innen zusätzlich mit Holzbrettern vernagelt und die meisten Ritzen mit DUKT-Tape verklebt. Möglichst kein Licht sollte nachts nach draußen dringen, hatte er gesagt. Bianca musste grinsen, als sie ihn beobachtete, wie er seine Katze, er nannte sie Mia, behutsam von der Fensterbank hob, was sie mit widerwilligem Murren kommentierte.

Dem Wohngebäude, auf dessen Dach ein paar Solarpaneele angebracht waren, direkt gegenüber lag ein großer, alter Stall. Zwischen Bauernhaus und Stall lagen etwa sechs Meter staubig zusammengedrückter Erde, die den Innenhof des Anwesens bildeten. Dieser Innenhof, nicht vielmehr als eine breite Durchfahrt, war auf der einen, der unteren Seite mit einem gewaltigen, grauen Traktor versperrt, dessen Hinterreifen allein bereits über zwei Meter hoch waren. Die Motorhaube schien einmal ausgetauscht worden zu sein, denn sie war als einziges Teil rot lackiert. Angekoppelt an das schwere Fahrzeug war ein breiter Anhänger, wie er zum Umpflügen oder Mähdreschen gebraucht wurde. Sie wusste nicht, warum, aber sie war beeindruckt von den ellenlangen, ockergelben Stahlspitzen, die dutzendfach in alle Richtungen standen wie eine besonders grausame, vorsintflutliche Version eines Panzerkreuzes. Regentonnen und Bretter füllten die Zwischenräume zu den Wänden von Stall und Wohnhaus. Der gesamte Hof war in einen leicht abfallenden Hang gebaut, sodass die andere Ausfahrt des Hofs, die, durch die sie eingetreten waren, um einiges höher lag. Hier versperrten zwei Reihen in weißes Plastik verpackte, jeweils mannshohe Pressheuballen den Weg. Zwischen diesen Ungetümen mit einem Gewicht von rund 400 Kilogramm pro Stück war ein Durchgang freigelassen worden, durch den man mit Gepäck gerade so durch passte. Bianca war es bei ihrer Ankunft nicht aufgefallen, aber jetzt sah sie getrocknete Spritzer in unterschiedlichen Braun- und Rottönen, die irgendwann nass an dem Plastik abgeperlt und Richtung Boden geronnen waren. Blutige Kratzspuren zeichneten sich hier und dort ab. An manchen Stellen war die millimeterdicke Verpackung aufgerissen worden. Darunter quoll zerfasertes Heu heraus, dunkel eingefärbt und zerzaust. Was sie aber noch mehr beunruhigte als diese Spuren, war die abgebrannte Ruine eines dritten, großen Gebäudes, das einige Meter hangabwärts, etwas abseits des ursprünglichen Anwesens aus Stall und Hofgebäude stand. Es musste eine Holzkonstruktion gewesen sein: Hier und da ragten noch verkohlte Dachträger schräg zwischen schwarz versengten Metallgittern aus dem Boden, der ringsherum verbrannt und aufgebrochen lag.

»Warst du verheiratet?«, fragte Bianca eine Stunde später und nickte nach einem Ring, den Walter trug. Sie saßen alle, Daniel, Sara, Walter und sie selbst, um den Esstisch auf dem eine einzige Petroleumlampe stand. Nur Peter hatten sie, in einen Schlafsack gehüllt, zwischen Ofen und Esstisch abgelegt, wo er leise fiebernd vor sich hindämmerte. Und alle, außer Walter, waren eigentlich zu müde, um zu reden. Aber sie hatten zu viel gesehen und zu viel durchgemacht, um schlafen zu können. Also fragte sie etwas.

»Wer, i?«, fragte Walter und tippte sich auf die Brust. Dabei folgte er Biancas Blick und sah auf den Ring. »Ah so, nana. Des is kein Ehering. Nana. Das is nix für einen wie mich. Ich bin besser allein. Keine Scherereien und so. Braucht man nicht so was«, sagte er, wobei es klang, als würde er Stammtischparolen wiederkäuen. Er schmatzte kurz, räusperte sich und sagte etwas ernster: »Na, es hat sich einfach nie ergeben…« In seiner Stimme lag eine Mischung aus Resignation und Verbitterung. Einen Augenblick wirkte er verletzt und hilflos. Im nächsten Moment aber schüttelte er den Kopf und verkündete: »Nana, nix da. Macht eh immer nur Probleme, des Weibsvolk.« Walter sah auf und begegnete einem schrägen und zugleich harten Blick aus Saras Richtung. Er schluckte, sah zu Bianca, die keine Regung zeigte, und setzte blinzelnd nach: »Nix für ungut.«

»Schon arg, wie so eine Grippe alles kaputt macht, nicht?«, versuchte er das Thema ungeschickt zu wechseln.

»Es ist keine Grippe«, gab Daniel müde zurück.

»Freilich! Haben's doch g'sagt, wie es losgangen ist. Kann ich mich genau erinnern.«

»Nein, es ist die Mutation eines Noro-Virus.«

»Eine Muta…? Du meinst, des hat die Natur rausbracht?«

»Was sonst?«

»Na die Regierung, ganz klar.«

»Welche? Unsere?«

»Freilich. Oder sonst irgendeine. Da bin i mir sicher. Das hat der Kerl in dem Radio auch g'meint.«

Kurz schien Daniel zu überlegen. »Wie kommst du drauf? Welches Interesse könnte irgendeine Regierung daran haben?«

Walter schürzte die Lippen, ehe er antwortete. »Na i mein ja nicht, dass sie es absichtlich auf die Bevölkerung losgelassen haben. Da is was in irgendeiner streng geheimen Forschungseinrichtung schiefgangen.«

»Du meinst so Stephen King mäßig?«, wollte sich Daniel versichern und nippte an seinem Tee. Bianca hatte das Gesicht in die Hände gelegt und Sara schien in irgendeinen dunklen Winkel der Stube zu starren und nicht zuzuhören.

»Genau… Ich mein… Den Stephen King kenn i jetzt nicht so genau. Aber so wie in den Filmen halt. Das kommt ja nit von ungefähr, weißt scho.«

Daniel schaffte es nicht seine Missbilligung gänzlich zu verbergen. Er bemühte sich, ernst zu bleiben. »Verstehe…

Naja, also ich denke, es ist eine natürliche Mutation«, verschränkte er die Arme vor der Brust.

»Geh schleich di, so was fällt der Natur net ein, so was. Das kann ja nur künstlich sein.«

»Warum nicht? Die Evolution hat die Pest, Cholera, Tollwut und Grippe hervorgebracht. Die ganze Geschichte der Menschheit über hat es immer wieder Pandemien gegeben. Und es gibt Krankheiten, die das Wesen des Menschen verändern. Um nichts anderes handelt es sich hierbei. Eine Mischung aus Tollwut und Noro-Virus. Oder Grippe von mir aus. Wie auch immer du es nennen willst.«

»Na, aber dass gleich so viele Leut draufgehen deswegen. Ich glaub des net.«

»Musst du ja nicht.«

»Wenn Gott das gewollt hätte, hätt er ja glei das Jüngste Gericht anfangen können«, sagte Walter. Daniel suchte nach Worten. Aber Bianca kam ihm zuvor: »Vielleicht ist es ja genau das. Vielleicht ist das das Jüngste Gericht.«

Sara machte ein Geräusch, als würde sie ausspucken, ehe sie sprach. »Es handelt sich um eine Krankheit mit einer Ansteckungsgefahr und vor allem einem Verlaufspotenzial, wie es die Gesellschaft noch nie gesehen hat. Vom Verlauf her ist es vielleicht am ehesten mit Tollwut zu vergleichen und von der Ansteckungsgefahr mit einem Noro-Virus. Es ist eine Mutation, das stand fest, bevor die letzten Nachrichtenkanäle zusammenbrachen. Aber das ist mittlerweile egal. Die Welt ist nicht mehr das, was sie einmal war. Die Spezies Mensch wird's überleben. Es gibt bei jeder Krankheit Leute, die immun sind. Nur werden wir sicher nicht mehr erleben, wie sich die Zivilisation erholt. Das wird Jahrzehnte, wenn nicht Generationen dauern. Aber wenn jemand an ein Gottesgericht oder sonst irgendeinen Unsinn, der allem widerspricht, was Wissenschaft und Vernunft sagen… wenn man so was glauben will, meinetwegen. Aber es führt zu nichts. Es ist ein Virus, und die, die sich damit anstecken, sterben. Und die wenigen, die nicht sterben, leiden unter tollwutgleichen Affektschüben, in denen sie sich selbst und andere ohne zu zögern mit bloßen Händen zerreißen.« Die letzten Worte hatte sie voll Verachtung gesagt. Während diese fremde Frau gesprochen hatte, war Bianca ein kalter Schauer über den Rücken gelaufen. Sara schien keine Antwort zu erwarten. Murrend fragte Walter jedoch nach: »Was bist du eigentlich? Ne Ärztin oder was?«

»Krankenschwester«, antwortete Sara und wurde wieder zu einer Statue.

Still tranken sie Tee.

»Sind hier eigentlich sonst keine Leute in der Umgebung?«, fragte Bianca schließlich, die eigentlich nur noch schlafen wollte, aber Angst davor hatte. Ihr Gastgeber war zudem vor den Kopf gestoßen und die Konvention verlangte, dass sie etwas dagegen unternehmen musste.

»Du meinst, die da wohnen?«, fragte Walter zurück, dem die Erleichterung anzuhören war. Er war mit der Hilflosigkeit eines Kindes auf seinem Stuhl gesessen. Es war ihm anzusehen gewesen, dass ihn die brüsken Worte Saras nicht nur überforderten, sondern er auch befürchtet hatte, seine Gäste zu verschrecken. Daher antwortete er jetzt umso gewissenhafter.

»Naja, der Hans und der Markus, die bei mir gearbeitet haben, sind einfach nimmer kommen. Der eine wohnt zwanzig Kilometer weit weg, der andere noch weiter. Keine Ahnung, wo die 'blieben sind. Naja und die Ortschaft ist drei Kilometer über den Hügel. Die mögen mich dort aber alle nicht. Ich mein, man kommt aus miteinander. Aber mögen tun's mich halt nicht. Ich bin ja selbst ein Fremder. Bin erst mit siebzehn herkommen. Der Hof hat eigentlich meiner Tante und mei'm Onkel gehört. Ich sag nur immer Mama und Papa zu ihnen, weil sie für mich das halt geworden sind. Aber seit sie unter der Erd liegen, red't kaum einer mehr vom Dorf mit mir. Nur der Jürgen vom Schneider-Hof, das ist der Nachbarhof, der hat mir manchmal ausgeholfen, seit er seine Viecher aufgegeben hat vor drei, vier Jahren. Aber der hat sich eine Woche nach dem Stromausfall erschossen. Zusammen mit seiner Gerti. Wo ihr Kind is, weiß ich net. Hab es überall gesucht, aber es war wie vom Erdboden verschluckt.«

Dann griff er nach einer Flasche Obstbrand, die am Tisch stand.

»Wollt's es noch einen?«, fragte er und öffnete sie. Niemand antwortete. »Scheißts euch nix, ich trink nie was und mein Keller ist voll davon. Ich hab dem Huber voriges Jahr zwölf Liter abkauft und noch einmal drei beim Kartenspielen gewonnen.«

»Na gut«, sagte Bianca: »Ich nehm noch einen.«

Er schenkte vier Gläser ein und trank seines auf einmal aus. Dann atmete er kehlig aus und verzog dabei das Gesicht, zumindest nahm Bianca das an, denn man konnte nicht mehr viel erkennen.

»Hat man ja sonst nie Zeit für so was«, sagte er und lachte leise in sich hinein. Er schien tatsächlich keinen Alkohol zu vertragen.

»Warum können wir kein normales Licht machen?«,

fragte Bianca und nickte in Richtung der vorsintflutlichen Petroleumlampe, die neben der halb geöffneten Tür des Herdofens als einzige Lichtquelle diente.

»Warum? Warum wir nicht?«, die Frage schien ihn zu wundern.

»Ich meine, du hast doch ein paar Solarpaneele auf dem Dach. Die sind doch für irgendwas gut, nicht?«

»Ach so... ja, also«, er zögerte. »Ja also des is so, die sind grad defekt. Haut nit so ganz hin des Zeug grad.« Er verschränkte wieder die Arme vor der Brust und legte noch ein gedehntes »Genau« nach, bevor er unter den Tisch griff und seine Katze hochzog. Die grau getigerte Lady schien dort nur darauf gewartet zu haben. Er streichelte sie, sodass sie sich bald entschloss, auf seinem Schoß auch mit den vorderen Pfoten Platz zu nehmen.

»Sie ist süß«, sagte Bianca nach einiger Zeit. Es war mehr Höflichkeit als Interesse. Aber es stimmte.

»Ja, das ist sie. Mein Mädchen«, antwortete Walter und kraulte sie unter dem Kinn, was sie mit einem fast gurrenden Schnurren belohnte. »Wird nächsten Monat sechs Jahre alt. Mhmm. Gell du? Sie ist wieder schwanger«, sagte er.

»Trächtig«, besserte Daniel so leise aus, dass Walter es nicht hörte.

»Man kann's noch nicht sehen, aber ich kenne sie. Sie hat schon einmal Kleine gehabt. Hat sie fast umgebracht, weil sich irgendwie ihre Zitzen entzündet haben. Die Tierärztin hat super Arbeit g'leistet, sonst wär mir die Mia am End noch hops gegangen. Die Kleinen hab ich alle mit der Flasche aufgepäppelt...«

Bianca machte ein anerkennendes »Oh«.

»Ja, war hart, als ich sie weggegeben hab. Eine lebt jetzt

bei einem Bekannten, zwei Ortschaften weiter. Wenn sie jetzt aber wieder Kleine kriegt, muss ich sie behalten.«

»Warum?«, fragte Daniel.

»Naja, ich kann sie ja schlecht weggeben.«

»Stimmt.«

»Früher haben sie die Katzenjungen dem Hausknecht gegeben, wenn's zu viele waren auf nem Hof, und der hat dann...«

Er hielt kurz inne. Man konnte sein Gesicht in der Dunkelheit nicht erkennen.

»Auf'm Hof von meinen Eltern... Also meinen leiblichen Eltern mein ich, da war ich... Ich muss weniger als sieben gwesen sein, weil das war noch, bevor alles abgebrannt ist... Da hatte ich auch eine Katze. Ich wollt sie Penny nennen, das is das Mädchen aus dem Film, der damals grad in die Kinos kommen is. Bernhard und Bianca. War einer der ersten Filme, die ich ins Kino gehen hab dürfen. Und der war brandneu aus Amerika damals. Der mit den Mäusen, wisst's eh. Aber meine Mama, also meine echte, hat gmeint, das klingt billig. Also hab ich sie Tweety genannt. Von dem anderen Film. Ich hab also die Tweety ghabt und sie hat Junge gekriegt. Ich hab ohnehin Angst ghabt, dass mein Vater sie weggibt und hab sie in einer Apfelkiste unterm Bett versteckt. Aber er is dann doch drauf gekommen.«

Kurz schwieg er. Schien den Kopf zu schütteln und räusperte sich. »Mei, das gab ein Donnerwetter«, lachte er. Aber es klang traurig. Bitter. »Ich bin ihm hinterher, aber er hat die ganze Kiste genommen, hat die Kleinen in eine Plastiktüte vom Aldi geschüttet wie Süßigkeitenriegel und is damit rausgrannt. Ich ihm hinterher, aber er hat mich weggestoßen.

Und dann hat er das Sackerl gegen die Wand vom Schweinestall geschlagen. Mit voller Wucht. Drei Mal hintereinander...«

Sie hörten, wie er einige Momente den Atem anhielt. Dann schenkte er Schnaps nach und sagte mit gebrochenem aber etwas heitererem Tonfall: »Aber das machen wir nicht. Gell, Mia. So was machen wir nicht.« Niemand sagte etwas. Nur das Knistern des Ofens war zu hören.

Als hätte ihn ein kleiner Schlag getroffen, zuckte er plötzlich zusammen. Mia sprang entsetzt davon und verschwand in der Dunkelheit, während er etwas in sich hineinmurmelte. Bianca brauchte einen Moment, um zu verstehen, dass er mit sich selbst schimpfte, weil er etwas vergessen hatte. Mit ungeduldigen Fingern kramte er eine Durchdrückpackung aus seiner Brusttasche und entnahm ihr eine Tablette.

»Gegen hohen Blutdruck«, antwortete er auf eine Frage, die keiner gestellt hatte. Es klang, als würde er sich rechtfertigen müssen.

»Solltest du die nicht lieber weglassen, wenn du Alkohol trinkst?«, fragte Sara.

»Ach«, machte er eine wegwischende Handbewegung: »Ich wollt sie ja gar nicht nehmen. Pillen fressen, in meinem Alter... Aber die Frau Doktor war hartnäckig. Also nehm ich's halt jetzt. Wenn's glaubt, dass hilft. Is ja nix dabei. Außerdem gehen's mir eh bald aus. Das hat sie dann davon.« Er lachte kurz auf, als hätte er gewonnen und die Frau Doktor den Kürzeren gezogen. Sara blinzelte. Bianca musste schmunzeln.

Dann schloss sich wieder Stille an. Und da immer, wenn zu lange nicht geredet wurde, Walter zur Schnapsflasche griff, um nachzuschenken, fragte Sara etwas.

»Hast du eigentlich auch Tiere auf deinem Hof?«

Jetzt antwortete Walter zum ersten Mal nicht. Bianca versuchte sein Gesicht auszumachen, aber sie konnte nur den matten Schein der Flamme in seinen Pupillen erkennen. Anstatt zu antworten, goss sich Walter noch mehr Schnaps ein. Diesmal fragte er nicht, ob noch jemand einen wollte. Er trank ihn, knallte das dicke Glas auf den Tisch und schenkte erneut ein. Dann wieder Schweigen. Und schließlich, als hätte er längst begonnen zu reden, nur ohne es auszusprechen, hörten sie seine Stimme.

»Das Brüllen. Weißt… Dieses unendliche, grausige Brüllen. Egal was passiert, das wird mich mein Lebtag verfolgen...«

Sie wussten nicht, was sie sagen sollten.

»Die ersten Tage, nachdem der Strom endgültig weggeblieben ist, hab ich, wie schon vorher, wenn mal stundenweis kein Saft da war, mit meinem Generator den Strom gemacht. Der Generator hat funktioniert. Für solche Fälle hab ich das Ding ja auch ang'schafft. Allerdings sind die nicht drauf ausgelegt, unendlich lang zu laufen. Außerdem is mir vorher der Diesel ausgangen. Ich hab fast den ganzen Tank vom Traktor leer gemacht. Nur einen Notfallrest drin gelassen. Trotzdem wars dann bald aus. Dann hab ich mit Hand gemolken. Mein Großvater hat's noch gschafft, in einer Stunde sechs Kühe zu versorgen. Ich schaffe mit der Maschin acht pro Stunde...« Er nahm einen kräftigen Schluck und schien zu überlegen, wie er fortfahren sollte. »Ich habe also mit Hand gemolken. Eine Milchkuh muss zwei Mal am Tag gemolken werden. Meine besten geben über dreißig Liter am Tag. Ich habe nach und nach das Futter zurückgefahren, aber irgendwann kannst nicht mehr reduzieren und dann kommen trotzdem noch zwölf, dreizehn Liter oder mehr. Ich hab vierzehn Stunden am Tag mit Melken verbracht. Nach dem ersten Tag hab ich dacht, ich werd nie wieder meine Arme bewegen können. Von Stund zu Stund, von Tag zu Tag bin ich langsamer gworden. Wenn ich mit der Letzten fertig war, musst ich mit der Ersten wieder anfangen. Und da hat auch das Brüllen begonnen. Die Viecher haben unendliche Schmerzen gehabt. Sie stehen ja quasi dauernd vorm Platzen. Nach drei Tagen war das Brüllen im Stall so laut, dass ich nur mehr mit meine Ohrenschützer für die Holzarbeit rein konnt. Hat aber nix geholfen... Sie haben so geschrien... Mein Lebtag vergess ich das nicht. Sie haben so weh gehabt.« Seine tiefe Stimme dünnte aus. Er hielt kurz inne. »Am Schluss hab ich durchgemolken. Aber es hat nichts geholfen. Ich hab meine Arme nicht mehr richtig bewegen können. Meine Haut war von der Milch butterweich, aber meine Knochen haben sich einfach nicht mehr bewegt. Und die Kühe haben weiter gschrien. Ein paar sind verrückt geworden von den Schmerzen. Sie haben durchgedreht. Sich gegenseitig gebissen. Ich habe noch nie vorher eines meiner Mädchen beißen sehen. Ich hab nicht mehr können. Ich hab es einfach nicht mehr mit anschauen können, wie sie leiden. Ich hab dreiundvierzig Kühe gehabt. Dreiundvierzig. Ausgerastet schaffst normal sechs, sieben, vielleicht acht Stück pro Stund. Und das mal zwei pro Tag... Ich hab es nicht mehr mitanschauen können. Und das Schreien. Sie haben so geschrien...« Seine Stimme war hell und brüchig. Er zog Schleim hoch. »Ich hab zweiunddreißig von ihnen erschlagen müssen...« Er atmete aus. Es war mehr ein Aushauchen aus tiefer Brust.

»Und dann hats so angfangen zum Stinken… Ich hab alles angezündet. Den ganzen neuen Stall mit meinen Mädchen drin. Alles abgebrannt.«

Das erklärte die Brandruine unterhalb des eigentlichen Hofs, die sie bei ihrer Ankunft gesehen hatten.

»Und das hat dann die Kranken anglockt… Und die haben auch wieder geschrien…«

Bianca musste an die Blut und Kratzspuren an den Heuballen denken, die den Zugang zum Hof versperrten.

»Zweiunddreißig von meinen Mädchen... Sie haben so geschrien. So geschrien...«

Es vergingen lange Sekunden der Stille. Der Bauer verbarg sein Gesicht in der Dunkelheit. Der Ofen knisterte und knackte leise. Der Geruch von Tee und Schnaps zog durch den Raum.

»Aber wo sind die anderen?«, sagte Sara irgendwann.

»Hm?«

»Die anderen Kühe. Du hast gesagt, du hattest dreiundvierzig. Wo sind die anderen? Die du nicht umbringen musstest.« Wieder folgte eine Pause. Walter drehte den Kopf zur Seite, so viel konnte man erkennen: Er sah zum Ofen. Dann sagte er leise: »Die haben die Kranken geholt.«

Tag 50

62

Sie konnte nicht lange geschlafen haben. Ein sich rasch verflüchtigender Traum waberte noch durch ihren Verstand. Da war grelles Scheinwerferlicht, das sich durch eine einzelne, vergessene Ritze zwischen Hauswand und Fensterladen presste und gegen die Decke flutete. Das dumpfe Geräusch von Reifen auf grobem Schotter hallte noch in ihren Ohren nach. Ein Motorheulen. Eine Gangschaltung. Bianca drehte sich um. Sie schlief auf einer von Saras Isomatten. Direkt neben ihr ging der flache Atem von Peter oder Daniel. Jemand schnarchte. Sie rieb sich über die Augen und versuchte wieder einzuschlafen. Aber dann hörte sie es. Deutlich. Anfangs nur leise. Ein fernes Knurren. Bianca erstarrte. Denn es kam nicht von draußen, es war hier drinnen. Es war ein Knurren, das sie an einen »Gremlin«, einen Kobold oder einen Goblin denken ließ. Sie konnte nicht verorten, von wo es kam. Es wurde unterbrochen von einem echsenhaften Fauchen. Sie arbeitete sich durch ihre Erinnerungen, konnte es aber erst nicht einordnen. Geräusche wie diese hatte sie zuletzt auf dem Parkplatz gehört, bevor sie die Gestalt, aus deren Kehle sie kamen, mit aufjaulendem Motor und einem grässlichen Rumpeln überfahren hatte. Ihre Fingernägel gruben sich in ihre Handballen. Sie versuchte, nicht zu laut zu atmen. Ja, eindeutig. Es kam direkt aus diesem Raum. Keine zwei Meter weit weg. Sie hörte es. Spürte es. Dieses fast schon jaulende Knurren, gefolgt von einem scharfen Fauchen, das ihr die

Nackenhaare aufstellte. Sie wollte schlucken, aber ein Knoten in ihrem Hals verbot es. Langsam, als würde sie beobachtet in der stockdunklen Stube, versuchte sie jemanden zu wecken. Erst bewegte sie nur einen Finger. Wieder dieses Fauchen. Unwillkürlich verspannte sie sich. Kam das von...? Mit einem Fuß befreite sie sich vorsichtig von der Decke. Und dann spürte sie es. Mit jedem Fauchen spürte sie einen kurzen, warmen Luftstoß auf ihrem Ballen. Es hockte vor ihren Füßen. Sie hatte die Luft angehalten, ohne es zu bemerken. Der Schock ließ sie zu Stein werden, während sie die Augen zudrückte und nur an den Tod denken konnte. Nichts sonst. Nur Tod. Tod, Tod, Tod. Aber das Fauchen hörte nicht auf. Nach einigen Sekunden bewegte sie ihre Finger weiter. Die ganze Hand. Tapste nach Peter oder Daniel oder Sara. Von ihr aus auch Walter. Sie riss die Augen auf, soweit es ging, um sich vielleicht irgendwie an die Dunkelheit zu gewöhnen und wenigstens ein paar Umrisse zu sehen. Aber umsonst. Die alte Urangst, blind erwacht zu sein, mischte sich in ihre wachsende Panik und trieb den Puls noch weiter an. Krampfhaft bemühte sie sich, nicht zu laut zu atmen. Ihr Körper schrie nach Luft. Ihre Schläfen begannen zu hämmern, nach wie vor bekam sie niemanden zu fassen. Da war keiner. War sie allein? Mit dem nächsten Fauchen, diesem unendlich aggressiven Tierlaut, spürte sie, wie ihre Augen heiß wurden. Atemluft an ihren Zehen. Sie flehte, endlich jemanden aufwecken zu können. Bewegte ihre Arme jetzt knapp über dem Boden, als wolle sie Schneeengel machen. Und dann, endlich, das Fauchen wurde so unerträglich laut – bedeutete das, dass es näher kam? – spürte sie etwas. Sie krallte sich hinein, aber es folgte keine Reaktion. Nichts. Er reagierte nicht. Sie bohrte ihre Nägel hinein. Aber da war nichts. War er tot? Die anderen hätten längst aufwachen müssen. Waren sie alle tot? Waren sie zerfetzt worden? Wie hatte sie es nicht hören können? Sie drehte sich langsam auf die Seite, konnte ein leises Schluchzen nicht unterdrücken, während das Knurren in ein Jaulen überging. »Bitte«, schluchzte sie lautlos. »Bitte!« Sie durfte jetzt nicht heulen, das wusste sie. Aber sie war wehrlos. Schutzlos. Ausgesetzt. Die Panik drückte sich in ihr Hirn und lag auf ihrer Brust wie ein Amboss. Jeden Moment würde ihr Herz aufhören zu schlagen. Ein Infarkt. Sie konnte spüren, wie er sich anbahnte.

Und dann fiel ihr ein, woher sie dieses Geräusch kannte. Es war eine Katze. Es war die Katze. Es musste Mia sein. Irgendetwas in ihr sackte meterweit ab. Sie stöhnte auf. Jetzt war es eindeutig. Das war Mia. Das konnte nur eine Katze sein und nichts anderes auf der Welt. Zögerlich schob sie ihr Becken nach unten, winkelte den Fuß an und stupste in die Richtung des Fauchens. Sie wusste, wenn sie falsch lag, würde sie im nächsten Moment gebissen, zerrissen und von menschlichen Schneidezähnen aufgefressen werden. Aber sie lag nicht falsch. Die Katze quietschte kurz und sprang davon. Eindeutig war es Fell, das sie kurz zwischen ihren Zehen gespürt hatte. Die aufgestaute Luft brach stotternd aus Biancas Lungen heraus. Und ebenso stotternd saugte sie sie wieder ein. Alle Muskeln entspannten sich und sie griff sich an die Brust. Sie spürte, wie ihr Puls langsamer wurde, und sie musste lachen. Es war unmöglich, jetzt nicht zu lachen. Es wurde ein stimmloses Kichern, aber es war ein Gefühl, wie sie es, so seltsam es war, nur mit einem Orgasmus vergleichen konnte. Die Erleichterung schüttelte sie durch, und sie wollte sich daran machen, nach einer Taschenlampe zu suchen. Sie musste jetzt Daniel wecken. Sie musste reden. Egal wie spät es war. Aber noch ehe sie begann zu suchen, hielt sie inne. Ein schrecklicher Gedanke bohrte sich in sie. Was hatte die Katze derart verängstigt?

In diesem Moment ertönte das Schaben. Wie wenn Nägel über Holz kratzen. Und dann ein Geräusch. Es kam von einem der Fenster in der Küche. Knapp über der Eckbank, dort wo die Außenkante des Bauernhofes lag. Es erinnerte sie an den Labrador ihrer Tante. Wenn sie als Kind bei ihr übernachtet hatte, weckte sie der Hund immer, indem er an der Ritze zwischen Tür und Fußboden schnupperte und schließlich laut Luft durchstieß. Sie musste an die Nüstern eines Pferdes denken, wenn es wild ausatmet. Ja, das war es. Das war das Geräusch. Ein Luftstrom. Schnell durch eine Schnauze ausgestoßen. Aber wie kam jetzt ein Pferd vor das Fenster des Bauernhauses? Sie lauschte. Da! Da war es wieder. Sie setzte sich langsam auf. Und plötzlich schlug etwas heftig gegen den Fensterladen. Sie schrie auf. »Sch. Schsch«, hörte sie und spürte eine drahtige Hand auf ihrem Mund. Sie schlug sie weg, krabbelte zur Seite und stieß gegen etwas. Ein Stöhnen ertönte und ein Fluch. Walter. »Ruhe!«, wurde sie angeherrscht. Es war Saras Stimme. Bianca krabbelte weiter. Sie stieß wieder gegen etwas. Es knirschte, etwas kippte und zerschellte am Boden. Dann krachte es draußen wieder gegen das Holz. Es krachte so schlimm, dass sie meinte, gleich würde etwas zu ihnen hereinbrechen. Sie erstarrte. Es hämmerte und donnerte mit unbändiger Gewalt. Wie irre wurde gegen die Fensterläden gedroschen. Und plötzlich, mit einem Mal, hörte es auf. Dann war da nichts mehr. Nichts. Kein Laut. Kein Atmen mehr im Raum. Bianca war noch immer blind. Es war absolut nichts zu sehen. Kein Schatten. Kein

Umriss. Nichts. So sehr sie sich bemühte. Wieder fühlte sie Bewegungen im Raum. Während draußen das Schlagen und Krachen von Neuem anhob. Geflüstertes Stimmengewirr. Walter. Sara. Peter? Daniel? Sie klammerte sich um etwas, das ein Tischbein sein musste. Allgemeine Hektik brach aus, als ihr jemand auf den Fuß stieg. Sie schrie auf. Jemand schrie zurück. Ein Poltern. Flüche. Die Antwort von draußen folgte sofort. Jetzt hörte der Lärm nicht mehr auf, die Vibrationen waren im Boden zu spüren. »Ruhe!«, fauchte Saras Stimme. Etwas klickte metallisch. Endlich war da Licht. Die kleine Herdtür wurde geöffnet, sodass der niedergebrannte Gluthaufen darin einen schwachen Schein in den Raum warf. Es waren nur schemenhafte Umrisse zu erkennen. Sie versuchte sich einzureden, dass sie das beruhigte. Sie erkannte Daniel. Krabbelte zu ihm. Sie umfassten einander. Umklammerten sich regelrecht. Das kühle Licht einer kleinen LED-Lampe fuhr ihnen ins Gesicht. Dann sah sie Peter. Er lag mit weit aufgerissenen Augen am Boden. Atmete schnell. Walter stand gebückt im Raum, hatte ein Jagdgewehr in den Händen und schien zu lauschen. Sara war nicht zu sehen. Sie musste es sein, die die Taschenlampe führte. Das Schlagen und Poltern vor dem Haus hatte aufgehört. Ein Kreischen ertönte. Ein gurgelndes, lautes Kreischen, das den Fensterladen und die alte Scheibe ignorierte und brutal zu ihnen hereindrang. Jetzt leuchtete sich Sara selbst ins Gesicht. Sie legte einen Zeigefinger auf ihre spröden Lippen. Um die Augen zogen sich für ihr Alter viel zu tiefe Krähenfüße. Dann klickte es und das Licht ihrer Lampe erlosch. So warteten sie. Schreie hörten sie keine mehr. Aber Fußtritte. Hastig und ziellos. Wütendes Kratzen an den Fassaden. Irgendwo klapperte etwas zu Boden. Holz krachte. Und irgendwann war es still.

63

»Ein so ein... Geh herst... Ein so eine Schaß herst, verflixter«, Walter saß auf einer klapprigen Bank im Schatten des alten Stallgebäudes, das direkt gegenüber dem Wohnhaus lag. Er hatte ihnen erklärt, dass es seit der Errichtung des neuen, jetzt abgebrannten Kuhstalls nur mehr als Gerümpelkammer, Heuboden und Geräteraum diente.

»Meine Mama«, hatte er gesagt und damit seine Tante gemeint, »hat es noch abreißen lassen wollen. Aber Papa«, sein Onkel, »hat gsagt: Nix da, des hat noch mein alter Tate baut. Des bleibt. Und hat statt es abzumreißen den neuen Stall unterhalb vom Hof gebaut. Zum Glück, weil so hab ich jetzt ein gschütztes Stückerl Hof unter freiem Himmel, ohne dass die Kranken reinkommen können.«

Tatsächlich boten das Wohngebäude und der alte Stall, beide zwei Geschoße hoch, die sich wie zwei Rechtecke gegenüberlagen, mit ihren Außenmauern guten Schutz vor Eindringlingen. Die Öffnungen an den Seiten, die früher als Ein- und Ausfahrt gedient hatten, waren auf der einen Seite mit dem großen Traktor und auf der anderen Seite mit den zu diesem Zweck aufgestapelten Pressheuballen blockiert, sodass Walter seinen Hof zu einem kleinen Fort gemacht hatte.

»Er mag einfältig wirken, aber er weiß sich zu helfen, der Kerl«, dachte Bianca, während sie Walter beobachtete. Dieser mühte sich gerade an den Gummibändern einer Atemschutzmaske, wie man sie aus Filmen kannte, ab.

»Er hat sich gefreut wie ein kleines Kind, als Sara sie ihm geschenkt hat. Du hättest seine Augen sehen sollen«, sagte Daniel. Er stand neben Bianca, beide hatten die Arme verschränkt und musterten ihren Gastgeber durch das gekippte

Fenster der Bauernstube. Noch immer spürte sie die Angst der letzten Nacht in ihren Knien. Sie waren schwach, als hätte sie zahllose Kniebeugen gemacht. Die Panik, die permanente Anspannung und der Schock der letzten Tage wirkten in Biancas Körper nach. Sie hatte das Gefühl, alle Adrenalinvorräte auf einmal in ihren Blutkreislauf geschossen zu haben und fühlte sich jetzt, nachdem sich der Hormonhaushalt wieder nahezu normalisiert hatte, unendlich matt und ausgelaugt. Den ganzen Morgen war sie in der Stube gehockt und hatte ihre Knie umschlossen. Wenn sie angesprochen wurde, hatte sie nur in Einwortsätzen geantwortet. Sie hatte Daniel mehrmals weggeschickt, sodass er jetzt erleichtert aufatmete, als sie endlich antwortete.

»Ja, aber jetzt scheint er seine Probleme damit zu haben«, versuchte sie zu feixen und ihre Gedanken zu verdrängen, während der Bauer von den Bändern abließ und das Plastik zum wiederholten Mal auf sein Gesicht drückte. Er probierte die Gummibänder mit Gewalt über seinen Hinterkopf zu schieben, aber es wollte nicht funktionieren. Mit jedem Versuch wurde sein Schädel roter und seine Flüche ausfallender. Mit seinem hochgekrempelten Flanellhemd sah er aus wie ein Holzfäller.

»Dass dem nicht kalt ist?«

»Er ist Bauer. Die sind da weniger empfindlich am Land. Außerdem«, er drehte sich kurz zu ihr: »Ist es heute viel wärmer als gestern.« Tatsächlich hatte der Winter seinen letzten, frostigen Kampf aufgegeben und war einem fast sommerhaften Frühlingstag gewichen.

»Die Schnäpse von gestern Abend sind außerdem sicher auch eine Hilfe«, fügte er an. Sie kicherte kurz.

»Woher hat sie das ganze Zeug bloß?«, fragte Bianca nach

einiger Zeit. Es klang mehr nach einem Ausdruck des Staunens als nach einer Frage.

»Was, Sara? Die Maske meinst du? Naja, ich meine, so schlecht ausgerüstet waren wir auch nicht.«

»Ja, aber bitte. Die Masken. Das Medizinzeugs… Sie hat Peter g e n ä h t ! Das ist Krankenhausausrüstung. Ich meine, ich weiß, sie war Krankenschwester. Ok. Aber dann das Zelt, Schlafsäcke und weiß der Teufel was sonst noch alles in dem Auto ist. Und dann dieses Gewehr, so was gibt's doch nur beim Militär.«

»Ja, stimmt vielleicht… Ich weiß es nicht. Sie redet so gut wie nichts. Irgendwas an ihr ist komisch. Aber wir haben ihr unser Leben zu verdanken«, die letzten Worte atmete er mehr aus, als sie zu sprechen.

»Wie geht es Peter?«

»Naja, er hat jetzt überrissen, dass er nicht mehr so schnell Marathons gewinnen wird.«

»Als hätte der Nerd das jemals vorgehabt«, lächelte Bianca kurz, schämte sich aber gleich darauf dafür.

»Sara sagt, dass wir zusehen müssen, ihn in ein Krankenhaus zu bringen. Oder zu einem Arzt. Sonst sieht es schlecht aus.«

»Wie schlecht?«

Er antwortete nicht. Stattdessen sah er sie nur mit einem Blick an, dem sie sofort wieder ausweichen musste.

»Es tut mir so leid... Wenn ich schneller unten gewesen wäre... Vielleicht wäre es sich ausgegangen, bevor das Seil gerissen ist. Ich...«, ihre Stimme brach.

»Du warst verdammt schnell. Es war einfach schon zu viel Rauch oben.«

Sie schwiegen. Walter hatte inzwischen einen neuen Versuch gestartet. Nachdem er die Atemschutzmaske noch einmal von allen Seiten begutachtet hatte, versuchte er wieder mit seinen groben Fingern den klemmenden Größenschieber zu verstellen. Diesmal penibel langsam und mit aller Fingerfertigkeit, die seine wulstigen Hände hergaben. Etwas schien sich zu tun. Er unterbrach es, als Mia gemessenen Schrittes erschien und ihre Wange an seine Unterschenkel schmiegte. Zärtlich hob er sie auf und setzte sie weg, als würde er eine Bombe entschärfen und sie außer Gefahr bringen wollen. Sie war allerdings sofort wieder an seinen Beinen und strich gravitätisch zwischen ihnen hindurch, wobei sie den Rücken zu einem Bogen hob. Walter murrte, stand auf und versetzte sie noch einmal, diesmal etwas gröber, womit sie ihre genussvoll geschlossenen Augen aufriss. Verdutzt über diese Frechheit blieb sie kurz sitzen und stolzierte dann herablassend weg. Inzwischen war Walter wieder an seinem Platz, zog erneut behutsam an einem der Gummibänder und murmelte dabei verbissen auf seinem sprichwörtlichen Geduldsfaden herumkauend etwas in sich hinein. Aber es bewegte sich doch nichts. Er zog fester. Immer noch nichts. Noch fester. Plötzlich entglitt ihm das Band und schnalzte gegen die Finger seiner anderen Hand.

»Himmel, Orsch und... Saubeitl verflixter«, sprang er halb auf und ließ sich zurückfallen. Dabei gab ein Fuß der niedrigen Bank nach und knickte knirschend ein, sodass Walter fluchend auf den Boden rollte.

Er rappelte sich auf, legte die Atemmaske behutsam zur Seite, faltete die Bänder ordentlich in das Innere, sodass sie nicht auf der Seite heraushingen und am Ende schmutzig wurden, und machte sich daran, die Sitzbank zu reparieren.

Bianca und Daniel versuchten vergebens ein Lachen zu unterdrücken. Dann spürte Bianca Daniels Blick von der Seite. Es tat gut. Sie zögerte ein paar Sekunden, ehe sie ihn erwiderte. Er griff vorsichtig nach ihrer Hand. Nur nach den Fingerspitzen. Zärtlich. Trotzdem schmerzte es. Und gleichzeitig fühlte es sich angenehm an. Als sie auf ihn zutrat und ihn kurz küsste, spürte sie seinen erleichterten Atemstoß auf ihrer Wange. Sie zog sich die Brille vom Gesicht und legte sie auf den Tisch ehe er sie umarmte, während sie ihre Hände auf seine Brust legte. Ein Anflug von Geborgenheit keimte in ihr auf, während sie so dastanden und sich festhielten.

Es waren Walters bayrische Flüche, die sie, immer noch in ihrer Umarmung bleibend, wieder hinaussehen ließen. Oder vielmehr war es das Ausbleiben derselben. Er hatte die provisorische Reparatur mit den bloßen Händen beendet und probierte die Bank aus. Setze sich so sorgsam mit seinem ausladend breiten Körper in Zeitlupe nieder, dass sich Bianca der aberwitzige Vergleich mit einem Huhn, das sich auf sein Nest setzt, aufdrängte. Es dauerte keine Sekunde und das Bein der Bank gab nach, sodass der Bauer beinahe wieder umgefallen wäre. Stattdessen sprang er aber auf und stolperte um ein Haar, als er im letzten Moment der Gasmaske, die am Boden lag und die er beinahe übersehen hätte, auswich. Sich schüttelnd und zornig schimpfend stapfte er außer Sicht.

Noch während die beiden lachten, kehrte er zurück und schlug die Holzbank, »Na warte nur, du Scheißhaufen du, dir schenk i jetzt aber ein!«, mit einem Beil in seine Einzelteile.

64

»Wenn wir ihn nicht bald zu einem Arzt bringen, geht es nicht gut für ihn aus«, flüsterte Sara. Sie stand mit Bianca in der Tür zu dem kleinen Wohnzimmer, wo Peter unter einer Wolldecke auf einem grünen Ledersofa lag. Er befand sich in einem Zustand des Halbschlafs. Daniel saß bei ihm und hielt seine Hand. Sie sahen wahnwitzig aus, mit ihren in Verbände gewickelten Hände. Alle drei hatten Verbrennungen von dem Seil davongetragen. Nur Sara nicht.

Daniel glaubte, dass der Kontakt Peter beruhigen würde. Hin und wieder zuckte dieser im Schlaf zusammen. So auch jetzt. Mittlerweile sprach er wieder, wenn er nicht schlief. Aber vorhin hatten sie ihm bei seinem Geschäft geholfen, oder genauer: Daniel hatte ihn halb von dem Sofa über einen Eimer gezogen, damit er seine Notdurft verrichten konnte. Alleine schaffte er es nicht. Das war nicht nur furchtbar schmerzhaft und anstrengend, sondern auch sehr peinlich für Peter. Er ließ sich nur von Daniel, seinem ältesten und besten Freund, helfen. Und selbst vor ihm verging er beinahe vor Scham, hatte dieser Bianca erzählt. Sie empfand nichts als Mitleid für Peter.

Auf ihren fragenden Blick hin, meinte Sara: »Das kommt vom Fieber... Ich habe ihm zwar Fiebersenker gegeben und die Wunde desinfiziert, aber es hilft nichts. Die Platzwunde an seinem Kopf hat sich entzündet. Kein Wunder bei dem ganzen Dreck und der Asche, die da rumschwirrte. Aber viel schlimmer sind die Beine. Ich krieg es nicht hin. Der eine Fuß ist regelrecht zertrümmert. Da muss ein Arzt ran.«

»Wird er wieder laufen können?«, fragte Bianca.

»Wie gesagt, wenn wir ihn nicht bald in ein Krankenhaus

bringen, kann er froh sein, wenn er überlebt.«

»Fuck!«, entfuhr es Daniel leise. Er hatte sie gehört. Sie sprachen leiser.

»Naja, er hat sich zwar beide Beine gebrochen, mehrfach. Er hat auch einiges Blut verloren durch die Platzwunde am Schädel. Aber im Grunde ist es ein Wunder, dass er nichts Schlimmeres hat nach einem Sturz aus der Höhe. Ich dachte, er hätte sich die Wirbelsäule gebrochen«, erklärte Sara leise.

»Was machen wir jetzt?«, fragte Bianca und schob ihre Brille gegen die Nasenwurzel, als würde das gegen die Kopfschmerzen, die sie plagten, helfen. Sie konnte sich einfach nicht an das Ding gewöhnen. Sie, die sie im Leben davor konsequente Linsenträgerin gewesen war. Aber jetzt musste sie froh sein, dass zumindest die Brille es bis hierher überstanden hatte. Ohne wäre sie halb blind gewesen.

In dem Zimmer roch es nach alten Teppichen, was von den Vorhängen kam, die sie vor die Fenster gezogen hatten und durch die das Tageslicht dunkelgrün und nur spärlich hereindrang. Aber da waren noch andere Gerüche. Medizinischer Alkohol. Eisen. Schweiß, Asche, Verbandsmaterial und etwas, das Bianca mit Eiter in Verbindung brachte. Es war stickig.

»Ich weiß es nicht, aber ich kann noch immer nicht ausschließen, dass er innere Blutungen hat. Er klagt über große Schmerzen im Abdomen wenn er zu Bewusstsein kommt. Es könnte sein, dass ein Organ, die Leber oder so, leicht eingerissen ist.«

»Woher weißt du das alles?«

»Sagte ich doch. Ich bin Krankenschwester. War es... Aber damit bin ich mit meinem Latein auch am Ende. Ich bin froh, wenn sich die Nähte in seinem Schädel nicht weiter entzünden. Ich habe beim Nähen immer nur zugeschaut.«

»Und wenn er innere Blutungen... was machen wir dann?« Von draußen drang Donnergrollen herein.

»Keine Ahnung. Aber es ist jetzt... was, über achtundvierzig Stunden her. Er ist daran noch nicht gestorben. Unter normalen Umständen und ohne die Brüche in seinen Beinen würde ich meinen, der Körper kommt damit zurecht. Aber ich weiß es einfach nicht.«

Bianca wurde bewusst, dass sie noch zu keinem Zeitpunkt so viele Sätze mit der Frau gewechselt hatte. Im Grunde wusste sie rein gar nichts über sie. Nur, dass sie scheinbar eine angenehme Stimme hatte, wenn sie flüsterte. Aber es lag darin etwas Kaltes. Unnahbares. Sie wollte fragen, woher sie diese Ausrüstung hatte, die sie kistenweise in dem SUV gestapelt und mit der sie Peter versorgt hatte. Woher das Sportkletter-Seil, mit dem sie sie gerettet hatte, und dieses Sturmgewehr. Vor allem aber wollte sie fragen, warum sie ihnen geholfen hatte. Irgendwie musste sie ihre Dankbarkeit zum Ausdruck bringen können. Wusste aber nicht wie.

»Ich gehe mich einen Augenblick hinlegen. Gebt ihm genug zu trinken und in zwei Stunden darf er die nächste Tablette nehmen. Sie liegen auf dem Tisch da.« Ein leises Heulen war zu hören. Der Wind ließ einen losen Fensterbalken gegen den Rahmen knallen. Irgendwo im Haus flog eine Tür zu.

Als sie bereits halb im Flur war, griff Bianca nach ihrer Schulter.

»S... Sara?!«

»Hm?«

»Danke...«

»Vergesst nicht, noch einmal zu lüften. Frische Luft ist

wichtig.« Sie ging, ohne noch etwas zu sagen. Bianca atmete aus, wendete sich zur Tür und sah noch einmal zurück. Daniels gebrochener Blick traf sie. Es fühlte sich an, als würde ein Ziegelstein auf ihrer Brust liegen. Sie zog die Tür hinter sich zu und trat in den Flur. Eng und dunkel teilte er das Erdgeschoss in zwei Hälften. Auf der einen Seite das große Wohnzimmer, in dem Peter lag. Auf der anderen die Stube mit Küche und dahinter eine Vorratskammer. Gedrungen türmte sich gleich neben der Tür zur Stube eine schmale, uralte Holztreppe steil in den erste Stock, die beim bloßen Anblick schon zu knarren drohte. Auf der Hinterseite des Flurs führte eine Tür, sie war mit allerlei Kisten verrammelt, auf eine Wiese hinter dem Hof. In der Richtung lag das abgebrannte Gebäude des neuen Stalls, wo die verschmorten Kadaver von Walters Kühen verrotten mussten. Rechts davon, in die untere Holzverkleidung der Treppe eingesetzt, zeichneten sich die Konturen einer niedrigen Holztür ab, die erst richtig zu sehen war, wenn man ganz nahe heran trat. Vermutlich führte sie in den Keller. Das Haus war alt. Ständig hörte man etwas knarren, Leitungen in den Wänden dingeln oder irgendwelche schabende Geräusche. Ratten oder Mäuse, vermutete Bianca. Ein kurzer Schauer überkam sie bei dem Gedanken und sie trat in die Stube. Walter saß auf der Eckbank und strich Mia über den Kopf.

»Schaut's, dass in die Kuchl nei kommts. Ein Wetter ist im Anmarsch. Ich werd heut früher alles dicht machen«, sagte er, ohne von dem Zettel aufzuschauen, der vor ihm lag. Es war eine Art Kreuzworträtsel.

»Ist es nicht irgendwie sinnlos, jetzt noch Kreuzworträtsel zu lösen?«

»Das ist kein Kreuzworträtsel. Das ist ein Sudoku. Früher

war des der letzte Schrei. Aber dafür bist zu jung«, erklärte er beiläufig, ohne von dem Block aufzusehen, und schob die lächerlich kleine Lesebrille höher. Das schmale Etui lag vor ihm. Sie setzte sich zu ihm, während er, seine Oberlippe mit den unteren Vorderzähnen beißend, eine Zahl in eines der Felder eintrug. Dann sah er auf und sie freundlich an.

»Aber Kreuzworträtsel hab ich auch. Jede Menge sogar.«

Er griff neben sich, wo ein Stapel alter Zeitschriften und Papiere auf der Eckbank gestapelt waren.

»Hier. Bedien dich«, suchte er ein braunes Blatt aus, besah es kurz und reichte es ihr. Sie hielt inne.

»Ist schon gut, ich habe Kopien«, versuchte er sie aufzumuntern zuzugreifen. Er nickte. Sie seufzte, nahm das Blatt entgegen und warf einen Blick darauf. Sie begann zu lesen, nahm einen Stift. Drei oder vier Kugelschreiber und Filzstifte lagen stets in der Mitte des mit einem durchsichtigen Plastiktischtuch bedeckten Wallnusstisches. Sie hatte bereits die Kappe abgenommen und wollte die erste Lösung, die sie wusste, eintragen. »Drei senkrecht: Wie heißt die IBM-Maschine, die zum ersten Mal einen Kontrahenten aus Fleisch und Blut in dem US-Quizformat „Jeopardy“ geschlagen hat?«

Allerdings ließ sie stattdessen den Stift sinken und wiederholte ihre Frage:

»Noch einmal. Welchen Sinn hat es, jetzt noch Kreuzworträtsel zu machen?«

Walter schaute wieder auf.

»Hm?«

Er brauchte ein wenig, bis er sie verstanden hatte, aber sie weigerte sich, ihre Frage noch einmal zu wiederholen.

»Ja also, ich weiß ja net, aber nur weil alles vor die Hunde geht, sind wir ja noch nicht tot.«

»Ja, aber wofür? Sollten wir nicht viel lieber darüber reden, was wir als Nächstes tun? Wie wir vorgehen? Wir können ja schlecht ewig hier bleiben.«

»Von mir aus schon«, antwortete er und tätschelte Mia jetzt zwei Mal zart auf den Kopf. Ihr Blick verriet: Na gut, dieses eine Mal lasse ich es durchgehen. Da war nichts Zynisches, nichts Ironisches in seinen Worten. Er meinte es völlig ehrlich, das konnte sie sehen. Peter hatte sie in dieser Sekunde vergessen. Trotzdem wollte sie die Antwort nicht gelten lassen, so sehr sie darüber auch erstaunt war.

»Ja, aber was bringt es denn noch?«, versuchte sie es noch einmal. Draußen pfiff der Wind durch die Balken, ließ sie stoisch ächzen und gab ab und zu ein schwaches Heulen von sich.

»Was es sich bringt?«

»Ja, was bringt es sich? Was bringt es mir, zu wissen, wann Plato gestorben ist oder was ein Paarhufer mit vier Buchstaben ist? Was bringt es, zu wissen, wer die Symphonie mit dem Paukenschlag geschrieben hat?«

Die Fragen las sie ab und fuchtelte dazwischen mit dem raschelnden Papier zwischen den Fingern durch die Luft.

»Jo, also wie gesagt. Noch sind wir ja nicht tot. Wir sind immerhin Menschen.«

Bianca hielt inne. Sie ließ das Papier sinken, räusperte sich und sah ihn bloß an. Dabei spürte sie gar nicht, wie sich ihr Mund ein wenig öffnete. Einen Moment lang erwiderte er ihren Blick, schob die Lesebrille mit der Hand, in der er auch seinen Stift hielt, wieder höher und vertiefte sich dann wieder in sein Rätsel. Sie blinzelte. Dann schloss sie den Mund, schluckte, und begann ihr Kreuzworträtsel weiterzulesen.

Sie hatte schon beinahe die Hälfte, als wie aus dem Nichts eine Autohupe ertönte. Nicht ein, zwei Mal hintereinander, sondern ununterbrochen schallte sie herein. Walter drehte sich zum Fenster, schob die geklöppelten Gardinen bei Seite und musste den Kopf ein wenig verdrehen, um hinauszusehen. Im nächsten Augenblick rutschte er bauchlastig hinter der Bank hervor – Mia stieß sich den Kopf, weil sie zu spät in Sicherheit hüpfte – und stolperte zur Tür. »Scheiße!«, zischte er laut. Bianca verstand nicht. Er polterte durch den Gang. Riss irgendeine andere Tür auf. Sie hörte etwas Metallisches. Dosen, die zu Boden gingen. Etwas zerbrach. Ein dumpfes Poltern und dann wieder seine wuchtigen Schritte auf dem Holzboden. Sie war noch nicht einmal aufgestanden, als er bereits – plötzlich ein Gewehr in der einen Hand – hinausstürmte.

Daniel rannte sie im Gang beinahe um. Als sie nach draußen kamen, stand Walter bereits auf dem Vorsprung, den die untere Reihe der Heuballen bildeten, und kletterte auf den obersten. Er schrie etwas auf die andere Seite hinunter, das sie nicht verstehen konnte. Die Antwort erfolgte prompt. An dem unteren Ballen rutschte sie zwei Mal ab, während Daniel schon zum oberen fasste. Sie war einfach zu klein.

»...erschieß ich euch alle... Sauschädel«, hörte sie Fetzen von Walters Worten. Was zurückkam, war noch undeutlicher. Ein Name. »Hans!« und: »Schwein...«

Sie versuchte den Durchgang als Sichtluke zu benutzen. Aber wenn er nicht benutzt wurde, war er von einem massiven Bauernschrank versperrt, den Walter unter aller Kraft, die er aufwenden konnte, längsseitig hineinschob.

»Hilf mir!«, herrschte sie Daniel an. Er sah zurück. Blickte nach oben. Wieder zu ihr. Fluchte und sprang wieder hinunter. Etwas schnalzte. Er schrie und griff sich an den Knöchel.

»Ist dir was...?«

»Vergiss es.«

Er legte seine verschränkten Hände in den Schoß, drückte die Schulter gegen das weiße Plastik und bildete eine Räuberleiter. Kurz blickte sie ihn an, seine in Verbände gewickelten Hände. Ob er sich sicher sei? Er nickte – »mach schon« – und schrie vor Schmerz, als sie darauf trat. Sie kam hoch, stand aber jetzt vor dem Problem, dass die zweite Reihe Heuballen genauso hoch war wie die erste.

»...zünden wir dir den Hof an...«, hörte sie eine grelle Frauenstimme. Es klang nicht wie eine Drohung, sondern ein Versprechen.

»Des traut's euch nicht!«, brüllte Walter über ihr zurück. Sie sah nur seinen Rücken und die Schultern, aber er schien wild zu gestikulieren. Daniel stemmte sich soeben zu ihm hoch, da zog ihn Bianca zurück.

Sie konnten über den Schrank hinweg durch den schmalen Durchgang, den die Heuballen freiließen, spähen. Dadurch war das Sichtfeld minimal. Aber immerhin etwas. Sie kniete sich nieder, damit Daniel sich seitlich über sie beugen konnte, um ebenfalls etwas zu erkennen. Derweil nahm das Schreiduell Züge an, die ihr das Blut in den Adern gefrieren ließen. Sie konnte zwar mehr hören, aber das meiste war in einem so derben Dialekt gebrüllt, dass sie es nicht verstand. Auf dem Weg vor dem Hof erkannte sie ein Auto, das längs zu ihnen stand und dessen Motor lief. Die Türen standen offen. Davor war ein Mann in einer grünen Bundeswehrjacke zu sehen und die Schulter einer weiteren Person. Mehr konnte sie nicht erkennen. Der Mann schwieg. Das Reden hatten scheinbar andere übernommen. Sie kniff die Augen zusammen und versuchte mehr zu erkennen. Der Kerl hatte unter der Jacke eine ähnliche graue Montur wie ihr Gastgeber an. In den Händen hielt er eine Axt, wie sie Holzfäller benutzten. Sein Blick war starr über ihre Köpfe auf Walter gerichtet. Er bewegte sich nicht, zuckte nicht, soweit sie das erkennen konnte, blinzelte er nicht einmal. Seine ganze Körpersprache, sein Gesichtsausdruck, seine Augen, alles schrie nach wilder Entschlossenheit. Mehr noch als das. Er sah aus, wie jemand, der vor Hass brannte. Aus dem Augenwinkel erkannte sie plötzlich einen Schatten. Gerade noch so konnte sie Sara sehen, die hinter ihr durch den Hof gerannt sein musste und die Tür zum Stallgebäude aufriss. In der einen Hand ihr Sturmgewehr. Was hatte sie vor? Noch bevor Bianca sich weiter darum kümmern konnte, riss sie ein ohrenbetäubender Knall beinahe von den Beinen. Walter hatte seine Waffe abgefeuert.

»Der nächste geht nicht in die Luft. Noch ein Wort und es knallt richtig!«

Bianca konnte es nicht benennen, aber gerade war eine Grenze überschritten worden. Die Schreie wurden noch lauter.

»Walter!«, schrie Daniel hinauf. Aber er wurde entweder ignoriert oder nicht gehört.

Die Schreie gingen weiter. Da hörte sie das metallische Klicken und einrasten, wie sie es aus Filmen kannte, wenn eine Gewehr repetiert wurde. Sie sah den Gewehrkolben in Walters Achsel. Er hatte es nach unten gerichtet. Mittlerweile sagte er nichts mehr. Die Schreie draußen wurden hektischer. Noch lauter.

»Walter! Nicht!«, hörte sie Daniels Stimme in ihr Ohr

dröhnen.

Flüche und Beschwichtigungen zugleich. Mindestens vier verschiedene Münder, die aus Leibeskräften brüllten. Sie sah zu dem Mann mit der Bundeswehrjacke, der noch immer regungslos vor dem Auto stand. Dann bewegte er sich. Er griff die Axt um. Fasste sie mit einer Hand unter dem schweren Kopf. Er macht einen Schritt. Walters Stimme überschlug sich fast: »Bleib stehen oder ich erschieß dich! Ich – Walter!«

Sie verstand das nicht. Nur, dass Walter zum äußersten bereit schien. Sie spürte Daniels Hand an ihrer Schulter. Er packte sie. Nicht sorgsam, nicht vorsichtig. Aber auch nicht absichtlich. Sondern unwillkürlich. Angsterfüllt und ferngesteuert zugleich.

Plötzlich ein Poltern. Ein lautes Rumpeln. Woher? Sie fuhr herum. Noch einmal. Aus dem Hausinneren. Walter sah zurück. Sie erkannte seine weit aufgerissenen Augen. Etwas ging dort drin, in seinem Zuhause, zu Bruch. Das laute Jaulen einer Katze.

»Mia!«

Walters Stimme donnerte. Sie hörte den genauen Inhalt nicht, als er herumfuhr und auf ein Knie ging. Dann schoss er. Sofort wurde auf der anderen Seite gekreischt. Er repetierte, schoss noch einmal und drehte um. Wuchtig sprang er neben Bianca auf einen unteren Heuballen, rutschte an dem Plastik ab und stürzte mit den Füßen zuerst auf die Erde. Sein Gewehr ließ er liegen, rappelte sich auf und stürmte durch den Hof in sein Haus. Draußen waren hart zugeschlagene Autotüren zu hören. Motorheulen. Durchdrehende Reifen auf Schotter. Walter rammte seine eigene, nur angelehnte Eingangstür mit der Schulter auf, dass es krachte. Verschwand im Haus. Wieder polterte es. Aber anders. Seine schweren Schritte wurden einmal lauter, dann wieder leiser. Dazwischen drang seine Stimme immer wieder dasselbe Wort wiederholend zu ihnen.

»Nein! Nein, nein, nein, nein! Nein!« Es klang verzweifelt. Unmenschlich laut und verzerrt. Das Poltern hob weiter an. Dazwischen: »Mia!«. Und einmal glaubte Bianca den Namen »Tweety« zu hören. Und dann, in ohrenbetäubendem Bass noch einmal: » M i a ! «

Türen wurden zugeknallt und er erschien wieder im Hof. Beide Hände auf den Kopf geschlagen drehte er sich zweimal im Kreis. Dann blieb er stehen.

»Ma, wenn i doch nur schon dicht gmacht hätt. Dieses Scheiß-Sudoku, vermaledeits. Ihr Arschlöcher! I b r i n g e u c h a l l e u m ! «, war alles, was sie noch von ihm hörten, ehe er wie ein Berserker an der oberen Kante des Kastens, der den Durchgang versperrte, zerrte. Er stemmte seine Füße gegen die untere Leiste und brachte ihn so zum Kippen. Gerade noch machte er den Schritt zur Seite, um nicht unter dem berstenden Holz begraben zu werden. Viel zu flink für sein Gewicht setzte er darüber hinweg, schlüpfte durch den Durchgang zwischen den Heuballen und rannte. Er verschwand in einem kleinen Waldstück. Sein »Nein!« und »Mia!« waren noch kurz und dumpf zu hören, ehe endgültig Stille einkehrte und einzig noch der Wind in ihren Ohren klang. Erst jetzt merkte Bianca, dass sie Daniels Hand, jene auf ihrer Schulter, so fest drückte, dass es ihr selbst weh tat. Sie war nass vor Schweiß. Langsam ließ sie locker. Aber noch immer sah sie auf das Feld, wo Walter verschwunden war. Kurz darauf erschien dort Sara, die von der Seite aus dem hohen Gras gelaufen kam. Sie drehte sich in ihre Richtung und zuckte ratlos mit den Schultern.

65

Sie hatten das zerschlagene Fenster am Ende des Flurs vernagelt und alle Läden im Haus verriegelt. Erste Regentropfen klopften vereinzelt gegen die Balken. Mehrere Kerzen erhellten den Raum, dazu die Petroleumleuchte. Von draußen konnte man nichts sehen, sie hatten es kontrolliert.

»Aber warum sollte jemand seine Katze mitnehmen?«, fragte Bianca. Alle vier saßen in der Bauernstube. Walter war nicht zurückgekehrt. Daniel legte seine Stirn in die Hände. An seiner statt antwortete Sara: »So wie das geklungen hat, haben die sich gekannt. Irgendwas Persönliches.«

Daniel ließ sein Gesicht vergraben, während er jetzt auch antwortete: »Die viel wichtigere Frage ist: Wer auf der Welt rennt für eine Katze mehreren Leuten allein in den Wald hinterher, wenn da draußen der sichere Tod auf zwei Beinen lauert?«

Bianca ignorierte ihn und wandte sich an Peter.

»Und du hast niemanden gesehen?«

»Nein. Ich meine doch. Ich bin aufgewacht von... Ich glaube von dem Fenster, das eingeschlagen wurde. Dann habe ich Schritte gehört. Auf einmal hat die Katze gejault wie verrückt und irgendwas im Gang ist umgefallen. Ich habe... Ich habe laut geschrien. Dann waren da nur noch Schritte. Vielleicht hat der Einbrecher einfach Schiss gekriegt, als er mich gehört hat... Wenn der wüsste.... Und dann ist der Bauer hereingekracht wie vom Teufel besessen. Hättet seinen Blick sehen sollen. Irre.« Er besah seine zerschlagenen Beine und schüttelte bitter den Kopf. Ließ sich wieder zurücksinken und schloss die Augen. Soviel hatte er in den letzten drei Tagen zusammen nicht gesprochen. Es musste ihn große Kraft kosten.

»Eines ist jedenfalls sicher«, erklärte er erschöpft weiter. Er lag auf einem Klappbett, das sie hereingeschoben hatten, damit er nicht alleine bleiben musste. »Der Typ hat doch gewaltig einen an der Waffel.«

»Was hat er dir denn getan?«, fragte Bianca und wusste nicht, ob sie sauer über Peters Selbstgefälligkeit sein sollte, oder erleichtert, dass er ganze Sätze sprechen konnte.

Inzwischen hatte der Wind Fahrt aufgenommen und heulte durch den Hof.

»Nichts hat er ihm getan. Der Typ hat eine Einrichtung, die ist so alt, dass selbst meine Großeltern sie für verstaubt halten würden«, sagte Daniel, sah auf und kaute an seinem Daumennagel, ohne es zu bemerken, was seine Worte in ein Nuscheln verwandelte.

»Dazu muss man aber sagen, dass deine ausgeflippte Oma nicht gerade das Paradebeispiel für klassische Großeltern darstellt«, warf Peter trocken ein. Bianca sah klamme Betroffenheit in Daniels Augen aufflackern, als seine Oma erwähnt wurde. Sie wollte nach seiner Hand greifen, aber er wehrte brüsk ab und wurde lauter.

»Er hat seinen eigenen Namen gerufen, bevor er auf die geschossen hat. Wer macht so was? Und ich meine, wer nimmt denn einfach so drei Wildfremde auf?«

Er funkelte sie an.

»Das war in ner Ausnahmesituation!«, wehrte sie ab. »Und dass er drei Fremde aufnimmt, nun, so was nennt sich Nächstenliebe. Das kann man sich von dir aber wohl nicht erwarten.«

In Biancas Stimme schwang ein wenig Witz, aber auch etwas Vorwurfsvolles mit. Daniel hob die Augenbrauen.

Draußen peitschte der Wind inzwischen immer wieder Regenbretter gegen die Fassade.

»Kann man sich von mir nicht erwarten, ja?«

»So war das nicht gemeint.«

»Dann sag mir mal, wo bist du denn untergekommen, als die ganze Scheiße losging? Bei mir! Dabei habe ich dich noch nicht einmal gekannt!«

»Du Arschloch!«

»Ich ein Arschloch, ja?«, er beugte sich über den Tisch.

»Ja!«, schrie ihn Bianca an.

Sara verließ derweil die Stube ohne Kommentar, ließ aber die Tür zum Flur offen.

»Leute!«, stieß Peter mit der Autorität des Schwerverletzten aus. Sie verstummten, aber schenkten sich schmerzerfüllte Blicke.

»Hört mal zu. Der Film, nach dem Walter seine Katze nennen wollte, als er ein Kind war, ist sicher nicht nach 1985 rausgekommen.«

»Was hat das denn jetzt damit zu tun?«, wollte Bianca unwirsch wissen.

»Das heißt...«, Peter ächzte. Er verzerrte kurz das Gesicht vor Schmerzen, ehe er weiterredete. Es war anstrengend für ihn, den trommelnden Regen von draußen zu übertönen.

»Das heißt, dass er weit älter ist, als er sagt. Der Film ist aus den frühen Achtzigern oder so. Der Kerl ist mindestens zehn Jahre älter, als er sagt.«

»Woher weißt du solche Sachen, Peter?«, fragte sie.

»Viel wichtiger: Was hast du noch alles mitgekriegt? Wir dachten, du hättest die ganze Zeit geschlafen«, ergänzte Daniel. Aber Peter ignorierte es.

»Ich habe nicht nur die Pixar Animations Anniversary

Edition, sondern auch die Meisterwerke-Kollektion von Disney. 56 Filme reine Zeichentrickkunst.«

»Du bist wirklich ein Nerd«, sagte Bianca.

Peter grinste müde und gleichzeitig anerkennend, als würde er keine Beleidigung darin sehen. »Bernhard und Bianca, aus dem Film hat er den Namen, hat er gesagt. Und der ist spätestens Anfang der Achtziger erschienen.«

»Na und wenn schon?«

»Warum sollte er bei seinem Alter lügen?«, mischte sich Daniel jetzt wieder ein, der, so glaubte Bianca, bis jetzt damit beschäftigt gewesen war, beleidigt zu sein. Sie sah erst ihn an, dann Peter: »Ich glaube, ihr übertreibt da ein bisschen. Gut, dann hat er halt – wenn, und ich sage: nur wenn du recht hast – mit seinem Alter gelogen. Aber das macht ihn doch nicht zu einem Irren, sondern höchstens zu einem Exzentriker.«

Daniel lehnte sich zurück und verschränkte die Arme vor der Brust. Peter schnaufte erschöpft aus. Einige Sekunden schwiegen sie sich an. Alle dachten nach.

»Der Tierarzt!«, rief Daniel aus.

»Hm?«

»Er sagt, er war beim Tierarzt... oder Ärztin, mit seiner Katze. Welcher Bauer geht denn mit seiner Katze zum Tierarzt?«

»Jemand, der seine Katze liebt?«, stellte sie zynisch fest.

»Eben, noch so was. Leute, die Katzen mögen, sind mir grundsätzlich suspekt«, ließ er seine flache Hand übertrieben auf den Tisch klatschen.

»Du bist ja krank!«, erwiderte sie scherzhaft auf seine nicht ganz ernst gemeinte Aussage und sprang auf. Kurz lächelten sie sich an. Sie genossen einen kleinen Moment der Erleichterung. Wäre der Tisch nicht gewesen, sie hätten sich jetzt geküsst. Aber die Realität holte sie zu schnell wieder ein. Bianca atmete sanft aus und setzte sich wieder. Sein Blick war zärtlich. Sie gab ihn zurück. Jetzt wollte sie wieder nach seiner Hand fassen. Ließ ihre über den Tisch gleiten. Da trat Sara ein. Ihre Schuhe hinterließen nasse Abdrücke am Boden.

»Leute, hört mal zu... Die haben die Luft aus unseren Reifen gelassen«, sagte sie und lehnte sich an die weiße Anrichte, die gegenüber der Tür und neben dem Esstisch stand. Sie war unten breiter als der verglaste Teil oberhalb. Saras Haare fielen in einem Pferdeschweif über die Schulter, welche sie sich jetzt selbst knetete. Bianca fielen ihre Hände auf. Es waren die Hände einer alten Frau. Zerfurcht und ledrig. Sie passten nicht zum Rest von ihr.

»Wer? Welche Reifen?«, fragte Peter und begriff im selben Augenblick.

»Scheiße«, flüsterte Daniel.

»Warum tun die so was?«

Bianca schüttelte den Kopf.

»... das ist doch klar«, erklärte Peter. Er hielt die Augen weiterhin geschlossen und redete angestrengt. Jedes Wort schien ihn jetzt Kraft zu kosten. »Aber... viel wichtiger ist... Der Kerl scheint sich ziemlich Feinde gemacht zu haben. Wie auch immer er das geschafft hat.«

»Du meinst, er kennt die Typen gut?«, fragte Daniel und wickelte ein Stück von dem Speck aus dem Butterpapier, welcher stets in einem Korb neben dem Ofen stand. Davor ein Messer und ein kleines Papierschild mit Walters krakeliger Schrift: Zur freien Entnahme.

»Du hast doch gesagt, dass sie sich Namen zugeschrien haben.«

»Blöde Frage... Stimmt.«

Daniel schnitt einen Streifen ab, verschlang ihn, schüttelte den Kopf und trank von dem Tee, den sie zuvor aufgesetzt hatten und der jetzt endlich die richtige Temperatur hatte.

»Was heißt das für uns?«, fragte Bianca.

Daniel sah sie über den Rand seines Bechers an. Er zog die Augenbrauen hoch und wartete mit seiner Antwort: »Das heißt, dass wir zusehen sollten, verdammt nochmal von hier wegzukommen. Ich habe keine Lust, erschossen zu werden.«

»Ja, aber wie, du Trottel?!«, fuhr ihn Bianca an und hatte gute Lust ihm die Tasse aus der Hand zu schlagen. Stattdessen blickte sie zu Peter. Er lag wie ein waidwundes Tier auf seiner Pritsche. Vielleicht war er eingeschlafen unter dem sonoren Hintergrundrauschen des prasselnden Regens. Selbst ein Transport in einem Auto schien für ihn riskant, geschweige denn ein Fußmarsch. Nicht einmal ein Schritt. Alle drei sahen ihn an. War er ohnmächtig?

Mit weiterhin geschlossenen Augen fragte er: »Ihr schaut gerade alle mich an, richtig?« Wie um sicher zu gehen, öffnete er ein Auge und sah herüber. Sie fühlten sich erwischt. Alle lachten kurz auf. Außer Sara. Die hatte sich herumgedreht, die Hände auf der Anrichte abgestützt und grübelte.

»Miau«, tönte es aus der Dunkelheit, und die angelehnte Stubentür aufdrückend trat eine etwas verstört dreiblickende Mia ein. Abgesehen von ein wenig Staub in ihrem Fell, er mochte von unter einem Bett oder einem anderen Versteck stammen, war sie unversehrt. Alle sahen sie verdutzt an, während sie sich um Daniels Beine schlängelte und das ihr gebührende Stück Speck verlangte.

Irgendwann in der Nacht hörten sie ein Knarzen und Hämmern. Das konnte nur von dem alten Holzschrank kommen, den sie notdürftig in den Durchgang zurückgequetscht hatten. Als Daniel vor die Tür trat, erkannte er einen zerlumpten, über und über mit Matsch bedeckten Walter, der sich gerade an dem Kasten vorbeigeschoben hatte. Augenscheinlich weinte er. Ein hundert Kilo schwerer Bauer, der schluchzend und mit hängendem Kopf weint. Es war ein seltsamer Anblick.

»Walter!«, rief Bianca, die neben Daniel hinauskam. Er sah auf. Sofort hing sein Blick an ihr. Sie hielt Mia in den Armen. Seine Knie knickten ein und er stürzte Gott dankend auf sie, fiel nach hinten zurück und saß auf seinen Füßen. Das Gesicht zum Himmel gerichtet, der donnergrollend alle Schleusen geöffnet hatte.

Tag 52

66

Bianca schleckte die Spitzen ihrer Finger – dort wo kein Verband mehr war – ab und schob das letzte, dunkelrote Stück Speck in ihren Mund. Ihr halbes Leben lang hatte sie sich nicht vorstellen können, jemals den Verzehr von Fleisch so zu genießen. Aber bald nach dem Ausbruch waren ihre vegetarischen Überzeugungen von ihrem nackten Überlebenswillen erschlagen worden. Anfangs hatte es sie noch geekelt, aber nachdem sie irgendwann nur noch die Wahl zwischen

Gulaschdosen oder Hunger gehabt hatte, war die Entscheidung schnell gefällt. Sie saß jetzt auf dem Klappbett und hatte mit Peter vom selben Holzteller gejausnet, ehe er sich wieder zurückgelehnt hatte.

Er strich Mia über den Kopf, die in freudiger Erwartung vor dem Speckteller gesessen hatte und sich jetzt schwer betrogen fühlte. Mit einem deutlichen »Miau« verkündete sie ihren Unmut. Nach dem vorgestrigen Zwischenfall mit den Fremden hatte sie sich gestern den längsten Teil des Tages verzogen. Heute war sie wieder zutraulicher, was Walter sichtbar erleichtert stimmte.

»Ach ja, mein Schatz. Auf dich hab ich ganz vergessen, altes Mädchen«, Walter schlug sich auf die Stirn und schnitt Reste von Speck und Essiggurken zusammen. Er stellte es neben den Tisch, wobei Mia kurz angeekelt ob der Gurken den Kopf hob.

»Geh, jetzt tu amal net so, bevorst mir zugrennt bist, hast sicher nie so gut gessen.«

»Ach, die Kleine ist dir zugelaufen?«

»Hm? Jaja, ganz recht. Hab ich euch des nicht erzählt?«

Peter runzelte die Stirn und antwortete mit einer Gegenfrage: »Hast du nicht gesagt, dass sie sechs Jahre alt ist?«

»Freilich.«

»Wenn sie dir zugelaufen ist, woher weißt du dann, wie alt sie ist?«

Jetzt runzelte Walter die Stirn. »Geschätzt... Na so was weiß man halt.«

»Ja?«, Peters Augenbrauen wanderten nach oben. Walter zögerte mit einer Antwort. Er kratzte zärtlich über den Schädel der nun doch zufrieden fressenden Katze.

»Na, Scherz. Die Tierärztin hat gmeint, dass sie so alt is.

Ungefähr.«

»Ah ja«, gab sich Peter mit der Antwort zufrieden. »Danke für das Kissen, by the way«, deutete er auf den zusammengerollten Schlafsack, den Bianca ihm unter den Rücken geschoben hatte, damit er halbwegs aufrecht essen konnte. Er lächelte müde. Sie versuchte es zu erwidern, schaffte es aber nicht, weil ihm der Schmerz, den er zu überspielen versuchte, deutlich im Gesicht stand. Er war blass und schwitzte stark. Seine Stirn war heiß, aber der Schweiß darauf fühlte sich kalt und ölig an. Sara klickte mit der Zunge und sah nur kurz von der Sitzbank herüber, was genügte, dass Peter eine Medikamentenschachtel aus seiner Tasche zog.

Mit den Fingern deutete er: »Zwei?«, obwohl Sara nur drei Meter entfernt von ihm war. Sein Blick sollte schelmisch wirken, aber es mischte sich etwas Flehentliches hinein. »Eine«, zeigte Sara ernst zurück. Seufzend drückte er eine Tablette heraus und schluckte sie trocken.

Wenig später döste er erschöpft vor sich hin. Walter trug ihn ins Wohnzimmer, damit er nicht von ihren Stimmen aufgeweckt wurde. Der Bauer schob die eine Hand unter seine Schulterblätter, die andere in die Kniekehlen und hievte ihn hoch wie einen Vierzig-Kilo-Zementsack, nicht wie einen ausgewachsenen, jungen Mann.

»Ja mei, noch ein paar Wochen, und die haben des wieder im Griff, denk ich. Bis zum Herbst is wieder gut«, erklärte Walter eine Viertelstunde später auf Biancas eher rhetorische Frage hin, was aus der Welt jetzt bloß werden solle.

Alle sahen ihn verständnislos an.

»Was, ihr habt es noch nicht gehört?«, sagte Walter überrascht. Er lehnte sich zurück und bat Sara, die sich eben setzen wollte, ihm das Radio zu geben. Das alte Gerät, das sogar noch ein Fach für analoge Kassetten besaß, wie man sie in den Neunzigern benutzt hatte, stand neben einem Kalender, Rezepten, losen Notizzetteln, einem uralten Schnurlostelefon und einer alten Tasse für Stifte. Sie reichte es ihm und setzte sich. Es ertönte nur Rauschen, als er das offensichtlich batteriebetriebene Gerät anmachte. Ein Blick auf seine Armbanduhr und er schaltete das Gerät wieder aus.

»Müssen noch warten.«

»Müssen noch warten? Sag einmal, was meinst du damit?«, fragte Daniel entgeistert. Bianca spürte, wie sich ihre Blase meldete. Sie wollte entleert werden.

»Na, dass die nur mehr drei Mal am Tag senden.«

»Nein, was meinst du mit: bis Herbst haben die das wieder im Griff?« Daniels Stimme nahm aggressive Züge an.

Jetzt war es Walter, der ihn einen Augenblick lang verständnislos ansah.

»W... was meinst du damit?«, fragte Daniel noch einmal in verstörtem Ton.

»Ja, dass die Regierung dran arbeitet. Sie sagen, dass unter... wie haben sie des... unter Hochdruck an einer Lösung gearbeitet wird und die Bevölkerung durchhalten soll. Immerhin haben sie neue Sammelzonen. Und es gibt wieder Strom, in einigen Städten.«

»Sag geht's dir noch gut? Hast du mal nach draußen geschaut? Da ist nichts mehr!« Daniel bemerkte gar nicht, dass er mit dem Mann wie mit einem Schuljungen redete.

»Aber im Radio hat er gsagt, er hat gsagt dass, dass...«,

Walter geriet in ein hilfloses Stottern, das in grobem Widerspruch zu seinem mächtigen, dominanten Körperbau stand. Bianca nestelte nervös an ihren Fingernägeln. Sara rührte sich nicht.

»Er hat gsagt? Wer, die Aufzeichnung eines Moderators von vor fünf Tagen, den die Regierung zwingt zu sagen, was sie von ihm will? Ich kenne diese Nachrichten!«

»Aber er hat gsagt, seit Kurzem gibt es sogar Anzeichen, dass...«

»Spinnst du? Alles, was wir machen können, ist zusehen, dass wir Vorräte anschaffen, Waffen, Schutzbekl...«

»Geh, des macht doch des Kraut jetzt auch nimmer fett. Wie gesagt, es gibt Anzeichen…«, versuchte der Bauer mit einer Handbewegung zu beschwichtigen.

Daniel sprang auf. Wollte dieser Kerl ihn denn nicht verstehen? Er schrie ihn an: »Das Kraut? Anzeichen? Anzeichen? Es gibt A n z e i c h e n ?« Er drückte sich hinter der Bank heraus, dass der Tisch grob ächzend verschoben wurde, direkt gegen Walters Bauch, wodurch dieser ein entrüstetes Bierzelt-»Heee!« ausstieß und Daniel brüskiert anstarrte.

»Bist du noch zu retten?«, schrie Daniel weiter. Bianca versuchte ihn zu beruhigen, indem sie nach seiner Hand griff, aber er riss sie so heftig weg, dass sie damit gegen die Ofenkante knallte. Walters Stirn warf Grübelfalten.

»He, beruhig...«, wollte Sara einwerfen. Der Anblick von Walters Ahnungslosigkeit befeuerte Daniels Wut aber nur noch weiter: »Nein, ich will mich aber nicht beruhigen, Sara! Himmelschreiende Einfältigkeit ist das. Nichts weiter. Wie kann man so dumm sein!? Der Kerl führt irgendeine Art kranken Privatkrieg mit seinen Nachbarn und wir kommen hier nicht mal mehr weg! Ich will hier raus!«

Bei dem Wort »dumm« konnte man sehen, wie Walter zusammenzuckte, als hätte man ihm einen Nagel in die Brust getrieben. Getroffen versuchte er einen Gegenangriff: »Jetzt herst mir mal zu, junger Mann. Erstens is des die einzige Hoffnung, die wir noch haben. Und zweitens bringt's ja gar nix, wenn du hier rumteiflst. Die werden des schon wieder hinkriegen. Hast ghört!?«

Aber Daniel dachte nicht daran, ihm zu zuhören: »Wir haben uns eineinhalb Monate auf 40 Quadratmeter eingesperrt. An manchen Tagen haben wir uns schon überlegt die Fensterdichtung zu fressen vor Hunger. Jedes Mal rausgehen war die reine Lebensgefahr... Ich bin für einen Motorradschlüssel fast totgeprügelt worden! Ich habe gesehen, wie Menschen von den Kranken mit bloßen Händen zerfetzt worden sind! Vor vier Tagen bin ich fast bei lebendigem Leib verbrannt, und davor hätte ich fast meine Freundin umgebracht, damit ihr das erspart bleibt!«

Er war außer sich. Gestikulierte wild. Seine Lautstärke hatte beängstigende Ausmaße erreicht. Bianca wollte sich die Ohren zuhalten und sah zu einem Fenster. Es war gekippt.

»Daniel!«, fuhr sie ihn an. »Ich bitte dich, sei leise! Oder willst du, dass uns die Kranken hören?«

Niemand schien sie wahrzunehmen.

»Des hab ich jetzt ja gar nicht bestritten, Bua. Ich sag ja nur, dass sie versuchen, des in den Griff zu kriegen. Oder nicht?«

»Ja, aber das ist nutzlos!«, kreischte er, dass sich seine Stimme überschlug.

»Daniel! Das Fenster. Die Kranken!«

Keine Reaktion. Nicht einmal Sara wollte sie hören.

»Du jetzt reiß dich zamm oder brauchst a Flaschn?«, Walter war nicht aufgestanden, aber hatte die flache Hand ausgebreitet und deutete mit seiner Pranke eine Ohrfeige an. Ein brennender Ernst gloste in den Augen des Bauern.

Daniel antwortete nicht. Stattdessen brüllte er ihn jetzt mit weit vorgebeugtem Körper so ungezügelt an, dass Speichelfäden durch die Luft flogen. Sein Kopf war dunkelrot und an seinem Hals pulsierte eine fingerdicke Ader.

»Mindestens 300 Millionen Menschen... sind tot!«, schrie er, flog an Walter vorbei und drosch hinter sich die Stubentür so fest zu, dass die Fenstergläser in ihren alten Holzrahmen vibrierten.

Niemand sagte etwas. Es dauerte eine volle Minute, ehe Bianca sich gefasst hatte und ihm hinaus folgte.

67

Walter sah noch immer zur Tür, durch die Daniel und Bianca verschwunden waren. Er hatte die Arme verschränkt und murrte unsicher. Ein fragender Blick zu Sara blieb ohne Antwort. Also stand er auf und begann den Knauf an einer Schranktür festzuziehen. Etwas, das er scheinbar schon länger vorgehabt hatte.

»Der ist schon ewig locker. Geht doch nicht, dass der immer locker ist«, murmelte er vor sich hin und Sara wusste, dass er das nur tat, damit zumindest irgendetwas gesagt wurde. Sie beobachtete ihn. Allmählich lockerten sich die Finger um den Griff des Messers, das sie unter dem Tisch festgehalten hatte. Langsam schob sie es zurück in ihren Stiefel, krempelte unauffällig die Jeans darüber und lehnte sich zurück. Sie wischte den Schweiß, der sich zwischen ihren Fingern gebildet hatte, am Oberschenkel ab und lehnte sich zurück, dass das Holz jäh knarrte.

»Der Bursche braucht dringend mal einen Satz warme Ohren, glaub ich« und »Du treibst dich vielleicht mit Leuten rum«, sagte er jetzt mit einer Stimme, der jeder Nachdruck fehlte.

»Ihm sind wohl einfach die Nerven durchgegangen. Kein Wunder bei dem, was alles passiert ist«, antwortete sie ruhig und sah über die Schulter aus dem Fenster, wo sie die zwei dabei sah, wie sie sich umarmten.

»Er kriegt sich wieder ein.«

»Kennt's es euch eigentlich gut?«

Sarah überlegte.

»Nein... Wir waren Nachbarn. Ich weiß nicht, wie lange schon. Aber ich habe ihn bis vor einer halben Woche so gut wie nie gesehen. Oder zumindest nicht, dass ich mich daran erinnern könnte.«

Walter drehte sich zu ihr um.

»Aso is das. Und du hast sie allein aus dem Haus g'rettet?«

Sara zuckte die Schultern.

»Wo wolltet's es denn eigentlich hin?«

»Portugal!«, rief Peter jetzt über den Flur. Er war wohl wieder bei Bewusstsein und lauschte aus dem Wohnzimmer mit.

»Po... Portugal? Was macht man denn dort?«, fragte er die Frau. Sie schüttelte nur den Kopf. Also wiederholte er die Frage nach draußen, durch den Flur in das kleine Wohnzimmer.

»Was macht man denn in...«

»Ich hab dich schon gehört. Dort entgeht man der atomaren Vernichtung.«

Walter hob fragend die Augenbrauen.

»Peter ist der Meinung, dass wir alle verstrahlt werden. Von den Kernreaktoren, die in die Luft geflogen sein sollen, weil sie ohne Stromversorgung waren«, erklärte Sara ruhig.

»Aso. Ja des hab i auch g'hört. Das is natürlich ein Schaß«, stellte er fast stoisch fest und zog an dem Knauf der Schranktür. Er wackelte keinen Millimeter.

Allmählich hatte Walter an Fassung gewonnen. Seine Bewegungen waren nicht mehr so fahrig und seine Stimme klang fester als noch vor wenigen Minuten.

»Magst a Schnapserl?«, fragte er mit dem Ausdruck eines Kindes, das Süßigkeiten vom vorigen Ostern unter dem Bett wiederentdeckt hatte, als er sich zu ihr drehte. Sie verneinte.

»Ich eigentlich auch net«, entgegnete er enttäuscht und begann in einem Regal herumzuräumen. Schlichtete Konserven übereinander.

»Aber warum Portugal?«

»Vergiss es. Mit ihm schaffen wir das ohnehin nicht.«

Sie sagte es leise. Peter sollte es nicht hören.

»Ah, kennst *ihn* schon länger?«

»Nein. Auch nicht.«

»Na dann könntest ja ohne die drei losfahren, wennst meinst, dass du dort eher über die Runden kommst.«

»Kein Interesse.«

»Bist a guter Mensch«, nickte er ihr zu. Ihre Antwort ließ auf sich warten. Dann sagte sie: »Damit hat das nichts zu tun. Es ist mir nur egal.«

»Was?«

»Ob ich... Vergiss es.«

»Ok, lass mich jetzt bitte kurz allein«, war alles, was Daniel sagte, als er ihre Hände von seinen Hüften schob. Sie hatten sich lange in dem Innenhof umarmt, nachdem sie geredet hatten. Aber er war nicht wirklich zur Ruhe gekommen. Selbst als sie sich küssten, spürte sie seine Aufregung noch, schmeckte das Salz des Schweißes, der sich auf seiner Oberlippe gesammelt hatte. Bianca sah ihm in die Augen.

»Bist du dir sicher?«

»Ja. Danke.«

Er senkte den Kopf, wischte die Reste der Tränen, die er eben vergossen hatte, aus den Augen und ging zum alten Stallgebäude, das nur mehr als Heuboden und Geräteraum diente. Sie sah ihm zu, wie er darin verschwand und atmete dann lange aus, schloss die Augen, spürte die Sonne auf ihrem Gesicht. Hoffte, sich kurz ein wenig entspannen zu können. Aber umsonst. Es half alles nichts. Sie überlegte, endlich auf die Toilette zu gehen, aber dann hätte sie Daniel nachfolgen müssen, da der Platz dafür hinter dem Stall lag. Aufgelöst trat sie zurück in das Haus.

Daniel sah angewidert auf den Stapel alter Zeitungen und Kreuzworträtsel, die unter dem überstehenden Dach der Hinterseite des Stallgebäudes nur mit einem schweren Stein davon abgehalten wurden, sich in alle Richtungen zu verteilen. Er überlegte kurz, ob Druckerschwärze und Kugelschreibertinte auf Dauer schädlich für den Enddarm waren, öffnete seinen Gürtel und merkte, dass zwischen Hosenbund und Bauch mittlerweile mehr als drei Finger passten. Er hockte sich über die Betonkante, hielt sich an der Eisenstange, die Walter vor Wochen zu diesem Zweck in den Boden davor gerammt hatte, fest, um nicht hineinzufallen, und machte sein Geschäft. Es war eine verdammt schwierige Angelegenheit. Gestern hatte er beinahe auf den eigenen Hosenboden geschissen, als er das Gleichgewicht verloren hatte und fast abgestürzt wäre. Pragerfenstersturz in Niederbayern, dachte er. Aber andererseits durfte er sich nicht beschweren. Immerhin konnte er sein Geschäft noch allein erledigen und musste es nicht halbliegend in einen Eimer machen, wie Peter. Er überlegte sich, ob er das nächste Mal nicht einfach Walters Stall für seine Hinterlassenschaft benutzen sollte. Oder besser: sein Bett. Dieser einfältige Idiot hatte es verdient. Er schüttelte den Kopf.

Bereits jetzt fürchtete Daniel sich vor dem Moment, wenn er die eine Hand, mit der er seine Nase zuhielt, benutzen müsste. Vom sengenden Fäulnisgestank der Mistgrube war ihm gestern bereits schwindelig geworden. Aber so sehr es ihn würgen ließ, es war die beste Lösung die alte Mistgrube hinter dem Stall als Abort zu nutzen. Die Grube war auf drei Seiten von Gussbetonwänden begrenzt. Sie war rund vier Meter hoch und in den leicht abfallenden Streifen direkt an der Hinterseite des alten Stallgebäudes gebaut, sodass ein Traktor von unten ebenerdig hineinfahren und den Dung abholen konnte. Ein Traktor, der jetzt wohl nie wieder gebraucht werden würde. Die Grube war zwar zur Hälfte mit alten Tierfäkalien gefüllt, aber dass die Grube überging, dazu würden sie selbst zu fünft mehrere Jahre brauchen.

Daniels Zorn war abgeflaut, aber er spürte immer noch sein Herz so heftig – nicht schnell, aber fest – schlagen, dass sein Shirt über der Brust rhythmisch vibrierte.

Die Stimmen von Peter und Bianca, die eben zurückgekehrt war, drangen leise in den Raum. Sie unterhielten sich im Wohnzimmer.

»Magst a Runde kartln?«, fragte Walter jetzt. Er hatte sich zu Sara an den Tisch gesetzt und war schon wieder daran, aufzustehen, um Spielkarten zu holen. Saras linke Augenbraue wanderte in die Höhe.

»Na, dann halt nicht.«

Er verschränkte die Arme vor der Brust und lehnte sich zurück. Sie konnte ihm ansehen, dass er nachdachte.

»Vielleicht ein Kreuzworträtsel?«

»Nein danke.«

»Na, dann halt auch nicht. Teifl, mit euch is aber auch nix anzufangen. Mag von euch einer a Partie Karten spielen?«, drehte er sich um. Gleichzeitige Ablehnungen folgten. Walter rückte von einer Hinterbacke auf die andere. Einen Augenblick hielt er das Schweigen aus. Sara glaubte bereits, er hatte sich endlich damit abgefunden, dass die Stimmung nicht zu retten war.

Warum dauerte das denn so lange? Vorhin hatte alles in ihm gedrängt, sich zu entleeren. Jetzt funktionierte nichts. Er stützte den Ellbogen des Arms, mit dem er seine Nase zuhielt, auf das Knie und stellte sich vor, wie er jetzt wohl von außen aussehen musste. Wie eine verquere Version von Rodins »Denker«. Eine Bronzeplastik, die Dante Alighieri, Autor und Hauptfigur der »Göttlichen Komödie«, darstellen sollte. Daniel hatte es gelesen. Zumindest den ersten Teil, das Inferno, das, durch alle sieben Kreise hindurch, den Abstieg in die Hölle beschrieb. Ein Abguss der Plastik thronte auch auf Rodins »Höllentor«, einer gewaltigen Skulptur, die als Tor zu einem Museum in Paris stand. Er hatte sich seit seinem siebzehnten Lebensjahr vorgenommen, es einmal zu besuchen. Daraus würde nichts mehr werden. Er dachte an dieses Portal, das die Stimmung von Dantes Inferno in einem einzigen, grässlichen Moment festzuhalten vermochte. Aus dem Höllenfeuer herausragende, verkrampfte, flehentliche Gliedmaßen und Fratzen, in unsäglichem Leid verzerrt. Und über allem saß der Denker. Auf dem Tor zur Hölle. Wie passend, dachte Daniel. Endlich gelang ihm sein Geschäft. Erleichtert schaute er auf, atmete durch den Mund ein und hielt die Luft an um nach einer Zeitung zu greifen. Da fuhr ihm der Anblick eines Mannes ins Gesicht. Regungslos stand er am Waldrand und beobachtete ihn. Nur getrennt von hundertfünfzig Metern Wiese und einem alten, niedrigen Stacheldrahtzaun. Einer der Fremden? Ein Kranker? Daniel verharrte wie ein ertappter Hund, der auf den Wohnzimmerteppich kotet. Und dann spurtete der Mann auf ihn zu. Daniel schrie erschrocken, verlor den Griff um die Eisenstange und stürzte rücklings in den Misthaufen.

»Sag mal, Walter, was hat es denn jetzt mit diesen Leuten auf sich? Und weich mir nicht wieder aus«, forderte ihn Bianca freundlich auf als sie eintrat. Sie setzte sich hinter den Tisch auf die Sitzbank, und noch während sich der Bauer eine Antwort zurechtlegte, informierte sie Sara, dass »Peter so weit in Ordnung sei«.

Als Walter nicht antwortete, hakte sie nach: »Also?«

»Ja, mei. Nix, die wollen halt an den Speck. Wie die Sachen zum Teifl gangen sind, hab ich nicht lang gwartet und bin zum Koglbauern rauf gfahrn und hab mich eingedeckt damit. Der hat sich an Ast abgelacht, dass i ihm da mit den Hundertern rumwedel. Aber er hat sich geschnitten. I bin ja nicht blöd.«

»Und deswegen schießt du auf sie?«

»Ich hab den Speck rechtmäßig gekauft. Und basta!«

»Ach, dieser Kogler war da dabei?«

»Freilich!« Er schürzte die Lippen und lehnte sich zurück, dass der Sessel jammerte.

»Aber gleich auf sie schießen?« Bianca zupfte an ihren Verbänden herum. Sie würde bald nachsehen, was sich darunter tat. Die Schmerzen in ihren Händen waren erträglicher geworden. Aber dafür juckten die Wunden seit gestern stark. Ein gutes Zeichen, hatte ihre Mutter immer gesagt, wenn sie sich ein Knie aufgeschlagen hatte und dergleichen. Das bedeutet, dass es heilt.

»Hast eh gehört, die haben gsagt, dass sie mir den Hof anzünden. Und meine Mia wollten's auch.«

»Das weißt du doch gar nicht. Außerdem ist ihr nichts passiert, oder?«

»Ich hab euch gsagt, dass die mich nicht mögen. Und wenn einer einbricht bei mir, dann kenn i nix mehr. Und es geht ja nit nur darum. Es geht ja um mei ganze Speisekammer. Die wissen, dass ich immer g'nug daheim hab«, verkündete er verärgert und deutete auf die unscheinbare Tür zur Speisekammer, die zwischen Ofen und Spüle lag. Bianca suchte Saras Blick, welche sie aber nur regungslos und undeutbar ansah.

»Alles klar«, versuchte sie Verständnis zu zeigen. »Was ist aber jetzt eigentlich mit deiner Solaranlage?«

Aber Walter schien nicht darauf eingehen zu wollen. Also

stand sie auf, um die Pause für einen Toilettengang zu nutzen. Endlich. Sie war schon halb hinter der Bank heraus, als Walter doch begann zu sprechen: »Photovoltaikanlage, so viel Zeit muss sein«, besserte er aus. »Das Problem is... Also, das is so. Ich hab da diesen Artikel gelesen. Von dieser Firma. Die haben eine ganze Ortschaft mit Wind- und Solargeschichten ausgerüstet. Is gar nit so weit weg. A paar Stunden mit dem Auto, wenn die Straßen frei sind. Mehr net. Vielleicht n Nachmittag, wenns keinen Stau gibt. Und der Bürgermeister und der Vorsteher vom Landwirtschaftsverein haben beide gesagt, dass es super läuft. Und da hab i mir dacht, so was brauch ich auch. Werd doch nicht immer Strom zahlen wie ein Blöder, wenn i meine Mädls auch mit Strom aus der Sonne versorgen kann. Also zumindest zum Teil.«

»Du meinst deine Kühe?«, unterbrach Bianca ihn. Er war aber so ihn Fahrt, dass er gar nicht weiter darauf einging. Sie hatte das Bedürfnis, sich mit ihm zu beschäftigen, ihm Aufmerksamkeit zu schenken, nachdem ihr Freund ihn so attackiert hatte. Es schien zu funktionieren.

»Freilich. I mein, der Großteil is jetzt eh beim Teifl. Das ganze Dach vom neuen Stall… Na jedenfalls sind die dann nach der Anzahlung auch kommen, haben alles drauf montiert, hat nur a paar Tag gedauert. Na Moment, zuerst hab ich gleich einmal drei Monate auf die gewartet. Aber die Nachfrage ist gewaltig, hat mir der Chef selbst am Telefon erklärt. Also, die kommen, montieren alles, und wie sie die Anschlüsse gerade fertig machen, fahren sie einfach weg. Schreien irgendwas von Notfall. So schnell hast gar nicht schauen können, waren die auf und davon. Ja und am Abend war ich dann auch g'scheiter, da hat er im Fernsehen gesagt, naja ihr wisst's schon. Was halt passiert ist dann.«

»Ach, so neu sind die?«

»Brandneu!«, meinte er stolz und nickte.

Sofort erfasste ihn eine noch nie da gewesene Übelkeit. Er musste erbrechen, schluckte im Reflex die warmen Brocken aber wieder. Er verschluckte sich, hustete und reckte den Hals so hoch wie möglich, aber die gasdurchsetzte Luft ätzte sich in seinen Hals. Er wusste, dass immer wieder Menschen starben, die versehentlich in diese ländlichen Gasbunker gefallen waren. Aber nach Hilfe schreien war unmöglich, wenn er nicht einmal Luft holen konnte. Noch immer schüttelte ihn der Husten. Tränen der Anstrengung drückten sich in die Augen. Er versuchte, sich umzudrehen, sah seine Beine, sah seine Knie, aber dazwischen hatte sich diese dickflüssige Suppe schon über seinen Bauch gelegt. Verzweifelt versuchte er, sich zu befreien aus dieser Mischung menschlicher und tierischer Exkremente, wochenaltem, feucht durchzogenem Stroh, verschimmelter Küchenabfälle und pampigem Zeitungspapier. Nach einigen ätzenden, schnappenden Atemzügen hatte er beschlossen die Luft anzuhalten, um nicht zu ersticken. Aber immer wieder brüllten seine Lungen einen Husten hinaus, blähte sich sein Mund auf, da er mit aller Gewalt versuchte, die Luft, die ihm blieb, zu behalten. Sie durfte nicht entweichen. Aber es gelang ihm nicht. Er griff in den Matsch, versank bis zum Ellbogen. Versuchte die Hand herauszuziehen, aber es fühlte sich an, als wäre er in einen gewaltigen Saugnapf gelangt. Mit der anderen Hand griff er nach der Mauer. Er spürte sie, doch die Kante war viel zu hoch. Es war unmöglich, sie zu erreichen. Er musste sich irgendwie durch den Berg an Mist kämpfen, um zu dem flachen Ausgang zu gelangen, wo der Bauer normalerweise mit seinem Traktor anlandete, wenn er diesen tödlichen Naturdünger auflud, um ihn auf die Felder zu führen. Mit aller Kraft strampelte er um sein Leben. Das weiche Material unter ihm gab nach, gab nach, gab wieder nach. Und dann, endlich, etwas Hartes. Alles in ihm schrie, endlich Luft zu holen, aber er presste seine Lippen aufeinander, dass der ganze Kiefer schmerzte. Irgendwie schob er sich einen halben Meter in die Höhe, aber seine Beine wollte nicht mit, wodurch er vornüberkippte und längs, mit dem Gesicht voran, hinschlug.

Sie musste lächeln über seine liebenswürdig-verschrobene Art. Walter quasselte jetzt wie ein Vulkan.

»Und ich kenn mich zwar schon damit aus, aber Profi bin ich dann halt doch keiner«, verteidigte er sich.

»Und allein kriegst das nicht hin. Dauernd brauchst bei den verflixten Kabelgschichten und den Klammern und dem allem einen Zweiten, der dir was hält oder der auf der anderen Seite nachschaut, ob der Strom kommt oder nicht... Es ist eine Plag. Aber wenn's es mich fragt's, solltet's schauen, dass dort hin kommt's. Also in das Dorf und alles. Jetzt, wo überall hinige Autos stehn, brauchts vielleicht ein paar Tag, aber es is net so weit. Auf der andren Seiten von Bayern halt.«

Bianca musste sich bemühen, ihm zu folgen, so schnell redete der Bauer jetzt. Außerdem zwickte sie ihre volle Blase immer schlimmer. Sie rutschte am Sessel hin und her. Aber jetzt aufzustehen wäre unhöflich gewesen.

»Zweitausend Einwohner oder so und kann sich selber mit Strom versorgen. Stellt's euch das einmal vor. Is doch so nahe an einem Stadtleben, wie's geht. Und das braucht's ihr ja so dringend, oder?«

Gleichzeitig lachten Bianca, Sara und Peter, der noch immer im Wohnzimmer lag und aufmerksam zu lauschen schien, auf. Kurz überlegte sie, ob das das erste Mal war, dass sie so etwas wie ein Lachen bei Sara gesehen hatte.

»Nein, nein. Jetzt ist es erst mal wichtig, Peter in ein Krankenhaus zu bringen«, erwiderte Bianca mit fast heiterem Tonfall.

»Ja, wird ja wohl auch eins in der Nähe sein. Da is sogar ein Sammelzentrum, hab i im Radio gehört, also stehn die Chancen ja gut, dass das noch offen hat!«

Bianca sah Sara an und fand ein Gesicht vor, das wesentlich heller wirkte als sonst.

»Das is in der Nähe von… wart amal... Oder war's?! Wart einmal, wo ist denn bloß…?«

Er lehnte sich geschäftig über den Tisch, inspizierte den Stapel Zeitschriften und stand schließlich auf, um in einem Kästchen neben der Spüle zu suchen.

»Moment, ich hab's gleich. Da. Ich hab Kopien gmacht im Gemeindeamt. Die Rosi lässt mich dort immer kopieren. A Herz von einer Seel'. Die einzige im Dorf übrigens. Is gleich, nachdem's geklescht hat, zu ihrer Schwester nach München.« Er zog einen Zettel unter einem Stapel Zeitschriften heraus und reichte ihn zufrieden an Bianca weiter. In der Laufzeile am oberen Ende stand: Bayerisches Landwirtschaftliches Wochenblatt.

»Danke«, meinte Bianca lächelnd, während Sara ihr das Papier aus den Händen zog und zu lesen begann.

»Weißt du, Peter könnte dir vielleicht helfen mit der... Photovoltaikanlage. Der kennt sich ziemlich gut aus mit Technik. Vielleicht kriegst du sie ja in Gang?!« Bianca wollte schon aufstehen, nachdem sie den letzten Satz hinaus, Richtung Peter, gerufen hatte, aber Sara hielt sie zurück. Sie schüttelte den Kopf und nickte Richtung Wohnzimmer. Mit den Lippen formte sie das Wort: »unmöglich«.

In ihrer aufkeimenden Euphorie über ein möglicherweise realistisches Ziel hatte Bianca eine Sekunde lang die schweren Verletzungen vergessen, welche Peter auf das Sofa fesselten und womöglich das Leben kosten konnten, wenn sie nicht bald medizinische Hilfe fanden. Vielleicht hatte sie es sich auch selbst vergessen lassen. Denn sie brauchte einen Grund, dem Gespräch zu entkommen und auf die Toilette zu gehen.

»Was kann ich?«, hörten sie seine schwache Stimme, ignorierten ihn aber. Bianca ärgerte sich über sich selbst, überlegte, und versuchte etwas anderes: »Oder ich könnte Daniel fragen. Der kennt sich zwar nicht aus, aber könnte sich das ansehen und Peter beschreiben. Oder dir assistieren. Ich frage ihn gleich.« Wieder stand sie auf, wollte sich bereits aus ihrem Sitz zwängen. Daniel hatte keine Ahnung von dem Zeug. Aber sie musste endlich pinkeln.

»Nicht doch«, hielt sie aber jetzt Walter auf. »Das hat doch Zeit.«

Daniels Wutausbruch war ihm wieder in Erinnerung gerufen worden, das sah sie deutlich. Sie setzte sich und begann wieder an ihrem Verband zu nesteln. Links hatte er sich gelockert.

Er riss den Kopf in den Nacken und saugte wie ein Ertrinkender alle Luft in seine Lungen, die er kriegen konnte. Er steckte mit beiden Händen im Mist, in diesem schlammigen

Treibsand aus Exkrementen, und sein Blick immer verschwommener. Das Gas. Das ist das Gas, dachte er panisch. Noch dazu hatte er schon zu lange die Luft angehalten und kämpfte mit einem überforderten Hirn, nachdem er nach Atem gerungen hatte. Alles wurde heller, seinen Schädel durchfuhr von hinten ein scharfer Schmerz, als wäre er gegen einen Stein geprallt. Bis jetzt hatte er nur ans Überleben gedacht. Nun mischte sich ein Gedanke an Bianca hinein. An seine Mutter. Wieder Bianca. Alles wurde hell. So sengend hell, als würde er direkt in die Sonne blicken. Er glitt in einen Zustand undefinierbaren Schwindels. Beige Schemen drehten sich um ein grelles, weißes Zentrum. Er spürte etwas Warmes auf seiner Wange.

Nein, das war doch zu dumm. Sie wollte aufstehen. Jetzt wirklich. »Entschuldigt mich«, sagte sie, wurde aber von Walter übertönt, der einem neuen Gedanken Luft machen wollte.

»Wo die Sammelzonen und Hospitäler sind, sagen sie eh durch«, stellte Walter fest. Er sah auf seine Uhr und sagte: »Ach, in fünf Minuten is wieder so weit. Sara, kannst du mir das Radio hergeben?«

»Das sollte Daniel aber auch hören«, nickte Bianca und stand auf. Zum letzten Mal. Denn noch eine weitere Bewegung in die Senkrechte würde ihre Blase womöglich nicht mehr aushalten. Sie drückte sich um die Ecke.

»Ich auch!«, rief Peter schwach. Es klang, als würde er im Schlaf reden.

»Ja, du auch«, rief Bianca milde zurück und sah noch einmal in den Raum, bevor sie in den Flur trat.

»Du Walter, wer ist eigentlich Nici?«, sagte Sara und nahm

den Kalender, der neben dem Radio stand, den sie ihm reichen sollte. Sie blätterte darin.

»Nici?«, sagte er unbekümmert. »Mei Freundin.«

»Deine Freundin geht noch zur Schule?« Sie hielt den Kalender in seine Richtung. In der Spalte für Donnerstag stand: Nici von der Schule abholen. Und dahinter ein Smiley.

Verblüfft schaute er sie an. Bianca hatte innegehalten, hatte ihre Blase vergessen und ging zu Sara, um ihr den Kalender wegzunehmen. Sie richtete ihre Brille und sah die Einträge an.

»Auf der nächsten Seite steht das auch«, sagte sie leicht irritiert.

»Na. Also nicht meine Freundin. Meine Nichte.«

»Deine Nichte? Die wohnt hier in der Nähe?«, murmelte Bianca und blätterte weiter. Auch hier stand der gleiche Eintrag. Jedes Mal fett mit rotem Kugelschreiber eingekreist.

»Ja, ich meine, nein. Is nicht meine Nichte.«

In Bianca breitete sich Unbehagen aus. Ein Gefühl, das sie mittlerweile nur zu gut kannte und das sie trotzdem immer wieder von Neuem überrumpelte.

»Aber sie nennt mich halt Onkel Walter.«

Sie blätterte immer schneller. Fasste die Kante des Kalenders mit dem Daumen und ließ die Seiten flattern, dass es ratterte. Dann sah sie auf. Forderte stumm eine Erklärung. Wie ferngesteuert ging sie zur Bank, drückte sich zwischen Tischkante und Sitzfläche hinein und ließ sich auf den Po plumpsen. Sara stand noch immer zwischen Radio und Ofen.

»Sie is die Tochter von einer Freundin im Dorf. Kruzifix, ihr seid's aber auch ein neugierig's Volk!«

Etwas an seiner Körpersprache verriet Anspannung. Er

sah sich um. Suchte Sara mit Blicken zu überzeugen, nachdem es seine Worte scheinbar nicht konnten.

»Ich dachte, du hast keine Freunde im Dorf?!«, stellte Bianca jetzt mehr fest, als eine Frage daraus zu machen.

Er saß mit geöffnetem Mund vor ihr und rang nach Worten.

Es war still geworden. Hatte eben noch ein ekelhafter Pfeifton seinen Schädel zerstochen, durchmaß ihn jetzt ein warmes, tröstendes Summen. Er wusste nicht, ob er atmete oder nicht. Wahrscheinlich tat er es. Es war alles egal. Keine Gedanken. Keine Angst. Nur noch ein liebkosendes, pfirsichfarbenes Licht ohne Quelle. Überall. Und dazu ein sonores Summen. Er wusste nur: Hier wollte er sein. Wollte hierbleiben und nie wieder woanders hin. Er tanzte körperlos durch die Luft, kannte kein oben, unten, links oder rechts, als er sich umdrehte und in all der wohligen Wärme eine bronzen und golden schimmernde Sonne sah. Aber sie schmerzte nicht in seinen Augen, nein. Stattdessen schmeichelte sie ihnen. Dort musste er hin. Er flog, flog darauf zu. Immer schneller. Die Sonne wurde größer und größer, und er hörte sein Lachen als weithin wiederhallendes Echo, zurückgeworfen wie von Bergen aus Licht. Immer größer wurde die Sonne. Wuchs stetig an. Und je näher er kam, desto schneller ändert sie sich. Das Gold hörte auf, flüssig zu sein. Gerade hatte es doch noch so ausgesehen. Aber jetzt bröckelte es ab wie abgestorbene Haut eines pockennarbigen Gesichts. Blutorange war die Sonne. Aber auch diese Farbe härtete in Sekundenschnelle, je näher er kam, aus. Zerbrach, wie die Schale eines rohen Eis. Mittlerweile füllte sie schon das halbe Sichtfeld aus. Und die neue Schicht darunter war violett. Von der Farbe eines Blutergusses, mit dunkelgelben Rändern. Durchzogen von blauen Venen, die sich wie kilometerdicke Schlangen durch und über und in diesen sterbenden Stern gruben. Der Bluterguss zerbrach, als wäre er eingefroren, und Platten, groß wie Kontinente, zerstoben ins Nichts, das nicht mehr die Farbe von Pfirsichen hatte, sondern grauer und grauer wurde. Jetzt durchflog er die getrockneten Brocken der Goldhülle. Rauschte an ihnen vorbei und die Schreie von Milliarden jammernden Seelen hallten über ihn hinweg. Es waren halb in die Platten geschmolzene, mit Händen und Armen und Köpfen ringende Gestalten, die ihre Höllenqual in die Ewigkeit brüllten. Sein Blick ging wieder gegen die Sonne, die keine mehr war. Sie war jetzt ein dunkler Klumpen blauen Eises, nahm seinen ganzen Blick ein, war überall, getaucht in das allumfassende Licht, das alle Farbe verloren hatte und keines mehr war. Es wurde dunkler und dunkler, und als die letzte Schicht zerbrach, wurde eine Schwärze freigelegt, die alles umfasste. Und dann war da nur mehr Nichts. Ewiges, umfassendes Nichts.

»Ich hab euch doch erklärt, dass die Rosi meine einzige Freundin ist im Dorf. Verflixt und zugenäht.« Walter war aufgesprungen, sodass der Sessel rücklinks zu Boden klapperte. »Das darf doch nicht wahr sein. Dass ihr mir aber auch nix und wieder nix glauben könnt's!«

Sara hatte die Hände ausgestreckt: »Kein Grund, zu schreien.«

»Schreien? Ich schrei doch nicht. Ihr brüllt's hier ja dauernd rum in mei'm Haus.«

Bianca schluckte und legte den Kalender nieder.

»In Ordnung«, sagte sie. »Ich glaube dir ja.«

»Hat aber nicht so gewirkt. Was muss ich mich hier eigentlich dauernd erklären. Bei so was werd i aber fuchsteufelswild! Und des mit dem Krankenhaus, das könnt's auch gleich vergessen. Die Straßen sind zu, ihr kommt's niemals durch! Das schwör i euch! Das is einfach keine gute Idee.«

Er hatte sich wieder ein wenig beruhigt, streckte sich und ließ den Kopf kreisen, wie man es macht, um den Nacken zu entspannen.

»Das war doch dein Vorschlag?! Außerdem geht es nicht anders. Peter muss in ein Krankenhaus«, flüsterte Bianca bestimmt.

Walter achtete nicht auf die geänderte Tonlage und röhrte in voller Lautstärke: »Aber geh. Der Bursche is quietschfidel. Dem fehlt nix.«

Jetzt war es Bianca, die anbrandenden Ärger spürte. Sie zischte ihn an: »Quietschfi…? Hast du… Mach bitte die Tür zu.« Sie wollte nicht, dass Peter weiter zuhörte. Walter tat es mit dem übertrieben störrischen Ausdruck eines Jugendlichen, dem man Zimmerarrest gegeben hatte: »Zufrieden?«

Peters Stimme tönte dumpf durch die Tür: »Hee!«

»Hast du ihn dir mal angesehen? Er sieht aus wie kurz vorm Sterben!«

»Ach!«

»Ach? Er geht drauf, wenn der Bruch nicht gerichtet wird. Und selbst wenn, vielleicht verliert er sogar sein Bein! Womöglich alle beide!«

Walter winkte ab und drehte sich nach dem Sessel um: »Und außerdem habt's ihr gar kein Auto.«

»W… würdest du uns deines leihen?«, fragte Bianca und wusste, dass der Zeitpunkt der wohl denkbar schlechteste war, diese Frage, die ihr seit zwei Tagen im Kopf herumschwirrte, zu stellen. Er erstarrte, halb gebückt, den Sessel eben greifend. Sekundenlang geschah nichts. Sie verstand nicht, warum. Sara lehnte indessen immer noch am Küchentresen und musterte den Bauern aus tief in den Höhlen liegenden Augen. Ansonsten: nichts. Dann, nach einem quälend langen Moment, richtete sich Walter auf, stellte den Sessel auf die Füße und antwortete. Jetzt wieder deutlich gefasster: »Das würd ich ja gern machen. Aber meine Kupplung is leider hin. Schon seit zwei Monat.« Dabei nickte er und räusperte sich. Bianca schluckte.

»Kann ich meine Türe jetzt wieder aufmachen?«, fragte er beißend und ohne eine Antwort abzuwarten, indem er sie öffnete.

Ein greller Blitzschlag durchzuckte seinen Körper und ließ ihn in einem Krampfanfall explodieren. Sein Herz hämmerte rasend von innen gegen den Brustkorb und wollte zerreißen. Seine Füße strampelten, noch immer die Hose zwischen den Knöcheln, wie wild. Daniel schlug um sich, saugte alles giftige Gas ein wie ein Schiffbrüchiger das Salzwasser und strampelte um sein Leben. Etwas Festes, etwas Hartes schlug gegen sein Brustbein. Er stemmte sich dagegen, spürte unter seinen Füßen einen Boden, der nicht nachgab. In einem lautlosen, letzten Kraftakt drückte er seine Oberschenkel durch. Und dann fiel er. Er purzelte, schlug auf irgendetwas Weichem auf, rollte weiter, knallte mit dem Kopf gegen Eisen oder Stein oder... Beton?! Er rollte weiter, drückte sich sofort mit allem, was er hatte, hoch und kämpfte sich sofort auf den Ellbogen weiter. Er spürte... Ja, er spürte ihn: Beton. Rauen, kratzigen Beton. Dann fühlte er wieder etwas Weiches. Erde.

Gras. Alles schmerzte. Er glaubte, seine Schulter stünde in Flammen und seine Arme steckten in Bleischürzen. Irgendwann war alle Kraft geschwunden und er sank vornüber. Da war sie. Luft. Atembar, mild und Leben spendend.

Der Bauer schob den Sessel, den er vorhin umgeworfen hatte, bis zur Rückenlehne unter den Tisch. »Wie es sich gehört«, sprach sein Blick. Kurz überlegte er und erklärte dann: »Wir wollen uns jetzt alle einmal beruhigen. Das führt doch zu nix.«

Bianca stimmte zu, indem sie aufstand, sie wusste mittlerweile nicht mehr zum wievielten Mal, um endlich Erleichterung zu finden.

»Wenn's es ihr jetzn unbedingt weg wollt's, kann i euch nicht aufhalten.« Seine Stimme war jetzt wieder ruhiger. Freundlich. Wie konnte er jetzt bloß wieder so freundlich sein? »Aber das bedeutet den Tod.«

Sie blieb stehen.

»I will euch halt dringend raten, sich das nochmal zu überlegen. Da draußen is es saugefährlich, und ihr seid's ziemlich wehrlos mit eurem kaputten Freund. Besser is es auf jeden Fall, wenn ihr hier bleibt's.«

Peter hauchte irgendetwas über den Flur. Scheinbar mit letzter Kraft. Er kämpfte wohl mit der Erschöpfung. Bald würde er einschlafen.

Bianca sank zurück. Sie gab für den Moment auf. Irgendwie hatte er recht und wieder nicht. Wenn doch Peters Füße nicht wären. Wenn sie bloß etwas schneller hinuntergeklettert wäre. Nur ein paar Sekunden. Er hätte ein paar Meter mehr gemacht, ehe das Seil riss. Hätte sich die Beine vielleicht nur verstaucht. Oder wäre gar ganz heil geblieben.

Aber jetzt, der ganze Raum stank nach Entzündung und Eiter und Schweiß, wenn man zu ihm hineinging. Sara war sich sicher, dass es ihn das Leben kosten konnte, wenn die zertrümmerten Beine nicht von einem Arzt gerichtet wurden. Nein, sie mussten hier weg. Sie mussten ein Krankenhaus finden. Aber wie? Überall konnten einen die Kranken erwischen. Und die konnten alle schneller und länger laufen als sie. Und dann waren da scheinbar noch lauter verrückt gewordene, gewalttätige Menschen. Warum überlebten nur die Irren? Die, die zu jedem Scheiß bereit waren. Nein, ihre Chancen zu überleben, standen besser, wenn sie hier blieben... Peters hingegen nicht. Kurz flackerte ein Bild in ihrem Kopf auf, wie sie sich über ihren schlafenden Kumpel beugte. Seine Beine ansah und ihm dann ein Kissen auf das Gesicht drückte. Und er wehrte sich nicht einmal. Geschockt über sich selbst strich sie sich durchs Gesicht. Sah auf. Sara hatte vor sich auf dem Tisch einen ihrer Ellbogenschützer liegen. Sie trug stets an Knien und Ellbogen dunkelgraue Schützer, wie man sie vom Rollschuhfahren kannte. Soeben klebte sie die Platte des linken Ellbogenschützers – er hatte sich scheinbar gelöst – mit Superkleber an den Polsterstoff darunter. Zerkratzt und abgerieben waren diese Dinger, teilweise sah man helle Schleifspuren wie von grobem Kies oder Asphalt. Nicht einmal in der Nacht zog sie die Teile aus, die so aussahen, als hätte sie sie auf einem Flohmarkt erstanden und danach drei Jahre lang jede Woche zum Extrembergsteigen benutzt.

»Wie lange hast du die Teile schon?«, fragte sie. Sara schaute nicht auf, indessen antwortete sie: »Zwei, drei Wochen.«

»Wollt's es jetzn einen Schnaps oder nicht? Ich nehm mir

nämlich einen!«, verkündete Walter fast feierlich und sichtlich gut gelaunt. Dabei war es scheinbar keine Frage gewesen, sondern eine Ankündigung. Er stellte drei kleine Gläser auf den Tisch und holte eine Flasche mit klarer Flüssigkeit unter der Spüle hervor. Bianca musste an Spiritus denken. Er machte die kleinen Gläser halb voll, begutachtete sie, zuckte mit der Schulter und machte sie schließlich mit einem gönnerhaften, gutmütigen Nicken voll. Dann drehte er die Flasche zu und stellte sie neben den Ofen, verkündete: »Oans, zwoa, g'suffa! Servus beinand!« und kippte das Zeug hinunter. Bianca seufzte und trank auch. Sara ließ ihr Glas stehen, blickte nicht einmal von ihrer Arbeit auf.

»Dirndl, trink aus, der is für dich!«, sagte der Bauer lachend und streckte den Bauch durch. »Das wird dir guttun.«

»Nein danke«, sagte sie und strich sich eine blonde Strähne aus dem Gesicht.

»Geh, komm schon. Trink halt. Hat noch keinem gschad't!« Er drehte sich gerade wieder zur Flasche um, als Sara erneut verneinte, immer noch, ohne aufzuschauen.

»Was hast gsagt?«, fuhr er herum. Alle Höflichkeit war so schnell verflogen, wie sie gekommen war. Ernst starrte er sie an. Bianca hielt ihr leeres Glas hoch, als wollte sie zeigen, dass sie brav ausgetrunken hatte.

»Ich habe nein gesagt.«

»Schau mi an, wenn ich mit dir red!«, schnaubte Walter und umgriff mit seinen großen Händen die kurzen Tischkanten, sodass sich sein mächtiger Oberkörper über die ganze Länge des Tisches breitete.

Plötzlich riss Sara das Glas hoch, stürzte es hinunter und schlug es mit derart störrischer Gewalt auf den Tisch, dass es knallte, und Bianca glaubte, den Schmerz, den der dicke

Glasrand machen musste, in der eigenen Hand zu spüren. Noch immer war ihr Blick nach unten gerichtet, Bianca sah senkrecht stehende Härchen, die ihren Nacken überzogen. Plötzlich meldete sich Biancas Blase wieder. Irgendwie hatte sie in den letzten Minuten darauf vergessen, wie im Kino, wenn man meinte, furchtbar dringend aufs Klo zu müssen und der Film es einen ein paar Minuten vergessen ließ.

Langsam öffnete er seine verklebten Augen. Grün. Grün in allen Schattierungen. Von dunkel bis hell, von bräunlich bis saftig. Sein Hals brannte, als hätte er einen Berggipfel im Sprint erstürmt. In Zeitlupe drehte er sich auf den Rücken, spürte den eigenen Unterarm unter sich, lag auf seiner vor Tagen von einem Seil verschmorten, schmerzenden Hand. Es war ihm gleichgültig. Er atmete und spürte, wie sein stechendes Herz ganz langsam ruhiger wurde.

»Wo i herkomm, is das sauunhöflich! So was macht ma net. An Schnaps ausschlagen. Oder bist schwanger?«

Verwirrt sah ihn Bianca an. Er aber, noch immer über den Tisch gebeugt wie ein Bulle, hatte nur Augen für Sara. Sie begegnete seinem Blick und sagte ruhig: »Entschuldige. Wie unhöflich von mir.« Sie wirkte wieder gefasster, aber er schien ihr die Entschuldigung nicht glauben zu wollen.

»Pah«, schnaubte er, »jetzt wünscht i mir fast, dass mein Auto funktionieren tät. Könntet's es haben.«

»Entschuldige«, warf Bianca ein, als ihr ein neuer Gedanke kam, »aber hast du nicht gerade eben gesagt, dass du, als alles angefangen hat, zu diesem einen Bauern gefahren bist, um Speck zu kaufen?«

»Was meinst?«

»Na, die Kupplung deines Autos ist doch seit mehreren Monaten kaputt. Aber hast du nicht gesagt, dass du zu dem Bauern gefahren bist, als es anfing? Das ist keine zwei Monate her.«

»Himmelarschund... Das darf doch nit wahr sein. Willst du mir jedes Wort im Mund umdrehen, verflixt nochmal?«, brach es aus ihm heraus. »Euch müsst einmal einer ordentlich den Kopf waschen. Ein jedes Wort drehen sie einem um. Hab i schon gern so was! Da draußen ist nichts mehr!« Er riss seinen Arm hoch und sah auf die Uhr.

»Da, könnt's euch ja selbst überzeugen«, rief er und nahm das Radio, stellte es auf den Tisch, ohne es loszulassen, und sah sie kurz an. »Nicht? Na, alsdann«, erklärte er und stellte das Gerät auf die Anrichte neben dem Tisch.

»Das gibt's ja nicht, dass ihr... Was hab ich euch getan? Andere würden sich alle zehn Finger abschlecken, wenn sie so ein Glück hätten. Aber ihr...« Er drehte sich im Kreis, schloss die Tür, öffnete sie wieder und schloss sie schließlich endgültig. Wie jemand, der aus Langeweile oder Nervosität drei Mal hintereinander in den Kühlschrank blickt, ohne hungrig zu sein. Dann fixierte er irgendeinen Punkt in einer Ecke. Versuchte seinen Atem zu kontrollieren und schüttelte zornesmüde den Kopf. Biancas Blick aber war beim Radio geblieben. Sie sah es von hinten. Sie kannte sich mit diesen alten Geräten nicht aus, aber... Sie griff danach, konnte es in seiner neuen Position gut erreichen und stellte es vor sich. Da lag die Aluantenne, die man wohl ausklappen musste, wenn man etwas empfangen wollte, in zwei kleinen, schwarzen Plastikklammern. Ihre Finger fuhren an dem Metall entlang bis dorthin, wo es, kurz vor seinem Bügel, in zwei Teile geknipst worden sein musste. Mittlerweile wurde sie sowohl von Sarah als auch von Walter beobachtet. Sie kümmerte es nicht weiter. Staunend löste sie die Antenne aus ihrer Fassung und hielt sie in Händen. Abgelöst vom Radio. Sie schaute ungläubig auf, sah zu Sara, zu Walter.

Sie fragte stimmlos: »Was soll denn das?«

Walter begann zu knurren.

Als Daniel den Kopf hob, bekam er das Kinn nicht einmal bis zur Brust. Sein Nacken war steif und zerrte ihn zurück wie ein überdehnter Muskel. Er bewegte die freie Hand. Wollte seinen Körper sehen und sicher gehen, dass er noch da war. Ächzend zog er den Arm unter seinem Rücken heraus, dazu musste er eine kleine Brücke machen, die die anstrengendste Bewegung seines Lebens war. Aber er bekam ihn frei. Lag jetzt ausgestreckt wie ein Erschossener auf dem Rücken und saugte mit tiefen Zügen diese herrliche Landluft in seine Lungen. Jeder Atemzug bescherte Schmerzen und Wohlgefühl gleichermaßen. Über ihm ein hellblauer Himmel, friedliche Wolkenfetzchen, die vor sich hintrieben. Die Zeit verging, er glaubte Grillen in seinem Kopf zirpen zu hören. Grillen im April. Ein Kichern erfasste ihn, das bald zu einem Lachen wurde. Einem lauten Lachen, das in ein, zwei kratzigen Hustern endete. Noch immer fühlte er seinen Puls, der jetzt aber langsamer und langsamer wurde. Er schloss die Augen. Gesundheit, dachte er an einen Kalenderspruch, den er irgendwo gelesen haben musste, weiß man erst zu schätzen, wenn der Schmerz nachlässt. Ein zittriges, zuckendes Lächeln umspielte seinen verdreckten Mund. Er griff sich ins Gesicht und wischte träge millimeterdicken Mist weg. Ihm wurde bewusst, dass er über und über mit Scheiße bedeckt war. Wieder musste er lachen, schüttelte erleichtert und freudetrunken den Kopf und atmete genussvoll Luft, als würde er eine milde Meeresbrise inhalieren. Plötzlich riss er die Augen auf und starrte zum Misthaufen. Hatte er gerade eben richtig gesehen? Er hatte!

»Ja, darf denn das wahr sein?«, schrie Walter. »Glaubst, i mach mein eigenes Radio kaputt?«, lachte er irrwitzig. Noch bevor Bianca etwas herausbrachte, riss er das Gerät hoch, schrie: »Das Scheißteil geht auch ohne die Antenn'« und schmetterte es gegen die Wand, wodurch Bianca vor Schreck eine Handbreit in die Höhe fuhr. Die Splitter regneten klappernd auf Ofen und Spüle. Einen Moment, scheinbar selbst von seiner Tat schockiert, verharrte Walter. Suchte dann nach Vergebung in ihren Blicken, fand aber nur Angst und Beklemmung.

»Nein. Nein, nein, nein. Moment einmal. So nicht!«, rief er zu sich selbst, riss die Tür auf und polterte die Stufen in den ersten Stock hoch. Bianca hörte etwas Metallisches klicken. Panik fuhr ihr in die Glieder: »War das das Gewehr?«

»Ein Türschloss«, flüsterte Sara.

»Was machen wir jetzt?« Bianca wollte aufspringen. Sara drückte sie mit einer Hand zurück in ihren Sitz. »Warte.« Sie lauschte. Bianca auch. Sie hörten Schritte über ihnen. Hörten Walters Stimme. Unentzifferbare Worte.

Was er zuerst gesehen hatte, war ein Schuh. Ein kleiner, rosaroter, dreckverschmierter Schuh. Mit grausam maulenden Schmerzen im Rücken stützte Daniel sich auf die Ellbogen, blinzelte, versuchte seinen Blick zu klären und kniff die Augen zusammen. In dem Schuh steckte eine einstmals weiße

Socke. Und in der Socke: ein Bein.

Sie lauschten. Bianca wollte nur noch weg. Warum hielt Sara sie ab?

»Wir müssen weg von hier. Ich will hier weg. Schnell!«

»Peter!«, zischte Sara.

»Shit!«

»Warte.«

Sie lauschten angestrengt weiter. Die Schritte entfernten sich wieder, tönten jetzt aus dem Flur. Er kam wieder die Treppe herunter. Bianca sah sich nach etwas um, das sie als Waffe benutzen konnte.

Es war ein zarter, nackter Unterschenkel, grau wie Lehm, nicht in der Farbe von Haut. Er vergaß für einen Augenblick seinen malträtierten Körper, als er sich aufsetzte. Oberhalb des Knies verschwand das Bein in schmutzigem Stroh. Aber ein paar Handbreit weiter tauchte ein halber Oberkörper auf. Eine Hüfte und die daran hängende Taille in einem Strickpullover von derselben Farbe der Schuhe. Ein Hals, der im Dreck verschwand, und ein schlaff herunterhängender Arm. Zarte, kleine Finger. Rodins Höllentor. Japsend kam er auf die Beine, wankte, aber beachtete es nicht. Er zog die Hose, die noch immer zwischen seinen Knöcheln war, hoch und taumelte darauf zu. Auf den Haufen zu, der soeben fast sein Leben gekostet hatte. Das musste es gewesen sein, wogegen er zum Schluss angekämpft hatte. In seinem Versuch zu überleben hatte er diesen Körper halb freigelegt, der bis dahin begraben im Kuh- und Menschenmist gewesen war. Ohne zu zögern, fast automatisch, griff er nach dieser Hand, umfasste das Gelenk. Es fühlte sich kalt wie Eisen an. Er zog daran wie ein Kind, das einen großen Stein aus dem Bachbett birgt. Der Körper wollte sich nicht lösen, also zog er weiter und weiter, bis es einen Ruck gab, ein schleimiges Geräusch, und die Leiche herausrutschte, den Haufen hinunterglitt und am Boden aufschlug. Ungläubig stand er vor dem Mädchen und starrte es an.

»So«, schickte der Bauer voraus, ehe er wieder hereintrat und die Tür hinter sich zuschob. »Jetzt sag i euch einmal was. I bin doch kein Arschloch nicht.« Er hielt ein grünes Handradio in den Händen, wie Fischer es früher bei Angelausflügen verwendeten. Kurz fummelte er an einem Knopf herum, dann gab es ein Klicken und die Stimme eines Moderators ertönte. Demonstrativ hielt er es ihnen mit dem Lautsprecher voran entgegen. Sie lauschten.

»Sind mittlerweile neun weitere Sammelzonen eingerichtet worden. Es gilt nach wie vor der Ausnahmezustand und...«

Er hatte recht gehabt. Er hatte nicht gelogen. Bianca verstand nichts mehr. Sie starrte das Radio an.

»Glaubt's es mir jetzt vielleicht?«, schrie er sie an, Tränen in den geröteten Augen.

Plötzlich wurde die Tür zur Stube aufgestoßen und eine über und über von grauem Mist und Stroh bedeckte Gestalt tauchte auf. Daniel hatte Walters Gewehr in der Hand und richtete es auf den Bauern, der erschrocken herumfuhr. Er drückte die Mündung der Waffe fast auf Walters Brust, so nahe stand er vor ihm. Walter hatte vor Schreck das Handradio fallen gelassen, dass es zu Boden geknallt war und die Batterien über die Dielen rollten.

»Was bist du für ein kranker Hund?«, sagte er knurrend.

Daniels Stimme klang unnatürlich tief. Walter starrte ihn an. Kleine Brocken patzigen Mists glitten an Daniels Armen hinunter und tropften auf den Fußboden. Er verbreitete einen übelerregenden Gestank. Sara verharrte in einer angespannten Position, halb sitzend, halb stehend. Jeden Moment bereit den Sessel hinter sich wegzutreten und auf Walter zu springen. Bianca war hinter dem Küchentisch eingesperrt. Sie sah sich, ohne den Kopf zu bewegen, weiter panisch nach etwas um, das ihr als Waffe dienen konnte.

Noch immer sagte der Bauer nichts.

»Du bist ein Mörder!«, warf ihm Daniel vor.

»Was?«

Jetzt war nichts mehr an Walter, das an den Bullen von vorhin erinnerte. Nur mehr ein fragender Blick.

»Hallo? Leute? Alles in Ordnung?«, blieb Peters Ruf unbeantwortet.

»Du hast sie umgebracht.«

Bianca erkannte Daniels Stimme noch immer nicht als seine. Sie klang gebrummt, fast wie ein Grunzen.

»Wen denn?«, sagte Walter unschuldig. Er hatte die Hände automatisch links und rechts neben seinen Kopf gehoben.

»Das Mädchen! Das Mädchen hinter dem Stall.«

»Nici?!«, schrie Bianca. Daniels Blick ging zu ihr, zu Sara. In seinen Augen funkelte Bestätigung, obwohl er nicht wusste, wovon Bianca redete. Und auch sie selbst wusste nicht, wie sie darauf gekommen war. Er griff das Gewehr fester.

»Nein, nein, Moment amal.«

Daniel würgte ihn ab, indem er ihm den Lauf jetzt tatsächlich an die Brust drückte.

»Ich bring dich um!«

»Je..., je..., jetzt wart einmal. So is das nicht. Du schneidest dich, ich bin kein Mörder«, er sprach hektisch, sah über die Schulter zu Sara und Bianca. Suchte Hilfe.

»Nein wartet's einmal. Ihr liegt falsch. Ich habe sie nicht umgebracht. Ich habe sie nicht...«

»Halt die Schnauze! Ich wusste von Anfang an, dass etwas mit dir nicht stimmt. Ich wusste es, verdammt.«

»Nein. Ihr tut's mir unrecht! Ehrlich. Ich kann ja keiner Fliege was zuleide tun. Sie ist nicht umbracht worden«, er sprach hektisch. Verschluckte ganze Silben und Wörter.

»Schnauze! Sie hat ein Loch im Kopf, so groß wie ein Golfball. Das hat sie sich sicher nicht selbst gemacht!«, schrie ihn Daniel an und drückte das Gewehr streng gegen Walter, sodass er zurückweichen musste. Er stieß mit dem Rücken gegen den weißen Geschirrkasten hinter ihm, dass das Porzellan darin wackelte.

»N... Nein. Na, das stimmt nicht.«

»Wer ist Nici?!«, brüllte Daniel, dass kleine Fetzen von Mist und Dreck durch die Stube flogen. Als Walter den Kopf senkte, ohne zu sprechen:

»Antworte! Sofort!«

»Ich... Sie hat... Sie war krank... Es hat sein müssen. Es ist nicht anders gangen.« Nichts rührte sich. Alle starrten ihn gebannt an.

Daniel wollte ihm nicht glauben: »Und da wirfst du sie in die Jauchengrube?«

Ein kurzes Schluchzen durchfuhr Walters massigen Körper. Er griff sich mit einer Hand an die Augen, während die andere noch immer im rechten Winkel erhoben in der Luft blieb. Kurz sah er auf.

»Ich hab doch auch nit g'wusst, was ich machen soll. Verstehst, ich hab doch nicht... Ich bin ja kein...«

Er brach ab, Bianca konnte seine zu einer Grimasse verzerrten Gesichtszüge sehen. Er zog die Nase hoch, senkte den Blick wieder und wog den Kopf bedauernd leicht hin und her, während er sprach.

»Es hat nicht... Ich wollte ihr nicht... Sie ist... Ich hab gesehen, was aus den Kranken wird. Ich wollte nicht, dass es ihr... dass es meiner Nici auch so geht. Das wollt ich nicht. Ich hab es nicht gewollt. Das alles.«

Daniel machte einen Halbschritt zurück. Der Lauf des Gewehrs senkte sich einige Zentimeter. Er sah Walter an. Der Bauer rang mit seiner Fassung, aber schien den Kampf zu verlieren. Er hatte die zweite Hand wieder gehoben – wie ein von der Polizei Gestellter – und wirkte dadurch umso hilfloser. Bianca deutete Daniel, das Gewehr wegzulegen. Sie wollte bereits aufstehen und nach Walter greifen, ihn umarmen, als Sara mit ruhiger Stimme etwas sagte:

»Warte. Bianca, geh nach draußen und hol Walters Arbeitshose. Sie hängt auf einer Leine zum Trocknen.«

Bianca verstand nicht, was das bezwecken sollte. Aber Sara hatte es in einem Ton gesagt, der keine Fragen zuließ.

»Los!«, herrschte sie sie jetzt an. Also drückte sich Bianca hinter der Bank hervor, suchte Walters verweinten Blick, in den sich ein großes Fragezeichen gemalt hatte, bemühte sich kurz ein wenig Trost zu vermitteln und lief schließlich hinaus. Sie sah Peter, der von hinter der Couch im Wohnzimmer in den Flur spähte: »Bia, verdammt, was geht da...?«

Draußen schien ihr eine wärmende, späte Aprilsonne ins Gesicht. Oder war es bereits Juni? Sie hatte ihr Zeitgefühl verloren. Völlig gleichgültig. Sie suchte das nächstbeste Grasbüschel neben dem großen Traktor und hockte sich mit zittrigen Knien darüber. Keine Zeit, um bis hinter den Stall zu laufen. Köstliche Freiheit.

Auf einer gelben Nylonschnur, neben den Kleidern der Gruppe, die sie beim Brand getragen, gestern ausgewaschen und schließlich aufgehängt hatten, wippten die Beine von Walters Arbeitshose. Ordentlich mit hölzernen Wäscheklammern befestigt. Er hatte sie am Tag nach seiner Suche nass und völlig verdreckt aufgehängt. Als sie sie abnahm, glaubte sie, sie würde von alleine stehen, wenn sie sie losließe. Sie schüttelte den Kopf. Was hatte Sara vor? Bianca blieb nichts anderes übrig, als ihr zu vertrauen.

Zurück in der Stube hatte sich an dem Bild nichts geändert. Als wäre die Stopptaste gedrückt worden, verharrten alle noch ganz genau in derselben Position wie vorhin.

»Hier«, hielt sie die Hose in Saras Richtung. Diese ging nicht darauf ein, sondern ließ Walter nicht aus den Augen. Stattdessen sagte sie: »Greif in die linke äußere Tasche.«

Bianca runzelte die Stirn.

»Sara, sag doch einfach, was du damit bezwecken willst!«, versuchte sie sie zu besänftigen. Eine düstere Anspannung lag in ihrem Gesicht. Daniel standen Schweißperlen auf der schmutzverkrusteten Stirn.

»Tu es!«, befahl Sara. Sie tat es. Sie zog eine Faust voll Kram heraus.

»Und jetzt?«

»Leg es auf den Tisch.«

Sie breitete das Zeug aus. Walter äugte, eine Erklärung für das alles suchend, herüber.

»Was siehst du?«, fragte Sara.

Da war ein grüner Kugelschreiber. Zwei Heftklammern. Ein kleines Isolierband und ein paar unbestimmbare, zusammengefutzelte Papierkrümel, wie sie von Kaugummipapier oder alten Taschentüchern stammen konnten und wie sie sich in den meisten Hosentaschen fanden, die länger nicht gewaschen worden waren.

»Ich weiß nicht. Einen Stift. Ein schwarzes Klebeband. Heftklammern.«

»Was noch?«

»Keine Ahnung. Papierkügelchen. Zwei Gummiringe und... Und zwei... Keine Ahnung, kleine schwarze Plastikkappen?«

»Das sind die Kappen von Reifenventilen«, erklärte Sara.

»Ich verstehe nicht.«

»Unser Auto...«, murmelte Daniel. Dann fuhr er Walter an, riss das Gewehr wieder hoch und drückte die Mündung noch fester als zuvor an seine Brust: »Du hast unsere Reifen ausgelassen?«

Ein unwillkürlicher, verschluckter Entsetzensschrei entfuhr Bianca. Walter riss die Augen auf. Stammelte irgendetwas und warf seinen Oberkörper abwehrend zurück, wodurch die Glasscheiben der Anrichte hinter seinen Schultern knirschend splitterten, ohne zu zerbrechen.

»Na halt! Das sind nicht eure! Ich schwör's euch. Das sind...«

Er deutete auf den Tisch, auf die Ventilkappen, verharrte aber sofort, als Daniel ihn erneut anschrie:

»Beweg dich nicht! Ich habe gesagt, keine Bewegung! Ja klar. Die hätten die Reifen doch einfach aufgestochen. Das geht viel schneller...«

Noch immer wirkte Walter wie eine Maus, die gerade erkannt hatte, dass das Stück Käse eine Falle gewesen war. Bianca konnte es nicht fassen. Sie machte zwei Schritte zurück, auf die Seite. Musste sich an der Arbeitsfläche neben dem Herdofen abstützen.

»Warum?«, schnauzte Daniel jetzt. Walter geriet in ein Stammeln. Er war zu keinem geraden Satz fähig. Murmelte etwas von »Ventilen« und »gewollt« und »falsch«.

»Sprich endlich!«, diesmal brüllte Daniel so laut, dass es Walter wie ein Peitschenschlag vom Scheitel bis zur Sohle schüttelte. Er hatte die Augen fest auf den Boden geschlagen und versuchte Worte zu finden.

»Ich, ich... Das sind... Ich habe das nicht... Das war ich nicht. Das sind die Kappen vom Zapfenwellengenerator. Keine Ahnung, wann ich die eingesteckt hab!«

Daniel linste zu Sara. Zu Bianca. Versuchte wohl aus ihren Gesichtern schlau zu werden. Dann wieder zu Walter. Konnte da etwas dran sein? Bianca wusste es nicht. Sie konnte nur sehen, wie Daniel allmählich der letzte Rest an Nerven entglitt. Jeder Finger zitterte, sobald er den festen Griff um das Gewehr nur ein Stück weit lockerte. Sein Körper war ein einziger Krampf. Außerdem musste die Waffe schwer sein, er hatte keine Kraft mehr. Man konnte seinen Herzschlag durch das Gewand sehen und er schluckte unentwegt Speichel.

»Die passen doch gar nicht auf eure Reifen. Schaut halt nach! Die sind ja viel zu groß.«

Alle sahen auf den Tisch. Das konnte tatsächlich sein: Bianca hatte keine Ahnung von Reifen, geschweige denn ihren Ventilverschlüssen. In diesem Moment wurde Bianca bewusst, dass alle Blicke auf den Tisch gerichtet waren. Sie fuhr herum.

Aber Walter hatte sich nicht gerührt. Noch immer stand er wie ein Verdächtiger vor der Polizeistreife. Den Kopf tief gesenkt, als müsse er Buße tun. Wehrlos.

»Walter...«, hörte sie jetzt Saras Stimme. Sie klang ungewohnt sanft. Wie konnte sie nur so ruhig bleiben? »Walter, du hast uns etwas verschwiegen, nicht?«

»Was? Nein. Was meinst du?«

Blanke Unwissenheit war seiner verhärmten Miene deutlich abzulesen. Er schüttelte den Kopf.

Sara stand auf. Ihre Haltung hatte sich gelockert. »Die Medikamente, die du nimmst, Walter«, sie zog einen Beipackzettel aus ihrer Hosentasche, »sind keine Blutdruckpillen. Nicht wahr?«

In Walters Gesicht brach ein Bergwerk ein. Alle Züge entglitten ihm für wenige Momente und setzten sich schließlich neu zusammen. Seine Stirn trat nach vorne und seine Augen verengten sich zu Schlitzen.

»Was gehst du an meine Sachen? Gehe ich an deine Sachen? Nein!«, murmelte er. Fast so, als würde er es zu sich selbst sagen, den Blick starr in die Luft zwischen Sara und Bianca gerichtet.

»W... Was heißt das?«, Daniels Stimme zitterte.

»Dass er Neuroleptika nimmt...«, erklärte Sara gefasst: »...die werden bei Patienten mit Schizophrenie...«

»Ich habe euch hier aufgenommen. Habe euch gefüttert«, unterbrach sie Walter murrend. Seine zusammengepressten Augen funkelten zornig. »Habe euch ein Dach über den Kopf gegeben. Ich habe euch gerettet, hab ich euch. Und so wird es mir gedankt?«, donnerte er. Daniel fuhr unwillkürlich einen Schritt zurück. Das Gewehr in seiner Hand zitterte. Sara streckte die Hände aus. Die Geste sollte für Beruhigung sorgen. Aber Walter ließ eine seiner Hände fallen und schlug sie neben seiner Hüfte gegen die Anrichte hinter ihm, dass es krachte. Daniel zuckte zusammen. Schrie ihn an, aufzuhören.

»He hallo, was ist los? Leute!«, rief Peter. Sie ignorierten ihn.

»Seit wann weißt du das, Sara?«, wollte Bianca wissen.

»Gestern.«

»Gestern?«, fuhr sie entsetzt herum. »Und da lässt du uns mit ihm völlig schutzlos im gleichen Raum schlafen? Spinnst du?«

»Klar...«, schüttelte Daniel desillusioniert den Kopf: »Wer sonst heizt jetzt den Ofen ein, damit ihn Leute von der Straße aus sehen? Entweder ein Trottel, oder ein Irrer!«

»So dankt's ihr mir das? Ich habe nichts als Gutes gewollt! Undankbares Dreckspack! Ihr vermaledeiten Stadtschädel. Schweinepriester verschissene!«, sagte Walter lauter und lauter werdend, bis seine Worte ein krachendes Brüllen waren: »Was geht euch meine Medizin an? W a s ? «

»Hör auf oder ich schieße! Keine Bewegung mehr!«

Der Bauer bebte vor Zorn. Sein Hals spannte sich zu einem Stiernacken an. Die eine Hand hatte er immer noch erhoben. Die andere krallte sich in das Bord der Anrichte, deren untere Tür jetzt schief in den Angeln hing.

Bianca wollte weg. Sie wollte, dass das alles aufhörte. »Hinknien!«, befahl ihr Freund. Quälend lange Sekunden vergingen.

»Hinknien, sag ich!«

Zögernd kam Walter der Aufforderung nach. Umständlich setzte er erst das eine Knie auf den Boden, dann das andere.

»U... U... Und jetzt leg die Hände auf den Kopf!«, stotterte Daniel. Dabei ging er selbst beinahe in die Knie. Als würde ein Schwächeanfall seinen Körper durchfluten.

»Und jetzt?«, zischte Walter. Seine Zähne knirschten. Sein Kiefer arbeitete. »Willst du mich abknallen?«

»Schnauze.«

»Wie ein Viech? Weil ich krank bin?«

»Bitte halt den Mund.« Daniels Kopf wogte hin und her. Als würde er nichts mehr wollen, als jetzt nicht hier sein. Bedauern und Angst und Anspannung zeichneten seine Bewegungen und Worte.

»Ich hab halt diese Sache. Ja. Wie Tausende andere auch. Knallst du auch Leute ab, die zuckerkrank sind?«

»Wartet hier«, sagte Sara. »Ich habe ein Seil in meiner Tasche.« Sie wischte sich über das Gesicht und wandte sich noch an Walter: »Hör mal. Dir wird nichts geschehen. Das machen wir nur zur Sicherheit.«

Ein verletztes, brennendes Funkeln war die einzige Antwort.

»Bianca, sieh zu, dass du...«

In diesem Moment zerschnitt ein grauenhaftes Kreischen die Luft. Perplex sahen sie sich an. Sie wussten, dass diese Laute kein normaler Mensch und kein Tier machen konnte. Sie hatten es schon gehört. Jeder von ihnen. Etwas in Bianca rutschte ein Stockwerk tiefer. Ein dumpfer Schmerz breitete sich in ihrem Magen aus. Ihre Knie und Handgelenke begannen zu kribbeln, als würden sie einschlafen. Sie spürte ihren eigenen, stoßweisen Atem auf ihren Händen.

»Die kommen hier nicht rein. Der Hof ist dicht«, versuchte Sara zu beruhigen und ging zum Fenster. Sie schob die Gardinen beiseite und sah hinaus: »Nichts. Das kommt von einer anderen Seite.«

Wieder dieses unmenschliche Brüllen. Irgendwo, wie weit entfernt, krachte etwas. Es klang wie Blech, das zu Boden donnert. An Walters Schläfe lief ein dicker Schweißbach hinunter und sickerte in den Kragen seines Hemdes.

»Habt ihr das gehört?«, schallte Peters besorgte Stimme erneut herein.

»Wartet hier und macht keinen Mucks. Ich hole das Seil und wir...«

»Ich habe die Stalltür nicht zugemacht«, flüsterte Daniel. Aber alle hörten es.

»Als ich von draußen zurück bin, habe ich die Stalltür nicht zugemacht. Bevor ich in die Grube gefallen... Da war ein Typ hinter dem Stacheldraht.« Seine Stimme klang apathisch.

Und plötzlich schrien alle durcheinander.

»Spinnst du?«

»Warum?«

»Leute?!«

»Hatte anderes zu denken!«

»Bist du narrisch?«

»L e u t e ? ! «

»Warum kann man bei dir nicht in einen Eimer scheißen wie überall sonst auch?«, kreischte Daniel über alle hinweg, bevor das Stimmengewirr abrupt abriss, als ein neues Poltern ertönte. Es war näher. Eindeutig.

»Es ist drin.«

»Hast du die Stalltür zum Hof zugemacht?«, jetzt schrie

auch Sara.

»Keine Ahnung.«

»Herrgott, Leute!«

»Ich hab keine Zeit für so was!«, hörte Daniel. Dann zog etwas an dem Gewehr und er flog vorwärts. Von rechts ein Schatten. Schwarz.

Kapitel 6

Sie hatten es geschafft, der Gruppe unbemerkt aus der Stadt zu folgen. Von einer Hügelkuppe aus hatten die Leute im weißen Lieferwagens beobachtet, wie diese Menschen ihre Sachen in den Hof getragen hatten und dann darin verschwunden waren. Bei Nacht waren sie schließlich hinunter gefahren. Das Wohngebäude mit seinen alten Fensterläden und dem alten Außenputz hatte gelblich gewirkt im Scheinwerferlicht des weißen Lieferwagens. Der Motor hatte leise vor sich hin gebrummt, als gleichzeitig Beifahrer- und Hintertür mit einem vorsichtigen Klacken geöffnet worden waren. Plötzlich aber: hastige, gehetzte Schritte und ein rastloses Schnaufen vom Waldrand hinter ihnen. Ein schleimiges Brummen, ein gepresstes Fauchen. Sofort waren die Türen wieder zugezogen worden und der weiße Lieferwagen hatte gewendet, ehe der Infizierte, der ihnen gefolgt sein musste, sie erreichen hatte können. Im Rückspiegel war noch zu sehen gewesen, wie der Kranke gegen die Fensterladen des Hofs geknallt war und begonnen hatte, daran zu rütteln.

Jetzt stand der Lieferwagen wieder auf der Hügelkuppe und

wie eine Miniatur lag da der Hof auf der anderen Seite der Talsenke. Der alte Stall und das Wohngebäude, das zu einer kleinen Festung mit den folierten Pressheuballen und dem Traktor an den Ausgängen befestigt worden war, lag friedlich oberhalb der Ruinen eines einstmals neuen Rinderstalls. Die Sonne grellte von einem hellblauen Himmel, den nur ein paar Wolkenfetzen benetzten. Zwei Tage zuvor hatten sie sich erneut nähern wollen. Aber ein Zwischenfall mit einer Gruppe Fremder an der Hofeinfahrt hatte sie davon abgehalten. Die Fremden waren in einem Fahrzeug angerückt. Sie hatten vor den Heuballen gehalten. Ein Bewohner des Hofs war erschienen. Man hatte einander angeschrien. Schüsse waren gefallen. Sie hatten gesehen, wie der Bewohner dieser Gruppe in den Wald hinterhergerannt war. Jetzt, zwei Tage später, beobachteten sie mit Ferngläsern, wie sich ein Kranker, der sich eben einige Meter oberhalb des Hofes im Stacheldraht verfangen hatte, endlich losreißen konnte und wildfuchtelnd auf das alte Stallgebäude zu rannte.

Tag 21

68

Martin schrie aus voller Lunge. Er kreischte regelrecht und strampelte um sich, als etwas auf ihn stürzte. Ihn festhielt. Ein Gewicht auf seinem Bauch, auf seiner Brust. Jemand presste seinen Mund zu. Eine gefauchte Stimme. Wild schlug er um sich. Dann schnalzte sein Kopf auf die Seite, dass ein Schmerz seinen ganzen Oberkörper wie von einem Peitschenhieb getroffen durchzuckte. Er schmeckte Eisen und den sauren Geschmack von Tabak. Er bäumte sich auf und fuchtelte blindwütig herum. Trat, spuckte, schrie. Wasser klatschte ihm ins Gesicht. Wasser! Sein Wasser! Das kostbare Wasser! Blitzartig kam er zu Sinnen und rutschte rücklings gegen die Zellenwand, als er ein Gespenst vor sich sah. Da stand Steiner. Oder zumindest das, was von Steiner übrig war. Das aschfahle Gesicht bestand aus Knochen mit einem ausgebleichten Lederüberzug. Drahtige Haare sprossen aus zerfurchter Haut, die Augen wirkten zu groß für diesen ausgemergelten, zerzausten Schädel.

»Wirst du wohl die Schnauze halten, Mann!«, herrschte er ihn an. Er atmete japsend und wartete auf eine Antwort. Martin war sprachlos. Da stand sein Freund, den er zuletzt vor Wochen gesehen hatte, in der offenen Zellentür. Die Späne und Brösel, kläglichen Reste seines Ausbruchversuchs, waren beiseitegeschoben worden. Stattdessen war da dieser Engel auf zwei zu Stelzen eingeschrumpften Beinen. Auf den Knien rutschte Martin auf ihn zu und umklammerte seine Hüfte, die ein einziger, vasenförmiger Knochen war.

»Lass los, du Trottel!«, befahl Steiner, aber Martin wollte nicht.

»Komm zu dir, oder ich lasse dich hier.«

»Du bist gekommen, du bist tatsächlich gekommen«, krächzte Martin.

»Jetzt lass uns verschwinden, der halbe Block hat dich schreien gehört.«

»Woher hast du einen Schlüssel?«

»Das frag mal besser nicht. Los jetzt.«

Zittrig kam Martin auf die Beine. Sein Freund versuchte, ihn zu stützen, war aber zu schwach. Er gab es auf, steckte den Kopf in den Flur und sah zu ihm zurück. »Sauber! Zieh deine Schuhe aus, dann quietscht es nicht. Aber pass auf, mit Socken rutscht du.« Dann verschwand er so plötzlich, wie er aufgetaucht war. Einen Augenblick stand Martin – noch immer fassungslos – da. Dann riss er sich erst die Schuhe und dann die stinkenden, weil seit Wochen nicht gewaschenen Socken von den Füßen, dass er beinahe bäuchlings hinschlug, und huschte hinaus. Die Zellentür zog er hinter sich zu. Dann war es dunkel. Er riss die Augen auf, aber nur durch ein Fenster am Ende des Ganges fiel jähes Mondlicht in den Block. Er tastete sich zu dem Geländer vor und dann in die Richtung, in der er die Treppe wusste. Der Zellenblock war wie ausgestorben. Nicht einmal die grünen Notleuchten waren an. Zitternd tastete er sich vor, stieß gegen einen Körper – Steiner fluchte – und eilte hinterher.

»Vorsicht jetzt«, hauchte sein Freund. Er roch seinen strengen Körpergeruch und fragte sich, ob er, nachdem er sich über zwei Wochen nur notdürftig gewaschen hatte, auch so stank. Er wurde bei der Hand gepackt und vom Geländer fortgezogen.

»Bleib da stehen!«, hörte er. Dann das leise Knirschen eines Gittertors hinter sich. Sie mussten durch die Sicherheitssperre hindurch sein und jetzt vor den Treppen stehen. Während Steiner in Zeitlupe das Tor schloss, tastete Martin mit seinem Fuß in die Dunkelheit. Und tatsächlich, keinen Schritt weiter fühlte er Luft unter seinen Zehen. Die braun lackierte Eisentreppe, die er jeden Tag nach der Freistunde heraufgestiegen war. Damals. Eine Hand auf der Schulter ließ ihn herumfahren.

»Weiter!«

Da hörte Martin etwas. Er glaubte Schritte zu erkennen. »Wa... Warte!«

»Worauf?«

»Da ist was!«

Sie lauschten.

»Da ist nichts«, flüsterte sein Kumpel. »Los jetzt. Na komm. Wird's bald!«

Aber Martin hing an dem Treppengeländer, das er zu fassen bekommen hatte, wie ein Affenbaby an der Mutter. Er schnappte nach Luft und konnte die Beine nicht bewegen. »Du hast gesehen, was sie mit den Wärtern angestellt haben!«

»Aber wir sind keine Wärter, Mann!«

»Aber wir brechen aus! Was glaubst du, was dieser Direktor mit uns anstellt.«

»Sie erwischen uns nicht. Jetzt sieh zu, dass du Land gewinnst.«

Martin spürte, wie das Geländer erzitterte. Steiner hatte danach gegriffen und stieg ab. Als Martin sich noch immer nicht rührte, roch er den Gestank, der aus Steiners Mund kommen musste, als dieser ihn stimmlos anfuhr: »Alter, ich habe meinen Arsch riskiert, dich zu holen. Könnte längst über alle Berge sein. Also reiß dich zusammen!«

Martin nickte, wusste aber, dass das keinen Sinn hatte. Steiner hatte nicht gehört, was er gehört hatte. Er hatte den Hammer nicht gehört. Trotzdem kam er wieder auf die Beine und begann, die Treppen hinunterzuzittern. Zwei Stockwerke später hatte er vom Schweiß so nasse Hände, dass er ausrutschte und sich fast den Kopf am Geländer anschlug. Dann endlich: fester Boden. Sie waren im Erdgeschoss.

»Wohin jetzt?«

»Wir schleichen uns durch den Besuchereingang und klettern hinter dem Geräteschuppen über die Mauer«, gab Steiner zu verstehen, packte Martins Hand und zog ihn weiter. Zuletzt hatte sein Vater ihn so gezogen, als er noch ein Kind gewesen war. Es gab ein metallisches »Tonk«, als sein Freund plötzlich stehenblieb. Gezischte Flüche und ein kurzes Schütteln waren alles, was er von sich gab. Dann änderten sie die Richtung. »Warte!«, sagte Martin, die Pause nutzend: »Über die Mauer schaffen wir es niemals. Die ist über fünf Meter hoch.«

»Herrgott!«, Steiner änderte wieder die Richtung. Es mussten Stunden vergangen sein, dachte Martin, obwohl es nicht einmal Minuten gewesen waren. Sie hatten zwei weitere Sicherheitstüren passiert und waren jetzt an der letzten, die zur Ausfahrt führte. Hinter dem dicken Glasfenster der Tür waren sie stehengeblieben. Steiner musste nichts sagen, Martin sah es selbst. Zwei Kerle standen vor den Rolltoren des Ausgangs. Die zwei Kerkermeister trugen Waffen über den Schultern und spielten ein Spiel, bei dem jeder die Hände faltete, gegen die Fingerspitzen des anderen drückte und dann so schnell wie möglich zuschlagen musste. Ein beliebter Zeitvertreib in der Freistunde. Fast jeder kannte es und spielte es, auch wenn es schmerzende Finger bedeutete. Nur der fette Kurt fand nie einen Partner dafür.

»Scheiße!«, fluchte Steiner.

»Wir gehen durch den A-Block!«, schlug Martin vor.

»Bist du wahnsinnig? Da kommen die doch alle her!«

»Denk nach. Wir mischen uns unter sie. Die werden das gar nicht merken. Wenn überhaupt noch jemand munter ist.«

Es war noch jemand munter. Alle, die noch am Leben waren aus Block A, schienen munter zu sein. Als Martin und Steiner eine Viertelstunde später aus dem Zwischengang, den sie passieren hatten müssen, in den Hof starrten, der sich zwischen den Außenmauern und dem A-Block bis zu Tor 2 zog, trauten sie ihren Augen nicht. Dort wurde an mindestens fünf Lagefeuern gegrillt. Leute standen herum und tranken Bier aus Dosen. Von irgendwo tönte der Bass eines Hip-Hop-Songs. Es wurde geraucht und in einer Ecke fand ein Boxkampf statt. War er auf einem anderen Planeten gelandet?

»Diese Arschlöcher! Und uns lassen die unsere Socken fressen!«, zischte Steiner. »Scheiß drauf, Mann. Wie machen wir es? Gehen wir einfach drauf los?«

»Wir sollten warten, bis sie schlafen gehen.«

»Wo lebst du? Niemand geht hier schlafen. Im Gegenteil. Und je weniger es werden, desto eher fallen wir auf.«

Martin sprach ein tonloses »Fuck!« aus. »Und außerdem, die bewachen hier das Tor sicher genauso wie dort. Nur mit hundert Augen mehr.«

Steiner fluchte. In Martin brach eine Welt zusammen. Seinem Freund schien es ebenso zu gehen. Sie wollten es nicht glauben. Fieberhaft dachte er über ihre Möglichkeiten nach.

»Wir gehen zur Schlosserei. Von dort in die Küche und dann zum hinteren Tor. Zum Lieferanteneingang.«

»Und du glaubst, da ist niemand? Nein. Wir suchen uns eine Stelle an der Mauer, Mann. Das hatte ich sowieso von Anfang an vor, Mann. In der Gärtnerei gibt es Leitern.«

»Die sind verschlossen. Ich glaube nicht, dass da dein Zellenschlüssel sperrt. Und überhaupt, glaubst du, die lassen die Mauern unbeobachtet?«

Minutenlang starrten sie ratlos auf diese Grillparty, die fast genauso – nur ohne Boxkampf und mit insgesamt weniger Schwerkriminellen – in jedem Park jeder x-beliebigen Großstadt stattfinden hätte können. Und dann sah Martin etwas, das ihn fast »Ha!« schreien ließ. Die Rolltore des Ausganges wurden scheppernd zur Seite gezogen und ein Auto tuckerte in Schritttempo herein. Es verschwand hinter der Gebäudeecke, ehe das Tor wieder geschlossen wurde. In der nächsten Viertelstunde beobachteten sie, wie zweimal Männer das Gefängnis verließen – einmal in einem Auto, einmal zu Fuß – und wie ein einzelner Kerl hereinkam.

»Wie muss es bloß draußen aussehen, wenn jemand freiwillig in den Knast zurückkommt?«, dachte Martin entsetzt. »Gehen wir gemeinsam?«, fragte er jetzt. Still waren sie sich einig geworden, dass das ihr einziges Ticket hinaus war.

»Ich weiß nicht. Wenn wir einzeln gehen, erwischen sie zumindest nur einen, wenn es schief geht.«

Martin nickte. Sie sahen sich an. Das Licht der Feuer erlaubte, dass sie sich in die Augen sahen. Keiner von beiden wollte gehen, aber Martin sah in Steiners Augen, dass er es irgendwie von ihm erwartete. Und er hatte recht, immerhin säße er ohne ihn noch in der Zelle. Oder wäre als Strafe für seinen Lärm bereits erschlagen worden. Er schloss die Augen, senkte den Kopf und versuchte Mut zu finden. Aber da war keiner. Er ballte die Fäuste, presste die Lippen aufeinander und dachte an Tanja. An Jakob. An Anna. An ihre kindlichen Gesichter, die jetzt keine mehr waren. An ihre Stimmen, die er nicht mehr kannte. Er presste seine Zähne zusammen, lockerte sie wieder, griff sich ins Gesicht und atmete aus. »Gut, ich mach's.« Wie vor einem Tauchgang holte er mehrfach tief Luft, griff nach der Türschnalle – Steiner hatte sie bereits aufgesperrt – und drückte sie nach unten.

»Warte«, hielt ihn sein Freund plötzlich auf: »Wir ziehen Hölzer.«

Martin starrte ihn fragend an.

»Wer den Kürzeren zieht.«

»Bist du irre?«

»Ich nehm's doch nicht auf mich, deiner Frau erklären zu müssen, dass ich dich in den Tod geschickt habe. Die tritt mir die Eier durch den Arsch«, sagte er und versuchte dabei mutig zu lächeln.

»Bist du irre?«, wiederholte Martin. Was war in ihn gefahren. War er lebensmüde oder hatte er Angst, dass die Chancen sanken, wenn er als Zweiter aus dem Nichts durch den Hof spazierte. Durch einen Hof, wo ihn niemand kannte, sich aber die anderen mittlerweile wohl alle schon beim Namen nennen können mussten, so lange wie man hier gemeinsam einsaß.

»Gut«, sagte Martin. »Ich bin nur leider gerade ein bisschen knapp an Streichhölzern.«

»Kein Problem«, erklärte Steiner flüsternd. »Nicht gucken!«, sagte er, drehte sich um, machte einen Buckel und holte Rotz aus seinem Rachen hoch. Er spuckte in eine seiner

Hände, drehte sich um und hielt Martin zwei überkreuzte Fäuste entgegen. Dieser sah ihn an. Erst auf seine Fäuste, dann in sein Gesicht.

»Wer in die Scheiße – pardon: den Rotz – greift, geht zuerst. Keine Wahl.«

Martin schluckte. Er wusste, dass das, was jetzt kam, einen grauenhaften Tod bedeuten konnte. Und nicht einen von der schnellen Sorte. Und dabei war es völlig egal, wie er sich entschied, hatte er den Eindruck. Aber wenn Steiner zuerst gehen und scheitern würde, könnte er versuchen, unauffällig in seine Zelle zurückzulaufen. Und wenn Steiner durchkommen würde, könnte er daran sehen, wie es funktionierte. Er musste als Zweiter gehen. Die Wahrscheinlichkeit zu überleben, war einfach höher.

»Beeil dich, das Zeug rinnt mir durch die Finger.«

Wieder schluckte er seinen sauren Speichel hinunter und tippte auf die eine Faust. Steiner lächelte das Lächeln eines Mannes, der sein Schicksal akzeptiert hatte, drehte die Faust um und schmierte ihm eine zwar feuchte, aber nicht angespuckte Hand ins Gesicht. Die andere wischte er an seiner Hose ab.

»Also gut«, verabschiedete er sich und griff nach der Türschnalle. »Wir sehen uns auf der anderen Seite, Mann... Das wollte ich schon immer mal sagen.« Er sah kurz zu ihm zurück und lächelte ein angsterfülltes und zugleich freundschaftliches Lächeln. Dann schloss er die Tür hinter sich. Steiner hätte seinen Rotz einfach in beide Hände verteilen und so als Zweiter gehen können. Er hätte es nicht gemerkt, dachte Martin jetzt. Er blickte seinem Freund hinterher. Dieser ging direkt auf das erste Feuer zu und hob die Hände, als sich zwei der Umstehenden zu ihm umdrehten. Er klopfte einem auf die Schulter, schien irgendwas zu sagen und stellte sich kurz dazu. Wieder sagte er etwas. Martin wartete auf eine Reaktion. Er zählte die Sekunden, die sich unerträglich dehnten. Dann lachten ein paar. Einer hielt sich den Bauch. Heiter klopfte ihm Steiner auf die Schulter, nahm sich etwas – ein Würstchen – von dem Grillrost und ging weiter, zwischen zwei Feuerstellen hindurch. Er biss von seinem Snack ab, nickte in irgendeine Richtung, als würde er jemanden grüßen und spazierte locker durch die Reihen der sechzig, siebzig Häftlinge. Martin legte sich einen Plan zurecht. Er würde auf den Boxkampf zusteuern. Wo soeben einer der Kontrahenten aus dem Kampfkreis gezogen wurde und der nächste in die Mitte stampfte. Sie kämpften ohne Handschuhe – natürlich. Dort würde er eine Zeit lang zusehen, miteifern und sich dann zu einem Lagerfeuer setzen. Dann würde er aufstehen und weitergehen. Wenn ihn jemand fragen sollte, würde er sagen: »Ich muss auf die... Ich muss scheißen«, würde er sagen. Und dann würde er locker Richtung Rolltor marschieren, wie Steiner jetzt. Er ging knapp an einer schlaksigen Gestalt vorbei, grüßte und war bereits fast am Tor, als sich der Typ umdrehte. War das…? Das war Kane. Er sah Steiner hinterher. Dieser schien es zu spüren, sah über die Schulter, nickte wie zu einem zweiten Gruß und ging unvermindert weiter. Schritt für Schritt auf das Rolltor zu. Rief einem der zwei Kerlen etwas zu, der daraufhin begann, es auf die Seite zu ziehen. Auch das kleinere Tor dahinter wurde scheppernd geöffnet. Steiner hielt nicht an. Noch immer sah ihm Kane hinterher. Rührte sich nicht. Steiner war fast am ersten Tor, machte eine übertriebene Bewegung, als würde er einen Revolver aus der Hüfte abfeuern in die Richtung des einen Torschiebers. Nickte in die Richtung des zweiten und ging weiter. Kane bewegte sich noch immer nicht. Steiner hatte das erste Tor erreicht. Er drehte sich nicht um, steuerte direkt auf den Ausgang zu. Trat unter den Torbogen. Plötzlich mischte sich Bewegung in die Szene. Kane gestikulierte. Zeigte auf Steiner. Er rief etwas. Steiner rannte los. Martin traf es wie ein Schlag. Er ging noch weiter in die Knie, starrte hinaus. Alle Blicke waren auf Steiner gerichtet. Der hastete an einem Insassen vorbei und schlüpfte durch das zweite Rolltor. Sofort setzte man ihm hinterher. Drei, vier, fünf Leute, zwei davon lösten sich sogar vom nächsten Lagerfeuer, hetzten ihm nach und verschwanden in der Nacht. Martin klebte an der Scheibe. Steiner hatte einen Vorsprung. Er war dünn und kein schlechter Läufer gewesen, als sie noch regelmäßig zu essen bekamen. Jetzt herrschte Aufruhr. Weitere Männer liefen zum Tor hinaus. Kane schien Anweisungen zu geben, aber irgendwie wurde nicht weiter auf ihn geachtet. Sogar der Boxkampf war unterbrochen worden, nicht ohne dass einer der Kämpfer es ausnutzte, dass sein Gegner sich ablenken ließ und ihm das Knie in die Eier rammte. Martin bettelte, dass Steiner es schaffen würde. Im Moment war ihm egal, dass für ihn der Ausbruch hier zu Ende war. Unmöglich, jetzt einen Versuch zu starten, hier rauszukommen. Aber er dachte nicht einmal daran. Wollte nur sehen, dass die Männer mit leeren Händen zurückkamen. Ohne einen bluttriefenden, zu Brei geschlagenen Maximilian Steiner in ihren Armen. Bitte, bettelte er in Gedanken. Oh bitte, bitte, und wusste nicht, wen er da eigentlich anflehte. Es dauerte nicht lange und zwei, drei Kerle tauchten aus der Dunkelheit wieder ins Licht, kamen zurück. Sie wirkten abgehetzt. Martin konnte unmöglich sagen, ob sie zufrieden oder unzufrieden aussahen. Ob sie Erfolg gehabt hatten oder nicht. Und dann kamen sie. Zwei breite Häftlinge, die einen wild fuchtelnden, überhaupt nicht blutigen, aber dafür umso wehrhafteren Steiner in ihrer Mitte hatten. Sie schleiften ihn in den Hof zurück. Martin öffnete die Tür, er wusste nicht warum, tat es automatisch. Im nächsten Moment hielt er inne. Was wollte er? Hinüberlaufen und Steiners Peiniger überreden ihn freizulassen? Lächerlich. Durch den Türspalt drang die grobe Hip-Hop-Musik zu ihm, die aber gleich darauf abgestellt wurde. Dafür hörte er jetzt Steiners wüste Beschimpfungen, während man ihn zum Eingang des A-Blocks zerrte.

»Kane! Du angeschissene Missgeburt einer Kellernutte! Du Arschloch! Verräter!«, brüllte er wie von Sinnen und peitschte seine Gliedmaßen durch die Luft. »Du verfickter Schwanzlurch! Judas elendiger! Verrecken sollst du!«, kreischte er jetzt schon fast. Kane bewegte sich nicht, sah dem Treiben nur zu. Einige der Männer an den Lagerfeuern lachten. Der Boxkampf ging weiter. Die Musik erschallte wieder und Martin konnte Steiner jetzt nicht mehr hören. In seiner verkrampften Hocke wich er unwillkürlich einen Meter zurück, sodass die Tür wieder ins Schloss schwang. Steiner zappelte und schrie und wütete, bis ein nahestehender Kerl mit einem gewaltigen Bierbauch seine Dose einem anderen in die Hand drückte, Steiner einen mächtigen Haken verpasste und zu seinem Gesprächspartner zurückkehrte. Steiner hing jetzt leblos in den Armen seiner Fänger und verschwand im Gebäudeinneren. Martins Blick ging wieder zu Kane, der jetzt bei einem Feuer stand und mit jemandem redete. War das der, dem Steiner auf die Schulter geklopft hatte? Der Typ zeigte jetzt in seine Richtung. Entsetzt stolperte er zurück. Hatten sie ihn gesehen? Vom Boden aus konnte er nicht durch die erst in Hüfthöhe beginnende Scheibe der Tür sehen. Egal. Er drehte um und rannte. Stieß gegen etwas, strauchelte und rannte weiter. Es war stockdunkel und er streckte die Arme von sich, damit er nicht mit dem Kopf zuerst gegen Hindernisse prallen würde. Er raste den Korridor fast hinunter, als hinter ihm das laute Klacken eines Schalters hörbar wurde und sich entferntes Neonlicht vor seine Füße warf. Er rannte weiter und war bereits in seinem Zellblock, als es wieder klackte und das Licht zwischen und vor seinen Füßen heller wurde. Er rannte dem Licht davon, versuchte eine Sicherheitstür – sie hatten sie unversperrt gelassen – zu öffnen und wieder zuzumachen, ohne Geräusche zu machen: Es gelang ihm nicht. Schritte hallten jetzt zu ihm. Zerrissen von Angst knallte er gegen das Treppengeländer. Jetzt konnte er besser sehen, weil die Beleuchtung des Korridors – wenngleich schwach – bis hierher reichte. Er hastete die Treppe hinauf, riss sich dabei einen Fuß an den aufgerauten, rutschfesten Metallstufen auf und hob fast ab, als er sein Stockwerk erreichte. Er prallte gegen etwas und stürzte. Es war etwas Lebendiges, das leise rasselnd atmete. Auf allen Vieren verharrte er und lauschte. Aber sein Herz schlug zu schnell, er musste nach Luft schnappen vor Anstrengung und das Blut rauschte in seinen Ohren. So sehr er sich bemühte, so sehr er die Augen aufriss, er konnte nicht erkennen, wer oder was da war. Nur, dass etwas in Greifweite stand und ihn zu beobachten schien. Es war ein grausamer, vergorener Essiggeruch, der schon etwas süßlich war und der ihm jetzt direkt ins Gesicht zu wehen schien. Unter ihm Schritte. Vor ihm dieser Atem. Martin wusste nicht, was tun. Dann ein leises, gebrummtes Lachen von diesem Essigmenschen. Ein kurzes, dreckiges »Hehehe«. Bebend schob sich

Martin an der Wand entlang. Von unten Stiefelquietschen: Hinter ihm das leise Lachen. Noch eine Tür, die er öffnete und vorsichtig wieder schloss, während im Erdgeschoss des Zellblocks, er konnte es durch die grobmaschigen Drahtgitter, die in der Mitte jedes Ganges anstelle eines Fußbodens angebracht waren, sehen, das Licht anging. Diesmal hörte er kein Klacken. Dafür aber sein Herz, das wie ein Maschinengenwehr feuerte. Er schaffte es zu seiner Zelle, schloss die Tür hinter sich, flog auf den Fußboden und kauerte sich unter sein Fenster. Und dann betete Martin. Er war nicht gläubig, aber es passierte wie von selbst. Er betete und lauschte. Betete, dass niemand seine Tür kontrollieren würde. Denn sie war nach wie vor unversperrt.

Tag 52

69

»Schneller!«, zischte Walter stimmlos. Jetzt hatte er das Gewehr in der Hand. Peters Beine waren unglaublich schwer. Erst hatte er protestiert, als Sara und Bianca ihn vom Wohnzimmerboden, auf den er geplumpst war, gehoben hatten. Der Anblick von Walter, der sein Gewehr im Anschlag auf die Gruppe gerichtet hatte, hatte ihn jedoch verstummen lassen. Er war nun ganz damit beschäftigt, von den Schmerzen, den ihre Griffe verursachten, nicht wahnsinnig zu werden. Bianca hatte ihn unter den Knien gefasst, wodurch die gebrochenen Unterschenkel und Füße gegen ihre Hüfte schlugen. Sara hielt ihn unter den Achseln und ging rückwärts die ersten Stufen der Treppe hinunter. Mit jeder Stufe wurde es dunkler.

»Schneller, sag ich!«, fauchte Walter, am oberen Ende in der Tür stehend. Aus dem Hof gellten die zornesrasenden Schreie des Infizierten.

»Dann breche ich mir das Genick!«, schrie Sara zurück. Walter wollte die Tür schließen.

»Wage es nicht. Das ist das einzige Licht!«, herrschte sie ihn an.

Das Brüllen war schon so nah, dass sie meinte, der Kranke würde direkt in ihr Ohr schreien. Walters Kopf verschwand. Tauchte wieder auf. Sein Gesicht zu einer Fratze verzogen. Er griff in den Abgang, es klickte und mattes Licht warf sich auf die Treppe. Dann flog die Tür zu und ein Schiebeschloss klackte. Polternde Schritte. Der dumpfe Schrei des Infizierten. Walter brüllte. Krachen.

Bianca sank in die Knie und schrie: »Daniel!«

Er lag bewusstlos in der Küche.

Sara kippte zur Seite, während von oben dumpfes, hektisches Poltern, ächzendes und knarrendes Holz ertönte. Ein Schuss krachte. Ein wütendes Fauchen als Antwort. Walters Stimme. Etwas Schweres stürzte zu Boden. Hektische Schritte. Verzweifelte Laute aus einer zusammengedrückten Lunge. Fauchen und Schnattern.

»Um Himmels willen!« und »Hilfe!«, schallte die Stimme des Bauern, während der Boden ächzte und die Schläge lauter wurden. Bianca kreischte. »Daniel! Nein!«

Peter weinte zusammengekrümmt auf der schmalen Treppe, noch immer Saras Arme unter den Achseln, die halb hinter ihm hockte. Er bebte. Der Lärm wollte nicht abbrechen. Verlagerte sich. Glas klirrte. Ging weiter weg. In die Stube? Dann keine Stimmen mehr. Nur noch dumpfes Schlagen, Rumpeln und das Aufklatschen von Fleisch. Und schließlich hörte Bianca nichts mehr außer Peters leises Wimmern und ihr eigenes Herz pochen.

Es war still geworden. Das mattorange Licht der Kellerlampe an der Treppe war das einzige hier unten. Sie saßen in der Ecke am Fußende der Treppe, die in ein Gewölbe mit nackten Steinwänden führte. Es war ein Erdkeller. Ein feuchter, nach Moder riechender Luftzug ließ sie frösteln. Sie hatten sich aneinandergedrängt und umarmt. Rochen nach Schweiß und Tränen. Niemand hatte mehr ein Wort gesprochen. Von oben war kein Ton mehr zu hören. Es war totenstill. Irgendwann flüsterte Peter kraftlos: »Ich dreh durch.«
Saras Griff wurde fester. Sie saß in der Mitte und hatte jedem von den beiden einen Arm um die Schultern gelegt.

»Ich dreh durch«, sagte er erneut.

Bianca starrte die Leuchte an der Seitenwand des Treppenaufgangs an. Sie war an einer Fassung angebracht, in der zwei Batterien steckten. Der Deckel dafür fehlte.

»Ich dreh durch«, sagte er noch leiser.

»Pschhhht«, versuchte Sara ihn zu beruhigen. Sie schaukelte die beiden sanft. Kaum merklich, nur ein klein wenig. Schließlich hörte das Zittern in Biancas Beinen auf. Nicht, weil sie sich beruhigte, sondern weil ihr Körper zu müde war. Es war kalt, aber irgendwann fühlte sie nichts mehr. Ja, es kam ihr sogar so vor, als würde es wieder wärmer werden. Sie musste an Erzählungen über den Erfrierungstod denken.

Und dann wurde ihr bewusst, dass sie sterben würde. Vielleicht nicht heute oder morgen. Vielleicht würden sie hier rauskommen, wenn der Kranke oben weg war. Vielleicht würden sie es irgendwie schaffen, mit Peter im Schlepptau zu einem hunderte Kilometer entfernten, noch offenen Krankenhaus zu kommen. Aber sie würde sterben. Das war ihr jetzt klar. Sie würde nicht alt werden. Sie würde vielleicht, mit viel Glück, ihren nächsten Geburtstag erleben. Aber sie würde keine Kinder großziehen. Würde nicht in den Wechsel kommen. Würde keine vierzig, würde nicht einmal dreißig Jahre alt werden. Nie wieder Geburtstagstorte. Nie wieder Weihnachten. Nie wieder würde sie ihre Eltern sehen. Ihren kleinen Bruder. Sie sah ein Bild vor sich, wie er mit zerzaustem Haar und in Windeln auf sie zu rannte. In der Hand irgendein Spielzeug, dass er ihr unbedingt zeigen musste. Das war jetzt eine uralte Erinnerung. Zwischen ihrem letzten Besuch lagen nur Monate, aber es fühlte sich an wie ein ganzes Leben. Es war ein anderes Leben. Und es gab kein Rückflugticket dorthin. Niemals. Sie saß in diesem Leben fest. Endgültig. Peters Schluchzen zog sie aus ihren Gedanken.

»Ich will eine Game-over-Taste«, jammerte er leise. »Ich will einen Neustart. Ich habe den Karren an die Wand gefahren. Nichts geht mehr...«

»Pschhhht«, schaukelte Sara.

»Ich dreh durch. Will eine Game-over-Taste...«

Plötzlich, als hätte sie es schlicht vergessen, schlug ihr die Tatsache ins Bewusstsein, dass Daniel dort oben gelegen hatte und dass der Kranke ihn zweifelsohne in Stücke zerrissen hatte. Die Grausamkeit dieses Gedanken schüttelte sie. Jetzt war sie es, die ungehemmt schluchzte. Er hatte sie gerettet. Mehrfach. Er hatte sein Leben für sie riskiert. Sie hatten miteinander geschlafen. Hatten nur noch einander gehabt und sich durch diese surreale Hölle gezogen. Sie hatten sich geliebt. Und jetzt war er tot. Lag zerfetzt und aufgerissen wie ein Tierkadaver in einer Bauernküche im bayrischen Hinterland, nur zwei, drei Meter über ihr. Ihr wurde übel und sie musste sich übergeben. Nur leicht neigte sie den Kopf zur Seite und spie über Saras Hand hinweg aus. Sie verkrampfte nicht, beugte sich nicht vor, hielt nicht die Haare zurück. Der Mageninhalt drückte einfach die Kehle herauf und floss aus ihrem Mund und sie ließ es fast teilnahmslos geschehen wie ein Alkoholiker im Erschöpfungskoma. Eine Mischung aus Speck und Tee. Der brennende Geruch von einem Glas Schnaps. Tot. Er war tot. Der einzige Mensch, der sie das alles irgendwie ertragen hatte lassen. Sie war sich sicher, sie würde bald sterben. Bebend legte sie den Kopf zurück auf Saras Schulter.

»Pschhht.«

Ein letztes Flüstern, bevor sich bleierne Schwere auf ihre Augen drückte.

»Ich dreh durch...«

Tag 53

70

Das Gesicht von Peter. Fahl und eingefallen im orangen Kellerlicht. Auf seinen Lippen und den Mundwinkeln klebte eingetrockneter Speichel. Auf seiner Stirn stand Schweiß. Die Augen bewegten sich unter den Lidern wild und unkontrolliert hin und her.

»Ich habe ihm zwei seiner Tabletten gegeben. Zum Glück hatte er sie in der Hosentasche«, erklärte Sara stimmlos.

»Wie lange bist du schon munter?«

»... Ich glaube nicht, dass ich geschlafen habe.«

Plötzlich fuhr Bianca zusammen, als sie Schritte über ihren Köpfen hörte. Sie lauschte.

»Das geht seit ein paar Minuten so. Hat dich wohl aufgeweckt.«

»Wie lange wird es hierbleiben?«

Lange antwortete Sara nicht. Sah nur mit an die kalte Wand gelehntem Kopf zur Kellertür hoch. Bianca spürte ihre Wange auf ihrem Scheitel. Es hatte jetzt etwas Tröstliches.

»Ich weiß es nicht... Aber solange es... er...« Sie hielt inne.

»Was?«, krächzte Bianca.

»Solange er zu... zu fressen hat, wird es wohl nicht weiterziehen.«

Ein Schauer griff über ihre Schultern, als sie an Daniel dachte. Sie sah seinen aufgebrochenen Torso vor sich. Mit schlotterndem Kinn atmete sie bitter ein, spürte Saras Herz durch die Brust schlagen. Dumpf und ruhig. Ihr Griff wurde fester und Bianca empfand Wärme an ihrer Seite. Leise weinte sie und suchte Trost.

»Vielleicht kommt er zu sich. Es klingt nicht so, als würde er jetzt einen Anfall haben«, flüsterte Sara irgendwann.

»Was meinst du?«, wimmerte Bianca und spürte die typische Erleichterung, die einem Heulkrampf folgte

»Dass sie nicht immer so sind.«

»Die Kranken?«

»Ja... Vor allem am Anfang sind sie öfter bei Bewusstsein... Sind sie öfter die Menschen, die sie früher waren.«

»Was? Du meinst, da oben ist jemand, der so etwas wie Verstand hat? Ein... ein Mensch?«

»Ja... möglicherweise. Ich weiß nicht wie es wird, wenn man das Virus schon länger hat. Die Schübe nehmen mit der Zeit zu, und die klaren Momente ab.« Etwas in Saras Stimme hatte sich geändert. Bianca konnte nicht genau sagen was, aber es klang auf eigentümliche Weise nach Schmerz.

»Woher weißt du das? Warst du dabei, wie es einen erwischt hat?«

»Ja.« Einige Sekunden sagte sie nichts. Lauschte nur. Hörte hier und dort ein paar Schritte. Langsam, fest. Etwas stürzte zu Boden. Dann wieder Stille.

»Wen?«

»Meinen Mann.«

»Was?«, riss es Bianca aus einem rastlosen Halbschlaf. Sie fuhr hoch. Peter wachte auf, murmelte erschreckt: »...dreh durch.«

»Was, wenn es ihn übersehen hat?«, starrte sie Sara an. »Was, wenn er aufgewacht ist. Sich versteckt hat? Er könnte noch am Leben sein.«

»Pscht!«, wies sie sie zurecht.

Sie zwang sich, ihre Stimme zu senken, aber gab nicht auf. »Aber was, wenn ich recht habe? Er könnte noch...«

»Nein!«

»Doch!«

»Leise jetzt«, raunte sie.

»Aber... Was, wenn? Er könnte noch...« Der Widerstand war gebrochen. Jetzt ging ihr Reden über in ein stimmloses Jammern, ein Flehen. »Aber er könnte doch noch... Ich... Daniel könnte noch am Leben sein. Verstehst du?«

Sara schüttelte langsam den Kopf. Peter schlug die Augen auf, suchte Orientierung.

»Bitte! Wir müssen nachsehen.« Bianca schob ihre Brille hoch und faltete unbewusst die Hände. Fast wie zum Gebet.

»Die Tür ist von außen verriegelt.«

»Die kriegen wir auf!«

»Nicht, ohne Lärm zu machen.«

»Ich bitte dich. Sara!«, bettelte sie verzweifelt.

»Da ist nichts mehr. Du würdest nur seinen Leichnam finden. Und das willst du nicht. Glaub mir.«

»Aber es wäre doch möglich.« Sie schlug gegen Saras Schulter. Einmal, zweimal, ein drittes Mal. Sie ließ sie geduldig gewähren.

»Er könnte noch leben, könnte noch da sein. Das wäre doch möglich, verflucht. Wir können es nicht wissen.« Kraftlos sackte sie zusammen und zog die Brille von der Nase. Grub ihr Gesicht unterhalb ihrer Faust in Saras Brust und schluchzte beständig. »Was, wenn er noch lebt? Er könnte noch leben... Ich will, dass er lebt! Bitte, oh Gott, ich will es! Er muss leben.« Sie spürte Peters kalte Hand in ihrem Nacken, Saras Arm auf ihrem Rücken.

71

Wie ein Echo hallten schnatternde Schreie durch seinen Kopf. Ein ewig weit entfernter, mächtig wiederkehrender, einzelner Schuss. Hilferufe. Holz, das auf Holz schlägt. Dumpfe Töne. Dann wieder Dunkelheit. Etwas bewegte sich. Alles drehte sich. Sein Körper schwebte in die Luft. Die Decke kam näher. Er sah den Wallnusstisch mit dem Plastiküberzug, die Anrichte und ihr gesprungenes Glas. Plastiksplitter am Boden verteilt. Licht. Blendend grelles Tageslicht. Und dann ein Ruck, der seinen ganzen Körper schüttelte. Ein Schmerz in der Magengegend. Alles stand Kopf. Er sah Flanellstoff, drehte den Kopf zur Seite und erkannte die Haustür. Sie lag am Boden des Flurs und von ihren Kanten tropfte Blut. Es ging tiefer in den Flur, der von breiigen Blutspritzern bedeckt war. Ebenso die Wände, sogar die Decke. Sein Blick folgte der Spur am Boden, über die Haustür in den Hof, wo sie in einem Fleischstumpf endete, der einmal ein Kopf gewesen sein muss. Er kannte diesen Körper. Er hatte ihn schon einmal gesehen. Und er kannte den Stacheldraht, der sich in einen der Oberschenkel gefressen hatte, das halbe Bein umwickelte und von Gras- und Fleischstücken gespickt war wie von Lametta. Der Draht endete in einer Schlaufe, an der ein aus der Erde gerissener Pflock hing. Dieser Zaun hatte ihm vorhin das Leben gerettet, ohne dass er es gewusst hatte. Daniels Nacken gab nach und er sah wieder Flanell. Roch Schweiß und Blut. Der Geruch von Eiter. Das Knirschen eines Ledersofas. Dann wieder ein dumpfes Nichts. Ein neuer Ruck. Diesmal Dunkelheit. Nacht. Etwas klackte. Kühle, modrig riechende Luft kühlte seinen aufgeheizten Körper. Er schwebte wieder, dann ein Untergrund und eine kalte Wand im Rücken. Mattes, oranges Licht. Holz auf Holz und wieder dieses Klicken. Nähe. Wärme. Arme und Gesichter, die sich an ihn drückten. Er verstand nicht. Sein Gesicht wurde hin und her gedreht. Lippen auf seinen. Wangen. Hände. Die Stimmen seiner Freunde, Biancas Stimme. Er war zu Hause. Er begann zu begreifen. »Ich bin sehr müde«, flüsterte er und verlor das Bewusstsein.

»Wie lange war ich weg?«, fragte er, als sich endlich so etwas wie Verstand in den Mahlstrom seiner zerrütteten Wahrnehmungen mischte. Als wäre er nach einer OP-Narkose erwacht und hätte den ersten klaren Moment.

»Daniel? Er ist wach! Er ist ganz wach!«, hörte er Biancas Stimme. Als Nächstes spürte er ihre Hände, die sein Gesicht umfassten. Ein dumpfer Schmerz zog sich von seinem Kinn über die rechte Wange und in seine Schläfe. Aber es war ihm egal, so gut taten ihre Berührungen. Sie küsste ihn und er erwiderte es schwach. Sie wollte nicht aufhören, er musste sie ein wenig von sich drücken.

»Wie lange?«

»Keine Ahnung. Ein paar Stunden vielleicht. Bei uns bist du seit ein paar Minuten«, sagte sie aufgeregt.

»Bei euch?« Er sah sich in dem Keller um. Neben ihm saß Peter. Er lehnte an der Wand vor dem Treppenabsatz auf einer alten Decke und hatte die Beine ausgestreckt. Ein erleichtertes Lächeln war alles, was er zustande brachte. Am oberen Ende einer Holztreppe, neben einer orangen Wandleuchte, hockte Sara. Sie hatte sich kurz umgedreht, ihn angesehen – ihm zugenickt? – und sich dann wieder um ihre Arbeit gekümmert. Er wusste nicht, was sie tat, aber es klang, als würde sie mit etwas Metallischem an der Holztür arbeiten.

Ein leises, beständiges Knirschen.

»Was ist passiert?«

Bianca erzählte es ihm, unterbrochen von immer wiederkehrenden, stürmischen Küssen.

»Ich liebe dich, Daniel. Ich liebe dich.«

»Ich liebe dich auch«, erwiderte er und sie küssten sich erneut.

Er griff sich in das Gesicht. Wollte wissen, wie schlimm es war. Walter hatte ihm einen schallenden Haken verpasst, der ihn fast ins Koma geschickt hatte. Aber statt einer Platzwunde war da Stoff. Man hatte ihm einen Verband angelegt. Er roch Medizinalkohol und so etwas wie Minze. Noch immer roch er Mist und Kot an sich, aber er hatte andere Sachen an. Seine Hände steckten in frischen Verbänden, genauer gesagt, zerrissenen Leintüchern, die mit Klebeband umwickelt waren, aber sie waren sauber. So wie der Rest von ihm.

»Wart ihr das?«

»Nein, das muss er gewesen sein... Und das da«, sie deutete auf ein Tableau mit Speck, Batterien für die Kellerleuchte, einem Glas Gurken, einer Dose Pfirsichen, Salzstangen und zwei Krügen Wasser. Letzteres hatte sie mit einem düstereren Unterton gesagt. Daniel schloss die Augen.

»Was machen wir jetzt?«

»Ich weiß es nicht.«

Tag 55

72

»Wie spät ist es?«, sagte Bianca, als sie aufwachte.

»Ha, der war gut, Scherzkeks«, antwortete Daniel und schlug die Decke zurück, die Walter zusammen mit anderen Dingen auf die oberste Treppe gestellt hatte. Darunter waren zwei Eimer für Ausscheidungen, Pölster, Wasser, zwei Taschenlampen und ein Stapel kopierter Kreuzworträtsel sowie Speck und noch mehr Decken. Jedes Mal, wenn keiner von ihnen oben saß, hatte er blitzschnell die Tür aufgesperrt, das Zeug abgestellt und wieder abgesperrt, bevor sie reagieren konnten. Auf ihre Rufe antwortete er nicht, außer mit den Worten: »Is zu euerm Besten. Is alles zu euerm Besten.« Vor einigen Stunden – oder waren es Tage? – hatten sie einen Automotor gehört. Sie hatten geschrien und hatten sogar weit entfernte Antworten erhalten. Zumindest glaubten sie das. Schließlich waren vereinzelte Schüsse ertönt und das Auto war wieder abgezogen. Mittlerweile stank es erbärmlich in dem Keller, obwohl sie die Koteimer in die hinterste Ecke gestellt und mit herumliegenden Kisten abgedeckt hatten. Doch trotz des ganzen Gerümpels, das hier unten herumlag und sich zum Teil bis zur Decke stapelte, und trotz des schwachen Luftzugs, der für ein Mindestmaß an Sauerstoff in dem kleinen Keller sorgte, zog der Gestank zu ihnen. Durch das wenige Licht wirkte das Gemäuer tiefer als es war. In Wirklichkeit handelte es sich um ein vollgerümpeltes Erdloch, das nicht mehr als zwanzig, dreißig Quadratmeter messen konnte. An den Wänden stapelten sich Kisten und alte

Regale, ebenso wie mitten im Raum. Im Grunde konnte man sich nur hier, auf dem hölzernen Treppenabsatz, aufhalten, ohne an irgend eine Schachtel oder Kiste zu stoßen.

»Ich dreh durch«, murmelte Peter. Das war fast alles, was er zuletzt von sich gegeben hatte. Immer wieder dieser eine Satz. Dann döste er wieder weg. Selbst Wasser wollte er jetzt kaum mehr zu sich nehmen.

»Wir müssen hier raus«, stellte Daniel einmal mehr fest und konnte es schon selbst nicht mehr hören.

»Ja«, stimmte Bianca zu, setzte sich auf und griff nach einem Wasserkrug. Das Brunnenwasser schmeckte noch immer frisch. Sie hatte sich in zwei Decken gewickelt. Dennoch war ihr kalt.

»Aber was machen wir dann? Angenommen, wir schaffen es durch die Tür und an ihm vorbei?«, fragte er mehr sich selbst als irgendjemand Bestimmten.

»Wir sehen zu, dass wir zu diesem Dorf kommen.« Bianca zog Walters Kopie aus ihrer Gesäßtasche und faltete sie auf. Das hatte sie in den letzten Stunden immer wieder getan. Kannte den Artikel jetzt auswendig.

»Da brauchen wir doch Tage lang, selbst wenn wir n Auto mit aufgepumpten Reifen hätten, so wie die Straßen aussehen. Und außerdem, glaubst du nicht, dass diese Ideen schon tausend andere hatten?«

»Ja, na und? Tut mir leid, dich enttäuschen zu müssen, Daniel, aber wir werden nichts finden, auf das nicht schon andere gekommen sind. So genial bist auch du nicht. Außerdem haben wir keine andere Idee. Und es gibt in der Nähe dort ein Krankenhaus, das noch offen sein könnte. Oder zumindest könnten noch Ärzte in der Nähe sein. Es gab dort ein Sammelzentrum, ein paar Kilometer weiter.«

Daniel antwortete nicht.

»Sie hat recht. Das ist seine einzige Chance«, erklärte Sara, die aus dem Schatten trat. Sie war auf der provisorischen Toilette gewesen und nickte in Richtung Peter.

»Er schaut so schlecht aus wie nie«, stellte Daniel fest und musterte seinen schlafenden Freund.

»Nein. Also ja. Das Fieber ist ein wenig zurückgegangen. Die Medikamente halten die Infektion noch im Zaum, aber das Bein, vielleicht beide, wird er verlieren. Wir müssen zusehen, dass es ihm abgenommen wird.«

»Was ist, wenn wir es nicht raus schaffen? Kannst du es vielleicht?«

»Das ist hier kein Hollywood-Film, Bianca«, mischte sich Daniel ein. Sie schüttelte den Kopf. Sie hasste es, wenn er den Besserwisser markierte.

»Er hat recht«, erklärte Sara, zündete sich eine Zigarette an und blies den Rauch in die Höhe, wo er von dem leichten, kalten Luftzug weggetragen wurde. Irgendwo musste ein kleines Rohr zur Belüftung ins Freie führen, das für diesen stetigen, grausam kalten Luftstrom sorgte. »Ich bin kein Arzt. Geschweige denn habe ich irgendwelche Instrumente. Eine Amputation überlebt man nicht, wenn sie nicht von einem Fachmann mit der richtigen Ausrüstung gemacht wird. Und selbst dann...«

»Ich dreh durch...«, murmelte Peter wieder. Alle warteten einen Moment, wollten sicher gehen, dass er wieder einschlief.

»Warum redet er dann so wirres Zeug, wenn es ihm halbwegs geht?«, fragte Bianca.

»Ich habe nicht gesagt, dass es ihm halbwegs geht. Er ist immer noch schwer verletzt, aber... Ich weiß nicht.«

»Drei mal drei ist Donnerstag«, sagte Daniel. Niemand verstand ihn. Sie schienen darauf zu warten, dass er sich erklärte. Also tat er es: »Ich habe mal einen Roman gelesen, ist Jahre her, da ging es um die Überlebenden eines Schiffbruchs. Vierzehn Tage auf einem Floß, ohne wirkliche Verpflegung. Mitten am Meer. Von hundertfünfzig Schiffbrüchigen haben vierzehn überlebt. Irgendwas mit Franz... Franzobel hieß der Autor glaub ich... Peter hat es mir zu Weihnachten geschenkt. Der erste Satz des Buches stand stellvertretend für die ganze Geschichte: Drei mal drei ist Donnerstag. Der Mensch wird wahnsinnig, wenn er zu lange um sein Überleben kämpfen muss. Ich glaube, Peter verliert den Verstand.«

Klatsch.

Bianca hatte ihm eine Ohrfeige verpasst. Im nächsten Moment hielt sie sich die Hände vor den Mund und schien es zu bereuen. Anstatt einer Entschuldigung setzte sie aber nach: »Deine beschissenen Referenzen kannst du dir sparen. Die helfen hier nichts. Jeder von uns ist kurz vorm Nervenzusammenbruch und Peter ist der von uns dreien, der am meisten aushält!« Sie stand auf und stieg die Treppen hoch. Er suchte mit Blicken bei Sara um Rat. Sie zuckte mit den Schultern und zog an ihrer Zigarette.

»Na gut«, meinte er und hielt sich die Backe. Wenngleich er dadurch wieder Walters Haken spürte, schmerzten ihn ihre Worte schlimmer als die Ohrfeige. »Dann also das verfluchte Dorf.«

73

»Im Ernst, ich werd irre«, sagte Peter. Er sprach wieder in ganzen Sätzen. Seine Stimme war dünn.

»Tun wir alle«, bestätigte Daniel. Bianca sah die beiden an. Sie hatten recht. Einige Zeit hatte sie gemeint, es mittlerweile auf irgendeine Art und Weise gewohnt zu sein, nicht vor die Tür zu gehen nach all den Wochen in Daniels kleiner Wohnung. Aber das hier war anders. Nicht nur wegen Peter mussten sie hier raus. Peter richtete sich ein wenig auf. Er rutschte nur ein paar Zentimeter höher, aber sein Gesicht verzerrte sich dabei, wie jedes Mal, zu einer Fratze.

»Wird es schlimmer?«, fragte sie ihn.

»Nicht wirklich«, sagte er abgeklärt. »Durch die Medikamente tut es nur richtig weh, wenn ich es bewege. Dann aber richtig. Ansonsten pocht es, dass ich durchdrehen könnte. Das andere Bein spür ich manchmal gar nicht mehr. Das juckt nur ein wenig und zieht ein bisschen.«

»Wie lange sitzen wir wohl schon hier unten?«, versuchte sie jetzt das Gespräch in eine andere Richtung zu lenken. Daniel zuckte ratlos mit den Schultern.

»Vier oder fünf Tage. Vielleicht aber erst drei«, ächzte Peter.

»Woher weißt du das?«

»Naja... Stuhlgang. Ich habe mitgezählt. Wundert mich, dass ihr das nicht habt, nachdem ihr mich jedes Mal auf den Scheißeimer hieven müsst.« Er grinste auf kindische Art dreckig. Bianca sah Daniel an, dass er Peter um seine Gerissenheit beneidete. Sie aber war erleichtert, dass er diese Tortur, die es jedes Mal für ihn war, inzwischen mit einem gewissen Humor nehmen konnte.

Wieder vergingen Stunden. Sie hatten keine Ahnung wie viele.

»Irgendwie«, brummte Peter »wünsche ich mir jetzt Walters Kartenspiel. Ein bisschen kartln, versteht ihr?«

Alle drei lachten und verstummten wieder. Irgendwann hatte man sich einfach nichts mehr zu sagen. Bianca sah zu Sara, die oben an der Tür saß und lauschte. Das tat sie meistens, wenn sie nicht gerade unter dem Türschlitz hindurch spähte oder das Holz und die Wand daneben abtastete.

»He, Leute«, brach Peter irgendwann die Gedanken auf, in denen Bianca und Daniel versunken waren.

»Hm?«

Er machte ein angestrengtes Gesicht und dann ertönte ein donnernder Furz, begleitet von seinem Lachen und Jammern gleichermaßen, denn das Heben der Arschbacke hatte ihm Schmerzen im Bein beschert. Daniel stieg in das Lachen mit ein und Bianca schüttelte grinsend den Kopf. Dann wieder Schweigen. Zwischendurch hatte Bianca ernsthaft überlegt, ob sie Daniel nicht in eine dunkle Ecke zerren und dort über ihn herfallen sollte. Dann hatte sie den Gedanken wieder verdrängt und sich dafür geschämt. Vielleicht würden sie hier unten sterben. Und wenn nicht, würden sie es draußen wahrscheinlich noch vor dem nächsten Winter. Aber die Idee war nach ein paar Stunden zurückgekehrt. Von wegen unangebracht, hatte sie sich gedacht. Es ist doch ohnehin alles egal. Sie verschnaufte.

Tag 56

74

»Nein, nein und immer wieder nein! Du sprichst davon, einen Menschen zu töten«, keifte Bianca aufgebracht. Daniel schüttelte den Kopf: »Nur wenn es nicht anders geht. Ich meine, du siehst selbst, dass wir keine Chance haben, unbemerkt hier raus zu kommen.«

»Das habe ich dir gestern, oder vorher oder was weiß ich, wie lange das her ist, schon gesagt, und ich sage es wieder: es muss einen Weg geben«, sie setzte sich auf die unterste Stufe.

»Wie denn?«, er sah zu Peter, der wieder in einen kraftlosen Dämmerschlaf gerutscht war. Zumindest hatte er aufgehört im Schlaf zu reden und hatte auch wieder seinen Humor wiedergefunden. Und das, obwohl seine Beine mittlerweile nicht mehr einfach nur geschwollen waren. Das eine war dunkelblau und an den Rändern gelblich-grün verfärbt, feucht und pulsierte schwach. Die Haut des anderen Unterschenkels war schon mehr schwarz und an manchen Stellen wirkte sie fast zerrissen, als wäre sie verbrannt. Es stank bestialisch, wenn Sara die Verbände wechselte. Zumindest hatte Walter ihre Sachen durchsucht und sie mit allem versorgt was sie für Peter in ihrer Ausrüstung gehabt hatte.

»Aber wir müssen zumindest versuchen mit ihm zu reden. Ich glaube, er hat einfach nur Angst. Kannst du es ihm verübeln nach dem was du mit ihm angestellt hast?«

»Geht's noch? Sprechen wir von demselben? Der Typ hat ein kleines Kind auf dem Gewissen! Ich meine, der ist ein Mörder!« Daniel stand auf und vertrat sich auf den wenigen

Quadratmetern ihres modrig riechenden Gefängnisses die Füße. Sie bemühten sich, leise zu sprechen, damit man sie oben nicht hören konnte. Seit einigen Stunden war es wieder verdächtig still über ihren Köpfen geworden.

Bianca wollte Daniels dumme Stimme nicht mehr hören. Sie drehte sich zu Peter und begann, ihm die Stirn abzutupfen. Aber ihr Partner wollte nicht aufgeben: »Jetzt glaub mir halt einmal etwas.«

»Vielleicht war sie infiziert!«, sagte sie, nahm sich unwirsch die Brille ab und putzte sie mit dem unteren Ende ihres Shirts. Sie war sich allerdings nicht sicher, ob sie die Gläser dadurch nicht schmutziger machen würde, als sie ohnehin schon waren.

»War sie nicht. I can tell the difference.«

»Hör auf englisch zu sprechen. Dabei klingst du wie ein Idiot.«

»Hör mal, ich lege es sicher nicht drauf an. Aber wir müssen ihn überwältigen. Und dabei könnte es sein, dass er...« In seinen Worten schwang eine fast greifbare Unsicherheit mit.

»Und du glaubst, dass du eine Chance hast gegen ihn? Ernsthaft? Du überschätzt dich schon wieder selbst.«

Daniel funkelte sie wütend an. Er wusste, dass die Wahrscheinlichkeit gering war, den rund hundert Kilo schweren Bauern niederzwingen zu können.

»Wir müssen einfach versuchen, mit ihm zu reden«, beharrte sie.

»Na, du hast doch gesehen, wie gut das geklappt hat.«

»Er ist irre! Völlig wahnsinnig! Schizophren!«

Bianca trat Daniel dafür gegen das Schienbein. Sie hasste es, wenn Menschen mit psychischen Erkrankungen als Irre hingestellt wurden. Eine Sekunde stand er wie angewurzelt vor ihr, zermalmte mit seinem Kiefer einen imaginären Kaugummi, drehte sich um und trat gegen eine herumstehende Kiste. Diese hatte leichter ausgesehen, als sie war, es mussten Steine oder Eisenteile darin sein, denn sie rührte sich keinen Zentimeter. Dafür fluchte Daniel jetzt jähzornig und ließ sich auf eine alte, mitten im Keller abgestellte Kommode sinken.

»Er hat recht«, sagte Sara, die ihren Posten am oberen Ende der Treppe verlassen hatte und zu ihnen trat.

»Du hast doch selbst gesagt, dass...«

»Nicht damit. Nur weil jemand unter Psychosen leidet, ist er kein Unmensch. Er kann gefährlich sein, klar. Aber unabhängig von seinem Geisteszustand: Er wird uns nicht einfach so gehen lassen. Wir müssen ihn überwältigen.«

Bianca schluckte. Sie sah eine wilde Rauferei, ein blutiges Gerangel vor sich und wie dabei das halbe Haus zertrümmert wurde. Sie sah Fäuste auf Daniel einschlagen. Wieder dieses Bild seines geöffneten, aufgebrochenen Torsos in der Küche. Es schüttelte sie.

»Bia... Für Reden haben wir keine Zeit mehr. Sie läuft uns davon. Ich meine, sieh ihn dir nur mal an«, nickte er nach Peter. Tatsächlich hatte sie im ersten Augenblick gedacht, dass er wieder etwas besser aussah. Wunschdenken, gestand sie sich ein. Sie wollte jetzt nichts mehr sagen, ließ die Schultern hängen und vermittelte wortlos, dass sie sich fügte. Sie hatte aufgegeben.

»Gut. Sara, wie kommen wir am besten durch die Tür?«, stand Daniel wieder auf.

»Das Schloss ist nicht dick. Es ist so ein Riegel, wie bei alten italienischen Toiletten.«

»Das heißt, wenn wir fest genug treten, kommen wir durch?«

»Nicht ohne gehörig Lärm zu machen«, warf Bianca ein.

»Ohne wird es sowieso nicht gehen, meine Liebe.« Daniel hatte wieder diesen verfluchten Besserwisserblick aufgesetzt.

»Ich hasse dich! Wärst du nicht gewesen, würden wir jetzt gar nicht so tief in der Scheiße sitzen. Aber du Affe musstest ja den verdammten Stall offen lassen!«, fuhr sie ihn an, sprang auf und trampelte die Treppe hinauf, da es sonst keinen Platz gab, wo sie hingehen konnte.

»Chauvinistenschwein!«, schrie sie noch über die Schulter hinunter und setzte sich neben die Tür. Jetzt war es unten still. Sie wusste, dass sie Daniel damit schwer getroffen hatte und ärgerte sich dafür. Ihr Magen begann zu schmerzen. Aufgebracht zupfte sie an der Haut neben ihren Daumennägeln und knabberte dann verbissen daran. Sie legte ihren Kopf gegen die Tür und kaute grimmig an ihrer Hilflosigkeit. Unten klapperte Metall. Holz. Etwas fiel zu Boden und schließlich hörten die Geräusche irgendwann auf. Sie dachte an eine Dusche. Warmes Wasser, das über ihre Haare und den Nacken, über ihren schmerzenden Körper hinunterlief und das zerspannte Gesicht umsorgte. Sie dachte an das Bett in ihrem alten Kinderzimmer. Boxspringmatratze, Daunenkissen und zwei Decken. Eine zum Ankuscheln, wenn sie sich darum schlang und eine als tatsächliche Decke. Frische Luft, die durch das gekippte Fenster hereinströmte und ihre Nasenspitze kitzelte, die müden Augen streichelte und kühl in ihre Lungen strömte. Schließlich meldete sich ihr Magen, was sie an Walters Speck denken ließ. Ein Ekel überkam sie. Er hatte ihnen bei ihrem Eintreffen auch andere Vorräte gezeigt. Konserven mit Kompott, eingelegtes Gemüse, Kartoffelsäcke. Aber hauptsächlich schien sich der Mann von geräuchertem Fleisch zu ernähren. Wie war es bloß möglich, wochenlang nur Speck zu essen? Wie viel konnte er davon überhaupt noch haben? Er musste ganze Mastschweine an Speck gebunkert haben.

Bis jetzt war es unten still gewesen. Sie wusste nicht, ob Sekunden, Minuten oder gar eine ganze Stunde vergangen waren, als sie Sara und Daniel schließlich reden hörte. Kurz darauf begannen sie Kisten zu verschieben und in dem Kellergerümpel zu wühlen. Sie schüttelte den Kopf, als sie ein neues Geräusch aufhorchen ließ. Das waren Schritte. Er war da. Vielleicht kam er aus dem ersten Stock die Treppe hinunter. Sie überlegte nicht, als sie kurzerhand gegen die Tür zu klopfen begann.

»Lass uns raus! He, lass uns raus«, schimpfte sie. Sie musste sofort aus diesem Keller. Hatte plötzlich das Gefühl, dass alles einstürzen würde. Dass ihr die Luft zum Atmen wegblieb, wenn sie nicht sofort hier rauskommen würde. Alle Konturen ihrer Umgebung wurden scharf gezeichnet, als hätte sie eine brandneue Brille aufgesetzt. Wenn sie nicht sofort hier hinauskam, würde sie explodieren. Würde den Verstand verlieren. Bald ging ihr Schimpfen über in ein Kreischen, während sie wild mit beiden Fäusten gegen das Holz hämmerte. Sie stand auf der Treppe und bog sich durch und drosch gegen die Tür, dass sie zitterte. Kurz wartete sie, lauschte. Sah unter dem Türschlitz einen Schatten. »He, ich weiß, dass du da bist! Antworte gefälligst! Antworte, verdammt nochmal!«, kreischte sie zorngeschüttelt. Aber der Schatten blieb stumm, was sie vollends durchdrehen ließ. Wie wahnsinnig warf sie sich gegen dieses holzgewordene Gefängnisgitter und schrie aus Leibeskräften.

»Lass und raus, verdammt! Wir müssen hier raus! Wir verrecken hier. Wir verrecken! Peter stirbt, wenn du uns nicht rauslässt. Dann hast du ihn am Gewissen. Er stirbt, hörst du! Er verreckt hier! Er ist schon so gut wie tot, aber vielleicht können wir ihn irgendwie retten, wenn du uns sofort rauslässt! Er wird elendiglich zugrunde gehen. Peter stirbt hier, verdammt!«

Der Schatten unter der Tür verschwand wieder. Es war, als wäre er nie da gewesen. Sie sank zu Boden und kauerte sich in die Ecke. Sie roch Daniel, bevor sie seine Arme und seine Brust an ihrer Schulter spürte. Er kniete sich zu ihr, hielt sie ganz fest.

»Meinst du das ernst?«, erklang plötzlich Peters Stimme in ihrem Rücken. Er klang zaghaft, gebrochen. Sie blickte hinunter und sah in fassungslose, entsetzte Augen.

75

»Wir hebeln die Tür mit dem Brecheisen und der Stange aus den Angeln«, erklärte Daniel. Sie saßen am Treppenende und flüsterten. Wenn oben Schritte zu hören waren, warteten sie. Bianca und Sara hatten die Kellerleuchte ausgemacht, um besser durch den Türschlitz hindurch zu sehen, wenn sich etwas davor bewegen sollte, während Daniel den Plan zusammenfasste. Peter sagte nichts. Sie hatten ihn aufgeweckt, aber seit Biancas verzweifeltem Tobsuchtsanfall hatte er kein Wort mehr gesagt. Wenn sie heimlich versuchte, in sein Gesicht zu sehen, meinte sie ein feuchtes, zorniges Glitzern in seinen Augen zu erkennen. Die Dunkelheit spielt dir Streiche, versuchte sie sich dann einzureden.

»Damit kriegen wir die Tür vielleicht auf, ohne dass er uns

hört. Wir warten, bis es Nacht ist. Wenn wir länger nichts von ihm hören, stehen die Chancen besser«, führte Daniel weiter aus.

»Wollen wir ihn nicht lieber überraschen, wenn er Essen runterbringt? Dann ist die Tür immerhin schon offen«, wandte Bianca ein.

»Nein. Wenn er noch nichts bemerkt hat, haben wir bessere Chancen. Wir suchen ihn und bringen ihn dazu, sich fesseln zu lassen.« Er hielt etwas vor sich, das Bianca nicht genau erkennen konnte. Sie roch den süßen Geruch von Hanf, wie sie ihn von den dicken Seilen im Turnunterricht der Grundschule kannte.

»Wie willst du das machen?«, fragte sie.

»Wir haben die Stangen. Und Sara ihr Messer.« Bianca schnaufte. Sie wollte es nicht glauben. Sie weigerte sich.

»Wenn er... Wenn wir ihn gefesselt haben, seht ihr zu, dass ihr unseren Kram, plus alles, was wir sonst noch gebrauchen können, rausschafft. Ich kümmere mich um seinen Wagen.«

»Jetzt sollen wir ihm auch noch alles wegnehmen? Was noch, willst du die Katze erschlagen?«

»He er ist ein fucking Killer. Und er hält uns seit Tagen hier gefangen. Mein Mitleid hält sich in Grenzen... Und Peter! Ihr seht zu, dass ihr Peter rauf bekommt«, setzte er nach, als hätte er ihn vergessen und wollte schnell darüber hinwegtäuschen. Bianca hörte jemanden ausspucken. Sie griff vorsichtig dorthin, wo sie Peters Schulter vermutete, wurde aber weggeschoben, sobald sie Stoff unter ihren Fingern spürte.

»Seid ihr sicher, dass ihr mich nicht lieber hierlassen wollt? Ich meine, ich halte euch ohnehin nur auf. Und außerdem bin ich ja angeblich sowieso schon so gut wie abgekratzt«, sagte er in die beklommene Pause, die entstanden war. Sekundenlang schwiegen sie.

»Peter, ich…«, versuchte Bianca. Aber er winkte ab. Sie sah es kaum, aber konnte regelrecht spüren, wie er sie wortlos abwehrte.

»Was, wenn sein Wagen echt nicht funktioniert? Was, wenn er nicht gelogen hat?«, fragte Bianca schließlich, um das kalte Schweigen, das erneut entstanden war, zu brechen.

»Dann nehmen wir unseren.«

Sie schwieg. Er wartete auf einen Einwand. Als keiner kam, antwortete er auf die ungestellte Frage.

»Wenn es sein muss, fahr ich auf den Felgen bis nach Portugal.«

»Wir fahren zuerst in dieses autarke Dorf. Wir waren uns einig!«, wandte sie jetzt ein und wollte wieder die Kopie hervorholen. Sie wusste selbst nicht genau, warum sie sich dieses Dorf aus dem Artikel, das irgendwo auf der anderen Seite Bayerns lag, so sehr in den Kopf gesetzt hatte. Sie würden dort genauso wahrscheinlich – oder unwahrscheinlich – auf einen Arzt treffen wie in irgend einer anderen Sammelstelle.

Sie warteten, dass das kaum erkennbare Tageslicht schwächer wurde, das unter der Tür zu sehen war, wenn man die Leuchte ausmachte. Die Zeit dehnte sich unerträglich, aber niemand hatte die Nerven, etwas dagegen zu versuchen. Eine halbe Ewigkeit saßen sie am Fuß der Treppe gegen die Wand gelehnt und starrten auf den Türspalt. Im Rücken spürte Bianca die Decke, in der sie das vorbereitete Werkzeug versteckt hatten. Ab und an ging Sara hinauf, knipste das Licht aus und kontrollierte den Spalt unter der Tür. Es machte Bianca fast wahnsinnig, wenn sie das Gefühl hatte, dass sich nichts geändert hatte. Schlimmer, zu Beginn hatte sie das Gefühl, dass es sogar heller geworden war. Sie musste an den einen Satz denken, den Peter in den Tagen zuvor immer wiederholt hatte. »Ich dreh durch.«

Zumindest hatte er da noch etwas gesagt. Jetzt weigerte er sich verbissen, ein Wort zu sprechen. Obwohl er wach war.

Sie hatten alles aufgegessen, was Walter ihnen am Vortag gebracht hatte. Trotzdem wirkte Peters Gesicht wie ein mit Haut überzogener Totenkopf in dem schwachen Licht. Seine Bartstoppeln ragten aus fleckiger Haut und die blonden Haare standen zerzaust in alle Richtungen. Am schlimmsten aber waren seine Augen. Sie lagen tief in den Höhlen und waren fahrig vom Schmerz. Und gleichzeitig war da noch eine Verletzung, die nicht von seinen gebrochenen Beinen herrührte. Sie bereute jedes ihrer Worte. Aber sie musste sich auch eingestehen, dass es die Wahrheit gewesen war. Er würde hier drauf gehen, wenn sie nicht wegkamen. Und sie alle würden früher oder später wahnsinnig werden.

»Worauf warten wir?«, fragte Bianca leise, als endlich, nach quälend langen Stunden, kein Licht mehr zu sehen war.

»Es ist gerade mal dunkel geworden. Das Licht kommt aus dem Flur. Ist also sowieso schon schwach. Also ist die Sonne noch nicht einmal ganz untergegangen.«

»Jetzt ist es aber wirklich spät genug«, sagte Bianca eine gefühlte Ewigkeit später.

»Nein«, bestimmte Daniel gereizt.

»Warum denn nicht, verdammt?«

»Weil er kein verficktes Huhn ist, das automatisch einpennt, wenn die Sonne weg ist. Er ist bisher immer um elf oder zwölf schlafen gegangen. Wir müssen warten.«

Und sie warteten weiter. Biancas Gedanken kreisten um alles und nichts. Sie zwang sich, nicht an ihr altes Leben zu denken. Nicht rührselig zu werden. Schließlich ließ sie es zu, als sie erneut die Idee überkam, dass sie womöglich bald sterben würde. Sie griff nach Daniels Hand. Er ließ es geschehen. Ihre Finger kreuzten sich ineinander und so saßen sie weiter da. Saßen und warteten. Und sagten nichts. Es gab nichts mehr zu sagen. Sie war halb eingenickt, als sie ein entferntes Knirschen hörten. Nur ganz kurz. Dann krachte etwas und Glas splitterte. Dann war da wieder nichts.

»Was hat das zu bedeuten?«, fragte Daniel. Bianca spürte sofort ihren Puls ansteigen. Eine dumpfe Stimme, unmöglich zu entziffern. Aber es klang nicht nach Walter. Dann doch. Da. Ein Gespräch entwickelte sich. Jemand war im Haus. Direkt über ihnen. Walter sprach mit jemandem. Da waren noch mehr Stimmen. Irgendwo über ihnen. Sie klangen ruhig. Dann sprach wieder nur einer.

»Das sind die Fremden!«, schoss es aus Bianca heraus. Sie raffte sich auf, stolperte fast über ihre halb taub gewordenen Beine und wollte die Treppe hinauf.

»Warte!«, hielt sie Sara an einer Hand zurück. Bianca hatte schon beinahe vergessen, wie ihre Stimme klang.

»Worauf, um Himmels willen?«

Die Stimmen wurden lauter. Walter schrie etwas.

»Wir wissen nicht, was sie wollen«, erklärte Sara und lauschte.

»Na und? Wir müssen uns bemerkbar machen!«

Die Stimmen wurden noch lauter. Ein Streit. Bianca hatte

Angst, dass sie ihre beste Chance, hier unbeschadet rauszukommen, verpasste.

»Sie hat recht!« stand Daniel auf und schrie: »Heee!«, die Hände zu einem Trichter geformt. Sara hatte noch versucht ihm den Mund zu versperren. Er schlüpfte unter ihr hindurch und trampelte die Treppen hoch.

»Hilfe!«, schrie Bianca. Sara setzte Daniel nach: »Ihr könnt niemandem vertrauen. Warte!«

Aber Daniel war bereits an der Tür und schlug dagegen. Schrie um Hilfe. Dann wartete er kurz. Es war still. Und dann brach über ihnen die Hölle los. Bianca wusste später nicht mehr, was zuerst passiert war. Ob zuerst dieser grässliche, schmerzerfüllte Schrei oder das polternde Durcheinander von Schritten, krachenden Möbeln, quietschenden Schuhsolen und dumpfen Hieben anhob. Fast gleichzeitig drang es zu ihnen, dass sie glaubten, die Decke würde einstürzen. Dazu knallte Daniel immerzu mit der flachen Hand gegen die Tür und Bianca selbst schrie um Hilfe. Aber sie blieben ungehört.

»Das Eisen! Schnell!«, herrschte Daniel sie an. Da war Sara schon hinter ihnen, drückte ihm eine Stange in die Hand und rammte die flache Seite eines blauen Brecheisens unter die Tür, dass es knirschte. Sie fluchte: »Ihr werdet uns alle umbringen!« Wie den Arm einer altertümlichen Brunnenpumpe drückte sie das Eisen nach unten. Das Holz hob sich ein wenig.

»Fester!«, brüllte Daniel.

»Geht nicht!«, schrie sie zurück.

Daniel wollte nach der Stange treten, traf aber Saras Hand. Sie fuhr zurück, umschloss das Eisen aber gleich wieder. Bianca kniete sich dazu und gemeinsam pressten sie die

Stange nach unten, legten ihr ganzes Gewicht darauf. Die Tür hob sich weiter. Aber nicht genug. Immer noch hing sie in den dicken Angeln.

»Lass mich!« drückte Daniel sie beide weg und zog jetzt mit aller Kraft in die andere Richtung. Die Tür knarrte, während im Haus Krieg herrschte. Wildes Schreien, Hilferufe, Flüche, splitterndes Holz und klirrendes Glas mischten sich mit klapperndem Geschirr, tosendem Geschrei und einem alles übertönenden, mehrstimmigen Brüllen. Daniel flog vor Schreck mehrere Stufen hinunter, als plötzlich von außen gegen die Tür geschlagen wurde. Dann rüttelte jemand wie wild daran. Bianca wusste nicht, ob das ein Mensch war oder womöglich ein Kranker. Es brach abrupt ab, als ein Schuss auf der anderen Seite sie alle auf die Knie gehen ließ. Ein dumpfes Poltern, und das Rütteln war vorbei. Jetzt hörte Bianca nichts mehr. Es spielte sich wie im Rausch vor ihren Augen ab, was als Nächstes kam. Daniel schob sie zur Seite und warf sich mit der Schulter gegen die Tür. Sie gab nach und er stürzte mit ihr in den dunklen Flur. Sara drückte Bianca die zwecklos gewordene Brechstange in die Hand und stieg dann ebenfalls in den Flur. Kurz verharrte Bianca, versuchte erfolglos, sich zu sammeln. Sie hörte nur ihren eigenen Atem, als sie schließlich hinauskrabbelte. Daniel war weg. Sara auch. Unter der Kellertür ragten Füße heraus. An der Wand daneben: frische Blutspritzer, Fleischstücke und Haare, die zu Boden rutschten. Die Hintertür des schmalen Flurs – rechts von ihr – stand offen, zeigte die nächtliche Wiese, die vom Hof wegführte. Die Kisten, mit denen sie verstellt worden war, lagen zertrümmert auf beiden Seiten des aufgebrochenen Eingangs. Mehr konnte sie nicht erkennen in dem schwachen Licht der Kellerleuchte. Sie blickte in die andere Richtung.

Da war niemand. Die Eingangstür des Wohnhauses stand offen. Im Hof lag eine große, gelbe Taschenlampe und beleuchtete die Erde und einen Teil des alten Stallgebäudes. Überall hörte sie Schritte. Einmal hastig im Stockwerk über ihr. Dann schlurfende, die über Kies im Hof kratzten. Dann wieder ein Poltern. Ein fernes Rumpeln. Ein stumpfes Murmeln. Am Boden direkt vor ihr lag eine umgeworfene Kommode. Zittrig stieg sie darüber, rutschte auf zerbrochenem Porzellan aus und knallte gegen den Türrahmen zur Bauernstube. Als sie auf die Knie kam, griff eine Hand aus dem schwarzen Nichts der Stube nach ihrem Bein. Mit beiden Händen das Brecheisen umfassend schlug sie zu. Nur einmal. Sie spürte den Aufprall dumpf. Als hätte sie einen Boxsack getroffen. Beinahe ließ sie ihre Waffe fallen, als sie nach hinten plumpste, an die Flurwand rutschte und ihre Beine an die Brust zog. Panisch starrte sie in die Stube, in der nur das schwache Licht der Petroleumleuchte zitterte. Sie sah ihren Angreifer nicht wirklich. Bloß seine Silhouette und die verkrampfte Hand, die nach ihr gegriffen hatte und jetzt schwach zuckend in den Flur ragte. Wieder waren da Schritte. Diesmal lauter. Hastig quietschende Schuhsolen auf grobem Kies. Sie kamen näher. Eine Frau stürmte aus dem Innenhof herein. Sie stolperte über die zuckende Hand, wirbelte herum und warf sich ohne zu zögern auf Bianca. Ehe sie auch nur einen Laut von sich geben konnte, wurde ihr ins Gesicht geschlagen. Die Frau griff nach ihrem Kragen, fasste an ihre Kehle und schob sie die Wand hoch. Nach Luft ringend sah Bianca etwas Metallisches aufblitzen und drückte die Augen zu. Sie bekam keine Luft, glaubte mit dem Hals in einem Schraubstock zu stecken und wollte sich nur diesem Griff entwinden. Wollte schnell weg. Aber es ging nicht. Es war unmöglich. Es war vergeblich. Doch dann erinnerte sie sich wieder an die Brechstange. Blind stieß sie das Eisen in alle Richtungen. Trat um sich und versuchte sich panisch dem Griff dieser fremden Frau zu entwinden. Etwas schlug ihr wieder ins Gesicht, diesmal härter. Es knackte in ihrem Nacken und verzweifelt versuchte sie Luft zu holen. Aber noch immer wurde sie ihr abgeschnitten. Sie riss die Augen auf, doch die Tränen ließen alles in dunklen Schemen verschwimmen. Und dann, von einem Moment auf den anderen, so wie sie gekommen war, war die Fremde weg. Sie wurde von ihr regelrecht fortgerissen. Bianca holte röchelnd Luft, keuchte und wischte sich die Tränen aus den Augen. Sie brauchte einige Sekunden, griff zitternd nach ihrer Brille, die auf Höhe ihres Mundes gerutscht war und die nur noch von einem Bügel gehalten wurde. Als sie wieder sehen konnte, rollte ihre Angreiferin bereits über den staubigen Boden des Innenhofes. Über, dann unter, dann neben ihr eine zweite Gestalt. Wie zwei verbissene Hunde rauften sie. Rollten sich herum. Schlugen aufeinander ein. Bianca blieb erneut die Luft weg, als sie sah, dass es Daniel war – er musste sie gerettet haben – der da auf dem Rücken lag und der sich jetzt gegen einen Hagel von Schlägen wehrte, die auf ihn einregneten. Sie taumelte hinaus, der Lärm verschmolz in ihrem Hirn zu einer dumpfen Kaskade ohne Sinn. Sie knickte beinahe ein, griff das Brecheisen fester und zog es wie einen Baseballschläger über den Schädel der Frau, welche zur Seite kippte und hart mit dem Kopf in die Erde krachte. Das Geräusch, das ertönte, als es ihr gegen die Schläfe krachte, und das sich von dem Lärm, der sich ungefiltert in Biancas Hirn drängte, deutlich abhob, sollte sie viel später in ihren Träumen einholen. Es war ein dumpfes, fleischiges »Fump«.

Ihre Beine traten zwei, dreimal aus, dann rührte sie sich nicht mehr. Daniel war noch nicht wieder hochgekommen, als die Tür des alten Stallgebäudes aufgestoßen wurde und Walter herausstapfte. Sein Hemd war zerrissen und er hatte sein Gewehr in der Hand. Auf seiner Stirn klaffte eine breite Platzwunde, ein Hautlappen hing halb über eines seiner Augen. Er kam auf sie zu, stapfte Richtung Daniel, packte ihn mit der freien Hand am Kragen und zog ihn mit so brachialer Gewalt hoch, dass er einen Meter weiter auf den Füßen landete. Er brüllte ihn an, fuhr aber mittendrinn herum, hob seine Waffe und feuerte. Der Schuss galt einem Mann mit Pferdeschwanz, der neben dem grauen Traktor am hinteren Ende des Hofes aufgetaucht war. War er beim Schuss zusammengezuckt, rannte er jetzt bereits wieder in Walters Richtung. Ein zweiter Schuss folgte, mit welchem sich der Mann auf den Boden warf, herumdrehte und zurückrannte. Im Stall blitzte es dreimal grell und Bianca konnte plötzlich wieder klar hören: Es waren Schüsse. Die Schüsse hatten das Lärmgewirr in ihrem Kopf zerrissen und sie fühlte sich kurz etwas klarer. Wieder gab es eine Salve und durch die offen stehende Tür konnte sie Sara sehen, wie sie mit dem Sturmgewehr im Anschlag auf irgendetwas feuerte.

Das Röhren des Traktormotors, der eben angelassen wurde, ließ Bianca erneut herumfahren: Hinter dem Steuer saß der Pferdeschwanz und raste auf Walter zu. Das Licht der automatischen Traktorscheinwerfer flutete für einen kurzen Moment grell durch den Innenhof wie der Blitz eines gewaltigen Fotoapparates und ließ alles überzeichnet und in unwirklich gleißendem Hell erscheinen. Daniel sprang zur Seite, während Walter seine Waffe nachlud, noch einmal schoss und hinter der vorbeiratternden Motorhaube verschwand, die im nächsten Moment gewaltig gegen die Heuballenbarrikade krachte. Von hinten konnte sie sehen, wie der Fahrer in der Kabine grob gegen das Dach, zurück in den Sitz, wieder an das Dach und schließlich auf das Lenkrad geschleudert wurde wie ein Gummiball, als es die Schnauze dieses tonnenschweren Ungetüms hochriss. Der Traktor war durchgebrochen – ein Reifen hatte sich über die halbe erste Reihe der weißen Pressheuballen geschoben – rollte ein paar Meter und kippte außerhalb von Biancas Sichtfeld schwer zurück auf alle vier. Er zog den stachelbewährten, ockerfarbenen Anhänger nach, der sich verkantete, knirschend überschlug und einen weiteren Heuballen aus der oberen Reihe mit auf die andere Seite riss. Sofort schallte das ekelhafte, alles übertönende Dauerplärren der Traktorhupe hinter der zerstörten Ballenbarrikade in die Luft. Es durchzuckte den Nachthimmel grell und klagend, während der graugelbe Staub der aufgerissenen Heuballen rauchwolkenartig vom Wind durch den Hof getragen wurde.

Bianca musste sich die Hand vor die Augen halten, so sehr brannte der dichte Staub in den Augen, einen Moment konnte sie nichts sehen. Als sich der Blick ein wenig klärte, war von der Frau, die zuerst sie und dann Daniel angegriffen hatte, nur noch ein grotesk verdrehter, vom Traktorreifen zerquetschter Leichnam übrig, aus dem eine dunkle Masse quoll. Und dahinter, vor der Wand des alten Stalls, schlug Daniel mit etwas auf Walter ein, das wie eine Schaufel aussah. Der Bauer ging in die Knie und hatte den Kopf eingezogen. Als Daniel ein weiteres Mal weit ausholte, rammte er jedoch die Hinterseite seines Gewehrs gegen Daniels Oberschenkel, dass das Bein rückwärts in die Höhe gerissen wurde und er mit dem Oberkörper auf den Boden schlug. Sie hörte es nicht unter dem lauten Hupen des rauchenden Traktors. Da drückte sich erneut etwas gegen Biancas Hals, sie wich zurück und stieß gegen jemanden, fühlte einen breiten Arm um sie greifen und sie von vorne an der Schulter festhalten. Schlechter Atem drängte sich über ihren Nacken in ihre Nase. Ein Schrei biss ihr ins Ohr und sie war sich sicher, dass ihr Trommelfell eben gerissen war. Er war so laut, dass er selbst die Hupe übertönte.

»S t o p ! «

Daniel hatte eben am Boden liegend nach der Schaufel gegriffen, Walter war dabei, sich aufzuraffen. Jetzt starrten sie herüber. Bianca schluckte und zuckte zusammen, als sie einen Stich unter ihrer Kehle spürte. Sie wurde kurz hin und her geschüttelt.

»Eine Bewegung noch und ich stech sie ab, ihr Arschlöcher!«, schrie diese stinkende Männerstimme. Und leiser, zu ihr: »Fallen lassen.«

Sie ließ das Eisen los, von dem sie vergessen hatte, dass es in ihrer Hand war. Dann wurde sie nach hinten gezerrt. Ihre Fersen wurden über den Boden geschleift, bis sie vor dem Eingang des Wohngebäudes zum Stehen kamen.

»Thomas?«, schrie die Stimme jetzt, sie war atemlos, rasselte. »Anna? Paule?« Keine Antwort. Zumindest keine, die zu hören war neben dem Plärren der Traktorhupe. Daniel und Walter harrten noch immer in ihren Positionen aus, als wären sie Figuren eines Films, der auf Pause gestellt war.

»Anna? Schneider? Magda? Fraaaaanz?« Die Stimme verlor an Fassung. Irgendwie versuchte Bianca ihr Ohr wegzudrehen. Sie glaubte Blut an ihrem Hals zu spüren.

Wieder keine Antwort. Ein gehauchter Fluch in ihrem

Rücken. Sie wurde wieder knapp hin und her gerissen. Fester gefasst.

Ewige Sekunden vergingen. Es klingelte in Biancas Ohr, als der Fremde hinter ihr die Namen wiederholte.

»Jo!«, kam es jetzt aus dem Hausinneren.

»Franz?«

»Scheiße!«, war die Antwort.

»He, hört mal«, versuchte Daniel unter Schmerzen zu sagen. Zumindest glaubte Bianca, das von seinen Lippen zu lesen, denn die Traktorhupe war deutlich lauter als er. Außerdem brachte er es kaum heraus, so schwer atmete er noch immer von dem Kampf. Aber der Fremde brüllte ihn an, den Mund zu halten. »Ich mach ernst!«

An Biancas Hals lief etwas hinunter. Sie hoffte auf Schweiß, verdrehte die Augen und glaubte Blut auf ihre Schuhe tropfen zu sehen. Daniel hatte die Hände ausgestreckt.

»Bitte nicht!«, schrie er, um das Hupen zu übertönen.

»Maul halten! Franz, du musst herkommen. Irgendwer sonst? Leute?« Und dann verstummte er kurz. »A... Anna?« Sein Blick schien auf die entstellte Frauenleiche gerichtet zu sein. Seine Stimme war gebrochen. Nur ein zähneknirschendes, kehliges Jammern hörte sie jetzt. Sie spürte etwas, jemand klopfte dem Messerträger auf die Schulter. Ein Schatten erschien in ihrem Augenwinkel.

»Sie haben Anna...«, sagte er. Der Schatten stolperte an ihr vorbei, direkt in den Kegel der Taschenlampe, wo die Tote lag. Es war ein Mann, der eine grüne Bundeswehrjacke trug. Sie erkannte ihn. Es war der Mann mit der Axt. Der Mann, der Walter mit diesen unendlich hasserfüllten Augen angestarrt hatte, als er wenige Tage zuvor mit seinen Leuten vor dem Hof aufgetaucht war. Im Laufen ließ er eine Axt zu Boden fallen. Er stürzte zu der Leiche und stoppte, kurz bevor er ihn berührte. Seine zitternden Fingerspitzen tasteten vorsichtig, kaum dass sie ankamen, in der Luft an dem Körper entlang. Dann sank er auf seine Unterschenkel zurück und starrte die Tote an. Noch immer gellte die Hupe wie eine grässliche Sirene in die Nacht und Bianca musste daran denken, wie weit sie wohl zu hören war.

»Wir müssen den Traktor…«, krächzte sie, plötzlich war ihr Mund schrecklich ausgetrocknet, ihre Zunge ein Stein, der so sauer wie eine Batterie schmeckte.

»Maul halten!«

Ehe sie sich versah, wurde sie in die Knie gezwungen und auf den Boden gedrückt. Schwer wie ein Amboss wog etwas in ihrem Genick und auf ihrem Rücken. Die Brille verrutschte, wodurch sie nur mit einem Auge scharf sehen konnte. Etwas knackte. Sie bekam keine Luft mehr. Auf ihre Ohrmuschel presste sich etwas – eine Handfläche? – sodass alles leise wurde. Sie hörte nur noch ihr eigenes Blut rauschen, wie wenn man eine Muschel an das Ohr hält. Auf ihrer Stirn, ihrer Wange und über ihrem Mund lagen grobe, breite Finger.

»Schneider«, hörte sie wie unendlich weit entfernt ihren Peiniger. Dazwischen irgendwelche Worte, und das um neunzig Grad verdrehte Bild von Daniel, der etwas rief. Verzweifelt versuchte sie zu atmen, aber da war kein Platz. Luft. Sie brauchte Luft! Daniel machte zwei Schritte auf sie zu. Sie versuchte sich zu befreien, ihr Blick wurde glasig. Sie sah die Umrisse ihres Partners, der langsam und mit gehobenen Händen auf die Knie ging. Sie rang vergeblich um Luft und strampelte mit den Beinen, aber der Rest ihres Körpers bewegte sich nicht. Eine Hand krallte sich in die Erde, die andere war irgendwo hinter ihrem Rücken und rührte sich nicht. Daniel faltete bittend seine Hände vor der Brust, er gestikulierte, flehte, zeigte auf Bianca, legte den Kopf schief, stellte ein Knie schon wieder auf, zuckte zusammen und blieb knien. Seine Lippen zitterten, so schrie er jetzt. Das Bild begann sich zu drehen. Sie sah weiße Funken aus einem undefinierbaren Zentrum auf sie zufliegen. Weiße Sterne, die den Kollaps ankündigten. Sie riss den Mund auf und zu wie ein Fisch an Land. Keine Luft. Über allem die gedämpfte Hupsirene. Ihre Beine schlugen gegen den Boden. Ihre Hand erschien hinter den Sternen und flog wieder weg. Wieder knackte etwas in ihr. Aus dem Stall trat ein Fremder mit blutigen Kratzspuren im Gesicht. Er trug ein olivfarbenes Sturmgewehr. »Sara!«, dachte sie. Was hatte er mit ihr gemacht? Da wurden die Sterne größer, zogen erst Fäden, dann glimmende Schweife und begannen das Bild grell auszufüllen. Sie spürte den Finger in ihrem Mundwinkel, schaffte es, ihr Gesicht einen halben Zentimeter zu drehen und biss mit aller Kraft zu. Und dann war sie frei. Die schallende Hupsirene bohrte sich wieder in ihr Ohr. Trocken walzte sich Luft in ihren Hals, die Sterne glommen aus, sie sah nach oben. Da war ein Handballen. Dann ein Blitz, der von ihrer Wange durch den Kopf schoss, gegen die andere Backe krachte und wieder zurückfuhr. Ein gleißend helles Brennen und ein grässliches Pfeifen.

Als das Pfeifen nachließ, merkte sie, dass sie atmete. Sie wurde festgehalten, noch immer – oder wieder – presste sich eine Hand auf ihr Ohr, aber sie atmete. Sie schmeckte Eisen.

Da vorne war die Taschenlampe, der Stall, die zerworfenen und aufgerissenen Heuballen mit einem klaffenden Loch so groß wie ein Scheunentor und zwischen allem Walter, Daniel, die Leiche der toten Frau und vor ihr hockend dieser Mann mit der Bundeswehrjacke namens Franz. Mit bebenden Gliedern raffte dieser sich jetzt auf, ging um Daniel herum und nahm die Schaufel. Er brüllte Walter an, der mit erhobenen Händen auf dem Boden kniete, als würde er mit einer Waffe bedroht. Sekundenlang schrie dieser Mann auf ihn ein, bis Daniel plötzlich aufstand. Er wollte nach Bianca sehen, wollte auf sie zu rennen. Er sagte etwas. Explosionsartig holte Franz jedoch aus, setzte Daniel hinterher und knallte ihm die Schaufel gegen das Knie, dass er in den Staub krachte wie ein Sack Kartoffel. Er zuckte vor Schmerzen, als er aufschlug, während Franz herumschnellte und erneut ausholte. Diesmal ließ er die Schaufel in unbändigem Zorn auf den Bauern niederfahren. Sie sah, wie Walter noch einen Arm hob. Trotzdem wurde er von der Wucht des Schlags zu Boden gezwungen. Seine großen Hände versuchten Kopf und Seite zu schützen, als das Blatt der Schaufel ein zweites Mal auf ihn niederging. Der wuchtige Körper zuckte zusammen. Auch als sie ein drittes Mal, diesmal auf seinen Oberschenkel, niederfuhr. Dann ließ Franz die Schaufel fallen, zog die lange Bundeswehrjacke aus, die ihn zu behindern schien, stolperte dabei fast und schnappte Walters Gewehr, das im Staub lag. Er richtete es auf den Bauern und drückte ab. Nichts passierte. Als würde ein Bajonett auf dem Lauf stecken, stieß er damit in Walters Richtung. Drückte noch einmal ab. Aber es löste sich kein Schuss. Er drehte es zur Seite, fummelte an dem Verschluss und drehte es auf die andere Seite. Bianca konnte Daniel sehen, in dessen Blick Angst und Panik in einer grauenhaften Mischung tobten. Er kauerte seitlich und hielt sich mit einer Hand das Knie. Die Hose war blutgetränkt. Aber er hatte Augen nur für sie. Versuchte aus ihrem Ausdruck schlau zu werden. Sie blinzelte. Einmal, zweimal. Er verengte die Augen. Sie blinzelte noch einmal, diesmal länger, wollte ihm zeigen, dass sie lebte. Als sie die Augen wieder öffnete, schüttelten ihn ein Heulkrampf der Erleichterung. Er sackte zur Seite und weinte, krümmte sich, schlang einen Arm um das Knie und griff mit dem anderen zitternd in ihre Richtung. Er hatte verstanden, dass sie bei Bewusstsein war.

»...sen weg!«, hörte sie einen geschrienen Wortfetzen, der von der Hupe fortgerissen wurde, dumpf über ihr schallen. Etwas ruckte an ihr.

»...ssen hier weg! Die ...anken!«, hörte sie.

Aber Franz ließ sich nicht abhalten. Er schlug jetzt mit der Faust auf den Gewehrverschluss, den er gegen seinen Oberschenkel gedrückt hatte und richtete die Waffe wieder auf Walter. Doch etwas klemmte. Oder sie war leer. Der Mann mit Saras Sturmgewehr und den frischen Kratzspuren im Gesicht fasste ihn am Kragen, versuchte ihn wegzuzerren. Doch Franz befreite sich, entriss ihm kurzerhand und wild schreiend das Sturmgewehr, setzte zurück zu Walter und zielte auf ihn. Aber in diesem Augenblick trat Walter mit aller Kraft gegen Franz Bein. Eine Salve zerriss grell blendend die Luft und fuhr ins Nichts, als er niederstürzte und sich herumdrehte. Walter schnappte die Schaufel, rammte sie in den Boden und raffte sich daran hoch. Er holte aus und trieb ihr Blatt Franz mitten in die Brust. Bianca spürte, wie sie plötzlich losgelassen wurde, sah einen Körper über sie hinwegfliegen. Ihr Peiniger spurtete auf Franz zu, bremste Staub aufwühlend auf halbem Weg, und rannte schließlich in die andere Richtung. Jene, in der der jetzt noch immer sirenenhaft kreischende Traktor wochenlang gestanden hatte, ehe er die Palisade auf der anderen Seite des Hofs eingerissen hatte. Der andere Fremde, der Mann mit den Kratzspuren, sah noch eine Sekunde zu dem Sturmgewehr, das ihm eben entrissen worden war und jetzt in den leblosen Händen seines Freundes hing. Dann ging sein Blick zum blutüberströmten, angestrengt atmenden Walter, der die Schaufel wie einen Anker hinter sich hielt. Für einen kurzen Augenblick sah er an dem Bauern vorbei in die Dunkelheit hinter den Heuballen. Das reichte. Er drehte sich hastig um und rannte seinem noch lebenden Freund, der Bianca gehalten hatte, stumm hinterher. Einen Augenblick später verstand sie, warum. Zwischen den umgeschobenen Heuballen brach eine kreischende, tollwütige Gestalt aus der Nacht, wurde von einem zweiten Infizierten niedergerannt, der stolperte und wild fuchtelnd in den Hof stürzte. Ihr Blick ging zu Daniel, der mit dem Rücken zu all dem lag und nichts davon sehen konnte. Er hatte keine Ahnung. Eine Hand noch immer in ihre Richtung gehoben, hatte er sich auf den einen Unterarm gestützt. Er lächelte aufgelöst und erleichtert, seine Wangen zuckten noch vom Heulen. Er glaubte sie in Sicherheit zu wissen. Das Lächeln wurde zu einem Lachen, seine Lippen formten Worte. Drei Worte. Das Entsetzen in ihrem Gesicht ließ ihn innehalten. Und dann fiel die wild fuchtelnde Bestie über ihn her. Stürzte sich mit ihrem ganzen Gewicht auf ihn und vergrub ihre Zähne in seinen Nacken. Er zappelte, während der zweite Kranke sich in sein Bein verbiss und als ersterer ein großes Stück aus ihm herausriss, sich aufbäumte, mit beiden Fäusten auf ihn einschlug und sich erneut in seinen Rücken verbiss. Sie drückte die Augen zu, hörte nur noch das Kreischen der Hupe und ein weit entferntes Schmatzen und Reißen.

Kapitel 7

Irgendwie hatte Barbara Maier es zu ihren Eltern geschafft. Sie hatte einige Blessuren von einer Rangelei mit zwei Plünderern am Alexanderplatz, hatte sich den Fuß verstaucht und auf der Stirn klaffte eine kleine Platzwunde, die ihr eine hastig aufgerissene Kofferraumtür eingebracht hatte. Aber ansonsten war sie gesund. Als sie die Einfahrt ihres Elternhauses hochhumpelte, hüpfte Karlo, der Familienkater, aus einem Gartenstrauch. Er war zerzaust und nass angeklatscht. Wirkte räudig und miaute hungrig. Sie nahm den Mundschutz ab – der sie vor der Krankheit schützen sollte – und Karlo hoch. Strich ihm erleichtert über den Kopf und entlockte ihm ein herzerwärmendes Schnurren. Dann öffnete sich die Tür und das Gesicht ihres müden, aber glücklichen Vaters erschien. In seine Erleichterung mischte sich aber schnell etwas anderes. Als er den Kater auf ihrem Arm erkannte, wurden seine Augen groß, der Mund öffnete sich und er trat ein paar Schritte zurück. Kater Karlo steckte Barbara Maier mit dem Virus an. Ihr Vater begrub sie zwei Wochen später unter ihrem Lieblingsbaum.

Paul Sturm wusste nicht, wie er dem Irrsinn aus seinem Zuhause entkommen war. Er wusste nur, dass blutverschmierte Kannibalen, vom Virus in den Wahnsinn getriebene Kranke, seine Mutter, seinen Vater und alle ihre Tiere gefressen hatten. Er hatte den Familienhof zu Fuß verlassen und rannte im Mondlicht durch das gefrorene Unterholz. Die Ellbogen riss er sich auf, und fast hätte er ein Auge an einen Kieferast verloren. Die halbe Nacht war er unterwegs, bis er es zum Hof der Hellstetts schaffte. Dieser lag dunkel und verlassen. Er war so schnell gerannt, dass ihm seine Lunge zum Hals rauskommen wollte. Einen Hustenanfall konnte er nicht unterdrücken, als er vor der Eingangstür des Hauses hielt. Er sackte auf die Knie, spuckte schleimig aus und schlug sich selbst zwei, drei Mal ins Gesicht, um wieder zu Sinnen zu kommen. Dann rappelte er sich auf und warf sich gegen die Tür. Sie musste einfach nachgeben. Er spürte seine Finger nicht mehr, so kalt war es. Er glaubte, die Kranken würden jeden Moment zu ihm aufschließen. Es war ihm egal, wenn er sich die Schulter brechen würde, er wollte sich nur in Sicherheit bringen. Wie besessen hämmerte er gegen die Tür, bis er ein lautes Knacken hörte und sich alles in weißes Licht auflöste. Ronald Hellstett hatte in der Überzeugung, einen Infizierten abzuwehren, einen Betonziegel aus dem Fenster seines Schlafzimmers fallen lassen, die er für solche Fälle vor einigen Tagen dort aufgestapelt hatte. Pauls Schädel brach an drei Stellen, bevor die Wirbelsäule nachgab. Er war tot, bevor er auf dem Boden aufprallte. Ronald Hellstett schloss das Fenster und beruhigte seine Frau.

Sechs Wochen Stiefel putzen, marschieren, Waffe reinigen und Krieg spielen hatte er hinter sich. Und trotzdem hatte es

Marvin nur in wenigen Momenten bereut, sich bei der Bundeswehr verpflichtet zu haben. Dann hatte die Krankheit das Land fast über Nacht in den Abgrund gerissen. Innerhalb von Stunden war das Mobilnetz zusammengebrochen. Kein Kontakt zu seiner Familie. Stundenlanges, elendes Warten auf den Marschbefehl in der Kaserne. Und dann, endlich, war es losgegangen. Ihr Auftrag lautete: Sicherung des Fußballstadions um die Krankenhäuser zu entlasten. Absperrgitter aufbauen. Sicherheitskorridore einrichten, Desinfektionsschleusen hochziehen, Quarantänekammern abdichten. Fast eineinhalb Wochen hielten sie das Stadion. Aber schließlich fand das Virus einen Weg hinter die Absperrgitter. Innerhalb von Minuten brach eine Hölle aus verspritztem Blut, brechenden Knochen, knatternden Salven und fletschenden Zähnen los. Es gab plötzlich keine Befehlskette mehr. Keine Koordinierung. Keinen Rückzug. Nur noch Überleben. Wie das bei anderen Einheiten war, wusste er nicht. Er hätte zur Kaserne laufen sollen. Aber das tat er nicht. Stattdessen kämpfte er sich durch die von Plünderern, Infizierten und Kleinkriminellen zerrissene Stadt um zu seinem Elternhaus zu kommen. Unter drei ausgeleerten Blistern einer Familienpackung Schmerztabletten lag ein Abschiedsbrief auf dem Nachttisch. Im Ehebett lagen Mutter, Vater, seine zwei kleinen Schwestern und sein jüngerer Bruder. Marvin Nowak steckte sich vier Stunden später den Lauf seines Sturmgewehrs in den Mund und drückte ab.

Horst Steber zog die Schubkarre stoisch hinter sich her. Neben Wasserflaschen und Grillanzündern hatte er ein paar Essiggurken und einen Kanister Benzin aufgetrieben. Die Beute würde er daheim gut verstauen und es sich dann vor dem

Kamin so gemütlich machen, wie es nur ging. Der Junggeselle wusste nicht warum, aber die neuen Umstände machten ihm keine Angst mehr. Er hatte niemanden zu verlieren gehabt und eine wirkliche Umstellung war nur, dass er jetzt nicht mehr für das Zeug bezahlen musste, das er im Dorf besorgte. Zweimal hatte er sich mit seiner Holzaxt bereits gegen Infizierte gewehrt. Er würde es auch ein drittes Mal schaffen. Steber lebte etwas außerhalb eines Marktes in einem alten Einfamilienhaus aus der Nachkriegszeit, das er in jungen Jahren von seiner Mutter geerbt hatte. Seit einem Betriebsunfall vor zwölf Jahren war er auf Sozialhilfe angewiesen, was ihm nur geringfügig zusetzte, wie er nie müde geworden war zu behaupten, wenn er einmal im Monat das örtliche Wirtshaus zum Kartenspielen aufgesucht hatte. Er hielt an diesem klaren Montagmorgen aufmerksam inne, als eine laute Sirene ertönte. Verdutzt sah er sich um, auf der Suche nach der Ursache. Zwischen den Birken, die die verlassene Straße, an der sein Haus lag, säumten, wurde er fündig. Aus dem Kühlturm des Kernkraftwerkes strömte massig weißer Dampf. Wenige Sekunden später explodierte ein Teil des konkaven Stahlbetonturmes in einer sich rasch ausbreitenden, schuttgrauen Rauchwolke. Horst Steber wusste nicht, ob der Grund dafür ein Störfall, menschliches Versagen oder schlichtweg die Tatsache war, dass niemand mehr im Kraftwerk zur Arbeit aufgetaucht war. Er schaffte es sogar noch rechtzeitig und ehe der Sturm aus Trümmern und Zementstaub ihn erreichte, nach Hause, wo er die Jodtabletten einnahm, die jeder Haushalt in der Umgebung des AKWs gelagert haben musste. Horst Steber ging bereits auf die sechzig zu, weswegen das Jod rasch zu Übelkeit, Zittern und Muskelschmerzen führte. Als diese Symptome nach einigen Tagen wieder verschwanden, meinte er, das Schlimmste überstanden zu haben. Und tatsächlich hatte er sich gegen das giftige Jod 131 erfolgreich geschützt. Zwei Wochen später starb Horst Steber unter höllischen Schmerzen und aus allen Öffnungen seines Körpers schwer blutend. Das freigesetzte Plutonium, Uran und siebzehn andere radioaktive Stoffe im Grundwasser und der Luft hatten ihm einen qualvollen Strahlentod beschert.

Tag 44

76

Und aufgeschlossen war sie geblieben. Sechs Tage lang, fast 150 Stunden, war Martin in seiner Zelle gesessen, durch deren Tür er jederzeit hinaus spazieren hätte können. Und am Morgen nach seinem Fluchtversuch, nachdem der Lärm im Gang verklungen, nachdem seine Verfolger, die scheinbar nichts von ihm gewusst, sondern bloß Steiners Zelle untersucht hatten, verschwunden waren; nach dieser Nacht hatte er es noch ernsthaft in Erwägung gezogen. Er hatte den Hammer, hatte die gehenkten Wärter, hatte die Ankündigungen harter Strafen, all das hatte er bedacht und in Kauf genommen. Er musste seine Familie wiedersehen. Aber dann wurde es Mittag und was dann im Hof zwischen den Zellblöcken geschah, ließ ihn die nächsten sechs Tage in seiner Zelle hocken und an die Wand starren.

Jetzt, drei Wochen später, ging Martin durch den Speisesaal des A-Blocks. Er zog seinen Fuß ein wenig nach, schlurfte mehr anstatt zu gehen und hielt das Tablett mit dem Alugeschirr und der Hirsepampe, die ein Mittagessen darstellen sollte, vor sich wie ein Brett. Die Insassenanzahl war im Vergleich zu der Zeit vor der Krankheit und der Revolte beträchtlich geschrumpft. Problemlos passten alle Verbliebenen gleichzeitig in den großen Speisesaal des A-Blocks. Dort, wo früher samstags und sonntags die Insassen dieses Gefängnisteils ihr Mittagessen eingenommen hatten, wurde jetzt drei Mal täglich gemeinschaftlich gegessen. Es gab Gespräche und hier und dort auch Gelächter. Ab und an ein kurzes Streitgespräch, aber sonst keinen Unfrieden. Und abgesehen von einem kleinen Unterschied hatte sich nichts geändert im Vergleich zum normalen Haftbetrieb. Es war nicht einmal schmutziger oder roch sehr viel schlechter hier drin. Der einzige Unterschied bestand darin, dass Martin, seit er seine Zelle verlassen hatte dürfen – der Kerl, der sie aufschließen sollte, hatte gar nicht gemerkt, dass sie bereits unverschlossen gewesen war – keine einzige Schlägerei im Speisesaal beobachtet hatte. Draußen, am Hof, ging es blutig zu. Vor allem rund um den mittlerweile mit Brettern verstärkten Boxring, wo alle möglichen Varianten des Faustkampfes gepflegt wurden. Den Ring nannte man inzwischen ganz selbstverständlich den »Bluteimer«. Aber im Speisesaal galt eine Regel, auf deren Einhaltung jeder Insasse penibelst achtete.

»Der Speisesaal ist fortan die Schweiz. Jeder, der sich an das Gewaltverbot in der Schweiz nicht hält, darf sich über eine besondere Zuwendung von Seiten der Anstaltsleitung freuen«, hatte die helle, gedrungene Stimme bei einem Morgenappell verkündet. Noch am selben Abend hatte Tarek der Schotte – niemand wusste, warum man diesem Kerl orientalischer Abstammung den Beinamen »der Schotte« gegeben hatte – das Gewaltverbot in den Wind geschlagen, als er das Gefühl gehabt hatte, bei der Essensverteilung benachteiligt worden zu sein. Er hatte einen Burschen bei der Ausgabe an den Haaren über den Tresen gezogen und windelweich geprügelt. Alle waren herumgestanden und hatten verdattert zugesehen. Ratlos darüber, was das denn jetzt zu bedeuten habe. Als der Bursche blutspuckend am Rücken lag und nur noch wirres Gesabbel brabbelte, hatte Tarek von ihm abgelassen, sich selbst eine Extraportion aufgetischt und an einen Tisch gesetzt. Während er aß, hatte sich die Situation entspannt. Die Männer kehrten zu ihren Tischen zurück, Gespräche entstanden wieder. Dann schwang die Doppelflügeltür auf und der Direktor trat ein. Das war das zweite und bisher letzte Mal, dass Martin ihn gesehen hatte. Aber was er und auch die Umstehenden mitansehen hatten müssen, reichte aus, dass der Speisesaal fortan die Schweiz blieb. Was von Tarek übrig blieb, wurde von zwei Jungen aus dem Jugendvollzug zusammengewischt. Sie sprachen seitdem kein Wort mehr.

Inzwischen hatte Martin seinen Tisch erreicht. Er teilte sich ihn regelmäßig mit Gonzo, einem grobschlächtigen Metzger-Azubi aus Duisburg, dem fetten Kurt und drei anderen Leuten aus seinem alten Block. Alle trugen sie Anstaltshemden, auf deren Rücken ein großes, gelbes B gemalt worden war. Nicht nur, dass sie ihre Anstaltsklamotten weiter tragen mussten im Gegensatz zu den Männern aus Block A, auch hatte man ihnen dieses eindeutige Erkennungszeichen aufgezwungen. Sie wurden Babys, B-Ware oder Bockficker genannt und waren für die niederen Arbeiten zuständig, wohingegen jene, die bei der Revolte von Tag 5 dabei gewesen waren – fast der gesamte A-Block – die Kleiderkammer ausgeräumt hatten, sich bedienen ließen und keinen Finger rührten. Sie waren die Einzigen – mit wenigen Ausnahmen – die den Knast verließen und draußen »auf Streife gingen«. Streife bedeutete nichts anderes als Plündern. Der eine oder andere aus dem B-Block hatte sich irgendwie hochgearbeitet, aber die meisten von ihnen, jene die nicht erschlagen, krank geworden oder verdurstet waren, mussten die Latrinen ausheben, Putzdienst erledigen und die Anlage instand halten. Am schlimmsten aber hatte es die Burschen aus der kleinen Abteilung des Jugendvollzugs erwischt. Die mussten für jede Schweinerei geradestehen und wurden als Lustknaben missbraucht. Sie wurden jetzt Stallburschen genannt nach ihrer neuen Unterbringung in den alten Stallungsgebäuden der Anlage. Vor der Revolte waren die engen Räume im Keller des A-Blocks unbenutzt gewesen. Jetzt hatten sie einen neuen Zweck. Wenn einer der Alphas sagte, er würde einen Sprung im Stall vorbeischauen, war damit Vergewaltigung gemeint.

»Sie sagen, draußen ist die Hölle los. Es gibt keine Regierung, keine Bullen und keine Gesetze mehr. Es zählt das Faustrecht«, sagte Tushy Thomas, der den Namen – das englische Wort für Hintern und unter den Insassen ein beliebtes Label eines US-Analpornoproduzenten – bekommen hatte, weil er an seinem ersten Tag in Haft in ein Dornenbeet der Gärtnerei gefallen war und sich den Arsch blutig gerissen hatte. Er trug einen Schnauzer, den er penibel pflegte, und schielte mit einem Auge nach außen.

»Ich habe gehört, dass die Marsianer gelandet sind«, antwortete Bananen-Bruno, ein grobschlächtiger Maurer aus dem Sauerland, der mit seinem blonden Bart und den langen Haaren problemlos als Matrose eines Alexandre Dúmas-Romans durchgehen hätte können und dessen erklärte Leibspeise die namengebenden, gelben Früchte aus dem Süden waren.

»Das ist doch Bullshit, Alter«, gab Tushy zurück, biss sich auf die Lippe und äugte zum fetten Kurt, der ihn angespannt ansah. Kurz war es ruhig am Tisch. Dann tauschte Kurt seinen leeren Teller gegen den halbvollen Tushys, der erleichtert schluckte, und das Gespräch ging weiter.

»Also ich habe gehört, dass die Krankheit ganz Europa im Griff hat und dass es kein Gegenmittel gibt. Die Politiker sind längst über alle Berge und die EU wird dichtgemacht«, meinte Gonzo, den sie »der Knüppel« nannten. Warum hatte Martin noch nicht herausgefunden, es war ihm aber auch egal.

»Was soll das heißen, dicht gemacht? Wie kann man so was wie eine EU dicht machen?«, fragte Tushy aufgebracht.

»Er meint den Kontinent, nicht die Politik«, erklärte Martin müde. Er beteiligte sich selten an Gesprächen, aber manchmal meldete sich sein altes Ich wie ein Bekannter aus längst vergangenen Tagen und übernahm das Reden.

»Wie meinst du, dicht gemacht?«, fragte jetzt Paul, der keinen Beinamen hatte.

»Na dicht gemacht. Abgeschottet. Keiner kommt mehr rein oder raus«, führte Tushy aus.

»Den ganzen Kontinent? Wie soll das denn gehen, Tushy?«

Tushy trat Paul gegen das Schienbein. »Du sollst mich bei meinem Namen nennen.«

»Wie soll das denn gehen, Thomas?«

»Weiß ich doch nicht. Hat Gonzo ja gesagt. Aber recht hat er«, deutete Tushy auf Gonzo.

»Ja. Doch! Einfach abgeriegelt. Ziehen eine gewaltige Mauer hoch am Balkan. Kennt man ja schon«, nickte Gonzo.

»Das geht doch nicht!«, murmelte jetzt der fette Kurt.

»Wenn ich's dir sage!«

Aber Kurt hatte seinen leeren Teller gemeint und sah sich

traurig nach Essbarem um. Ein Ritual, das jede seiner Mahlzeiten beschloss.

»Vergiss das«, sprach Martin Tushy an, während die anderen in weiteren Verschwörungstheorien versumpften. »Hast du, worum ich dich gefragt habe?«

Tushy überlegte. Dann fiel ihm ein, was Martin meinte: »Alter, weißt du, wie schwer es ist, hier drin an einen Topf weißer Dispersionsfarbe zu kommen?« Er hatte sich vorgebeugt und flüsterte fast. Während die Männer der Revolte ihre Zellen vollstopften mit Plündergut, hatte sich für die Insassen von Block B kaum etwas geändert. Tushy sah sich um, sodass sein nach außen schielendes Auge jetzt Thomas anzustarren schien. Es sah bizarr aus. Dann drehte er sich wieder zurück und flüsterte: »Es war ja schon scheiße schwierig, den Leim zu besorgen. Aber einen Eimer Farbe… Herrgott, wofür brauchst du das Zeug?«

Martin ging nicht darauf ein: »Hast du es jetzt oder nicht?«

»Ich bin kein Baufachmarkt, verdammt. Seh' ich aus wie ein verdammter Baumarkt?«

»Hast du's?«

»Jah«, stöhnte Tushy. »Heute um drei hinter dem Graben, für die Scheiße kannst du's holen.«

Martin nickte. Mit der Farbe würde er die mittlerweile getrocknete Paste aus Holzsplittern und Leim, die er über seinen jämmerlichen Ausbruchsversuch geschmiert hatte, überstreichen und damit die gröbsten Spuren verwischen. Endlich. Er musste die Spuren beseitigen. Er dachte an das gelbe Blatt Papier in seiner Tasche. Dachte an die Worte, die darauf geschrieben standen. Als er vor ein paar Tagen in seine Zelle geschlurft war, war es einfach am Bett gelegen.

»Ich habe dich gesehen«, war die erste Nachricht. Er

wusste, dass sie nur zu dem Kerl mit dem Essig-Atem gehören konnte. Dem Kerl, der ihn in der Dunkelheit ertappt hatte, nachdem sie Steiner geschnappt hatten. Die ersten Nachrichten hatten sich auf Drohungen beschränkt. Jetzt begann er, Dinge zu fordern. Diesmal waren es Zigaretten.

Am Morgen nach seinem Ausbruch hatte er eindrücklich gesehen, was mit Menschen passierte, die sich nicht an die Regeln hielten. Da war das Schicksal des »Schotten« noch ein Kinderspiel dagegen gewesen. Ihm wurde übel, wenn er daran dachte und seine Augen wurden unwillkürlich heiß, als würden gleich Tränen herausfallen.

»Also ich weiß ja nicht, ich glaube nicht, dass sie so was können«, nuschelte Bananen-Bruno jetzt und pickte sich mit den Fingern Haferfetzen aus den Zähnen. Tushy brauchte einen Moment, um zu verstehen, dass Bruno die EU meinte. Er schien bis jetzt über die vorangegangene Diskussion sinniert zu haben, während Gonzo ihn mit kruden Verschwörungsideen überhäuft hatte.

»Oh und wie. Die scheren sich doch einen Dreck. Machen den Laden einfach dicht, sagen, fein, fünfhundert Millionen Mäuler weniger zu stopfen und viel Spaß auf den Bahamas. Die verfickten Arschlöcher bringen das fertig.« Mit seinem letzten Satz schluckte Tushy, sprang auf und eilte mit seinem leeren Tablett davon. Kurt sah ihm wütend hinterher. Martin ließ seinen Blick durch den Saal schweifen. Allmählich waren die meisten fertig. Die Männer aus Block A und jene, die sich zu ihnen hochgearbeitet hatten – sie hatten sie zwar Alphas zu nennen, nannten sie hinter vorgehaltener Hand einfach A wie Arschlöcher – standen träge auf und wankten vollgefressen hinaus in Richtung des Innenhofs. Sie bekamen regulär doppelte Portionen. Einige mit den großen

B's am Rücken kümmerten sich um das schmutzige Geschirr, die meisten aber brachen zu anderen Arbeiten auf, denen sie zugeteilt waren. Das taten sie nicht von selbst, sondern dazu forderten Schleimscheißer aus ihren eigenen Reihen auf, die gedachten, sich dadurch hocharbeiten zu können. Zwei oder drei von ihnen standen im Saal, kontrollierten ihre Klemmbretter und riefen Namen. Die Genannten standen auf und schlurften los.

»Wie Rädchen einer gut geölten, bluttriefenden, aber funktionierenden Maschine«, schmatzte Bruno und schüttelte den Kopf. Er hatte nichts als Verachtung für diese Penner übrig. Martin wunderte sich über das passende Bild, das sein Tischnachbar da zuwege gebracht hatte, als kurz darauf seine Aufmerksamkeit von etwas anderem eingenommen wurde. Ein Kerl mit schlohweißem, hinter dem Kopf zusammengebundenem Haar und der Figur eines pensionierten Preisboxers hatte die Arme ausgebreitet und verkündete: »Wir sind die Überlebenden. Wir, der singende, tanzende Abschaum der Welt, sind die wahren Rechtschaffenen. Wir sind die Jünger des Beelzebubs und Bacchus und Mars. Die Geschichte hat uns recht gegeben und gemeinsam fahren wir auf unserem Narrenschiff in das Paradies der Hölle. Kommt heute Abend nach dem Boxkampf zu unserem Fest und hört euch an, was ich zu verkünden habe.«

Ein Alpha warf mit dem trockenen Kommentar: »Schnauze jetzt, du Esel« einen Alubecher nach dem Prediger. Er traf ihn an der Schulter, aber davon ließ er sich nicht abbringen. Martin wartete angespannt auf eine Sanktion für diesen Friedensbruch, aber nichts passierte. Stattdessen leierte der Weißhaarige weiter: »Es gibt Bier aus einem Fass und ein Knabe soll im Namen des Kultes unter allen frommen

Teilnehmern verlost werden!« Das wurde von einigen Pfiffen und Johlen honoriert. Jemand klatschte in die Hände. Während seiner grotesken Ankündigung teilten zwei Burschen Kopien aus. Martin sah sich einen kurz an, las die Überschrift »Das Wort der Hure Babylon« über einer Aneinanderreihung von verrückten Geboten. Martin schüttelte den Kopf. Paul nahm den Zettel und kommentierte: »Die sind ja irre.«

Gonzo zog ihm das Papier aus der Hand, zerknüllte es und sagte: »Der gleiche Scheiß wie in der Kirche. Wen juckt's, ob es jetzt anders rum sein soll.«

Eine Zeit lang saßen sie noch wortlos beisammen. Dann stand Martin auf und brachte sein Geschirr weg. Der Speisesaal war jetzt fast leer, aber drei, vier Tische weiter sah er etwas, das er sofort wieder aus seinem Gedächtnis streichen wollte. Jeden Tag sah er es, seit er hier sein Essen einnahm. Trotzdem verlor dieses Bild nichts von dem Schrecken des ersten Tages. An einem einzelnen Tisch saß Steiner. Oder das, was von ihm übrig war. Seine Arme lagen auf dem Schoß. Er steckte seinen Kopf in den Topf und leckte die Schüssel aus wie ein Hund. Es war ein grausames, ein jämmerliches Bild. Er leckte das Geschirr aus, das ganze Gesicht war bedeckt von Hirseschleim. Und Martin wusste warum. Steiners Unterarme endeten knapp über der Handwurzel in zwei weißen Verbänden, anstatt in Händen. Sie hatten sie ihm am Morgen nach dem Fluchtversuch im Hof zwischen den Zellblöcken abgeschlagen. Das war eines der Dinge, die Martin veranlasst hatten, sechs Tag bei offener Tür in seiner Zelle zu bleiben. Dabei hatte es Steiner im Vergleich zu den anderen Delinquenten noch milde erwischt. Als sein alter Kumpel aufsah, wendte sich Martin ab. Er verließ den Saal mit zu Boden geheftetem Blick. Als er seinen Freund zum ersten Mal wiedergesehen hatte, hatte er versucht, mit ihm zu reden. Aber da war nur Schmerz und Zorn und Trauer in diesen Augen. Martin wusste, dass er ihm die Schuld dafür gab. »Ich hätte dich nicht holen sollen. Hätte alleine über die Mauer klettern sollen, wie geplant«, hatte er gesagt. Seitdem hatten sie kein Wort mehr gesprochen. Steiner weigerte sich. Er sprach mit niemandem.

Draußen wurde er vom Sonnenlicht geblendet und musste blinzeln. Er schirmte seine Augen ab und sah sich um. Am Tor wurde die Lieferung eines Plünder-Wagens abgeladen, im Boxring streute jemand Sand über die blutschmatzende Erde, jemand anderes hämmerte ein Brett der jeden Tag größer werdenden Tribünen fest. Alphas machten sich entweder zu einem Ausflug bereit, standen in Grüppchen zusammen und rauchten, oder ließen sich die Sonne auf den Bauch scheinen. Einige von ihnen trugen Lederkutten wie Rocker, auf deren Rücken ein rotes, eingekreistes A prangte, wie es in den Neunzigern des vergangenen Jahrhunderts Punkrocker für ihre Sachen verwendet hatten. Es hatte damals für Anarchie gestanden. Der alte Martin hätte über die Ironie dieser Symbolik gelacht. Der neue Martin atmete nur erschöpft aus und sah sich weiter um. Betas wurden zu Arbeitsgruppen von den Vorarbeitern zusammengezogen und Stallburschen fegten den Hof, trugen Kisten oder kauerten in dem Schatten des Gebäudes.

Endlich macht er den Kerl aus, den er suchte. Er hieß Bucky – eigentlich Robert – und hatte die Mimik eines Zementsackes. Wenn man mit ihm redete, bewegten sich nur seine Lippen, und auch die kaum merklich. Alles andere schien wie gelähmt. Er hatte keine Augenbrauen und seine roten Haare waren kurz geschoren. Martin hatte sich zum ersten Mal vor einer Woche an ihn gewendet. Irgendwie musste er es schaffen, zu Buckys Hilfstrupp für die Streifzüge zugeteilt zu werden. War er erst einmal vor den Gefängnismauern, würde er es irgendwie davon schaffen. Er musste es probieren. Tagelang hatte er mit sich gehadert, hatte die Bilder im Kopf, was mit Flüchtenden angestellt wurde. Sah Steiner vor sich. Der Entschluss hatte ihn fast wahnsinnig gemacht, aber er stand fest. Er musste hier raus.

»Bucky!«, rief Martin und lief auf den Kerl zu, der sein Klemmbrett kontrollierte und dabei eine Gruppe von acht oder neun Betas durchzählte. Sie hatten grobe Baustellenhandschuhe an und trugen Werkzeuggürtel. Ihre Gesichter wirkten verhärmt. Ihre Augen stumpf. Was hatten sie da draußen gesehen?

»Bucky! Hast du darüber nachgedacht?«

Kurz drehte sich der Bursche um – er war mindestens zehn Jahre jünger als Martin – sah ihn vom Scheitel bis zur Sohle an und drehte sich wieder weg. Es war unmöglich zu erkennen, was das zu bedeuten hatte, ohne Gesichtsausdruck, den man deuten konnte.

»Verschwinde!«, sagte dieser Typ schließlich, der nur vier Zellen weiter von Martin untergebracht war, und spuckte aus. Dann zählte er von vorne durch. Martin sah auf seine Liste und sagte: »Es sind zehn.«

»Schnauze. Es gibt nichts, was du mir im Gegenzug anbieten kannst. Verschwinde«, brummte er und zählte wieder von vorne. Träge wie ein Uhrpendel. Als er durch war, wiederholte Martin seine Frage in möglichst freundlichem Ton. Ein Alpha schlenderte an ihnen vorbei und sah sie abschätzig grinsend an. Wie ein Herr, der seine Untertanen beim Feilschen um irgendeine Belanglosigkeit beobachtete. Bucky sah den Blick, riss die Augen auf und sah sich bemüßigt, seinen Stand zu verteidigen. Er schlug Martin derart heftig ins Gesicht, dass dieser zurücktaumelte und auf den Hintern flog. Während er sich die aufgeschlagene Lippe hielt, konnte er sehen, wie Bucky nach Anerkennung bei dem Alpha suchte. Dieser war aber weitergezogen, ohne zu zucken. Zornig funkelte der Vorarbeiter Martin an. Dieser Bursche, der fast sein Sohn hätte sein können, wenn Martin fünf, sechs Jahre älter gewesen wäre.

»Verzieh dich.«

»Ich bitte dich, ich bekomme Lagerkoller. Ich muss sehen, was da draußen passiert«, versuchte er es noch einmal. Er saß im Staub und hielt sich die Hand vor den Mund. Kaum jemand kümmerte sich um sie. Es gab unzählige solcher kleinen Raufhandel jeden Tag hier draußen und eine aufgeschlagene Lippe war nicht einmal einen Blick wert, wenn man regelmäßig gebrochene Arme und eingeschlagene Zähne sehen konnte.

»Verzieh dich, sag ich«, er machte eine Bewegung mit seinem Klemmbrett, als würde er eine Fliege verscheuchen. Martin fluchte stumm. »Ich werde dir deine scheiß Visage vom Schädel reißen«, murmelte er bitter, als Bucky mit seiner Truppe loszog. Sie sprangen auf die Ladefläche eines Pritschenwagens auf. Teilnahmslos wie Tagelöhner vom Arbeiterstrich. Einer erbrach gegen den Autoreifen, bevor ihn die anderen müde in den Wagen zogen.

In seiner Hosentasche fingerte er nach dem Brief seines Sohnes und dem Familienfoto, das er dazwischengeschoben hatte. Er sprang hektisch auf, als er von seinem eigenen Vorarbeiter gerufen wurde und ihm die Zigaretten einfielen, die er zu besorgen hatte.

77

Die meisten von Buckys Leuten waren als Strafe für mindere Vergehen in seinem Trupp. Bald war auch klar, warum. Alle zwei, drei Tage kamen weniger zurück, als ausgeritten waren. Die Alphas waren bewaffnet. Trugen Pistolen, Taser oder Maschinenpistolen, die sie aus den Beständen der Anstalt hatten. Aber die Betas durften keine Waffen tragen. Martin hatte darüber nachgedacht, so einen kleinen Regelübertritt zu riskieren, um in den Trupp zu kommen. Einen Alpha mit Bier anschütten oder sich das Hemd im Hof ausziehen und somit für ein paar Sekunden das große, gelbe B am Rücken loswerden. Aber das konnte leicht nach hinten losgehen. Bananen-Bruno hatten sie für Zweiteres mit einem glühenden Eisen ein großes B in den Rücken geschmort. Und einem Kerl namens Ludwig war das Gesicht so zerschlagen worden, dass ihm jetzt alle Zähne bis auf sieben fehlten, weil er heimlich an eine Knarre gelangt war. Seitdem trug er den Beinamen »der Schöne« und nahm seine Mahlzeiten durch einen Strohhalm zu sich.

Martin hob das lange Stahlelement aus dem Abkühlbecken und nickte Kurt zu. Dieser wischte sich mit dem gewaltigen Unterarm dicke Schweißtropfen von der Stirn und warf die Zangen beiseite. Sie hatten das Glück gehabt, in der Schlosserei bleiben zu dürfen. Tatsächlich war die Anzahl der

Arbeiter hier drin sogar stark angehoben worden. Denn Eisenbearbeitung war ein gefragtes Geschäft in der Anstalt. Von den meisten Teilen wusste er anfangs nicht, wofür sie gebraucht wurden. Als er die ersten Autos sah, die die Kerle von der Schweißerei damit bearbeitet hatten, war es ihm klar. Und als er die Autos sah, die ungepanzert zurückeierten, noch eher. Es waren teilweise eingedrückte, blutverschmierte Schrotthaufen auf vier Rädern. Er musste täglich daran denken, was ihm damals durch den Kopf gegangen war: Was in Gottes Namen ging da draußen vor sich?

Die Wagen, welche nach draußen fuhren, wurden also mit ihren Arbeiten verstärkt. Abgesehen davon, dass sie jetzt vorsintflutliche Autopanzerungen bearbeiteten anstatt Zaungitter oder Brieföffner, und abgesehen von der Erhöhung der Arbeitskräfte hatte sich nichts geändert. Martins Vorarbeiter, Tschernitz, war ein Arschloch von einem Menschen. Er hatte schon in den alten Zeiten keine Freunde gehabt in der Schlosserei und stellte sich als noch genauer und respektloser heraus als seine Vorgänger vom Gefängnispersonal. Vor allem bei der abendlichen Kontrolle des Werkzeuges. Noch dazu schritt er die Werkstätten regelmäßig ab und klopfte Leuten mit einer abgebrochenen Radioantenne auf die Finger, wenn sie nicht schnell genug arbeiteten. Nur um den fetten Kurt machte er dabei einen Bogen. Deswegen arbeitete Martin am liebsten mit diesem Koloss von Menschen zusammen. In seinem Nahbereich war man vor Gewalttaten in der Regel auf ganz natürliche Weise sicherer als überall sonst.

»Du musst verrückt geworden sein«, sagte Gonzo jetzt über die Schulter, der hinter Martin an einer Drehbank beschäftigt war. In einer kurzen Pause hatte er diesem eröffnet, dass er zu den Streifenbetas, wie die Hilfsarbeiter für draußen genannt wurden, wechseln wolle. Martin antwortete nicht.

»Also ich hätte ja nie gedacht, dass ich das mal sagen werde, aber nachdem, was da draußen vor sich zu gehen scheint und welche Kreaturen da unterwegs sind, bin ich nirgends lieber als hier drin.«

Martin wusste, dass Gonzo damit nicht allein war. Die Anstaltsleitung hatte auf Anweisung des Direktors in der vergangenen Woche Bilder von den Ereignissen gezeigt, bevor die Fernsehübertragungen eingestellt wurden. Und seit in der vergangenen Woche ein Infizierter am helllichten Tag drei Insassen gefressen hatte, bevor man ihn erschießen konnte, war bei vielen Betas die einhellige Meinung entstanden, dass man es hier gar nicht so schlecht habe.

»Oder hab ich unrecht? Wir haben Essen, wir haben Trinken. Ab und an ein Bier und sogar wieder Strom. Zwar nicht in der Zelle, aber in der Werkstatt. Und da liegt die Betonung auf noch! Die arbeiten daran, eine permanente Stromversorgung herzustellen. Ich meine, was willst du noch? Und sag jetzt nicht: Muschis.«

Martin wollte sagen: Meine Tochter. Meinen Sohn. Meine verdammte Familie. Aber er wartete noch. Jeder Häftling hatte Familie. Und jeder wollte sie wiedersehen. Doch die Zustände schienen draußen so desaströs zu sein, dass es kaum jemand wagen wollte. Von den Alphas hatten sich vor einigen Tagen ein paar abgesetzt. Zwei kamen zurück, völlig aufgelöst und keines geraden Satzes mächtig. Sie saßen jetzt meist im Hof und fütterten Tauben. Ihre Kutten, die ärmellosen Lederjacken mit dem roten A am Rücken, hatte man ihnen abgenommen.

»Norbert«, nannte er Gonzo bei seinem bürgerlichen Namen: »Ich muss hier raus. Und bei der Streife haben wir die besten Chancen dafür. Und ich weiß, dass du auch raus willst.«

»Und genau da irrst du dich.«

Darauf hatte Martin gewartet: »Du hast mir gesagt, dass deine Töchter bei deinen kranken Eltern leben. Was glaubst du, wie lange sie sie beschützen können?«

Gonzo antwortete nicht. Als er nachsah, arbeitete dieser stur an seinem Werkstück, als hätte er nichts gehört. Er denkt jetzt wahrscheinlich das Gleiche wie ich, dachte Martin. Wahrscheinlich sind sie schon längst tot.

Als er am Abend in seine Zelle zurückkehrte, lag da wieder ein gelber Zettel. Martin schloss die Augen, während er die Tür hinter sich schloss. Er wollte nicht wissen, was diesmal darin stand. So wie beim ersten Brief, nachdem er ihn gelesen hatte, zitterten seine Finger jetzt, als er diesen neuen anfasste. Er wollte es nicht lesen. Alles in ihm sträubte sich.

»Noch zwei Tage für die Zigaretten. Oder dein kleiner Fluchtversuch wird gemeldet und dir geht es wie deinem Freund. Dann darfst du deine eigenen Hände essen.«

Tag 46

78

Martin, Gonzo, Paul und Tushy saßen auf den jetzt ungenutzten Tribünen des Boxrings, welche aus unterschiedlichen Brettern, Zellentüren, Metallspinden und was sonst noch auf dem Gelände herumgelegen hatte, zusammengezimmert worden waren.

»Ich glaube nicht, dass wir hier jemals lebend rauskommen«, sagte Paul müde und zog an der Zigarette, von denen jeder von ihnen nach Feierabend eine zugeteilt bekam. »Und wenn, überleben wir draußen keine fünf Minuten«, ergänzte Tushy und wischte sich über die Stirn. Er sah zum Rolltor, neben dem zwei Wagen standen, die draußen gewesen waren. Die Metallplatten und Leisten, die zur Verstärkung angeschweißt worden waren, waren verkrustet von Staub und Blut. In den eingedrückten Kühlergittern hingen Fetzen von Fleisch und Haaren. Niemand widersprach.

Tushy rutschte kurz hin und her, dass die Konstruktion, auf der sie saßen, quietschte. Vor einigen Tagen war sogar ein zweiter Rang fertiggestellt worden, sodass jetzt bis zu fünfzig Männer in diesem postapokalyptischen Amphitheater Platz hatten. Von Tag zu Tag rutschten sie immer weiter in einen surrealen Albtraum, dachte Martin, den man sich in seinen wildesten LSD-Räuschen nicht ausdenken hätte können.

»Und wie willst du das anstellen? Bucky fragen?«, sagte Gonzo beiläufig und biss in einen Apfel, der an diesem Tag als Nachspeise ausgeteilt wurde. Damit nahm er ein Gespräch wieder auf, das sie am Vormittag geführt hatten. Martin starrte ihn an, leiser zu sprechen. Aber scheinbar hatte niemand auf der Tribüne Gonzo gehört. Alle hingen ihren eigenen Gedanken nach.

»Habe ich schon«, meinte Martin leise und rückte etwas näher. Dabei kratzte er letzte Reste der weißen Farbe von seinen Fingern. Mit einem Tag Verzögerung hatte Tushy ihm den Topf und dazu einen alten Pinsel besorgt. Jetzt war sein letzter Ausbruchsversuch so gut wie möglich kaschiert. Der beschissene Essig-Atem würde ihn am Arsch lecken können.

»Ja, was dann?«, fragte Gonzo, aß seinen Apfel mit knackenden Bissen und ließ den betäubten Blick nicht ab von den geschundenen, blutverschmierten Wagen.

Martin hatte es geschafft, ihn nach und nach zu überzeugen. Er hatte richtig damit gelegen, dass der Kerl ein Ohr dafür hatte. Es hatte nur die richtigen Anreize gebraucht. Als Martin ihm die Szene seiner zwei Töchter, aufgefressen von den eigenen Großeltern, in den Kopf gesetzt hatte, hatte Gonzo ihm die noch nicht ganz verheilte Lippe zwar wieder aufgeschlagen, aber der Funke hatte gezündet.

»Wir gehen zu Kane«, sagte er schließlich leise.

»Dieser Kanaille? Niemals. Das Arschloch ist nicht die Luft wert, die ich dafür verschwende mit ihm zu reden. Von dem können wir uns nichts erwarten«, gab sein Kamerad zurück und biss den Apfelbutzen samt Kern, bis nur noch der Stängel zwischen seinen Fingern übrigblieb, den er wie eine Zigarette in das braun zertretene Gras schnippte.

»Wir bieten ihm etwas an«, schlug Martin mit gesenkter Stimme vor und äugte zu den anderen, die stumpf noch immer die Autos betrachteten und dabei in ihre Gedanken versunken waren.

»Was denn?«

Martin wusste es nicht.

»Oder wir erpressen ihn«, versuchte er es.

»Womit denn?«

Gonzo hatte recht. Martin wusste nicht, was sie als Nächstes tun sollten. So weit hatte er nicht gedacht, schließlich hatte er nicht damit gerechnet, dass Gonzo sich auf ihn einlassen würde. Er hatte es gehofft, aber wirklich davon ausgegangen war er nicht. Nicht nach den Dingen, die sie von draußen gehört und die sie hier drinnen erlebt hatten.

Die Sonne sank gerade über die Mauer und es herrschte eine müde Feierabendstimmung unter den Betas. Man genoss es, dass die meisten Alphas entweder dösten, still Bier tranken oder in ihren Zellen soffen, als eine wild fuchtelnde Gestalt die abendliche Ruhe durchbrach.

»Da!«, rief der Kerl und hielt ein gefaltetes Papier in die Luft. Er entfaltete es und tippte mit dem Zeigefinger der freien Hand darauf. »Da! Schaut!«, rief er laut und stampfte durch den Hof. »Morgen komm ich frei. Morgen ist meine Entlassung! Da, schaut! Ich geh heim! Morgen ist es so weit.« Dabei hüpfte er und wollte es allen zeigen. Ein paar drehten sich weg. Einige lachten. Jemand, einer der Vorarbeiter – tatsächlich war es Bucky – die gemeinsam auf der Treppe zum A-Block hockten, schrie ihn an, dass er Leine ziehen sollte. Aber der Typ ließ sich nicht beirren. Er lief auf Bucky zu, streckte ihm den Zettel entgegen und verkündete lachend: »Schwarz auf weiß steht das da! Schau! Hab ich noch gekriegt, bevor die ganze Scheiße angefangen hat.«

»Der ist durchgedreht. Wie der Kerl, der vorige Woche angefangen hat, seine Scheiße zu fressen«, kommentierte Paul trocken. Bucky sah sich derweil um. Zwei Alphas, die einen abendlichen Snack grillten, drehten sich in seine Richtung und warteten auf eine Reaktion. Also baute sich der gesichtsgelähmte Vorarbeiter auf wie ein kleiner Gorilla und drohte dem Störenfried.

»Aber steht doch da!«, entgegnete der nur, drehte sich um und wollte der ganzen Welt seinen Haftentlassungsbescheid zeigen. »Mit Datum und allem!«

Bucky sah sich erneut ein wenig ratlos um und stieß den Irren nieder, dass dieser in den Staub fiel. Schnell war er aber wieder auf den Beinen und rannte, scheinbar blind, auf die zwei Alphas zu, die nach Buckys trauriger Vorstellung nur abgeklärt den Kopf schüttelten. Einer zog einen Taser und feuerte ihn ab. Der Irre stürzte wie ein Brett zu Boden und zappelte wie ein Fisch an Land. Selbst noch, als man ihm die Drähte aus dem Fleisch zog. Dazu lachten die beiden Alphas und widmeten sich wieder ihrem Grillfleisch, während sich der Niedergestreckte stöhnend entleerte.

Gonzo hatte längst nicht mehr zugesehen. Er hatte ein abgegriffenes Foto aus seiner Brusttasche gezogen, das eine alte Frau zeigte, die zwei Kinder in den Armen hielt. Einen Säugling und ein kleines, blondes Mädchen. Es war vielleicht vier. Martin kannte es gut. Gonzo hatte es ihm schon unzählige Male gezeigt. Das Foto war kurz vor Ausbruch der Krankheit aufgenommen worden. Es zeigte seine Kinder in den Armen seiner Mutter. Sie wirkte nicht gesund und Martin brauchte keine Erklärung, um Gonzos Blick, der das Bild aufgelöst anstarrte, zu deuten. Vorsichtig und fast geistesabwesend strich sein Freund mit dem Daumen über die Wange des Mädchens, seine Augen glitzerten feucht. Martin stand auf und schlurfte über den Hof. Er verabschiedete sich nicht, sondern ging einfach los, um in seine Zelle zu kommen. Er konnte nicht mehr denken. Wollte nicht mehr. Gonzos stummer Kummer war ihm wie ein Spiegel, der ihm seine eigene Verzweiflung und Hoffnungslosigkeit vorführte.

Als er den Korridor, der die zwei Blöcke miteinander verband, passierte, spürte er eine Hand auf seiner Schulter. Er dachte an irgendeinen verrückt gewordenen Insassen. An einen Alpha, der seinen Frust an ihm ablassen wollte. An einen breitschultrigen Beta, der seinen Schwanz schon ausgepackt hatte mit der Absicht ihn hier und auf der Stelle zu vergewaltigen. Er sah seinen ehemaligen Erpresser vor sich, der sich um seinen Geschäftszweig betrogen sah und Rache wollte. Die Bilder von Steiners Augen schossen ihm durch den Kopf. Hatte er jemanden angeheuert ihn abzustechen? Martin ballte die Fäuste, atmete tief ein und wusste, dass er im nächsten Moment ein Messer im Bauch, eine Flasche am Schädel oder Finger wie Schraubzwingen an der Kehle haben könnte. Vergeblich würde er versuchen sich zu wehren und innerhalb von Sekunden am Flur im eigenen Blut liegen. Noch einmal zucken und dann sterben. Seine einzige Chance war es, zu überraschen. Er musste zuerst handeln. Er würde sich herumdrehen und dem anderen alles entgegenwerfen, was er hatte. Überleben. Das war alles, was er musste. Dann hier wegkommen. Seine Familie finden. Aber wie? Wertvolle Sekunden verstrichen und Martin wusste, dass sich das Zeitfenster schloss. Er musste etwas tun. Aber dann würde sein Leben enden. Er war sich jetzt sicher. Er musste sich wehren. Ein Zittern durchzog seinen Atem, als er dachte, er wolle es dem Bastard so schwer wie möglich machen. Er wollte mutig sein, aber in seinem Hals bildete sich ein kleiner Knoten, ließ den Kehldeckel hüpfen und kündigte bitter verzagte Tränen an. Seine Gesichtszüge verkrampften sich weiter. Er ballte seine Fäuste, musste unweigerlich an Tanja denken. An seine Tochter. An seinen Jungen. Sah Jakob als kleines Kind auf einer Schaukel schwingen. Sah, wie er lachte und kicherte, wie es nur sein Junge konnte. Ein Schluchzen entfuhr ihm und er schrie auf, als er einen eisigen Griff im Nackens spürte. Explosionsartig und mit aller Kraft des Verzweifelten trat er mit dem linken Bein nach hinten aus, gleich einem störrischen Pferd. Er drehte sich herum und schlug mit beiden Fäusten, so fest er konnte. Aber er fuhr ins Leere und stolperte dabei vorwärts, rutschte aus und stürzte. Der Gang war völlig leer. Er war alleine. Hier war niemand. War nie jemand gewesen außer ihm. Heftig atmend griff er sich ins Gesicht, presste die Handballen an die Stirn und weinte. Er wollte sich hinlegen, einrollen und die Arme um die Knie schlingen wie ein Kleinkind. Nichts wünschte er sich mehr als eine Hand auf seiner Schulter, die ihn streichelte und festhielt. Aber alles das durfte er nicht. Keine Schwäche zeigen. Nur keine Schwäche zeigen. Also ließ er sich zurücksinken und lehnte an der Wand des kalten Verbindungsganges, starrte ins Leere und ohne, dass er es kontrollieren konnte, rannen Tränen über sein Gesicht. Seine Wangen, Augenlider und Brauen zuckten dabei wie von Stromstößen durchjagt. Es war ihm gleich.

Irgendwann stand er auf und schlurfte wie betäubt in Richtung seiner Zelle. Hinter ihm hörte er seinen Namen. Er kümmerte sich nicht darum. Wahrscheinlich bildete er es sich ein.

»He, ich weiß, was wir machen!«, sagte Gonzo, als er ihn erreicht hatte. Martin wollte sich umdrehen, knickte dabei aber ein als seine Knie von einem Schwächeanfall erfasst wurden. Er musste sich am Kragen seines Freundes festhalten. Dieser griff nach seinen Armen und versuchte ihn zu stützen. »Alles in Ordnung, Junge?«

»Ja«, sagte Martin schwach, nickte und versuchte, sich

aufzurichten, knickte aber gleich wieder ein. Die Kraftlosigkeit hatte sich in seinen Unterleib ausgebreitet.

»Reiß dich zusammen, so darf dich keiner sehen!«, sagte Gonzo und schaute sich hektisch um. Er drückte Martin an die Wand und umklammerte seine Schultern.

»Hör zu«, sagte er, »Hör zu: Ich weiß, wie wir an Bucky rankommen!«

Tag 48

79

»Gut. Also morgen ziehen wir es durch!«, flüsterte Gonzo, während er sich Essensreste aus den Zähnen pulte.

»Kannst du auch mal die Schnauze halten?«, zischte Martin und sah sich um. Sie saßen im Speisesaal an ihrem Tisch. Allerdings waren sämtliche ihrer Sitznachbarn damit beschäftigt, den Prediger mit dem schlohweißen Pferdeschwanz zu beobachten, der wie ein Weihepriester durch die Tischreihen schritt. Er trug einen engen, knallroten Lackmantel, hielt einen goldenen Pokal in der einen Hand und war über und über behängt mit Gold und Bernsteinketten als er stimmgewaltig verkündete: »Höret und lernet. Dies sind die Worte der Offenbarung: Und die Frau war bekleidet mit Purpur und Scharlach und übergoldet mit Gold und Edelsteinen und Perlen. Und sie hatte einen goldenen Becher in ihrer Hand, voller Gräuel und Unreinheit ihrer Unzucht.« Bei den letzten Worten griff er in das Gefäß und spritzte mit den

Fingerspitzen Rotwein gegen die Umsitzenden. Einige drehten sich um, andere fluchten. Der fette Kurt murrte.

»Wer hat denn dem ins Hirn geschissen?«, fragte Paul und schüttelte den Kopf, als er sich wieder zum Tisch drehte. Die Erscheinung des Predigers machte ihn jedes Mal nervös.

»Derselbe wie allen anderen von den Vereinen auch. Trottelei und der Wunsch nach Macht«, erklärte Bruno abgeklärt und nippte aus einem Blechbecher Kaffee, ohne ihn danach abzustellen. Stattdessen hielt er ihn mit beiden Händen an den Lippen und verfolgte das Geschehen aufmerksam, aber ruhig. Die von Hornhaut überzogenen Ellbogen, die in die dicken Unterarme eines Maurers übergingen hatte er auf den Tisch gestützt. Strähnen seiner langen, blonden Haare fielen ihm ins Gesicht und verschmolzen an den Backen mit seinem Vollbart. Er machte sich nicht die Mühe, sie beiseite zu wischen.

»Hast du den Strick?«, fragte Martin leise, kaute dabei an einem zähen Teil seines Eintopfs und hoffte, dass es sich um Schweinefleisch handelte. Gonzo nickte.

»Und sie hatte auf ihrer Stirn einen Namen geschrieben, ein Geheimnis: Babylon! Die Große! Die Mutter der Huren und der Gräuel der Erde!«, sprach der Prediger und streckte seine Arme von sich. Er lachte und verkündete: »Das sind wir, meine Genossen. Wir sind die Hure Babylon. Und wir haben recht damit!« Er hob seine Arme, drehte sich einmal um sich selbst. Hinter ihm gingen vier oder fünf Männer in gebückter Haltung.

»Ich weiß nicht, ob ich es schaffe, ihm das Genick zu brechen…«, murrte Gonzo in sich hinein. Aber diesmal hörte es nicht nur Martin.

»Würd ich nicht«, antwortete Paul, der, ebenso wie die

meisten andern im Saal, den Prediger beobachtete und darüber sein Essen vergessen hatte. Martin atmete erleichtert aus. Sie hatten es nicht verstanden. Nicht, dass er die Leute an seinen Tisch nicht in den Plan einweihen würde. Er hatte sogar intensiv darüber nachgedacht. Mehr Leute würde mehr Schlagkraft bedeuten. Aber wenn sie erwischt würden, würde er allein die Schuld an ihrer Bestrafung tragen. Er war zum Schluss gekommen, dass er dies ohne viel Aufhebens auf sich genommen hätte, auch wenn er sie alle auf seltsame Art und Weise gerne hatte. Aber mehr Männer bedeuteten auch mehr Auffälligkeit und ein höheres Risiko aufzufliegen. Und das durfte er nicht riskieren. Nicht noch einmal. Er wusste, dass es sich um seine letzte Chance handelte.

»Warum?«, fragte Tushy, schob einen Löffel Eintopf in den Mund, ohne den Blick von diesem Mann mit der Gestalt eines ehemaligen Boxers abzulassen. Der Kragen seines roten Mantels reichte bis zum Kinn und seine Gebärden waren so breit und weit und feierlich, dass er wirkte wie ein Theaterdarsteller in der Rolle des Mephistos.

»Der genießt den Schutz des Direktors selbst«, gab Paul zurück und konnte nicht verhindern, dass gehörig Ehrfurcht dabei mitschwang. Tushy schlug den Blick zu Boden. Kurt zog Schleim die Nase hoch, nachdem er die erste Portion Eintopf beseitigt hatte – er war der Einzige am Tisch, vielleicht im ganzen Saal, der sich noch mit Essen beschäftigte – und nahm sich die zweite Schüssel vor.

»Ich würd's machen«, sagte Bruno, noch immer an seinem Kaffee nippend.

»Was?«, fragte Paul ungläubig.

»Ihm das Genick brechen.«

Tushy blickte hoch und blinzelte irritiert. Auch Paul sah

Bruno jetzt fassungslos an.

»Ist dir bewusst, was der Direktor dann mit dir anstellt? Das darfst du nicht mal denken, du Idiot.« Paul kratzte sich nervös im Nacken.

»Das wär's mir wert«, antwortete Bruno, stellte die Tasse jetzt ab und kratzte sich am blonden Bart. Es war kein Trotz oder Provokation in seinem Gesicht. Es war eine abgeklärte, ruhige Feststellung.

»Du bist völlig irre. Du bist lebensmüde« Mittlerweile flüsterte auch Paul. Denn im Saal war es ruhig geworden, und allein über Auflehnung zu reden, wurde als Kapitalverbrechen empfunden.

Der Prediger erklärte derweil lauthals und mit sonorer Stimme: »Und ich sah die Frau trunken vom Blut der Heiligen und vom Blut der Zeugen Jesu!«

»Das ist Gotteslästerung, du Schwein!«, stand jemand auf und schrie ihn an. Ein Alpha ohne Kutte.

»Was ist das?«, rief der Prediger: »Ein Jude? Ein Christ? Ein Buddhist? Blinder, mach die Augen auf, dies sind die Tage des Jüngsten Gerichts! Ihr habt euch geirrt. Nicht irgendein Gott auf einer Wolke hat gewonnen! Der Satan im Menschen ist der Sieger!« Die letzten Worte hatte er gebrüllt und dem anderen den restlichen Wein ins Gesicht geschüttet. Dieser packte ein Tablett und ging auf den Prediger los. Aber da stürzte sich einer seiner Helfer vor ihn und stieß ihn zurück. Der Angreifer stolperte rückwärts und prallte gegen einen Kuttenträger, der sein halbes Kotelett auf den Tisch spie. Er schlug dem Kerl in den Magen und brüllte: »Scheiß auf deinen Gott!« und wollte sich wieder setzen.

»Scheiß auf Gott?«, schrie jetzt sein Tischnachbar und

brach ihm mit einem Haken den Kiefer. Sofort wurde er von zwei anderen niedergerungen und getreten. Die wiederum wurden jetzt von einem schwergewichtigen Beta umgerannt, sodass sie über einen ganzen Tisch rutschten. Mehrere sprangen auf. Umsitzende wurden dabei angerempelt. Drehten sich um. Ein Handgemenge entstand und dann brach ein Chaos biblischen Ausmaßes in dem Speisesaal aus. Vergessen war die Schweiz. Vergessen war Tarek der Schotte. Vergessen war alles außerhalb dieser Wände. Es war ein einziger Käfig voll verrückt gewordener Raubtiere. Aus den Betas platzte die aufgestaute Wut von Wochen der Knechtschaft wie aus einem Druckkochtopf. Aber die Alphas bekämpften sich gegenseitig. Da gab es die Christen und Muslime, dort gab es eine Handvoll Beelzebuben, wie sich die Anhänger des Predigers nannten, und vor allem gab es eine ganze Menge jener, denen das alles gehörig auf die Nerven ging. Alphas schlugen Alphas. Betas droschen Betas. Betas stachen auf Alphas ein und sowieso gingen alle auf die wenigen Stallburschen los, die sich nicht rechtzeitig in Sicherheit brachten. Eine einzige, monströse Gewaltentladung rumorte durch den Saal. Martin sah, wie jemand einem anderen die Kniescheibe heraustrat. Dahinter biss ein dürrer Stallbursche einem noch sitzenden in den Unterschenkel. Er sah Dozer, den volltätowierten Bodybuilder mit der 88 auf der Wange, der sein strahlend weißes Unterhemd ausgezogen hatte und einen am Bauch Liegenden damit würgte. Er sah, wie ein Alpha einem Beta das Gesicht zurückriss, die Nase abbiss und sie durch den Raum spuckte. Auch seine eigene Tischmannschaft war aufgesprungen. Tushy schlug auf das Gesicht eines Kollegen aus dem zweiten Stock, als würde er einen Eispickel führen. Pauls linker Arm wurde doppelt gebrochen, während einer ihn festhielt und ein Zweiter dagegentrat, als würde er Feuerholz machen. Dahinter schlug ein Alphariese die Köpfe zweier Betas zusammen wie Kokosnüsse. Zwischen ihnen schoss eine spitze Blutfontäne hoch, ehe sie zusammensackten. Zwei Neonazis knoteten ein Hemd um den Hals eines Türken und hingen ihn an der Notausgangsleuchte über dem Ausgang auf. Bananen-Bruno pflügte mit wehenden Haaren durch das Chaos und teilte links und rechts Kinnhaken aus, bis ein Alpha ihm ein Messer in die Wange rammte und er blutspuckend zusammenbrach. Kurt saß als Einziger seines Tisches unbeeindruckt von dem Spektakel da und schaufelte seinen Eintopf in sich hinein, während ringsherum Geschirr, Lebensmittel und Menschen durch die Luft flogen. Als einer vorbeikam, der am Rücken eines torkelnden Gegners hing und versuchte, diesen stehend mit der einen Hand zu erwürgen und mit der anderen unablässig auf seinen Kopf einhämmerte wie auf einen Bauklotz und dabei lauthals unentwegt »Drecksau, Drecksau, Drecksau«, schrie, explodierte Kurt, schlug auf den Tisch, dass Haferschleim bis zur Decke spritzte, und packte den Kerl. Er riss ihm vom Rücken des anderen herunter wie eine Henne von ihrem Ei, wuchtete ihn auf den Tisch, dass es knackte, und schleuderte ihn Richtung Essensausgabe, wo er schreiend von einem ineinander verkeilten Pulk verschluckt wurde. Es wurde gebrüllt und gekreischt und gezetert. Martin wurde von hinten am Kragen gepackt und auf den Boden geworfen. Er spürte Tritte in seiner Seite. An seinem Oberschenkel. Gegen den Oberarm. Ein einziger Hieb des fetten Kurt riss den Angreifer von den Beinen. Tushy hatte jetzt eine Gabel in seiner Eispickelhand und trieb sie seinem Gegner in die

Schulter. Gonzo rammte einem Beta seine Faust in den Magen und wurde im nächsten Moment von einem wild brüllenden Alpha umgerannt. Überall spritzten Essensreste, Blut und Schweiß; flogen Körper und Geschirr durch die Luft. Eine Gruppe Betas drang mit Buttermessern auf die Vorarbeiter ein. Bucky knallte seinen Ellbogen gegen einen Kopf, der auf die Seite flog wie ein Stein. Tschernitz, das Arschloch, wurde von einer ungesteuerten Faust ins Gesicht geschlagen, torkelte zum Ausgang und geriet dort in die verzweifelt peitschenden Oberschenkel des aufgehängten Türken, der sich an ihm abstützte und die Beine um seinen Hals schlang. Ein durchgedrehter Alpha kam vorbei und bearbeitete ihn wie einen Boxsack. Paul lief zwei Meter von Martin entfernt dunkelblau an und brach zusammen, gewürgt von einem Kerl mit einem tätowierten Adler im Nacken. Zwischen all dem drehte sich der Prediger mit ausgebreiteten Armen im Kreis und lachte schallend. Seine Jünger droschen auf alles ein, was ihnen in die Finger kam, und unter Martins Nebentisch klammerte sich ein verängstigter Alpha um das angeschweißte Tischbein, wurde aber im nächsten Moment von zwei Betas in zerrissenen Hemden herausgezerrt und in die Eier getreten. An der Essensausgabe kratzte ein wahnsinnig kreischender Stallbursche einem Alpha mit bloßen Händen die Augen aus. Ein zweiter hatte sich um einen Nebenstehenden geschlungen wie ein Kleinkind, biss ihm mehrfach ins Gesicht und schrie dazwischen: »Da hast du meinen Mund. Da hast du meinen Mund!« Martin kam auf die Beine, wurde im nächsten Moment aber von einem Knie in seinen Weichteilen wieder zu Boden geschickt. Einem Streife-Arbeiter wurde der Bauch aufgeschlitzt. Den Messerstecher riss eine tellergroße Hand an den Haaren und rammte ihn mit der Nase zuerst gegen eine Wand. Tushy geriet zwischen zwei sich prügelnde Betas, kassierte einen Ellbogen gegen die Schläfe und knallte auf die Fliesen. Jemand stolperte über ihn und trat ihm dabei auf den Kopf. Es gab ein Geräusch, wie wenn Steine unter Wasser aneinander knallen. Einem Vorarbeiter wurde von einem Mann mit B auf dem Rücken johlend das Genick gebrochen und direkt vor Martins Augen sprang ein kleiner Italiener mit beiden Füßen wiederholt auf den Bauch eines Unbekannten als wäre er ein Trampolin. Etwas erschütterte Martin, sodass er zur Seite flog. Als er wieder auf die Beine kam, wurde ihm eine Schulter gegen die Stirn gerammt, dass er niederstürzte, gegen einen Oberschenkel krachte und einen Tritt in die Niere spürte. Alles in ihm zog sich zusammen, der Geschmack von Zitronen breitete sich in seinem Mund aus. Dann riss ihn jemand mit Gewalt auf die Beine und ehe er sehen konnte, wer, flog sein Kopf zur Seite und ein beißender Schmerz gellte durch den Nacken. Sein ganzer Körper wurde geschüttelt, er erkannte ein brüllendes Gesicht vor sich, das zu den Armen gehörte, die ihn wie eine Puppe durchschüttelten. Dahinter rutschte Bruno rücklinks über einen Tisch. Er sah nur, wie jemand mit einem Messer in der Faust hinterhersprang. Wieder schnalzte Martins Kopf, diesmal auf die andere Seite. Ein Dröhnen zerriss sein Trommelfell, als er wieder dieses Gesicht vor sich erblickte. Jetzt fuhr er ihm mit beiden Händen entgegen. Er wollte danach schlagen, hatte aber vergessen, eine Faust zu machen. Sein Gegenüber brüllte auf, als sich Martins Ringfinger in dessen Auge bohrte. Kurz war Martin frei, knickte beinahe ein und wäre fast zu Boden gegangen. Der Angreifer drückte eine Hand gegen sein Auge, dunkles Blut drückte zwischen seinen Fingern heraus. Noch ehe Martin ausweichen konnte, wurde er von dem Verletzten niedergerannt. Im nächsten Moment hockte er auf ihm. Sein Kopf wurde am Kiefer festgehalten. Er schlug um sich, aber es half nichts. Diese blutverschmierte, einäugige Fratze starrte ihn blindwütig an und fuhr langsam, aber bestimmt mit einem fleischigen, großen Daumen auf ihn zu. Er zielte auf sein Auge. Martin wollte weg. Trat und spuckte, es half alles nichts. Der Daumen kam näher, immer näher. Dann war er da, es wurde dunkel, dann sah Martin es aufblitzen. Helle Blitze durchfuhren seinen Blick, dann wurden sie orange und grün und ein unendlicher Schmerz kratzte seinen Schädel von innen hoch. Er schrie aus Leibeskräften.

Da knackten die Lautsprecher und es ertönte ein Klang, mit dem zahlreiche Schreie im Saal abrupt abrissen. Martin hörte es nur auf einem Ohr. Es war ein metallisches, garstiges Kratzen. Das Schaben eines Hammers, der über einen unebenen Boden gezogen wurde. Der Kerl über ihm ließ jetzt von ihm ab. Verschwand plötzlich. Martin versuchte zu blinzeln. Es fühlte sich an, als würde er tote Haut verschieben. Als das Geräusch aus den Lautsprechern lauter wurde und sich in jedes Ohr bohrte, wurde es noch ruhiger im Saal. Er schmeckte Blut. Er wusste nicht wie, aber irgendwie gelang es ihm, auf die Beine zu kommen. Da war keine Bewegung mehr. Die Männer verharrten. Hielten sich teilweise noch am Kragen, ineinander verkeilt wie Autowracks oder noch mit dem Arm um den Hals des anderen. Nur noch vereinzelt rutschte einer in einer Blutlache aus oder schlug auf einen am Boden Liegenden ein, bis ihm bewusst wurde, dass alles stillstand. Martin blinzelte, aber es hatte keinen Sinn. Wenn er das eine Auge öffnete, sah er nur rote Blitze und Sterne. Es dauerte ein paar Sekunden, dann rührte sich niemand mehr in dem Saal. Die wutverzerrten Gesichter zerschmolzen von einem Augenblick zum anderen. Die zornerfüllten Augen begannen sich umzusehen, wurden auf den blutverschmierten Boden geheftet. Die, die noch standen, senkten den Kopf, während der Hammer im Lautsprecher unerträglich laut wurde. Martin sah, wie Hände vor dem Schoß verschränkt wurden. Schultern sanken ein. Einige gingen behände auf die Knie, andere setzten sich vorsichtig auf den nächstbesten Platz. Wenn keiner da war, setzten sie sich zwischen die am Boden liegenden Schwerverletzten. Der Hammer wurde lauter und lauter. Er dröhnte durch den Raum. Schmerzte in den Ohren wie ein gewaltiges Mahlwerk, das Eisen zerrieb. Die meisten drückten jetzt die Handflächen gegen die Schläfen. Krümmten sich, pressten die Augen aufeinander. Dann riss es ab und es war leise. Panik hatte sich in die blassen Gesichter gemalt. Und dann flog die Tür des Speisesaals auf.

Kapitel 8

Der Fahrer des weißen Lieferwagens stellte die geleerte Thunfischdose auf das Armaturenbrett. Geräuschvoll schleckte er seine Finger ab und lehnte sich im Sitz zurück. Auf den Fensterscheiben setzte sich milchiger Beschlag an, durch den das Mondlicht grau hereinschien. Von hinten waren Atemgeräusche zu hören. Sonst nur Stille. Ein gelber Lichtblitz aus der Richtung des Hofs ließ den Fahrer zusammenzucken. Der Schuss knallte, ehe er die Tür geöffnet hatte, um genauer nachsehen zu können. Die kalte Luft trieb ihm Gänsehaut im Nacken auf, als er hinaustrat. Einige Minuten waren nur weit entfernte, vom Wind verzerrte Schreie, ein fernes Poltern, Krachen zu hören. Dann heulte ein Traktormotor auf und Licht flutete durch den Innenhof.

Tag 65

80

»Du bist ein niederträchtiges Schwein«, lachte Bianca. Daniel drehte sich im Kreis, verbeugte sich tief und antwortete schelmisch: »Das bin ich.«

»Und du bist ein Arschloch!«, schickte sie hinterher, warf die Decke zur Seite und krabbelte aus seinem Bett. Sie waren in seiner Wohnung, die vollgestopft war mit Einmachgläsern, zu Feuerholz verarbeiteten Möbelstücken und Wasserflaschen. Die Rollläden des einzigen Fensters der kleinen Einzimmerwohnung ließen kaum Licht herein. Nur durch die feinen Schlitze in den einzelnen Reihen fiel es in tausend schmalen Maßbändern herein, sodass man den Staub in der Luft tanzen sehen konnte.

»Ja, das bin ich vielleicht auch«, sagte er und nahm die Münze entgegen, die sie ihm mit unernstem Ärger in die Hand klatschte.

»Und ein Betrüger! Münze werfen mit zwei Mal Kopf drauf! Pah! Schummler!«

»Auch das bin ich. Aber von Regeln hat keiner was gesagt«, lachte er. Sie drückte ihn mit einem kurzen Kuss weg, boxte ihm auf die Schulter und trank eine Schluck Wasser aus einer Halbliterflasche.

»Wenn Madame nun ihre Schulden einlösen möchte, mich fröstelt allmählich«, verkündete er, warf sich auf das Bett und ließ die nackten Zehen kreisen.

»Dass ich nicht lache. Von Schulden kann keine Rede sein, wenn die Münze getürkt ist«, schimpfte sie, ging an der mit teils vollen, teils leeren Konserven vollgemüllten Küchenzeile vorbei und schlüpfte durch die dicke Baufolie, die ihre »Quarantäneschleuse« vor der Wohnungstür bildete, um den Brandbeschleuniger, der dort lagerte, zu holen. Als sie zurückkam, blätterte Daniel gönnerhaft in einem Buch, als wäre sie seine Bedienstete, und grinste. Sie schnaubte und begann dennoch ihren improvisierten Ofen, der aus einem alten, umfunktionierten Tresor bestand, mit Zeitungspapier und Holzsplittern zu füllen. Dabei knirschte das Metallgestell grausam und der Abluftschlauch, der zu dem mit Handtüchern abgedichteten Fenster führte, wackelte bedrohlich. Sie zog sich einen kleinen Splitter ein und fluchte. Während sie versuchte ihn herauszusaugen, nuschelte sie: »Du bischt ein gansch schön raffiniertesch Mischtvieh, weischt du dasch?«

»Und trotzdem hast du mich gern!«, plapperte er.

Sie blickte über die Schulter zurück. Er sah von dem Buch auf, das er sich gegriffen hatte, und lächelte sie an.

Bianca wendete eine Zwei-Euro-Münze zwischen ihren Fingern. Betrachtete sie genau. Es war nicht jene gefälschte von damals. Die lag jetzt wohl irgendwo zwischen den verkohlten Resten des Hochhauses, in dem sie die ersten Wochen nach dem Kollaps zugebracht hatten. Trotzdem umschloss sie das kalte Metall, das sich langsam in ihrer Faust aufwärmte, und steckte es dann in die Tasche ihrer neuen Hose. Es ließ sie sich an ihn erinnern. Sie spürte zerfleddertes, weich gewordenes Papier an den Fingerspitzen. Jedes Wort dieses Artikels eines bayerischen Landwirtschaftsmagazins konnte sie auswendig. Es war in dem Keller das Einzige, was sie gelesen hatte. Immer wieder.

»Es ist vielleicht erst zehn Tage her...«, sagte Sara und

hockte sich zu ihr. Ein bleistiftdicker Riss in ihrer Oberlippe war fleischig verschorft. Dort wo ihr der linke Schneide- und Eckzahn ausgeschlagen worden waren, klaffte jetzt ein Loch, wenn sie sprach. Die Schwellung über ihrem linken Auge war zurückgegangen, aber eine dunkelgelbe Verfärbung, die sich über das halbe Gesicht erstreckte, zeugte noch von den Schlägen, die sie abbekommen haben musste. Sie hatte Bianca nicht erzählt, wie sie in dem alten Stallgebäude auf Walters Hof überwältigt worden war, aber die Wunden in ihrem Gesicht sprachen Bände.

Jetzt hielt Sara einen Topf mit dampfenden, gebackenen Bohnen vor Biancas Nase. Die Tomatensauce verbreitete ein süßliches Aroma. »...aber wenn du jetzt nicht endlich anfängst zu essen, stopfe ich dir die Pampe eigenhändig in den Rachen, junge Dame. Capisce? Und nimm zwei davon.«

Bianca lachte auf. Augenblicklich überkam sie dabei das Gefühl von Schuld. Daniel war tot und sie konnte schon jetzt wieder lachen. Zumindest einen kleinen Moment lang. Sie schluckte ihre Tränen, schob ihre runtergerutschte Brille die Nase hoch – das linke Glas war gesprungen, als sie am Hof von dem Mann auf den Boden gedrückt worden war – und nahm den Topf sowie die Tablettenpackung, die ihr Sara gab, entgegen. Bevor sie anfing zu essen, zog sie ihre schmerzenden Unterschenkel zu sich, machte den Schneidersitz enger, sodass unter ihr das Blech der Motorhaube wobbelte, auf der sie saß. Gestern hatten sie endlich einen fahrbaren Untersatz aufgetrieben. Ein alter Geländewagen amerikanischer Bauart. Die quietschentengelbe Lackierung blätterte schon an unzähligen Stellen rostschwanger ab, die Lenkung eierte ein wenig und die Bremse kreischte jedes Mal, wenn man sie betätigte, als gäbe es kein Morgen. Aber das Auto funktionierte.

Eine dreiviertel Stunde später verschlang sie eine zweite Portion aufgewärmter Konserven: Ungarisches Gulasch. Sara verstaute gerade den kleinen Gaskocher, den sie einige Tage zuvor aus einem Eisenwarenladen mitgenommen hatten.

»Schara?«, sagte sie halb kauend.

»Ja?« Sie zündete sich eine Zigarette an.

»Gibt es noch mehr?«

Sara sah sie fragend an. »Du hattest jetzt eine Dose Bohnen und eine Dose Gulasch. Was willst du noch? Die nächste Nacht wird für mich auch so schon eine Tortur mit dir auf drei Quadratmeter eingesperrt.«

»Naja, der Topf ist fast leer, aber ich bin noch nicht voll!«

Sara schüttelte den Kopf und nahm den Tablettenblister, der neben Bianca auf der Motorhaube lag.

»Du hast drei davon genommen? Ich sagte anderthalb!«

»Wer von uns wird früher drauf gehen? Du oder ich?«, fragte Bianca mit vollem Mund und ohne auf die Frage einzugehen.

»Du!« Sie schob den Blister in ihre Tasche und schüttelte den Kopf.

»Warum?«

»Weil du eine kleine verzogene Göre bist. Darum«, sagte sie und zog an der Zigarette.

»Wollen wir wetten?«

»Die Wette verlierst du.«

Bianca schabte den letzten Rest des Topfes aus, schleckte den Löffel ab und warf beides hinter sich auf die Ladefläche des gelben Geländewagens, dass es laut klapperte. Dann rutschte sie von der Motorhaube und ignorierte den Blick, den sie sich für den Lärm eingefangen hatte.

»Ich meine nicht generell, sondern wegen dem da!« Sie nickte in Richtung der zwei Kühltürme eines Atomkraftwerks, die einen halben Kilometer entfernt unter einem bleifarbenen, wolkenbedeckten Himmel den Horizont teilten. An einem klaffte ein Loch, so groß wie ein Reihenhaus. Sara schüttelte den Kopf, verbiss sich ihre Worte und ging auf die erste Frage ein. »Ich bin mir ziemlich sicher, dass es dich zuerst erwischt.«

»Warum? «, fragte Bianca mit gespielter Entrüstung.

»Weil ich zäher bin«, war die trockene Antwort. Sara stieg ein und zog die Tür hinter sich zu. Durch das hinuntergelassene Fenster sagte sie: »Und jetzt sieh zu, dass du deinen kleinen Arsch hier reinschiebst«. Eine Zeit lang musterte Bianca noch diese grauen, verlassenen Kühltürme, die sich dort vorne in den Himmel bogen. Sie atmete aus, wischte sich über den Kopf und sagte müde zu sich selbst: »Peter hatte wohl doch recht. Der alte Nerd...«

»Anschnallen«, sagte Sara trocken, bevor sie den Motor anließ und ihre Zigarette aus dem Fenster schnippte.

»Anschnallen«, äffte Bianca sie nach und verzog das Gesicht zu einer Fratze. Und dann, lachend: »Jetzt verfluchst du den Tag, an dem du mir die Tabletten gegeben hast, was, du wandelnde Apotheke?« Sara ignorierte sie und schob rückwärts von dem Parkstreifen auf die alte Schnellstraße. Alte Zeitungen, die lose auf dem Asphalt lagen, Müllreste und ein aufgerissener, halb ausgeleerter Reisekoffer, in dem Regenwasser stand, wurden zur Seite gedrückt.

»Wollen wir mal sehen...«, leckte sich Bianca die Lippen, »...was wir noch so im Angebot haben« und wollte das Handschuhfach öffnen, um an den Medikamente-Vorrat, den sie hier verstaut hatten, zu kommen. Ohne den Blick von der Straße zu lassen, klatschte Sara ihr auf den Handrücken.

Nach zehn Minuten hing Bianca schlaff in ihrem Gurt und wurde vom sonoren Brummen des Motors weiter in einen traumlosen Schlaf geschaukelt.

81

Das Ächzen der Bremsen weckte sie auf und das Zurückfallen in den Sitz ließ sie die Augen öffnen. Ein leichter Schwindel schaukelte in ihrem Kopf nach, sie griff nach der Wasserflasche, die sie hier irgendwo hatte, gab es aber rasch wieder auf. Draußen war es etwas dunkler geworden. Der graue Tag ging zu Ende, aber noch war Licht. Sich die Augen reibend fragte sie, was los sei. Es kam keine Antwort. Sara saß hinter dem Steuer des angehaltenen Wagens und starrte schnurgerade auf die Straße hinaus. Ihrem Blick folgend musste sie erst zwei Mal blinzeln, um zu erkennen, dass dort, vielleicht in vierzig, fünfzig Metern Entfernung, jemand lag. Sie presste das linke Auge zu, jenes, das durch das gesprungene Glas ihrer kaputten Brille blicken musste.

»Mist!«, fluchte Bianca. Sie wartete darauf, dass Sara etwas tat. Ihre Hand bewegte sich zur Hupe.

»Was hast du vor?«, fragte sie. Aber noch ehe sie den Satz zu Ende gebracht hatte, drückte Sara kurz auf die Mitte des Lenkrades und hupte.

»Was machst du?«

Sara zischte nur. Bianca sah wieder zu der Person auf dem

Asphalt. Sie lag noch immer regungslos da. Sekunden verstrichen. Aber dann stemmte sich ein Arm gegen den Boden.

»Scheiße. Scheiße, shit, fuck«, entfuhr es Bianca. Sie griff automatisch in ihre Tasche, nicht jene, wo die Kopie und die Zwei-Euro-Münze steckten, sondern in die andere, wo das Klappmesser war.

»Worauf wartest du? Gib Gas!«, forderte sie Sara auf. Aber diese bewegte sich nicht.

»Wir machen es wie gestern. Gas, dann bremsen, bis er da ist, und dann vorbeiziehen.« Sie dachte an die breite Delle, die der Infizierte geschlagen hatte, als er gegen die Seitentür gekracht war.

»Warte!«, herrschte Sara sie an. Sie beobachteten weiter. Langsam, wie geknechtet, stand da ein Mann auf. Kam wankend auf die Beine, machte einen Ausfallschritt und stürzte wieder zu Boden. Halb sitzend winkte er.

»Der ist nicht krank!«, meinte Sara.

»Warte, vielleicht ist es eine Falle!«

»Dann sitzen wir schon drin«, sagte sie und rollte in Schritttempo los. Der Mann winkte weiter. Er trug ein braunes T-Shirt, das nass an seinem Körper klebte. Nein, es war nicht braun. Als sie näherkamen, erkannte sie, dass es sich um Blut handeln musste. Der Unterkiefer des Mannes, er hockte jetzt am Straßenrand und winkte noch immer, jetzt kraftloser, leuchtete rot von verkrustetem Blut. Es sah von Weitem aus, als trüge er eine groteske Karneval-Bemalung. Sara reduzierte die Geschwindigkeit und kam einige Meter vor dem Fremden zum Stehen. Der Mann wollte aufstehen, kippte aber zur Seite und robbte in die Mitte der Straße, legte sich auf den Mittelstreifen der Fahrbahn und versperrte den Weg. Eines seiner Beine schien gebrochen zu sein. Seine

Hände waren aufgerissen und zerschürft.

»Er ist krank.«, stellte Sara fest.

»Du meinst, er hat es?«

Sara nickte. Bianca hatte sofort gewusst, was sie gemeint hatte, aber die Frage war ihr einfach herausgerutscht. Jetzt ließ Sara ihr Fenster zwei Fingerbreit nach unten.

»Gehen Sie auf die Seite!«, schrie Sara und ließ das Fenster noch ein wenig weiter nach unten, nachdem der Hauptteil ihrer Stimme im Wagen geblieben war. Sie wiederholte ihre Aufforderung. Bianca hatte ihr Messer aus der Tasche genommen, es aufgeklappt und einrasten lassen, sodass es nicht von selbst einklappen konnte.

»Bitte«, rief er schwach. Ein Schreck durchfuhr Bianca. »D... Der redet. Der kann reden. Wie ein... wie wir.«

»Bitte«, wiederholte derweil der Fremde. »Ich bitte euch. Ein paar hundert Meter weiter steht mein Auto.«

Bianca spürte ihren Herzschlag. Sie hatte jetzt das Gefühl, dass die Luft in dem Auto stickig und kaum zu atmen war.

»Wir können Ihnen nicht helfen. Gehen Sie auf die Seite, und wir lassen Ihnen Wasser da.«

»So sind sie, wenn sie... Wie ist das möglich?«

»So sind sie, wenn sie keinen Schub haben. Zumindest am Anfang«, flüsterte Sara und deutete Bianca, jetzt den Mund zu halten. Diese drückte sich in ihren Sitz. »Mensch. Das ist ein Mensch... Der ist im Vollbesitz seiner...« Sie brach ab und stieß stattdessen einen unterdrückten, kurzen Schrei aus, als die Erkenntnis sie erfasste. Als sie unweigerlich an den Mann denken musste, den sie überfahren hatte nach ihrer Flucht aus dem Hochhaus. Plötzlich war er kein Es mehr. Sie spürte ihre Knie weich werden.

»Bitte«, wiederholte er. »Mein Auto steht ein paar hundert

Meter weiter am Straßenrand... Meine Töchter sind dort... Sie haben niemanden.«

Bianca hielt sich den Mund zu. Sara fluchte. »Gib mir eine Wasserflasche«, befahl sie ihr.

»Ich glaube, die ist hinten.«

»Scheiße«, fluchte Sara, legte den Leerlauf ein und stieß die Tür auf. »Bleib da. He!«, rief ihr Bianca vergeblich hinterher und riss den Blick sofort wieder zu dem Mann, der hilflos beobachtete, wie Sara hinter den Wagen ging, auf den Reifen stieg und sich über die Ladefläche beugte. Bianca umfasste ihr Messer fester und wagte es nicht einmal zu blinzeln. Sie wollte ihn keine Sekunde aus den Augen lassen. Von hinten hörte sie metallisches Rumpeln. Etwas wurde verschoben: Plastik wurde aufgerissen. Etwas knackte in dem Waldstück neben der Straße. Bianca starrte hinein. Da war nichts. Sie riss herum, auf die andere Straßenseite. Nichts. Dann zurück zu dem Mann. Und er war... noch immer auf seinem Platz. Er hatte sich nicht gerührt. Jetzt tauchte Sara wieder auf, sie ging auf ihn zu. Bianca flüsterte ein Gebet, ohne es zu beabsichtigen. Sie sah, wie sie zwei Wasserflaschen neben ihm an den Straßenrand stellte. Und daneben noch etwas, was aussah wie ein langer Müsliriegel. Sie konnte sich nicht erinnern, dass sie unterwegs Müsliriegel gefunden hatten. Kurz wechselten die beiden ein paar Worte. Bianca konnte es nicht verstehen. Dann kam Sara zurück und der Mann kroch an den Straßenrand auf das Wasser zu. Sara schloss die Tür, schnallte sich an und fuhr los. Bianca glaubte noch ein gekrächztes »Danke« zu hören. Im Rückspiegel wurde der Mann schnell kleiner und verschwand schließlich, als die Straße eine leichte Kurve beschrieb.

»Was hast du ihm gegeben?«

»Wasser«, sagte Sara.

»Und was noch?«

»Ein scharfes Messer.«

Der grüne Mazda stand halb auf der Fahrbahn, halb am Bankett. Die Scheiben waren innen wie außen schmutzig verschmiert. Gegen den Hinterreifen auf der Straßenseite gelehnt saß ein blondes Mädchen mit Sommersprossen im Gesicht und zerzupfte einen Grashalm. Sara hatte noch nicht ganz angehalten, da sprang Bianca bereits aus dem Wagen und lief zu ihr hin. Aus dem Wageninneren drangen die Schreie eines Babys. »Heeey«, sagte sie und hockte sich zu dem Kind. »Wie heißt du denn?«

Das Mädchen sah sie kurz an, antwortete nicht und widmete sich dann wieder ihrem Grashalm.

»Ich bin Bianca. Dein Papa schickt uns.«

Jetzt blickte das Mädchen wieder auf. »Papa?«

»Ja, genau. Er sagt, wir sollen euch in die Stadt fahren«, log sie. »Zu Mama?« Bianca nickte bloß. Sie streckte ihre Hand aus. Das Mädchen sah sie misstrauisch an. »Im Auto hab ich was Süßes. Und du hast sicher Durst, nicht wahr?«

Das Kind, es war noch keine fünf Jahre alt, machte eine Schnute. »Mimi hat dauernd geschrien. Da bin ich rausgegangen. Aber nicht dem Papa sagen. Hab ihm versprechen müssen im Auto zu bleiben.«

Bianca blinzelte. Wusste im Moment nicht, was sie sagen sollte.

»Du sagst es doch nicht Papa?«, fragte das Mädchen.

»Neeeein. Nein, nein. Indianerehrenwort.«

»Pfft«, presste es Luft zwischen die Lippen.

»Wie heißt du?«

Hinter ihnen stieg Sara aus dem Wagen und winkte, ein Lächeln vorgebend. Skepsis war auf das Gesicht der Kleinen zurückgekehrt.

»Hm?«, versuchte Bianca ihren Blick wieder auf sich zu lenken.

»Lisa.«

»Alles klar, Lisa. Wie wär's, wenn ich dich schon mal in den Wagen bringe und wir dir was Gutes zu trinken holen. Und vielleicht habe ich auch eine Kleinigkeit zu naschen.« Kurz überlegte sie, machte: »Mmmmm, ok« und streckte ihr auffordernd die Arme entgegen. Bianca hob sie auf, spürte ihre zarten Händchen in ihrem Nacken und trug sie zu ihrem Geländewagen. Sie setzte sie auf die Beifahrerbank, meinte: »Ich bin nur eine Sekunde weg. Hole dir nur was Süßes« und eilte zur Ladefläche. Hektisch durchsucht sie ihren Rucksack und zog den Plastikbeutel heraus, in dem sie vorgestern über ein Dutzend Schokoriegel aus einem umgekippten Automaten an einer Tankstelle verstaut hatte.

»Welcher ist denn dein Liebster?«, fragte sie zurück an der Beifahrertür und sah unauffällig zu Sara, die um das fremde Auto herumgegangen war und gerade durch einen Türspalt sah.

»Mmmm, der da!«, sie zeigte auf einen Schokolade-Kokosnussriegel.

»Bitteschön«, verkündete Bianca mit möglichst ruhiger Stimme. Sie stellte den Plastiksack in den Fußraum und meinte: »Ich bin gleich wieder da. Aber nicht mehr als zwei, ja! Das verdirbt dir den Bauch!« Dabei schüttelte sie bemüht lächelnd den Zeigefinger. Lisa grinste schelmisch und machte zwei kleine Fäustchen vor ihrem Mund womit sie fragte, ob sie heimlich auch einen oder zwei mehr nehmen dürfte. Bianca lächelte eine stille Bestätigung und schloss sanft die Tür.

»Und?«, fragte sie, zurück beim Mazda: »Warum holst du es nicht raus?«

Aber Sara sah sie bloß an. In ihrem Gesicht stand das Grauen. Bianca hielt den Atem an, als sie die Tür öffnete und das Schreien des Babys lauter wurde. Es war ein Säugling, der in seinem Sitz wild strampelte. Die Augen waren verdreht und Erbrochenes klebte auf dem Bauch. Bianca wollte es abschnallen, aber Sara hielt sie zurück, forderte, genauer hinzusehen. Die Augäpfel waren von roten Adern durchzogen, die Haut wirkte fahl und eingefallen. Abgesehen von einer Windel war es nackt. Und dann war da noch eine braun und rot verkrustete Socke. Aber sie war zu hoch. Da war kein Fuß. Das eine Bein endete in der Socke, darunter wurde so etwas wie ein Verband sichtbar. Bianca stolperte zurück, schlug die Autotür noch zu und übergab sich in das Gras neben der Fahrbahn.

»Wir können es nicht retten. Es ist infiziert«, sagte Sara und starrte die Straße hinunter.

»Aber wir… wir können doch nicht…« Bianca hatte sich wieder aufgerappelt und blickte immer wieder zu ihrem Auto. Aber das Mädchen schien noch mit den Süßigkeiten beschäftigt zu sein. Sie wusste, dass Sara recht hatte, wollte es aber nicht zugeben. »Das können wir nicht… Wir müssen…«

»Dann stecken wir uns womöglich an«, schien Sara ihre Gedanken zu ahnen. »Es ist viel zu gefährlich. Es hat keinen Sinn, auch für das Kind nicht«, beteuerte sie und griff sich an die Stirn, als sie sich zu Bianca und dem Wagen drehte.

»Das darf doch nicht wahr sein! Was sollen wir der Kleinen sagen?«

»Und was sollen wir ihr sagen, wenn ihre Schwester Blut erbricht und alles beißt, was in ihre Nähe kommt. Wenn sie ihr die Finger abbeißt?«

»Wir nehmen sie mit!«, Bianca platzte der Kragen. Sie griff zu einer der Türen. Es war die falsche, aber das war ihr jetzt egal. Sie musste etwas tun. Irgendetwas.

»Ich sage dir doch, dass das nicht geht!«, schimpfte Sara mit unterdrücktem Zorn.

»Und ich sage, wir nehmen sie mit, du herzlose Schlampe!« Sie schlug auf die Motorhaube. »Du hast Peter zurückgelassen. Dagegen konnte ich nichts tun. Aber einen Säugling verbluten lassen?! Das lasse ich nicht zu.«

»Verbluten können wir es auch nicht lassen«, sagte Sara.

»Was meinst du damit?« Als es Bianca graute, zog sie das Kinn zurück und schüttelte langsam den Kopf: »Das kann unmöglich dein Ernst sein.«

»Es hat keine Hoffnung!«

Aber Bianca hörte nicht auf sie. Sie ging um das Auto herum, griff nach der Türschnalle, wurde aber plötzlich grob an der Hand herumgerissen. Im nächsten Moment bekam sie eine Ohrfeige, dass sie zurücktaumelte. Erst hielt sie sich die Wange, aber dann schlug sie zurück. Sie schlug Sara die Faust in den Magen, wodurch sie sich krümmte, aber gleichzeitig einen Schritt nach vorne machte. Bianca wollte nachsetzen, aber Sara umklammerte sie. Schüttelte sie und schleuderte sie zu Boden. Sie prallte hart gegen den Asphalt, sprang auf und blickte zu ihrem Truck, wo das Mädchen fragend hinter dem Armaturenbrett hervorguckte.

»Du kannst mich nicht aufhalten«, fauchte Bianca unterdrückt. Sara hatte ein Messer gezogen.

»Doch.«

Bianca presste die Lippen aufeinander und ballte ihre Fäuste, ohne die Arme zu heben. Dann sagte sie: »Dafür kommst du in die Hölle!«

Sara sah sie nicht an, hatte den Blick in ein leeres Nichts geheftet und flüsterte: »Da sind wir schon längst.«

Wieder sah Bianca zum Wagen, sah, wie das Mädchen sein kleines Köpfchen über das Armaturenbrett reckte. Sie ging stumm zu ihrem Wagen zurück.

»Heey«, sagte sie und versuchte, so freundlich wie möglich zu klingen. Das Mädchen sah sie fragend und den Tränen nahe an.

»Alles o.k. Alles o.k.«, sagte sie sanft und rückte an sie heran. Das Kinn der Kleinen begann zu zittern. »Was ist denn jetzt mit Mimi?«

»Alles in Ordnung. Meine Freundin untersucht sie nur kurz. Alles in Ordnung. Hey, kennst du den da schon? Schau mal…« Eilig durchwühlte Bianca das Handschuhfach, aber fand nichts außer Tabletten und einem Eiskratzer. Sie sah in der Beifahrertür nach. Nichts. In der Mittelkonsole wurde sie fündig. Das Mädchen wollte wieder über das Armaturenbrett sehen. Gerade rechtzeitig lenkte Bianca ihr Gesicht wieder zu ihr.

»Kennst du den schon?«, sagte sie, zog dem gefundenen Stift die Kappe ab, wickelte sich hastig den Verband von der Hand. Von draußen hörte sie eine Autotür aufgehen. Sie versuchte krampfhaft, das Zittern aus ihren Händen zu verdrängen, aber es wollte ihr nicht gelingen. »Kennst du den schon?«, wiederholte sie und brach beinahe in Tränen aus.

Sie versuchte, sich etwas auf die Haut zwischen Daumen und Zeigefinger zu kritzeln, aber der Stift war leer. Draußen ertönte jetzt das Schreien des Babys wieder. Bianca fluchte, schleuderte den Stift weg und spürte, wie ihre Tränen in den Fußraum des Autos tropften. Lisa begann zu flennen, wollte sich strecken, um nach ihrer Schwester zu sehen.

»Nein, nein. Moment. Schau«, sagte sie verzweifelt und griff nach einem zweiten Stift. Einem Kugelschreiber. Es klickte und sie malte. Er gab Farbe. Das Schreien des Babys wurde lauter, heftiger. Sie malte schneller. Lange, feste Striche, sodass sie sich fast die Haut aufriss. Zwei Augen links und rechts des Zeigefingerknöchels. Darunter ein kleiner Schnurrbart. »Ke... Kennst du den schon?« Sie bewegte den Daumen auf und ab, sodass das Quetschgesicht seinen Mund langsam öffnete und wieder schloss. »Hallooo«, machte sie mit tiefer Stimme. Das Mädchen sah sie fragend an. Bianca wiederholte es, musste sich dabei den Ellbogen halten, um nicht zu sehr zu zittern. Draußen schrie das Baby. »Ha... Hallooo, ich bin ein Dickmann.« Das Mädchen kicherte zaghaft.

»Hallooo, ich bin's, der kleine Pipmatz Dickmann«, brummte Bianca und lachte verbissen Tränen.

Das Mädchen kicherte und hielt sich die Hände vor dem Mund. Bianca bewegte Zeigefinger und Daumen und öffnete und schloss den aufgemalten Mund. Sie strich Lisa über den Kopf, während ihr Blick verschwamm und Tränen aus ihren Augen tropften. »Hallooo«, sagte sie und stieß ein heißer gequältes Lachen aus. Und Lisa gluckste quietschend. Und das Baby schrie. Und Lisa kicherte. Und Bianca weinte heimlich und sagte »Hallooo«.

Dann schrie das Baby nicht mehr. Bianca bewegte ihren Daumen weiter. Sagte: »Hallooo, Hallooo, Hallooo.« Und

Lisa lachte.

Bianca konnte Saras Gesicht nur im Profil sehen, als sie einstieg. Aber es war kein Gesicht. Es war die kalkblasse Totenmaske einer um Jahre gealterten Frau. Mehr war nicht zu erkennen. Der Motor wurde angelassen und Lisa sah auf. Ihrem fragenden Blick folgte der Ausdruck des Schocks. »Mimi!«, kreischte sie und sprang auf. Bianca griff nach ihr und drückte sie in den Sitz. Sara fuhr los.

»Nein! Mimi! Ich will zu Mimi!«. Lisa versuchte mit Gewalt, sich Biancas Griff zu entwinden, die ihr eigenes Weinen jetzt nicht mehr unterdrücken konnte. »Pssscht«, versuchte sie zu sagen. Aber es war sinnlos. Das Mädchen schrie wild und bäumte sich auf. Drückte die Beine durch und zog sich am Sitz hoch. Mit aller Kraft versuchte Bianca sie zurückzuzerren, spürte Fingernägel in ihrer Haut, wurde getreten und geschlagen. Ihre Brille wurde ihr vom Gesicht gerissen. Sie umklammerte Lisa, die jetzt den Mazda sah und mit überschlagener Stimme weiter nach ihrer Schwester schrie. »Mimi!«, kreischte sie und schlug die flache Hand gegen das Fenster. Hämmerte wild dagegen und brüllte aus Leibeskräften. Sie tobte, warf sich herum, als sie vorbeifuhren, und knallte gegen die kleine Heckscheibe. Unartikulierte Schreie quirlten aus ihrem Mund. Sie flehte und schrie und bebte am ganzen Leib. Und Bianca schluchzte und hielt sie, so fest sie konnte.

»Mimi!«, schrie Lisa wieder und wieder und starrte aus tränennassen Augen auf das immer kleiner werdende Auto ihres Vaters.

Tag 68

82

»Gib es auf, wir haben uns verfahren. Wir machen hier halt und sehen morgen weiter«, sagte Bianca zu Sara und ließ die Straßenkarte knitternd auf den Schoß sinken. Opfer der Technik, dachte sie und arbeitete weiter an dem Zopf, den sie begonnen hatte, Lisa in das Haar zu flechten. Das Mädchen saß seitlich mit dem Rücken zu ihr und hatte ihre kleinen Füße gegen die Innenseite der Beifahrertür gestemmt. Stumm malte sie mit einem Stift kleine Gesichter auf ihre Zehen und bewegte sie. Aber sie tat es ohne Freude, auch ohne Konzentration. Sie tat es einfach, weil sie es müde war zu weinen und sie nicht wusste, wie sie sich sonst die Zeit vertreiben sollte. Ab und an ließ sie sich dazu hinreißen, ihre Zehen sprechen zu lassen, gab ihnen unterschiedliche Stimmen und bewegte sie. Sara ließ das Kinn auf die Brust sinken, atmete laut aus und zog schließlich die Handbremse an. Sie steckte sich eine Zigarette in den Mund und stieg aus. Bianca steckte die weißen Kopfhörer in die Buchse des Autoradios, schob sich einen davon ins Ohr und schaltete ein. Nichts. Der Suchlauf begann, überschritt die 108 Megahertz und startete wieder bei 87.5. Nichts. Selbst als die Frequenz jenes letzten Radiosenders erreicht wurde, der drei Mal täglich eine Nachrichtenzusammenfassung gespielt und den sie mit Daniel in ihrer alten Wohnung gehört hatte, kam nichts. Vielleicht war die Antenne des Autos kaputt. Oder ein anderer Sender hatte wieder den Betrieb aufgenommen, sendete aber, wie der andere damals, aus Stromspargründen nur zu bestimmten Zeitpunkten. Aber Biancas Hoffnung hielt sich in Grenzen.

»Hee«, murrte das Mädchen und patschte mit dem Handrücken gegen Biancas Wange. »Nicht aufhören.«

Sie flocht weiter. Während sie gleichzeitig den Suchlauf laufen ließ, beobachtete sie durch die Windschutzscheibe, wie Sara rauchte und vor dem verlassenen Lokal, einer von hunderten vereinsamten, nutzlos gewordenen Raststationen an den Autobahnen, stand. Hinter den versperrten Türen gab es kein Licht und abgesehen von zwei liegengeblieben Autos war auch der Parkplatz leer. Es hätte genauso gut ein geschlossenes Lokal sein können. Nichts deutete auf den Zusammenbruch vor zwei Monaten hin. Das war nicht überall so. Sie waren an Stationen vorbeigekommen, welche ein einziges Schlachtfeld waren. Ringsherum verkeilte Autos, verstreutes Reisegepäck, Blutlachen und Müllreste. Aufgeblähte, zerrissene Leichname, zerfetzte Kleider, Glassplitter. Gestern hatten sie eine Tankstelle passiert, die völlig ausgebrannt war, und bevor sie den Wagen ergattert hatten, waren sie an einer Kleinstadt vorbeigekommen, auf deren Hauptstraße jemand einen gewaltigen, roten Totenschädel auf die Straße gesprayt hatte. Auf dem Ortschild war zu lesen gewesen: Willkommen im Bestiarium.

Jetzt gab es ein dumpfes Klirren. Sarah war dabei, mit einem Stein eine Fensterscheibe einzuschlagen. Sie brauchte einige Versuche, aber schließlich kam sie durch, stieß die im Rahmen steckenden, restlichen Splitter mit einer von Lumpen umwickelten Hand in das Innere des Gebäudes und stieg hinein. Sie hatten herausgefunden, dass Glastüren nicht einzuschlagen waren. Fenster und Auslagen hingegen waren da manchmal – nicht immer – einfacher zu durchdringen. Bianca runzelte die Stirn und beobachtete, wie ihre Gefährtin in das kühl wirkende Dunkel des Rastlokals stieg. Die Vordertür mochte verschlossen sein, aber das musste nicht für den Hintereingang gelten. Außerdem konnten sich Leute darin verstecken, oder gar jemand sein, der sich infiziert hatte. Sie sah noch, wie sie das Sturmgewehr von ihrem Rücken zog und dann verschwand. Bianca wusste, dass es keinen Nutzen außer den der Abschreckung hatte, denn das Magazin, das darin steckte, war leer. Sie hatten Walters Hof verlassen, da waren noch fünf Patronen drin gewesen, nachdem es die Angreifer auf ihrer Flucht zurück gelassen hatte. Jetzt war da keine mehr. Unruhig behielt sie den Parkplatz und die Gebäudefront im Auge. Flocht Lisas Haare weiter, lauschte dem Radio, sah zu der verlassenen Tankstelle zurück. Diese war aufgebrochen worden. Im Vorbeirollen hatten sie erkannt, dass die Regale darin ausgeräumt waren. Warum ist hier aber dann alles so verdammt aufgeräumt?, fragte sie sich. Eine unangenehme Vorahnung breitete sich in ihr aus. Auch Sara war es suspekt vorgekommen, aber es half alles nichts, sie brauchten allmählich Wasser. Genug zu essen hatten sie mittlerweile auf der Ladefläche ihres Autos. Aber das Wasser ging schnell aus. Etwas Warmes, das sich um die Unterseite ihres Oberschenkels legte, holte sie aus ihren Gedanken. Sie sah hinunter und roch Urin. »Ach nein, Lisa! Nicht schon wieder. Du sollst doch sagen, wenn du Pipi musst.«

Das Mädchen guckte sie erst schamerfüllt an, dann zu Boden.

»Schon gut«, sagte sie. »Komm her. Zieh deinen Rock und die Strümpfe aus.«

Kurz wollte sie protestieren, schien dann aber zu erkennen, dass sie nach diesem Malheur kein Recht darauf hatte, und kam der Aufforderung nach. Bianca knüllte den Stoff zusammen, betrachtete das Mädchen, das jetzt im Fußraum der Beifahrerseite stand und kaum über die Armaturen des Autos ragte, und versuchte ihr ein wenig Peinlichkeit zu nehmen.

»Ist schon gut. Ich wasche dich ab. Passiert dir das schon länger?«, fragte sie und spülte die dünnen Beine mit einer von der Sonne aufgewärmten Wasserflasche ab. Das Mädchen schüttelte den Kopf.

»Noch nicht so lange...«

Bianca wunderte sich, warum sie nicht zu weinen begann wie in den letzten zwei Tagen, wenn ihr das passiert war. Vielleicht hatte sie sich daran gewöhnt. Während sie versuchte den Sitz abzuschrubben, griff sie darunter und zauberte eine Packung Fruchtgummi hervor, die sie mit den anderen Süßigkeiten dort verstaut hatte.

»Naaa, hat da jemand Lust auf eine kleine Nascherei?«, fragte sie mit dem Lächeln einer Großmutter. Aber Lisa antwortete nicht. Als Bianca nachsah, hatte sich das Mädchen auf die Zehenspitzen gestellt und starrte zu der Raststation und dem eingeschlagenen Fenster, durch das Sara geschlüpft war. Bianca ließ alles fallen.

»Hast du was gesehen?«

Aber das Kind zuckte nur mit den Schultern. Ein Zucken, das heißen konnte: »Keine Ahnung«. Das aber auch heißen konnte: »Ich weiß nicht, was ich da gesehen habe«. Oder aber auch: »Ja, aber ich weiß nicht was«.

»Hast du was gesehen?«, wiederholte Bianca, diesmal strenger. Lisa antwortete nicht, sondern setzte sich auf den

Boden und faltete die Fruchtgummitüte auf, die dort lag. Bianca ließ sie, starrte jetzt nur noch dorthin. Keine Spur von Sara. Keine Bewegung hinter den toten Scheiben. Wegen der kaputten Brille sah sie mit dem linken Auge schlecht. Musste es immer zukneifen. Aber da war nichts. Nur ab und zu ein kleiner Windstoß, der kurz an den Eingangstüren rüttelte. Bianca sah in den Rückspiegel. Nichts. Sie sah in die Seitenspiegel. Nichts. Durch die kleine Heckscheibe vor der Ladefläche. Auch da keine Bewegung. Trotzdem hatte sie plötzlich das Gefühl, beobachtet zu werden. Zurück bei dem Lokal passierte noch immer nichts. Daneben war ein kleiner Kinderspielplatz errichtet. In einem Hackschnitzelbeet stand eine einsam im Wind wippende Schaukel, eine grüne Plastikrutsche und ein Klettergerüst. Sie griff zu der Taste an der Fahrertür. Mit einem leichten Ruck rasteten die Schlösser ein. Lisa sah mit dem Anflug von Unruhe zu ihr auf und zerrte mit den Zähnen an einem in der Hitze verschmolzenen Fruchtgummifladen von der Größe ihrer Handfläche.

»Schmeckt's?«, versuchte Bianca abzulenken. Das Mädchen rümpfte die Nase und gab sich wieder ihrer Arbeit hin. Wieder kontrollierte sie die Spiegel. Noch immer keine Bewegung.

»... sind wir alle dem Untergang geweiht und werden sterben!«, dröhnte es in ihr Ohr. Nicht laut, aber durch die Stille fuhr sie im Sitz herum, dass der Ohrstöpsel der Kopfhörer durch die Fahrerkabine peitschte. Ihr Puls war in die Höhe geschnellt, sie atmete jetzt viel zu schnell. Durfte das nicht, Lisa spürte ihre Unruhe. Bianca bemühte sich wieder sie anzulächeln. Diesmal gelang es ihr nur noch halb so gut. »Kannst du für mich schauen, ob der noch schreibt?«, sagte sie und reichte der Kleinen einen Stift aus der Mittelkonsole.

Sofort griff sie danach und riss den Stöpsel mit einem leisen »Flupp« ab, packte den dicken Lackstift knapp hinter der Spitze und begann auf die hellgraue Innenseite der Autotür zu kritzeln. Schnell fand sie Gefallen an dieser sonst verbotenen Form des Kinderzimmervandalismus und sah über die Schulter zu Bianca. Diese nickte bestärkend, während sie nach den Kopfhörern fummelte, ein Auge noch immer verbissen auf das Restaurant gerichtet. Lisa klemmte die Zungenspitze zwischen die Lippen und malte hemdsärmelig drauf los. Derweil hatte Bianca gefunden, was sie gesucht hatte, schob den Stöpsel in ihr Ohr und kontrollierte zum dritten Mal alle Autospiegel. Sara war viel zu lange weg.

»Sie kommen! Sie kommen. Und wenn du glaubst sie werden dich nicht finden, sei dir sicher: sie finden dich«, kreischte eine helle Männerstimme irre in ihr Ohr, dazwischen Knacken und Rauschen. Blick zur Tankstelle: leer. Blick zum Spielplatz: leer.

»Er wird kommen dich zu holen. Und immer wird er dich finden und dich fressen, denn er ist ein Tier!«, brüllte die Stimme und lachte wahnsinnig. Bianca riss sich den Hörer heraus, aber sie glaubte das Lachen noch immer zu hören. Leise, wie aus dem Kopfhörer eines lästigen Sitznachbars im Flieger. Es war ein verzerrtes, kaum hörbares Kichern geworden. Sie drehte das Radio ab. Kontrollierte die Spiegel und rutschte auf ihrem Sitz hin und her. Nur das Quietschen von Lisas Stift war jetzt zu hören. Sie hatte ein Strickmännchen gemalt, dem ein Kopf fehlte. Aus dem Hals funkten Blutspritzer. Nichts passierte. Langsam schob Bianca sich auf den Fahrersitz. Griff nach dem Schlüssel, fasste leise das Lenkrad und machte sich bereit, jeden Moment die Kupplung durchzutreten und den Motor zu starten. Schweiß sickerte durch ihre linke Braue und brannte sich in den Augapfel. Sie blinzelte. Umklammerte das Lenkrad mit der einen, den Schalthebel mit der anderen Hand. Und dann flogen Dinge aus dem Fenster auf den Parkplatz. Volle Plastiksäcke. Gebinde von Wasserflaschen. Und hinterher stieg Sara. Ruhig und konzentriert. Bianca atmete auf. Lisa kritzelte weiter.

83

»Was reitet so jemanden?«, fragte Sara. Sie nahm den Kopfhörerstöpsel aus dem Ohr und drehte das Radio ab. Die Abenddämmerung ging gerade müde schlafen und sie hatten den Wagen an der Hinterseite der Tankstelle geparkt, sodass keine Handbreit zwischen Fahrertür und Hausfassade passte. An die Hinter- und Beifahrerseite hatten sie Müllcontainer geschoben. Fremde konnten den Wagen dadurch nur von vorne sehen, und dann auch nur den kurzen Moment, bevor sie niedergefahren wurden, wie Sara es für den Fall geplant hatte.

»Ich weiß es nicht«, flüsterte Bianca und sah der in zwei dicke Decken gewickelten Lisa beim Schlafen zu. »Wir brauchen frische Kleidung für sie«, dachte sie. Unterhalb der Hüfte war das Mädchen jetzt nackt. Ihr Höschen und die Strümpfe hingen über der Seitenwand der Ladefläche zum Trocknen. Sie würden am nächsten Morgen noch immer feucht sein. Bianca öffnete vorsichtig das Handschuhfach und zog ihre Tabletten heraus. Sara wendete ihren Blick nicht ab. Sagte stattdessen ruhig: »Du wirst dir davon doch nicht eines Abends zu viele reinknallen, oder?«

Bianca verneinte.

»Ich muss dir vertrauen können«, legte Sara leise nach. Aber da war kein Vorwurf in ihrer Stimme. Bianca drehte die Innenseite ihres linken Unterarms zu sich. Sah auf das große Wundpflaster, das dort klebte und dachte an die Klinge, die sie sich vor einer Woche, wenige Tage nach ihrer Flucht von Walters Hof, selbst hineingerammt hatte. Sie dachte an Saras zittrigen Hände, die ihre Faust umschlossen und sie gehindert hatte, das Messer Richtung Ellenbeuge zu führen. Sie sah ihren Blick. Diese wild entschlossenen Augen, die sich in ihre bohrten und sie abzuhalten suchten.

Das Geräusch eines Motors ließ sie hochfahren. Sie schwitzte und sah sich hektisch um. Alles war ruhig. Es war Nacht. Sara hatte ihren Sitz ein wenig nach hinten gestellt und den Kopf in den Nacken gelegt. Sie lauschte an dem Fensterspalt, den sie schließen würde müssen, sobald Lisa wieder aufwachte und nach ihrem Vater schrie wie in den Nächten zuvor. Dabei behielt sie mit halb geschlossenen Augen die Autobahnauffahrt vor ihnen im Blick.

»Alles in Ordnung. Schlaf weiter«, sagte Sara.

»Ich habe von einem Wagen geträumt…«, sagte sie und ließ sich in den Sitz sinken.

»Das war kein Traum. Ein Lieferwagen ist vorhin auf der Autobahn vorbeigefahren«, antwortete Sara ohne sie anzusehen.

»Du meinst…? Echt?«

»Keine Panik. Wer auch immer es war, sie sind weg. Haben uns nicht gesehen. Haben nicht mal für die Raststation gehalten.«

Bianca atmete aus. Sie wischte sich den kalten Schweiß ab, der sich auf ihrer Stirn gebildet hatte. Lange saßen sie so im Wagen. Beide schliefen nicht

»Sara...?«, fragte Bianca schließlich.

»Ja?«, brummte sie.

»Denkst du, ich habe mich angesteckt?« Der Gedanke war ihr bereits kurz nachdem sie das Mädchen aufgenommen hatten, gekommen. Aber sie hatte gewusst, dass es da bereits zu spät gewesen wäre. Und sie hatte einer möglichen Ansteckung auch mit einer gewissen Gleichgültigkeit entgegengeblickt. Sie wusste nicht, ob das an den Tabletten oder ihrer Lebensmüdigkeit lag.

»Bei ihr?«, fragte Sara und meinte damit Lisa.

»Ja…«

»Nein. Sie hätte es schon längst gehabt. Und du jetzt auch. Es ist drei Tage her.«

»Also denkst du, dass ich es nicht kriegen kann? Dass es noch mehr Leute gibt, die immun sind?«

»Ja. Ich hätte es auch längst.«

Bianca dachte an das wenige, das Sara von ihrem Mann erzählt hatte. Dass er es gehabt hatte und nicht, wie weit über fünfzig Prozent der Infizierten, innerhalb weniger Tage daran gestorben war. Dass er zu jenen gehört hatte, die von den sich wiederholenden Wutschüben gequält worden waren. Wobei, sie hatte es nicht direkt gesagt, vielmehr meinte Bianca es herausgehört zu haben.

»Was ist damals passiert? Bevor du uns… gefunden hast. Was ist mit deinem Mann passiert?«

Sara antwortete nicht. Als hätte sie sie gar nicht gehört. Bianca akzeptierte es. Dann herrschte wieder Schweigen. Irgendwann sah Bianca zu dem Radio. Sie betrachtete es lange.

Schließlich meinte sie leise: »Ich habe das Gefühl… Nur die Wahnsinnigen und die, die kein Gewissen haben, überleben auf Dauer. Kann das sein?«

»Ja...«, antwortete Sara zu Biancas Überraschung. Sie hatte nicht damit gerechnet, heute noch ein Wort von ihr zu hören.

»Gehören wir auch zu denen?«

Sara sah zu Lisa. Lange sah sie das schlafende Mädchen an, das sie vor drei Tagen gerettet und gleichzeitig ihrer Schwester entrissen hatten. Dem sie, Sara, ihrer Schwester entrissen hatte. Dann blickte sie Bianca an. »Du nicht...«

Tag 70

84

Die Sonne äugte zwischen unmotivierten, in den Himmel getupften Schäfchenwolken hervor und warf ein fleckiges Lichtnetz auf das Dorf. Ringsherum lagen unbestellte, kalte Felder, ein paar Waldinseln und ein Bach, der sich durch die Landschaft schlängelte. Dem Dorf vorgelagert standen planlos verlassene Autos mit offenen Türen. Koffer, Zelte und Müll lagen dazwischen lose herum.

Sara stand neben dem Wagen unter einer Allee aus Nadelbäumen und sah angestrengt hinüber.

»Das ist es. Ganz klar. Das Ortsschild passt«, Bianca hielt Sara wie zum Beweis die völlig zerfledderte Kopie – man konnte kaum mehr etwas davon lesen – vor die Nase. Lisa saß auf der Motorhaube daneben, kümmerte sich nicht um die beiden und spielte mit zwei Stofftieren. Sara hatte sie aus dem Lokal an der Raststation mitgenommen.

»Du bist aber hübsch«, sagte der Frosch. »Danke. Du auch«, sagte die Schildkröte. »Warum bist du so grün? Ach, das war ich selber. Das warst du selber? Ja, ich bin in einen Topf Farbe gehüpft. Du bist komisch…«, plapperte das Mädchen vor sich hin, während Bianca und Lisa abwägten, ob sie eine Annäherung an die Siedlung wagen sollten.

»Ich sehe keine Solarkollektoren«, meinte Sara.

»Die werden auf der anderen Seite sein«, gab Bianca zurück: »Und da hinten sind mindestens zwei oder drei Windräder. Hinter dem Hügel sicher noch mehr. Das ist es... Und außerdem... Das da auf den Dächern sind doch solche Paneele, wie sie Walter hatte.«

Sara antwortete nicht. Bianca drohte der Geduldsfaden zu reißen. »Ich bitte dich. So knapp vor dem Ziel kannst du ja nicht... Wir sind über zwei Wochen quer durch die Pampa geirrt, um hierher zu kommen. Wenn du jetzt nicht hinfahren willst, warum sind wir dann überhaupt losgezogen.«

»Weil du stures Biest nicht aufgeben wolltest. Und weil ich es dir versprechen musste, schon vergessen?«

»Als würden Versprechen heute noch etwas zählen... Als hätten sie das jemals getan. Komm schon, wo willst du sonst hin? Warum haben wir den Weg auf uns genommen?«

»Weil wir nicht wussten, wo wir sonst hin sollen, schätze ich.« Saras Stimme war abgeklärt und ihre Worte klangen zynisch.

»Es sieht nicht so aus, als würde man Fremde willkommen heißen«, sagte sie, während sie wenig später näher an das

Dorf heranrollten. Sie fuhren im Schritttempo an einem frei stehenden Haus vorbei. Die Fenster waren von innen mit Brettern verrammelt worden. In der Einfahrt lag ein Auto mit einer Kette an der Anhängerkupplung, an deren anderem Ende die gewaltsam aus der Mauer gerissene Eingangstür samt Türrahmen hing. Die Windschutzscheibe des Autos war gesplittert, aber Bianca glaubte, den Umriss eines Kopfes hinter dem Lenkrad zu sehen. Sie sah zum Hauseingang. Der Flur war dunkel. Nichts bewegte sich.

Sie hatten die Fenster halb hinuntergelassen und hörten die Reifen auf dem Asphalt. Je näher sie an die erste richtige Häuserreihe kamen, dort wo das Dorf seine eigentliche Grenze hatte, desto öfter kamen sie an einsamen Autos vorbei, die am Straßenrand oder in den Feldern daneben standen. Die Erde war zertrampelt. Aufgerissene Koffer und leere Plastikflaschen lagen herum. Dazu weitere Verpackungsreste, Becher und zerrissene, grelle Iglu-Zelte, die sich im Wind aufblähten und flatterten. Bald war der Boden kaum mehr zu sehen. Müll bedeckte den Boden, als wären ringsum ganze Entsorgungscontainer ausgekippt worden. Dazwischen, links im Feld, auf einem umgedrehten Plastikeimer saß ein alter Mann, dessen schwarzes Sakko grau und starr von Schmutz war. Seine Wangen waren eingefallen und sein Blick über einem zerzausten, ergrauten Vollbart trostlos. Er musste sie hören, aber sah sie nicht an. Starrte nur vor sich auf den Boden. Bianca hatte Lisa auf den Boden des Autos gesetzt und streichelte dem Mädchen über den Kopf, während es mit dem Stift weiter Portraits auf die Beifahrertür kritzelte. Der Müll begann sich abseits der Straße, die halbwegs befahrbar war, zu kleinen Hügeln aufzutürmen, wo ihn der Wind zusammengeschoben hatte. Aus einem solchen ragte eine fahle, tote Hand heraus, die nur aus Knochen und grauer Haut zu bestehen schien. Die meisten Autos hatten Blechschäden, eingedrückte Motorhauben, gesprungene Windschutzscheiben, verbeulte Kühlergitter und abgerissene Stoßstangen. Ein halb in Kleiderfetzen, Restmüll und Rucksäcken begrabener Volkswagen, an dem sie vorbeikamen, war an der Fahrerseite über und über von braun getrocknetem Blut bedeckt. Es stank wie auf einer Müllhalde. Sara schüttelte langsam den Kopf. »Hier ist nichts«, flüsterte sie.

Vor ihnen war die Einfahrt in den Kern des Dorfs. Die vorgelagerten Häuser standen wie aufgebrochene, kalte Ruinen in ihren verwahrlosten, von wucherndem Gras bedeckten Gärten. Zerbrochene Fensterscheiben, geschlossene oder aufgeknackte Eingangstüren. Auf einer Veranda saßen zwei schwarze Männer. Ihre Kleidung hing in Fetzen an ihnen. Sie sahen aus hoffnungslosen Augen dem Wagen zu, wie er an ihnen vorbeirollte. Bianca schluckte.

»Hier ist nichts«, sagte Sara wieder. Bianca wischte sich über das Gesicht. Sie biss sich auf die Lippen. »Was ist hier geschehen?«, fragte sie, ohne eine Reaktion zu erwarten. Sie glaubte die Antwort zu kennen, wollte sie aber nicht wahrhaben.

Die Siedlung wurde dichter. Eine ganze Häuserreihe ragte zu ihrer Linken niedergebrannt aus dem Boden wie abgestorbene Zähne aus einem faulen Kiefer. Und dann endete die Straße, bevor das Dorfzentrum erreicht war. Zwanzig Meter vor ihnen versperrte eine schwere Wand aus Brettern und Wellblechplatten den Weg. Kratzspuren und Blutspritzer zeichneten dieses zusammengeflickte Mauerwerk bis weit über Kopfhöhe. Die Wand reichte bis zum ersten Stockwerk der Häuserreihen links und rechts von ihr. Sara hielt an und stellte den Motor ab. Keine von beiden wusste, was jetzt zu tun war. Ob hinter dieser Barrikade Menschen waren oder nicht. Ob womöglich Kranke dort hausten. Nur das leise Geplapper von Lisa war zu hören, die jetzt ihre Stofftiere mit in ihre Kritzelei einbezogen hatte.

»Hast du irgendwo elektrisches Licht gesehen?«, fragte Sara schließlich leise und blickte abwechselnd in den Rückspiegel und aus den Fenstern. Bianca schüttelte den Kopf. Sie sah auf Lisa, die kurz aus großen Augen den Blick erwiderte und sich dann wieder ihrem Spiel widmete.

»Was machen wir denn jetzt?«, fragte sie stimmlos. Anstatt zu antworteten, stieg Sara aus. »Bleib im Wagen«, sagte sie noch, zog das leere Sturmgewehr hinter dem Sitz heraus und schloss die Tür. Bianca beobachtete sie, wie sie langsam zur Mauer ging. Immer wieder ließ sie dabei ihren Blick in die Gegend schweifen. Aber nirgends rührte sich etwas. Links lag die tote Auslage eines kleinen Bekleidungsgeschäftes. Die drei Puppen waren nackt, zwei lagen umgestürzt hinter der Scheibe. Im Stockwerk darüber: nur leere Fenster. Auf der rechten Seite verlief eine von Müll völlig zugedeckte Gasse, die sich nach wenigen Metern um eine Ecke schlängelte. Sara versuchte durch die Bretter und Blechplatten zu sehen. Dann drückte sie erst eine Hand gegen die Mauer, dann die zweite. Stemmte sich dagegen. Etwas knarzte, ächzte. Aber es rührte sich nichts. Dann trat sie dagegen. Es schepperte, Blech und Holz knarrten. Ansonsten: nichts. Sie sah sich um. Musterte die Fenster der Häuser ringsherum. Sah in die Stockwerke darüber, es waren nie mehr als zwei.

»Warte hier«, sagte sie durch das halb geöffnete Fenster, nachdem sie zurückgekehrt war, und trat dann in die vermüllte Gasse. Der Unrat raschelte und reichte ihr bald bis zu den Knien, als sie hineinstapfte wie in ein Schneefeld. Sie trat an die Tür des Hauses, das direkt neben der Straßensperre stand. Sie war verschlossen. Also verdunkelte sie mit den Händen ihr Sichtfeld und versuchte durch das Fenster daneben zu spähen, aber die Rückwand eines Schrankes oder eine Holzvertäfelung versperrte alle Sicht. Bianca zuckte zusammen, als Sara mit dem Kolben des Gewehres gegen die Tür schlug. Es krachte fürchterlich laut durch die bedrückende Stille. Sie wiederholte es. Dann probierte sie es mit den Füßen, aber die Tür gab nicht nach. Derweil versuchte Bianca die Umgebung im Blick zu behalten. Lisa war aufgestanden und beobachtete Sara über das Armaturenbrett hinweg. Als sie die Barrikade erkannte, kletterte sie auf den Sitz und stieg auf Biancas Schoß, umfasste ihren Nacken wie ein Äffchen und grub ihr Gesicht in ihre eigene Armbeuge. Sie hatte Angst, sagte aber kein Wort. Wieder wuchtete Sara ihren Fuß gegen die Tür. Bianca sah in den Rückspiegel. Nichts. Noch ein Tritt. Sie sah zur Barrikade. Nichts. Noch ein Tritt. Sie sah in die Auslage. Nichts. Noch ein Tritt. Es knarrte. Lisa begann leise zu wimmern. Noch ein Tritt.

Ein Schrei ließ Sara innehalten.

»Haut ab oder es setzt was!«, schrie eine Männerstimme. Woher kam die? Bianca fuhr herum. Hektisch suchte sie die Umgebung ab. Sah niemanden. Sara hatte ihr Gewehr vor die Brust gezogen und zielte ins Leere. Stand im Müll und suchte den Mann, zu dem die Stimme gehörte.

»Hört ihr schlecht? Ihr sollt euch verziehen! Es gibt hier nichts für euch.«

Bianca drückte sich an die Scheibe. Musterte angestrengt die oberen Stockwerke der umliegenden Häuser. Sie drückte Lisa an ihre Brust.

»Ihr habt zehn Sekunden!«, rief der Unbekannte.

»Wir haben ein kleines Kind dabei. Ein Mädchen!«, schrie Sara zurück. Kurz wurde geschwiegen. Dann: »Da seid ihr nicht die Einzigen. Wir können euch nicht helfen. Verschwindet.« Sara fluchte und watete zum Wagen zurück.

»Zehn«, begann die Stimme. Sie klang rau und fest. Sara beeilte sich. Noch immer war nicht zu sehen, woher die Stimme kam. Sie schien gleichzeitig über und vor und neben ihnen zu sein.

»Neun.«

Sara lief jetzt. War am Wagen und riss die Tür auf.

»Acht.«

Lisa weinte mittlerweile und zog die Knie an die Brust, drückte die Füße auf Biancas Oberschenkel, dass es schmerzte.

»Sieben.«

Sara warf sich hinter das Lenkrad.

»Sechs.«

Sie startete den Motor.

»Fünf.«

»Warte!«, schrie Bianca, stieß die Beifahrertür auf und rutschte mit Lisa am Arm hinaus.

»Vier.«

»Wir haben hier ein kleines Mädchen. Sie ist keine fünf Jahre alt.«

»Drei.«

Lisa heulte und presste ihr Gesicht auf Biancas Schulter.

»Bitte!«, schrie sie. »Ihre Familie ist tot. Sie hat niemanden mehr.«

Lisa kreischte jetzt. Sie begann zu zappeln und um sich zu schlagen. Bianca ging auf die Knie und umklammerte sie.

Lisa schlug auf Bianca ein. Schrie: »Papa! Papaa!!«

»Z... Zwei.«

»Sie heißt Lisa. Und sie hat niemanden mehr. Helft uns!«, flehte Bianca. Ihre Stimme war verzerrt, sie schluchzte mehr, als zu sprechen. Lisa war zu Boden gerutscht und wurde von heftigen Heulkrämpfen geschüttelt. Bianca versuchte sie an sich zu drücken. »Bitte!«

»Eins.«

»Ich bitte euch verdammt! Bitte! Helft uns!«

Und dann war da nichts mehr. Keine Stimme mehr. Kein Ton. Nur der leise Wind, das Rascheln des Mülls und Lisas lautes, verzweifeltes, luftloses Weinen. Sara schrie etwas. Bianca wusste nicht, was. Hörte jetzt nichts mehr. Dann spürte sie ihre Hand auf der Schulter. Aber sie war zu schwach, um zu reagieren. Sie blieb einfach sitzen, mit diesem Mädchen, das halb auf der Straße, halb auf ihren Knien lag und bebte vor Trauer und Angst. Sara ging um sie herum und zog Lisa vorsichtig hoch. Sie wehrte sich nicht, ließ alle Gliedmaßen fallen und hing schlaff in ihren Armen. Wie bewusstlos, nur laut heulend. Sara drehte sich zur Autotür, schob sie hinein, wo sie sich auf der Bank zusammenrollte.

»Komm«, sagte sie und reichte Bianca die Hand. Diese schüttelte erschöpft den Kopf, spürte jetzt selbst Tränen über ihre Wangen fließen und starrte hoffnungslos in den alles umgebenden Müll.

Der Motor jammerte, als sie wendeten. Biancas Stirn klebte an der Scheibe, sie hatte nicht die Kraft, aufrecht zu sitzen. Im Seitenspiegel sah sie die Barrikade, wie sie langsam kleiner wurde, während Sara zwischen den abgestellten Autos hindurch lenkte. Sie fuhren an den schwarzen Männern vorbei, die sie noch immer aus diesen leeren, zerschlagenen Augen ansahen. Passierten den Mann im Müll, der sich nicht nach ihnen umsah, nur vor sich hinstarrte. Die Barrikade verschwand zwischen den verlassenen Häusern. Vor ihnen baute sich die Allee auf, von der aus sie das Dorf beobachtet hatten. Plötzlich stoppte das Auto. Ein Mann auf der Straße versperrte ihnen den Weg. Wie aus dem Nichts war er aufgetaucht. Er trug eine braune, abgewetzte Lederjacke und hatte die Hände ausgestreckt. Deutete ihnen, den Motor abzustellen. Bianca griff nach ihrem Messer, richtete sich auf. Lisa rührte sich nicht. Sara umklammerte das Lenkrad. Er näherte sich langsam. Sara griff nach dem Gewehr, konnte es aber nicht herausziehen. Es war zu eng. Fluchend riss sie die Tür auf, sprang hinaus, zog die Waffe und deutete damit auf den Fremden. Dieser kniete nieder, hob die Hände.

»Warte!«, rief er. Sarah schrie ihn an, aus dem Weg zu gehen.

»Warte!«, sagte er wieder. »Sie haben euch nicht rein gelassen!«

Sara winkte ihm mit dem Gewehrlauf, Platz zu machen. Er schüttelte den Kopf: »Dafür entschuldige ich mich. Sie haben alle Angst. Aber dafür können sie nichts.«

Sara brüllte ihn jetzt an: »Verschwinde!«

»Denk nach! Das ergibt doch keinen Sinn. Erst wollt ihr rein und als es euch angeboten wird, verzichtet ihr? Für den Mann, der euch abgewiesen hat, entschuldige ich mich. Er ist ein Idiot. Er sollte da gar nicht sein. Ich bringe euch rein, wenn ihr wollt. Wir lassen keine Frauen und kleine Kinder hier draußen sterben. Ich kann nicht garantieren, dass ihr bleiben könnt. Aber ich kann euch am Abend eine warme Dusche versprechen. Wasser und eine heiße Suppe. Das ist alles, was ich versprechen kann.« Während er sprach, stand er langsam auf. Jetzt ging er auf die Seite, machte Platz. Die Hände hatte er immer noch erhoben.

»Ich werde euch nicht überreden, dass ihr mit mir kommt. Wir platzen so schon aus allen Nähten.«

Sara zielte noch immer auf ihn. Er ging rückwärts in das Feld neben der Straße, umkreiste sie. Als er auf Höhe des Autos war, ließ er die Hände vorsichtig sinken. Dann sagte er noch: »Wenn ihr das nicht wollt, dann wünsche ich euch alles Gute.« Dann drehte er sich um, ging einige Meter durch das kahle Feld Richtung Dorf und trat auf die Straße zurück. Bianca war ausgestiegen. Beide sahen sie dem Mann nach.

85

Der alte, dunkle Holzboden knarrte, wenn man sich bewegte. Sie waren in ein schmales Zimmer im zweiten Stock eines kleinen Gasthofes geführt worden. Zuvor hatte sie der Mann in der Lederjacke, er hieß Anton, zurück zu der Barrikade geführt. Auf sein Zeichen hin hatte sie sich geteilt und war ächzend aufgeschwungen. Er hatte sie einige Meter weit in das Dorf geführt. Es waren kaum Menschen auf den Straßen. Sie mussten alle in den Häusern sein.

»Ihr seid wegen des Stroms gekommen, nicht wahr?«, hatte er gefragt. Sie hatten nicht geantwortet. Sie hatten ihre Rucksäcke geschultert, Bianca schleppte zusätzlich Lisa, die es apathisch geschehen ließ. Sie hatten den Wagen abstellen müssen. Anton trug jetzt Saras Sturmgewehr, das sie ihm widerstandslos gegeben hatte, als er danach verlangt hatte, ehe sie eingelassen worden waren. Es war ohnehin nutzlos. Die Messer durften sie behalten.

»Es gibt ein paar Probleme damit. Aber am Abend zwischen sechs und zehn können wir liefern. Das Wasser in den Boilern sollte bis neun halbwegs warm sein«, hatte er gesagt. »Bis dahin lasse ich euch etwas zu essen bringen.«

Sie antworteten noch immer nicht. Sahen sich um. Ein Mann saß vor den Treppen einer ehemaligen Bankfiliale und aß einen Apfel. Er zwinkerte, als Bianca ihn musterte.

»Die Leute verbringen die meiste Zeit in den Häusern. Es gibt fast niemanden, der nicht jemanden verloren hat in den letzten Wochen. Und die Informationslage ist beschissen, das macht es nicht leichter. Aber abends trifft man sich im Gemeindesaal. Nicht alle, aber es kommen immer mehr. Da gibt es Musik und Kuchen. Aber ich nehme an, dass ihr darauf sicher wenig Lust habt. Ich werde mit dem Bürgermeister reden, aber ich kann euch nicht versprechen, dass ihr mehr als eine Nacht bleiben könnt. Alles Weitere besprechen wir morgen. Bis dahin schlaft euch erst mal aus. Das habt ihr sicher bitter nötig, ich weiß, wovon ich spreche.«

Sie waren nach wenigen Metern in das Gasthaus eingebogen. Waren direkt über die engen Treppen in den zweiten Stock gestiegen und hatten das Einzelzimmer – es gab nur ein schmales Bett – bezogen.

»Ihr seid hier so sicher, wie man es heutzutage sein kann«, hatte Anton noch gesagt. »Euch wird nichts passieren. Aber wundert euch nicht, wenn ihr trotzdem nicht einschlafen könnt. Das ist normal. Mehr als das eine Bett kann ich euch nicht bieten. Aber Schlafsäcke habt ihr ja. Wir sehen uns morgen.«

Dann hatte er die Tür zugezogen und sie waren allein.

Gleich danach hatten sie abgesperrt. Es gab einen Schlüssel! Sie hatten Lisa in das Bett gelegt. Zwischen frische, nach Waschmittel duftende Laken. Sie lag jetzt, eine Decke bis über die Schultern gezogen, ruhig da und blinzelte stumm die Wand an. Neben einem alten, mit Schnitzereien verzierten Schrank, einem kleinen Tisch und einem Sessel sowie dem Bett gab es keine Einrichtung. Es war eng, aber es war ein Zimmer. Es war Sicherheit. Durch die weißen Gardinen fiel sanftes Tageslicht in den Raum. Sara und Bianca sahen sich lange Zeit an, ohne ein Wort zu sprechen. Bianca verstand nicht, warum sie sich nicht sicher fühlte. Warum es ihr nicht besser ging. Sie hatte sich auf den einzigen Sessel gesetzt und geschwiegen. Sara saß auf dem Boden, den Hinterkopf auf die Bettkante gelegt, als es klopfte. Bianca sperrte auf und ein Mann von hagerer Statur schlurfte in den Raum. Er stellte ein Tablett mit drei dampfenden Suppentellern auf den kleinen Tisch, sagte dabei aber kein Wort. Das eine Bein zog er schwerfällig hinter sich her. Seine Hände waren von Adern überzogen und wirkten zittrig, wie jene eines Alkoholikers. Sofort verbreitete ich der Geruch nach Gewürzen und Gemüse. Biancas Magen knurrte laut.

»Danke«, sagte sie. Der Mann, er trug eine Schildkappe, die er tief in das Gesicht gezogen hatte, wendete sich zum Gehen ohne aufzuschauen.

»Wie heißt du?«, fragte Bianca. Er sagte nichts. Ging zur Tür. Aber als er Lisa sah, hielt er an. Er trat an das Bett. Jetzt stand Sara auf, stellte sich dazwischen. Sekundenlang hing sein Blick an dem Mädchen, das flach atmete und ihn nicht zu bemerken schien.

»Dein Vater heißt Norbert«, sagte er. Lisas Kopf fuhr herum. Sie setzte sich auf. Nickte und begann zu weinen.

»Woher weißt du das?«, fragte Sara.

Wieder schien er keine Antwort zu geben. Er ging aber auch nicht, sondern drehte sich um. Sah aus dem Fenster. »Ich kenne ihn. Er hat mir das Bild seiner Töchter oft gezeigt.«

Bianca fragte wieder: »Wie heißt du?«

Er antwortete nicht, sondern sah nur aus dem Fenster. Jetzt erst sah Bianca sein entstelltes Gesicht. Er trug einen Verband über dem linken Auge, die Nase war gebrochen und von den Lippen hingen Hautfetzen. Sie versuchte seinem Blick zu folgen. Da war eine Kirche mit einem strahlend weißen, spitzen Dach. Dann die Dorfgrenzen. Dahinter ein kleebedecktes Feld, das von einer Straße durchschnitten wurde, auf der ein Mann in einer braunen Lederjacke entlang spazierte. Es war Anton. Die Straße führte zu einer hohen Backsteinmauer eines Gebäudekomplexes, der sich dahinter hochtürmte. Am oberen Ende lagen breite Stacheldrahtrollen. Anton ging gerade durch ein breites, darunter liegendes Portal mit der Aufschrift: »Block A« hindurch, wo ihm ein Rolltor den Weg frei machte.

Dann sagte der Mann leise, ohne den Blick von dem Fenster abzuwenden: »Mein Name ist Martin... Und ihr hättet nicht herkommen sollen.«

Ende des zweiten Buchs.

Nachwort

Ich möchte mich ganz herzlich für Ihr Interesse bedanken und hoffe, Sie ein paar Stunden gut unterhalten zu haben. Die erste Frage, die meist nach dem Beenden der Lektüre entsteht, lautet in der Regel: Wie geht es weiter? Um Ihnen eine Antwort auf diese Frage zu geben, bedarf es einer kurzen Ausführung:

Wie ich schon im Vorwort festgehalten habe, handelt es sich bei »Wege in die Hölle« um eine unabhängig veröffentlichte Reihe, welche ich im Unterschied zu meinen anderen Projekten ausschließlich privat finanziere und durchführe. Daher ist der Fortgang der Reihe unbedingt auf die Weiterempfehlung durch Sie, werte Leserin oder werter Leser, angewiesen. Da es sich mittlerweile um eine exklusiv bei Amazon erscheinende Buchreihe handelt, heißt das, dass vor allem Rezensionen und Kundenbewertungen auf der Amazon-Seite des Buches von größtem Wert für mich sind. Nur so werden andere Leser darauf aufmerksam. Natürlich sind auch persönliche Weiterempfehlungen, Verlinkungen, Blogeinträge etc. unfassbar wichtig, aber das wissen Sie bestimmt. Alles was ich damit sagen will ist: Wenn Sie wissen möchten, wie es weiter geht, geben Sie bitte eine Bewertung auf Amazon ab, empfehlen Sie das Buch weiter, machen Sie im angemessenen Rahmen ein klein wenig Werbung. Damit unterstützen Sie mich und dieses Projekt und ermöglichen es mir, den Fortgang der Geschichte mit Ihnen zu teilen.

Ich freue mich auch sehr über Rückmeldungen aller Art via Mail, Instagram oder Facebook. Meiner Homepage (www.jdalexander.de) wie auch den Fanseiten auf Instagram und Facebook entnehmen Sie übrigens weitere Neuigkeiten und Hintergrundinfos.

Also in diesem Sinne hoffe ich, von Ihnen zu lesen. Bis dahin wünsche ich Ihnen alles Gute.

JD Alexander im Juli 2019

44064056R00195

Printed in Poland
by Amazon Fulfillment
Poland Sp. z o.o., Wrocław